# 青山碧水新湖南

【第一卷】

湖南生态文学年选

（2023—2024）

湖南省作家协会生态文学分会　主编

湖南大学出版社·长沙

## 图书在版编目（CIP）数据

青山碧水新湖南. 第一卷 / 湖南省作家协会生态文学分会主编. -- 长沙：湖南大学出版社，2025. 6.

ISBN 978-7-5667-4194-3

Ⅰ. I217.1

中国国家版本馆CIP数据核字第2025CQ9030号

## 青山碧水新湖南（第一卷）

QINGSHAN BISHUI XIN HUNAN ( DI-YI JUAN )

**主　　编**：湖南省作家协会生态文学分会

**责任编辑**：全　健

**印　　装**：长沙新湘诚印刷有限公司

**开　　本**：787 mm × 1092 mm　1/16　　**印　　张**：23.75　　**字　　数**：413千字

**版　　次**：2025年6月第1版　　**印　　次**：2025年6月第1次印刷

**书　　号**：ISBN 978-7-5667-4194-3

**定　　价**：89.00元

**出 版 人**：李文邦

**出版发行**：湖南大学出版社

**社　　址**：湖南·长沙·岳麓山　　**邮　　编**：410082

**电　　话**：0731-88822559（营销部），88820008（编辑部），88821006（出版部）

**传　　真**：0731-88822264（总编室）

**网　　址**：http://press.hnu.edu.cn

**电子邮箱**：437291590@qq.com

# 序言

## 努力攀登生态文学的新高峰

刘 群

2022年金秋时节，中国第一个省级生态文学组织——湖南省作家协会生态文学分会呱呱落地。

这个组织自成立起就没有辜负我们的期待，在湖南省委宣传部、湖南省作家协会和湖南省生态环境厅的关心与支持下，分会在短短三年的时间，发展了一支包括二百多名作家的队伍。他们中的很多会员原本都是中国和省级作家协会的优秀作家。这支队伍紧扣湖南实际，开展多个场次的文学采风活动，深入我省生态文明建设和污染防治攻坚战的主战场，通过认真细致的观察，创作出一大批生态文学佳作。一些会员作品在商务印书馆、百花文艺出版社等全国顶级出版社出版，《圭塘河岸》《醒来的河流》先后入选国家第一、二批生态文学推荐书目，还有更多反映我省生态环保成功案例和典型人物的作品正在计划出版当中。通过这样一个分会组织，我们建立了一个跨部门、跨区域的文化同盟，通过文学将环保的触角伸向无限广阔的空间，以文化人，让更多的人增强了生态文明意识、认识了湖南环保，加入到美丽中国建设行动者行列。湖南生态文学创作，已经成为我省生态文明建设的一张亮丽名片，不仅在省内具有一定的社会影响，也多次得到生态环境部和中国作家协会的肯定。这一品牌的形成，离不开各级各部门的关心与关爱，更离不开全体会员的共同努力。

按照湖南省作家协会的安排，生态文学分会将几年来生态文学的相关优秀作品汇集出版，并定名为“青山碧水新湖南”。这个集子中的很多作品我之前在“湖南生态文学”微信公众号上读到过，今天读来依然有耳目一新的感觉。《青山碧水新湖南（第一卷）》还收录了自2019年以来六五环境日湖南主场活动部分剧本。这些剧作紧扣我省历年生态环境的主要事件，用文艺的方式进行演绎，演出当时就赢得了很多掌声和热泪。这些剧本我都曾经审定过，今天读来更加亲切。

总之，编辑出版这部生态文学作品集是一件很有意义的事情，期待未来实现优秀生态文学作品编辑出版的常态化，不仅用文学记录湖南生态环保的足迹，更展现湖南作家对自然的深切关怀与其美好的心灵。

# 目录

## 评论



## 散文

## 报告文学



## 小　说

## 诗　歌



## 剧　本

# 评论

# 为美丽中国建设奉献文学的力量

刘友宾

湖南是我非常景仰的地方，是伟大领袖毛泽东主席的故乡，同时也是文化非常发达的省份，现当代文学史上，出现过沈从文、周立波、韩少功等一大批非常优秀的作家。

湖南生态文学创作走在全国前列，成立了全国第一个省级生态文学组织——湖南省作家协会生态文学分会，安排了专门的工作经费，这充分说明湖南在生态文化建设方面的魄力与远见。

由于工作的原因，我错过了 2021 年“青山碧水新湖南”活动期间组织的生态文学创作讲座，又无缘出席 2022 年湖南省作家协会生态文学分会的成立大会。这两次错过在我内心都是十分遗憾的事情。

作为一名现当代文学专业的毕业生，又有过担任文学编辑和出版社总编辑的职业经历，我虽然几十年从事环境保护工作，但内心依然有着很深的文学情结。在今年生态环境部和中国作家协会共同组织的首批中国生态文学十部推荐作品中，来自湖南的《山南水北》《大湖消息》和《圭塘河岸》入选。这次到湖南来，又欣喜地看到湖南作家肖辉跃创作的《醒来的河流》在商务印书馆出版。在这里，我对湖南作家朋友们在生态文学创作上取得的成绩表示敬意和祝贺！

湖南生态文学发展走在全国前列。希望一定要切实发展好、利用好生态文学分会这个平台，切实当好生态文学创作的组织者和协调者，为作家朋友们提供创作实践的机会；同时要加强生态环境系统内作家的培养，产生几个具有相当影响力的骨干作家，成为生态环境保护事业的文学代言人，为生态文明建设和环境保护事业提供文学力量。

生态环境部高度重视生态文学创作。2021 年、2022 年在青海和辽宁举办的六五环境日国家主场活动上，我们联合中国作家协会专门组织了中国生态文学论坛。今年又把原来在六五环境日国家主场活动上举办的中国生态文学论坛独立出来，在内蒙古自治区鄂尔多斯市举办了中国生态文学论坛。

我们过去的环境传播很大程度上是解决“知”的问题，但生态文明意识养成需要知行合一，更需要解决“行”的问题。解决这两个问题，都离不开“美”，离不开“美”的感染和熏陶。在我看来，生态文学是更高层次的生态环境传播，能够以美的方式为生态环境保护提供“内生动力”。

中国生态环境保护事业发展到今天，已经取得历史性、转折性、全局性的伟大变化，但生态文明建设依然是一个具有艰巨性、复杂性和长期性的过程。在这个过程中，生态文化发挥着极其关键的作用。习近平总书记在 2018 年全国生态环境保护大会上的讲话中，把“生态文化建设”摆在生态文明五大体系建设的首要位置，充分体现了习近平总书记的高瞻远瞩。

几十年来，国家环境管理机构从国家环保局到环保总局、到环境保护部，再到生态环境部，组织不断加强，机构和影响力不断扩大，但是我们的人文积淀、文化建设，与生态文明建设本身的要求相比还严重不够。生态环境保护涵盖技术、经济、政治、文化等多个方面，加强生态文化和生态文学建设，既很必要，也非常及时，它是环境保护发展到今天的一项水到渠成、势在必行的工作。

本月上旬，全国宣传思想文化工作会议在北京召开。这次会议确立了习近平文化思想，生态文化繁荣与发展迎来了大好时期，有着非常好的历史机遇。我们要把生态文化建设作为学习贯彻习近平文化思想和进行生态文明建设的一个重要工作和基础性工作来抓。

第一，通过繁荣生态文化传播好生态文明理念。以美的方式把现代生态理念传播出来。习近平总书记讲“绿水青山就是金山银山”，“环境就是民生，青山就是美丽，蓝天也是幸福”。这些重要论述对生态文学创作有很大的指导和帮助作用，我们要摒弃人类可以统治自然、驾驭自然的落后观念，努力传播尊重自然、顺应自然、保护自然的观念，让更多人知道人与自然是生命共同体。新时期的生态文学创作，应该将我们对人和自然关系的最新认识，渗透到作品的方方面面。只有用这样的眼光去打量自然、思考自然，坚持人与自然和谐共生，才能写出真正的生态文学。

第二，生态文学创作要融入当代环境保护实践。生态文明建设和生态环境保护事业所取得的辉煌成就，本身就为生态文学创作提供了一座座富矿，为今天的广大作家们写出更加博大精深，思考人和自然关系、记录中国生态环境保护实践并具有深厚情感的作品打下了坚实的基础。要从当代中国生态环境保护和生态文明建设的实践中寻找创作灵感。要尊重文学创作的规律，通过融入生态环境保护实践，写出更加生动、具有持久感染力的作品，给公众更多的关于人和自然关系的美的享受，以陶冶灵魂、洗礼思想。

第三，要创新传播方式和手段。时代在变，传播方式在变，我们要与时俱进，适应传播方式的变化。打开《醒来的河流》，里面不仅仅是文字的叙述，还有很多精美的摄影插图，令人耳目一新。长沙市天心区作家协会连续组织28场生态文化讲座并采取在线直播，取得了很好的传播效果。提高生态环境宣传教育能力与水平，既要求“真”；进行生态环境科普传播，也要求“善”；培养全社会生态伦理与道德，更要求“美”。大力弘扬生态文化，转变观念、改进方式，通过繁荣生态文学，进一步提升生态环境宣传工作的传播力和感染力。

（本文摘录自生态环境部宣教司原司长刘友宾2023年10月在湖南生态文学座谈会上的讲话。）

# 以历史主动精神开创生态文学黄金时代

蒋祖烜

“青山碧水新湖南”文学征文，是湖南文学第一次高规格、大规模聚焦环境生态的主题创作活动。参与作者众多，体裁形式多样，持续时间跨年，精品力作迭出，影响广泛深远。作家沈念获得鲁迅文学奖的散文集《大湖消息》，成为代表性作品。湖南生态文学的自信自强、历史主动在全国环境生态领域和自然生态文学范围，都引起关注、获得好评。文学评论适时跟进，专题对作家作品、地域特色和发展走向，予以理性的分析和研判。创作与评论正向互动，必将推进湖南生态文学走在前面，必将增强人们建设美丽家园、创造美好未来的精神力量。

今天，我们站在建设现代化国家新征程上，对生态文学将有怎样的思考和行动?

**生态文明的历史性变化为生态文学提供了丰富多彩的题材。**习近平总书记在党的二十大报告中自豪宣告："我们的祖国天更蓝、山更绿、水更清。"的确，新时代十年来，坚持"绿水青山就是金山银山"的理念，山水林田湖草沙一体化保护和系统治理，全方位、全地域、全过程加强生态环境保护，生态文明制度体系更加健全，污染防治攻坚向纵深推进，绿色、循环、低碳发展迈出坚实步伐，生态环境保护发生历史性、转折性、全局性变化，创造了举世瞩目的生态奇迹、绿色奇迹。

这是每一个中国人、每一位当代作家都见证并感受到了的变化。既有活生生的案例和故事，比如云南的大象、西北的朱鹮、洞庭湖的江豚的久别归来；也有可比较的指标数据，如空气质量优良天数、国考断面水质优良率、森林覆盖率增长；还有世界公认的排位，如人工造林面积、双碳达标进度；更有中国公民生态环境意识普遍苏醒，广泛参与、有效行动。

身处长江中游、大湖之南，我们也切身感受到湖南生态之变、环境之美。从当初对久违的蓝天白云惊奇喜悦争相刷屏，到今天的自然而然习以为常。这是湖南落实总书记殷殷嘱托，真正把生态系统的一山一水一草一木保护好、把一江碧水守护好，做好洞庭湖生态保护修复的成功实践。

《人民日报》、新华社、中央广播电视台等系统梳理了这十年来描绘美丽中国的生动画卷。新闻总是走在文学的前面。我们需要以历史的主动跟进，需要像讴歌脱贫攻坚那样热情投入，需要有不负青山不负人民的责任意识，拿出有数量有质量、影响当代又传之久远的作品。

**习近平生态文明思想为生态文学指明了前进方向。**2018 年 5 月，全国生态环境保护大会正式提出习近平生态文明思想，为新时代生态文明建设提出根本遵循和行动指南，也为生态文学指明了前进方向。

从"五位一体"领会生态文明战略位置和发展理念，把握生态文学历史方位。从"国之大者"的高度来重视和关切生态文学的意义与价值。

从“十个坚持”把握生态文学创作重点。党对生态文明建设的全面领导，“绿水青山就是金山银山”的核心理念，良好生态环境是最普惠的民生福祉，绿色发展观是发展观的深刻革命，统筹山水林田湖草沙系统治理，用最严格制度最严密法治保护生态环境，把建设美丽中国转化为全体人民自觉行动，共谋全球生态文明建设之路：这是当下生态文学的主要对象和思路。

从“两个结合”视角理解中国优秀生态文化，汲取生态文学创作的思维方法。几千年来，中华民族积累形成的自然观、生态观，天人合一，道法自然，民胞物与的思想智慧，留下的经典作品，诞生的伟大作家，如屈原、李白、王维、陶渊明、徐霞客等，是当代生态文学创造性转化、创新性发展的源泉。

从“人民至上”理念出发，体悟良好生态环境带来的幸福感、获得感，激发创作热情。环境就是民生，青山就是美丽，蓝天也是幸福。这是生态文学呼应人民、服务人民的必由之路。

**中国式现代化为生态文学开辟了广阔道路。**中国共产党将带领中国人民向中国式现代化迈进，这是激动人心的新征程。其中，一个重要的特征就是人与自然和谐共生的现代化，一个内在的要求就是尊重自然、顺应自然、保护自然。强调人与自然是生命共同体，无止境地向自然索取甚至破坏自然必然会遭到大自然的报复。强调可持续发展，坚持节约优先、保护优先、自然恢复为主，强调像保护眼睛一样保护自然和生态环境，坚定不移走生产发展、生活富裕、生态良好的文明发展道路，实现中华民族永续发展。

未来十五年、未来三十年，中国生态文明之路将这样展开：加快发展方式绿色转型，深入推进环境污染防治，提升生态系统多样性、稳定性、持续性，积极稳妥推进碳达峰碳中和。这为生态文学创作提供了独特的选题方向和内容宝库。比如绿色消费，绿色低碳生产方式和生活方式，比如建设国家公园和自然保护地，草原森林河流湖泊湿地休养生息，长江十年禁渔，等等，都值得跟踪、体验。

中国式现代化既有各国现代化的共同特征，也有基于自己国情的独有特色。作为反映生态文明的文学，一样会体现共性又彰显个性。在追踪生态环境进步中，形成生态文学的中国气派、中国风格、中国特色。

**以主动进取精神开创中国生态文学的黄金时代。**国运兴文化兴。新时代十年来，跟随生态文明的进步，诞生了一大批优秀的生态文学作品，成长了一大批知名的作家，开展了一系列专门的评奖。但是向世界讲好美丽中国的故事，向人民传播生态文明的风尚，依然任重道远。

世界上许多国家在现代化进程中，曾形成了本国自然文学、生态文学的流派，诞生了生态文学著名作家和经典作品。今天中国的生态环境变化、壮丽秀美风貌，为中国生态文学进入黄金时代奠定了最真实的基础，需要并且呼唤生态文学的繁荣。

展现山河之美，为中国山水林田湖草沙立传。我们已有长江传、黄河传、海南岛传。其实，祖国大地上每一条大江大河都应当为之立传；每一座山峰峡谷、每一个湖泊、每一片草原森林，都期待着文学的书写，展示其亘古至今的传奇——为自然之美的延续和升华而写作。

礼赞生态之变，为新时代生态文明历史性变革著史。中国生态之变、自然环境之美，可以从中华民族生态发展史上找参照，可以从当今世界生态文明进程中找比较，这样必会发现超出时间与空间的结论。

颂扬真理之力，为绿水青山就是金山银山理念作诗。正因为有着追求真理、揭示真理、笃行真理的超人勇气，才诞生了中国化的自然辩证法，超越以自然为中心或以人类为中心的争议与偏颇，改变沿袭已久的靠山吃山、围湖造田的发展观，使人与自然关系走向和谐，在大地上绘出新时代富春山居图。

塑造奋斗之姿，为创造奉献的生态环境工作者写真。河长、林长、田长等新的职位新的职责，都有新的内涵、新的经历、新的故事。洞庭湖的一大批生态志愿者，祁阳的红土壤野外台站，青山顶上的护林员，都有吸引人、感染人的好故事、新形象。

创造中国生态文学的黄金时代，其时已至，其势已成。期待生态环境、农业林业、国土水利部门支持，提供采访、体验、创作、交流的条件；期待出版社、报刊、网络关注，开辟更多出版、发表、传播平台；期待文联、作协更加主动积极地介入生态文学方向，发现、培养、培训作家，组织文学理论、文学批评给力助阵，为生态文学的流派、样式、风格和作家、作品提供更具权威性、公信力、影响力的分析与评价。

当代中国山河壮丽，锦绣潇湘迷人故乡。这十年，我们已经诞生了“绿水青山就是金山银山”的生态文明理论，我们已经证明“人不负青山，青山定不负人”的辩证逻辑，我们有理由以历史主动精神开创生态文学的黄金时代、白银时代。

（本文摘录自湖南省人大常委会委员蒋祖烜2023年10月在“青山碧水新湖南”生态文学学术研讨会上的讲话。）

# 在苗乡大地上的深情歌唱

## ——梁书正诗歌读札

胡革平

“家燕把巢筑在屋檐之下 / 它把呢喃送给人们 / 蜻蜓在门前栖息 / 它把夏天带给人们/喇叭花爬上篱笆/它把歌谣唱给人们。”(《故乡的歌》)翻读湘西“85后”苗族诗人梁书正这首诗的时候，春日的长沙正阳光灿烂，此刻在湘西的梁书正，不知是否也在拿起笔，和春风一起写诗，与阳光一同走笔。

认识梁书正是在十八洞村。当时，他作为作家代表参加了我主持的基层文学创作调研座谈会。从湘西偏僻苗寨走出来的孩子，取了一个带“书”字的名字，应该是父母对他的前途寄予了厚望。他却不觉间选择了文学，就像沈从文，天生注定要“从文”一样。也许是因为我对长期在基层工作的经历刻骨铭心，那次之后，我特别关注梁书正。也是那次会议，我得知他很早就和其他孩子一样进入工厂，一边打工一边写诗，年纪轻轻便创作成绩不俗，成为备受关注的现象级草根诗人，还获得了《人民文学》诗歌奖，加入了中国作家协会，入选了湖南省文艺人才扶持“三百工程”。他已出版诗集五部，其中两部分别入选“中国少数民族文学之星丛书”和“青春诗会诗丛”。

梁书正的诗歌是扎根于土壤、生长在大地上的，真诚、稳重、苍翠，具有蓬勃生长的力量。“我认出了阿爸 / 一个和玉米一样高的人 // 我认出了阿妈 / 一个背着夕阳归来的人 // 我认出了女儿 / 五彩风车在她手中转啊转 // 我认出了我的故乡：妻子抱着婴儿 / 果实挂满枝头。”（《回乡记》）这里的玉米、夕阳、果实都与大地息息相关。如和玉米一样高的父亲、背着夕阳归来的母亲、手中转着风车的女儿、抱着孩子的妻子，这样的乡村画面，既向上生长，又美好蓬勃。同时，梁书正的诗歌的诗意很强。他具有一种诗意的自觉：“我怀念循着羊的脚印 / 找到那些丢失的白云 / 我怀念循着牛的脚印 / 寻到牛背上牧童的笛声 / 我怀念光着脚丫赶着夕阳下山 / 一轮满月的脚印铺满村庄。”（《脚印铺满村庄》）修辞增添了诗意，诗意营造了境界。而这种诗意自觉所形成的画面感，祥和、恬静、自在，让人不自觉地融入其中。这也许是原生态的湘西给了梁书正这样的写作素材和基础，抑或是一种深深植根于心的对纯朴和美的热爱与追求。梁书正的诗像一株清新葱绿的春树、一座宁静苍翠的青山、一汪明净澄澈的湖泊。

文学源于生活，与个人的成长历程息息相关。梁书正的人生路程是曲折、坎坷的，经受了很多风雨磨难。这使他的诗歌开阔、厚重，充满力量，又富有智慧。“站在沅江之畔 / 打捞中年苍茫的倒影 / 半江山川 / 与我互为呼应 / 站在武陵山顶 / 迎着大风而歌 / 整条酉水 / 为我收拢臂弯。”（《山水吟》）这种开阔的眼界、胸襟，乃至人生的格局，借助山水抒怀，让万物开口说话。“远处 / 落日是群山抛出的一枚硬币 / 重复着古老而永恒的占卜。”对命运深刻的领悟和追问，增强了诗歌的厚重感。他在《捉迷藏》中写人们在村庄里躲藏，最后陆陆续续变成星星藏到天上。他写“村寨是一个巨大的藏身之所 / 有些事情可以问苍天和大地 / 有些事情只能问地瓜和洋芋”。苍天和大地问的是命途，那么，地瓜和洋芋问的是什么呢？这里面有一种了然于胸的豁达和超然，以及一种乡村古老而朴素的哲学呈现。这种源于生活的领悟，在梁书正的笔下，经由神性和灵性，达到一种古老宗教和永恒自然的大和谐。

我喜欢梁书正，不仅在于他的诗歌才华和正能量，还在于他对生活的态度。众所周知，以前的湘西是贫穷闭塞的。据梁书正讲，小时候他家特别穷困，缺吃少穿，父母去外地劳作，他小小年纪就要砍柴、打猪草、放牛、煮饭等。冬天经常是光着脚走十几里山路去学校，脚冻得麻木，长满冻疮。后来他外出打工，辗转漂泊，吃尽苦头。但是这些似乎并没有将他打倒，而是让他更加坚强勇敢。他的诗中有这样的句子：“星星选择密集地挂在高空 / 让万物从尘埃中抬起头来。”这是对生活的挑战和承担。罗曼·罗兰说，世界上只有一种英雄主义，那就是在看清生活真相之后依然热爱生活；泰戈尔也说过，世界以痛吻我，我要报之以歌。我觉得梁书正就是以这种坚强、乐观与豁达的态度对待生活的人。这种生活态度，让梁书正的诗歌博大、厚重，有温度、有情怀。

花垣县是“精准扶贫”首倡地，出生在这片土地上的梁书正，对故乡是充满热爱和感恩的。他有一组作品标题是“人间繁花”，写的是十八洞村的景、人和事，既接大地之气息，又有生活之甜蜜。我记得他的诗句：“我和龙先兰是世界上最幸福的蜜蜂 / 我们要把最甜的蜜酿给人间。”在湖南省作协举办的“青山碧水新湖南”征文大赛中，梁书正抒写故乡的诗歌获得了一等奖。今年，我收到梁书正的两本诗集，一本《我心满怀人世恩光》，一本《群山祈祷》。两本诗集里的很多诗歌，都是歌赞家乡、土地、祖国和人民的：“从地里长出来的 / 都是我们的亲人 / 从天空照耀下来的 / 都是恩情和荣光 / 从远处吹来的呵 / 都是喜悦和祝福。”（《好季节》）这些句子光明温暖，熠熠生辉。这个从湘西苗寨走出来的诗人，在新时代的大路上与群山同脉、与大地同频、与时代共振、与人民共情。他的诗歌，是在祖国大地上的深情吟唱，是传递民族精神的永恒歌声。

（原载《文艺报》，2024 年 4 月 29 日。）

# 《家山》深处的水

黄亮斌

著名作家王跃文创作的长篇小说《家山》，是一部反映民国时期一个名叫“沙湾”的南方乡村长达二十年波澜起伏历史的著作。它是一部以湖南溆浦为背景而创作的地方史志，是社会变迁史、社会生活史、乡村民俗史、乡村繁衍史，是一部生生不息的民族史诗。当然，在我看来，它也是一部自然生态史。

恩格斯曾经这样评价巴尔扎克的创作："汇集了法国社会的全部历史，我从这里，甚至在经济细节方面所学到的知识，也要比从当时所有职业的历史学家、经济学家和统计学家那里学到的全部东西还要多。"《家山》就属于这样的小说。其对民国时期乡村社会的农耕形态、生活方式、日常伦理、风物人情等进行的疏密有致、气韵生动的描摹，让我们看到了，中国乡村如何从历史中进步而来，先人前辈如何从过往向现代而行，并深切感受到中华文化生生不息的韧性与包容。作品虽然以雪峰山深处的乡村为主要故事发生地，但很多历史事件都放到了省会长沙这个更大的历史背景下进行讲述，如创办周南女校、长沙文夕大火、长沙抗战等，这就让我们能从更加宏大的文学场域来观照和思考这个僻远村落的变化。

由于自己祖上也有些薄产，故笔者对《家山》所展现出的那个历史时期的社会制度有着别样的感受和理解，如十户一甲、十甲一保的基层政治制度，佃家与田家的关系以及赋从租出的土地制度。作者显然是广采典籍、用过扎实功夫的，书中记录到的民国以来各种特捐、附捐多达二十余种。在民国三十六年沙湾发生了历史上罕见的特大洪水，万溪江畔哀鸿遍野、饿殍满地，地方乡贤都在倾囊而出，救民于水火，而口衔"仁政"的地方政府不仅没有援例开仓赈民，反而新增了桥梁捐、义渡捐、茶亭捐、茶捐、烟捐……这一描述与记录，也印证了"国民党的税多"的历史真实。最终结局是官逼民反。连生于清朝、活了八十多岁，一直都自封投柜、主动缴税的佑德公都愤怒喊出："我世世代代做顺民，今年也要反了，做抗欠大户！"《家山》通过这样的故事讲述，揭示了人心向背决定朝代兴亡这一千古不变的历史发展规律，昭示出作品的伟大意义。

但是对文学作品的阅读，正所谓"一千个人眼中有一千个哈姆雷特"，作为一名职业环保人，我对《家山》的阅读有着自己的独特视角。《家山》的写作，以佑德公、陈劭夫、陈齐峰、陈有喜、陈扬卿等为主要人物，但编织这些人物形象需要大量的故事与细节，正如王跃文老师自己所言："文学需要的是细节、常识、真相，让人物立起来，让故事活起来，让世界的原有模样或应有模样呈现出来，文学的意义则是作品本身自然外溢而非强作解人。"说到底，无论历史如何演替，社会如何变迁，村社如何在温情脉脉中过着小日子，这些都发生在一个个自然背景中，体现在一个又一个细节当中。《家山》作为一个时代百科全书式的写作，一定不会忽视这个时代的自然生境，而是对人类寄身的山和水有着深切的情感和特别的关注。沙湾村就处在雪峰山深处这样一处腹地：东边齐天界不远不近隔着流入沅水的万溪江，山重着山，起起落落，没入云天；南边的山越远越高，万溪江是从南边山里流下来的，北边的山在更远的地方，人在沙湾只望得见远村的树。《家山》开篇就写了沙湾和舒家坪之间因用水纷争而引发的一场人命官司，其中情节很容易让人想起作者另外一部作品《漫水》。相似的情节和人物先后出现在作家自己非常满意的两部作品中，这也说明，自然环境是多么深刻地影响着人、塑造着人，和决定着一个自然村落的人情往来、历史变迁。读过《王跃文文学回忆录》的人都知道，《家山》中的桃香和《漫水》中的慧娘娘，人物原型都是作者自己的奶奶。因为缺水，王家和邻村的覃家打过一起用水官司，代表王家出庭的便是作者裹着一双小脚、随口就是四六八句的奶奶。“人的命脉在田，田的命脉在水，水的命脉在山。”这样的认知，在作家生活的原乡，是深入每个人的骨髓的。

《家山》一书中，红花溪水库建设是作为故事推演的主要场景来讲述的。支持这一工程建设的有国民政府的两任县长，主持这一巨大工程的是留学日本归来的陈扬卿，而对这个工程望眼欲穿的是沙湾和竹园两个村寨的所有村民。尤其是竹园村，过去就是因为长期缺水，以至于有“沙湾炮响，竹园讨汤”的民谚，也就是说只要山底下自然环境较好的沙湾村办红白喜事，经常饿肚子的竹园村村民就会像乞丐一样下山来讨吃。以我对大湘西的了解，这样的故事，完全是真实的，及至近百年后的全面小康建设，这一带脱贫致富的措施之一，就是解决当地长期缺水的问题。后来我有幸读到《林一山回忆录》，林一山这位新中国成立初期被毛主席称为“长江王”的著名水利专家，很早就考察过溆浦的水利建设并写有关于湘西小型水库的考察报告。在西学东渐的背景下，陈扬卿这样一个人物同样是真实感人的。他竹杖芒鞋，利用从日本学成的水利技术，踏勘全县的山山水水，从规划设计到筑基夯坝、采石取土，无不显示出科学务实的精神。为了确保灌区不出现渗漏，陈扬卿亲自部署打井观水、排班查漏，处处彰显着对同胞的热爱。这样一处利民惠民工程修成后，竹园村人放炮燃烛，齐声欢唱：“仁德之家好门风，四邻八方念卿翁。今年大事炮仗响，无人上门讨汤喝。”陈扬卿和陈有喜两个水库建设功臣，则是“仰天躺在坝脚上哈哈大笑”，他们甚至给后代取了两个带“水”的名字——“秋水”“修霖”——以示纪念和庆祝，这些无不是人与自然和谐的真实写照。蓄水后的红花溪水库，很快呈现碧波荡漾、鱼戏鸭游的动人景象，丰收后的竹园村人“仓廪实而知礼节”，很快就回馈和反哺了下游受灾的沙湾村。不过在一个苛政如虎、民不聊生的岁月，再大的好事，也会瞬间就消弭在大时代的悲剧中——这厢老百姓还在畅想水库带来的丰稔生活，那厢地方政府就开征水利附捐……

自古以来，水都是关系国计民生的大事，也是百姓急难愁盼的要事，大凡兴修水利的人，无不被历代人所歌咏。如传说中治水的大禹、战国时期修建都江堰的李冰父子、秦代修建灵渠的史禄，都成为各种文学作品的讴歌对象。《家山》一书同样放声歌咏大自然的馈赠和家山深处的水。全书收尾处借用沙湾女儿一贞的书信这样写道：“沙湾受家山垂佑，享万溪润泽，沃野平旷，粮足猪肥，鸡唱鱼欢……红花溪水库观光，其胜景之美又何输于台湾日月潭？”

# 散文

# 大河出深山

汤素兰

老家在湘中丘陵，那儿属雪峰山余脉，山峦重叠，围出一小片山中盆地。青瓦白墙的屋宇依山而建，散布在盆地四周，组成一个小小的村庄。

村庄里开门见山。小时候，望着层层叠叠的山，我的心里便生出一个疑问：山的那边是什么？

于是，趁着上山打柴的机会爬上屋门前的大山，去看山的那一边。然而站在山顶上，不管朝哪个方向望，极目所见，依然是层层叠叠的山。

山里人见的山多了，走的山路多了，便有了关于山的智慧。“望山跑死马”，意思是你虽然望见了前面的山，但若想到那山上去，把马跑到累死也不一定能到达。

你若身在山中，朝着山走，是走不出大山的。只有沿着水走，才能走出大山。

两山之间必有涧，涧中一线泉水，像害羞的小蛇，在杂草灌木丛中悄悄滑行。数线这样的涧泉从四围大山中滑流而出，慢慢朝盆地中汇聚，盆地里就出现了一条清亮的小溪。

这条小溪是我童年的乐园。夏日的午后，阳光照得整个村庄昏昏欲睡，蝉在树上大声喊热啊热啊，我却一点也不觉得热。我赤着脚，拎着小桶和撮箕，跳进小溪，将撮箕伸进水草中撮鱼虾泥鳅，翻开小石头捉螃蟹。

小溪蜿蜒流过村庄。村路像飘带似的，沿着小溪往村口飘去。温柔的小溪来到村口的山嘴处，突然变得大胆起来，以决绝的姿态跳下悬崖，纵身跃入山下峡谷中的大河。村路则在这里犹豫一下，转了个弯，绕过山嘴去寻找大河，然后沿着大河飘向山外。

我不能跟小溪一起跃进大河，也不能跟着村路走去山外。我童年的世界只有头顶那一方蓝天和蓝天下的村庄。但我的脚步没有停歇。河岸边的山坡上开凿了层层梯田，我赤脚跳跃在梯田窄窄的田塍上。沿着那些高高低低的田塍，我终于也像小溪一样，走进峡谷中的大河，去继续我的渔获。

说是大河，其实河里的水不多，也不深，一年四季，我们都可以涉水过河。

但大河曾经也是大的。从夹岸耸峙的高山、深切的河床及河床里大如茅屋的乱石，都能感受到大河当年奔腾的气势。但如今，它只能在乱石间穿行，沿着曾经的巨大河床，执拗地爬向山外。

大河往下一里多的地方，有一座古老的石拱桥，名叫高桥。爷爷说，早年间，船是可以一直开到高桥的。爷爷还说，早年间，大河里发大水，洪水一直淹到了土地庙。土地庙在村口的山嘴处，在小溪跳入大河的悬崖边上。但就像大河不再是大河，只留下了名字，土地庙也没有了庙，只剩下一个名字。

在爷爷的时间里，早年间就是从前，究竟是从前的哪一年，并没有具体的说法。

爷爷还跟我讲过一个关于早年间大河的传说：芙蓉山下有条阴河，河里曾有一股水桶粗的水直往外冒，害得这一带总发洪水。后来，不知从哪里来了一条大蟒蛇，用身子堵住阴河，又有四条蜈蚣死死钳住蟒蛇不让它动，于是洪水止住了，大河里再没发过大水。

很久之后我才知道，这个传说不过是一个形象的比喻，并没有什么蟒蛇与蜈蚣，它们指的其实是河上修建的水利设施。

爷爷说的芙蓉山，是我们那儿最高的一座山峰。据说唐代诗人刘长卿曾在这山上遇雪，借宿山中，写下脍炙人口的《逢雪宿芙蓉山主人》：“日暮苍山远，天寒白屋贫。柴门闻犬吠，风雪夜归人。”虽然各地以芙蓉命名的山甚多，但从当年刘长卿在湖南游历的轨迹和诗中描写的自然风物看，八成就是我故乡的这座芙蓉山。

芙蓉山下有一座水库，是在我童年时代修建起来的，水库的大坝就建在大河上。正是因为修建了 这座水库，大河才失去了奔腾的气势。

随着水库一起修建的，还有两条渠道。其中一条渠道通过隧道，将水库的水送到我们村庄。这渠清水在流过我们村庄后，又通过一条架在盆地中间的高高渡槽和另一个隧洞，流向我所不知道的远方。

村道狭窄蜿蜒，高低不平，渠道却是宽阔平坦的，那是我童年时代见过的最宽最平的路。渠道修成后，村小也搬到了渠道边。

渠道不像溪流和大河那般弯弯曲曲，渠道里的水也不像溪流和大河里的水可以随心所欲。溪流像调皮的孩子，整天叮叮咚咚唱歌，有时贪玩，改了道，弯进圳沟，忘记了再回小溪，就聚成山塘。大河里的水常在窄处湍急，而在一些大石头下又沉静为深潭。渠道却规定了水的来路和去处，让水流得规规矩矩、明明白白。途经村庄的渠道虽然不长，却有明渠、隧道和渡槽。明渠有一个梯形的底座，渠道送水的时候，渠水在梯形的渠道里平缓无声地流动，没有波澜，也看不见底。隧道和渡槽的内壁都是陡直的，里面没有可供抓握的水草或者杂树。所以渠道送水的时候，小孩子都得远离水渠，以免发生危险。

后来，为了防止孩子们下到渠道玩水，村小在渠道边装了不锈钢栅栏。在渠道过水的时节，父母每天都要叮嘱孩子们不要去渠道里玩水，走在渠道上要靠渠道外面走；不管渠道里漂着什么宝贝，都不要去捡；不管什么值钱的东西不小心掉进渠道里，也不要去捞。因为被这样反复叮咛，流经村庄的这渠清水，我们简直对它又爱又怕。

对于农人们来说，这渠道真是太重要了。记得渠道第一次送水时，正是一个干旱的夏天。满渠清澈的河水流过村庄，不仅带来缕缕凉风，也通过渠底的孔洞，流进两旁的田野，让久旱的禾苗得到灌溉，让农人们的脸上荡漾开水波纹似的微笑。

少年时代，我沿着大河走出山村，到镇上读高中时，才发现家乡的大河在镇上有一个名字，叫流沙河。大河到了流沙河段，已经没有了夹岸耸峙的高山和河床里嶙峋的乱石。河道变得宽阔，流水变得平缓，河床铺满金黄的流沙，流沙河也因此得名。那时候沿河正在搞建设、盖房子，于是，流沙河里的沙子被广泛用到建筑工地上去，而那原本开阔平缓的河床，被掏得尽是窟窿。大河因此遍体鳞伤。

后来，我沿着大河再往外走，到省城读大学，才知道大河的书名叫楚江。楚江从我的故乡发源，全长 41.24 千米，沿途又汇入二十多条支流，然后入沩水、进湘江，最终流入大海。

楚江是个大名字，因为古人把长江也叫楚江。是不是因为和伟大的长江同名，所以乡亲们才把家乡的这条河叫作大河呢？

读大学后，我弄明白了，爷爷所讲的传说中，被四条蜈蚣钳制、堵住阴河的巨蟒，其实就是大河上那座水库的大坝。正因为在大河上修建了大坝，调节了山洪，才保了我们一方平安。

我还知道，那通过水渠引出来的水，后来走得很远。在缺水的年份，它甚至被调往邻县，为那儿的禾苗解渴。

我故乡的这条大河，虽然在我的童年时代就被截断了，但不管是水库里的水还是渠道里的水，都依然以水的形态，滋养着大地上的万物。

如今，楚江之源的水库被命名为青山湖，是下游多个乡镇的饮用水源。经过近十年的治理，楚江已经是水清岸绿，时有白鹭、野鸭在水中嬉戏。

“只有河能走出重重叠叠的山。河呼啸着冲撞而去，山门轰然打开，前面是一马平川。”这是我年轻时一篇小说的题记。而关于河的这种印象，是童年时代故乡的大河带给我的。

当日子流水似的远去，我在回忆故乡和故乡的大河时，也开始重新理解了河的意义。河水走出大山，其实最终又会回到大山。因为河水在流动的过程中，会被蒸发成水汽，飘入天空，聚成云彩。总有一片云会飘回故乡，变成雨，又落入故乡的大河。

（原载《人民日报》，2024 年 5 月 13 日。）

# 大湖消息（节选）

沈　念

## 鸣

任何候鸟的迁徙之路，都是天空中一条没有端点的线。

蒲滚船吞吐轰隆的声嚣。毒鸟人的喉咙发出几声模糊的笨拙之音，被稀落的牙齿咬碎，有些像一只肥胖的赤麻鸭发出。坐他身旁的我扭头寻找，声音受惊吓般地跳走了。

声音对鸟是一种无条件刺激物。小时候我十分迷恋父亲单位一年轻人的口技，他能模仿好几种鸟的叫声。当他和我单独在一起的时候，他会噘起薄薄的双唇，响亮而迷人地叫唤一个个音节从齿缝间蹦出。他并拢手指，拱圆手背，靠近嘴唇，又是发出一长串仿佛歌唱般的声音。那些看不见形状的声音，旋转着飞到枝丛间，跟着鸟儿一起跳跃。我有时又怀疑那是鸟的真实声音，而年轻人不过是扮着假动作迷惑我，赚取我的崇拜。

到了湖上，总会遇到候鸟，有时候天空都要被它们的声音倾覆。嘶鸣、欢叫、嘀咕，跟随着飞翔中的坠降、攀升、旋转、追逐，如旋涡般缠绕在一起。声音在天空留下一道道曲度不一的弧线，鸟飞远了，边缘锐利的余音还在半空儃回。在鸟的世界里，没有犹疑，没有后知后觉，敏感的听觉系统一旦预测到警报，就会毫不犹豫地飞离，留下一片惊慌失措的嘈杂和几片扇翅落下的轻盈羽毛。

我强迫自己用心聆听过鸟的声音，它们的鸣啭和叫唤，但至今只能辨清三五种最常见的。鸟的鸣啭像正式登台演出的歌唱，而鸣叫只是闹市叫唤声中的一个个响亮音节。鸟的发声不只是情绪的传递，还是占区、求偶、领域戒备、配偶间联络及协调繁殖行为的指示，鸟声的变化，有的多达二十余种。风托着鸟的声音，远远地吹送而来。观鸟途中，我渴望听到天鹅婉转、高亢的声音，却屡屡被蒲滚船的轰隆噪声掩盖。仅有的几次停歇之间，我屏息凝神，张大耳朵，可那些白琵鹭、白鹭、罗纹鸭鸦雀无声，天鹅们曲颈嬉玩，偶尔传来啭音低沉的几枚声响，老张说是赤麻鸭打出的“嗝”。放大这嗝声，像看到一个气息粗犷的活物摇摇摆摆地奔跑过来。

每只鸟都有自己的声音。迁徙中的集群生活，鸣声发挥着强烈的通讯作用。夜间赶路的鸟，在暗黑的天空中看不见彼此，鸣声理所当然地成了聚集的讯号。鸟的听力异常敏锐，不会错过那些呼唤加入队伍的声音，飞行的冲动不可抗拒，即使是那些尚在休憩的小鸟，也会跟随头顶上飘过的叫声腾空飞起。深蓝色的苍穹，柔软月光之下的鸟飞翔，这样的画面想一想都是一种清爽的视觉享受。

毒鸟人一路上目光僵硬，突然从喉咙里发出受到惊吓般的怪声。老张跟他唠着过去，他就叨念起穷困窘迫的处境，一个人，没有钱，漂泊不定，靠帮人守船收鱼赚几个小钱苟且偷生。他脚上的鞋子后跟磨去了大半个底，和年轻人走路轻快、前脚掌着地不同，他是整个脚掌平放，后跟用力大，导致磨损厉害。

他说自己并非有意去毒鸟，不过是给自己即将度过的冬天准备一些肉食，他要在破船上住到开春，过年也回不了弟弟的家。

“那间房子已经荒芜。”他突然冒出的这句话指向不明，然后任凭我们怎么问也不启齿。也许他有过一间曾属于自己的房子，却失忆般丢掉了详细地址。

这些哀求之词一时让我变得恍惚，眼前的这个老男人经历的悲催生活，毫无温度，连一只鸟也比不上。“可怜之人必有其可恨之处。”老张嗤之以鼻，搬出硬邦邦的教育之词，然后扭头懒得理睬。

## 逝

电话通知的森林公安已经在前来的路上，审讯清楚情况后，最严重的可判毒鸟人一年半载的狱中生活。“野生动植物资源保护”条例的出台，“全面禁止非法野生动物交易”决定的实施，是法治对这片湿地的光照，却仍然被许多法盲渔民当作耳边风吹过。每年的越冬水鸟调查，其实也是一次保护宣传。船舱的木板上贴着水生动物保护招贴画，大家也许看到了，有好长一段时间都沉默不语，死不瞑目的鸟让人压抑。我想象天鹅中毒时的惨状，扭动、扼喉、抽搐，如同波德莱尔在《恶之花》的诗中写到的："几次伸出抽搐的脖子抬起渴望的头，/望着那蓝得可怕的无情的天空，/就像奥维德的诗中的人物，/向上帝吐露出它的咒诅！”

天地一片沉寂，浅水地带折射着光，这面“镜子”似乎一触即碎。我把手放在鸟的羽翅之上，五指艰难地滑动，过去的柔软与温暖消失，取代的是棘手和冰冷。远处有鸟的鸣叫，拍打着天空，如同走到世界尽头般悲凉，大雨如注。

森林公安是老高领来的。老高人如其名，身高体壮，保护区内的猎鸟、毒鸟案件几乎都是他经手办理的。他甚是气愤地说起2011年的一个捕鸟案子，六人猎鸟团伙，分工明确，有人出资、收鸟、养鸟、销售，有人将猎捕的野生鸟分类、计数、记账，有人负责踩点捕鸟地、安排捕鸟人员住宿生活。他们购买了七十捆竹竿、捕鸟用丝粘网，用录音机、丝粘网、竹竿等工具进行猎捕野生鸟作业。猎捕野生鸟期间，主犯还在村里租了一间民房和一块稻田，在稻田中搭成四间简易棚，将非法猎捕的活鸟放在简易棚喂养，养肥后销售至广东。案发时这个犯罪小团伙共猎捕了野生鸟两万两千多只。老高赶去囤积死鸟的现场，上千只已去除羽毛并腌渍的死鸟，看不出曾经是哪种美丽的鸟儿。检验中心传来的检测结果，标注了这些鸟的种类：黄胸鹀、小鹀、灰头鹀、栗耳鹀、黄腹山雀、褐头鹪莺、白头鹎、树鹨、蓝喉歌鸲。

我哑然，这些鸟儿，我只在鸟类图鉴上见过。

回到管理站的临时驻地，等待已久的森林公安做完毒鸟人的笔录后，寒气早已将夜色凝固结冰。乡间小路弯弯曲曲，眼睛看不到车灯以外的视野。体虚的毒鸟人禁不住颠簸呕吐起来，逼仄的车内散发出恶心的气味，车窗一开，冷风刮进来，又引发新的呕吐。这是我一次很糟糕的乘车经历，但看着后座老男人的衰样，刚发酵的恨意又重重地摔下悬崖。我无法言述，这个夜晚空空荡荡，永远都不愿回忆。

杀戮往往热爱从夜晚出发。一个地方媒体记者一年前曾在网络推出捕杀候鸟的视频，立刻引起一片哗然。在湘赣交界的山区，捕鸟是祖辈承袭下来的生活乐趣。当地土著村民，开着外地牌照豪车、拎着猎枪的寻欢者，在候鸟抵临的夜晚，架起鸟铳、竹竿、大网、高频电灯，守候骚动的到来。上百盏大灯白刷刷地亮起，把黑夜打成一张白花花的屏幕。寻光择路的飞鸟经过，一个个白光点，随着此起彼伏的枪声坠落。杀戮结束，肩扛蛇皮袋的收鸟人迫不及待地开始交易。“长脖子鸟味腥，便宜，短脖子鸟肉厚味鲜，好卖也贵。”“宁吃飞禽四两，不吃走兽一斤。”那些飘荡在小县城市场和餐馆里的炫耀之词，让人痛彻心扉。从北向南，一条穿越饥寒、寻找温暖的千年鸟道成了候鸟的死亡之旅。

我离开七星湖，在清晨奔赴省城的火车上看完视频。窗外晨光熹微，天际缕缕星蓝散发的光焰，白得耀眼，悲伤巨流。

伤害的贪噬从来没有停下过，那些怀抱侥幸心理、置律法于不顾的人，一次次冒险踏上杀戮的道路。老张在我离开七星湖后的第三天打来电话，半欣喜半愤怒，几个在矮围从事非法捕捞的渔民，外运大批毒死水鸟时被查获。他们把呋喃丹埋进剖开的小鱼肚内，沿鸟聚居的浅水泥滩撒落。而那些死鸟，被他们悄悄地送到了一些隐蔽的餐桌上。我询问毒鸟人的下落，老张说他被送进了看守所，没有人探望过，他的弟弟接到森林公安的电话就挂断了。亲情早已远离这个失败的男人。这真是一种奇怪的遇见，我与他在那天回城的晚上分手，也许再也不会见到他，却记住了他衰败的眼神。

“鸟去湖空，是迁徙，也是消逝。”我再次深刻洞悉这句话的含义。

永远生活在黑暗中的人是不会有视觉的。内心被毒蚀的毒鸟人看不见候鸟的美丽，也顾惜不了对生命的尊重。候鸟在自然界最大的危险敌是人，人对鸟的伤害应该被挂在天幕昭示，但鸟总以宽宥之心，压制愤怒、恐惧，也不像希区柯克导演的电影《鸟》那样群起而攻击人类。它们淡然回避，躲到云朵、树林、山川、河流之上，把身体与灵魂交付大自然。它们亲近友善着人们，不带着任何仇恨飞向迁徙之路。候鸟在洞庭湿地上连接的不是乌托邦的理想，而是人类诗意栖居的现实与田园梦想。

# 美丽千古的约会

## ——张家界大峰林交响音诗

罗长江

### 一

穿越时空，我来赴一个美丽的千古之约。

伫立于总面积约二百六十四平方公里的砂岩大峰林的制高点，天地之间若闻长裙曳地的窸窣之声。

月华如水。天光浅黛。蜃雾铺展，无边浩瀚。

浮出云表的数千座岩峰的峰巅，一如几亿年前浮出海面的岛屿。月亮在滔滔浪花的野性拍击和温情抚摸下，激溅着银光闪闪的声音……

云烟轻揉的远山，如蛰伏的兽物暗藏锋芒。

迢迢银河沉入宇宙深处，时间深处。

罡风，自遥远的泥盆纪呼啸而至。怀揣一腔热切，我徜徉于世界之初生命之初的海滩边，沾满了宇宙凉意的嘴唇，轻轻舔动自远古漶漫而至的大海的回响……

## 二

清辉不觉寒。

想象中的海滩如同一片银色海绵，滋滋地吸收着清冽的夜气，发出轻烟和微光。便有诗人心血来潮地将其命名为“天子海”。

凝视砂岩峰林的一层又一层海水沉积线和一道又一道波蚀浪痕，踏着成片成片连成厚厚岩层的笔石化石和珊瑚化石，捡拾零乱散落得满海滩都是的亿万年前的生命碎片，理所当然为一个个鹦鹉螺化石和一个个巴附于寒武纪岩石上闪射珍珠光泽的贝类化石而遐思悠悠。

月白风清。蒹葭苍苍。双脚恍若踩着水声啧啧作响。

揣想生命刚刚完成了单细胞、藻类、鱼类的进化之后，晚古生代泥盆纪末纪的某些原始的有肺鱼类，兴许就是从我现在所驻足的地方，探头探脑从海水里爬上岸来，用四条粗短的从鳍进化而来的脚，开始了由海洋向陆地进发的最初旅程……

岩石张开巨大的嘴唇，如喘息着绽放的花蕾。

火烧云追赶着忽喇喇起飞的东方吉祥鸟群，嘹亮地叫喊。

太阳风鼓动腮帮将彗星的尾巴吹长又吹长。

大海深处，珊瑚礁走出来一串串散发着远古气息的童话，纷纷地，开放成花……

## 三

张家界砂岩大峰林地貌的制高点之一在天子山。

天子山的山脊与峰峦既被圈入大峰林之中，又悬浮于大峰林之上。与千百座砂岩岩峰顶部等高的环形山腰，有一条长达五十公里的壁岸线。壁岸线在三亿八千万年以前的地质年代，曾为古海洋之滨海地带的真正海岸线。

在泥盆纪的六千万年间，这儿曾沧海桑田，几经变迁。

大地的升降运动，海陆的轮番更替，气候的冷热交换，生物的生死嬗递，一切发生着惊心动魄的变化——

冲蚀。消融。崩解。漩涡。喷流。水晶。熔岩。冰川。季雨林。沉积层。辐射。潮汐。雷暴。雪崩。山洪。沼泽。阴影。独角犀牛、东方剑齿象、恐龙与古鲸的厮杀……

时间静止着。

古生物钟响了。

可作计时标志的各种生长纹饰的化石——跌落在湛蓝海盆的古生物钟呀，在深海的漩涡撞击下会发出悠远动听的沉响吗？钟声会传递最热切的期冀和最美好的许诺吗？

飞鸟入睡了。波涛的絮语将我轻轻摇晃着。

交相辉映的银河，繁星明灭成光斑的颗粒，如浮萍，如卵石。海天间充溢着宇宙子宫的羊水。

浪与浪相簇拥。

梦与梦相堆积。

古生物钟的沉响，唤醒我绵亘千古的漂泊之旅……

## 四

我想象我曾是一只漂瓶。

随着原始海洋从这里退却，代之以沉积厚达五百米的石英砂岩盆地；随着大陆板块的错动变化，古海洋再度涵盖这片盆地；随着石英砂岩高原的隆起，古海洋又一次从这里退却……一则寓言中的漂瓶，随着沧海桑田的几度位移，便在海陆从来无静止的颠簸里无边无涯漂流着，便在风云自古永流迁的沧桑里无休无止漂流着。

漂流是一种偶然也是一种必然。

无须去猜测命运亦无须去咀嚼种种际遇。

我以古海洋往我身上铭刻的音符为语言，一个世纪又一个世纪地与水族们吐出的泡沫亲热地呢喃着，一个世纪又一个世纪地与苍穹吐出的云纹美丽地交谈着——

关于和谐交融。关于共生共荣。关于道法自然。

寓言也许远比人类的历史要悠长。

地球上人类诞生了。寓言中的漂瓶搁浅在沙滩时被一个孩童拾起。谁也不知道里面装着人类的所有欲望。当瓶塞拔开后，欲望纷纷跑了出来，遍布人间。

岁月之海从此涨满欲望之潮。

二十世纪末，来自东半球和西半球的两位哲人纵贯古今、总揽天下，从宇宙天体、生命起源、宗教哲学、道德伦理、科学技术、文化教育、环境保护、国民经济、政治制度、和平战争，一直到未来的世界大同，几乎探讨了人类社会、当代世界所有最迫切的问题，并对未来世界作了预测和展望。

哲人指出：人类的力量已经达到了足以导致人类自我灭亡的程度，如果人类为了满足贪欲而继续滥用这些力量加害于大自然，必将把人类引向毁灭……

我震惊。我愤懑。我如坐针毡。

人类只会钟爱自己，睥睨一切，已经太久太久了。

环顾星空，俯视地球，这湛蓝如晶、飘然翼然的宇宙间最美丽最迷人的星球，这哺育了人类数百万年的“生身之母”，无论如何也不该遭到情感上的遗弃和戕害呀！

地球是人类的母亲。大自然无疑是人类的恋人。

为赴这一美丽千古的约会，我选择一个黑夜，一个水天一色、混沌如初的时刻上路。

怀着乡愁的冲动为重返家园而来。

怀着浪子的心情为重返家园而来。

红尘滚滚，拂去关于痛失家园的种种喟叹。长空，大河，山岳，湖泽乃至万古苍凉之上，一支音乐在回荡不已：

不要问我从哪里来，我的故乡在远方……

## 五

这是庄子曾经描绘过的一则爱情故事：

一个小伙子与他的心上人约好在桥梁下相会，等呀等呀，却不见心上人儿如约而来。水位渐渐上涨了，及膝，淹腹，一寸寸漫至喉咙，只剩下两只眼睛浮在河面上了，仍在炯炯然痴痴然张望着那条青石小径，仍在屏息倾听着是否有裙带抚过蓟草的窸窣之声。直至生命最后一刻，抱着梁柱死去的小伙子仍然坚守诺言，不肯撒手，任凭岁月将身子泡得胀大、变形，任凭头发在激流中盘缠如一窝水蛇，任凭臂膀上长满了牡蛎，千寻之下，痴痴等待一场渴念中的约会……

基于人类良知对自然生态和精神家园的重新认识，当我以人类的名义，满怀愧意丛生的虔诚和深沉久远的爱情冲动，回归与走近大自然这位情侣的怀抱的时刻；当我穿越时空、跨越古今来到这块以稀世地貌砂岩大峰林而著称的“养在深闺”的“村姑”面前——

我热切难耐。我忐忑不安。我语无伦次。我泪流满面。

只知道如一位诗人那样，用了世界上最轻最轻的声音，轻轻轻轻轻轻地唤你的名字。只知道一任这归心低首的魂灵，在你的容光里含泪颤动……

亲爱的人啊！我还是我，还是千百年前、千百万年前与你肌肤相亲的我，千百年后、千百万年后仍将与你共渡沧桑的我呀！

只需你——一位令我崇敬的大诗人与长者如是提醒说——只需你按一下我的太阳穴，你就知道我冰凉的血液里凝聚了多少喧嚣的波涛；只需你感应一下我这肌肉隆动的胸脯上宛如波蚀浪痕一般起伏不已的呼吸，就会唤回三叶虫、蓝绿藻、空棘鱼类、鹦鹉螺之类的关于古生代的漫长记忆。

——我的亲爱的人哪！

## 六

我站在齐腰深的等待里了。

浸进蜃雾夜岚铺展的浩茫里，我禁不住上天入地神游于这一片汪蓝。

一任幻觉舒开长臂往空中画出优美的弧度。

一任幻觉潜行于峰三千水八百之间。

飞身空谷，忽产生类似飞狐突然袭击障碍物一般的快感。

驻足断崖，有苍苔顺着脚趾顺着手指爬上喉结。

一座座砂岩岩峰扭动腰肢，开始舞蹈了，洞穴伸长成呜呜牛角号。

亿万年的落叶堆积出发酵的情感，满天空流溢着苞谷烧的香味。

发情的麝在视觉里在感觉里奔跑不已，美丽的趾印在悬崖上旋即绽开浓烈的欲望……

在绝壁与绝壁之间在野性与荒美之间荡来悠去的小猴儿，你们好！带着悦耳的哭腔，爬上岩石向着遍地星光倾诉生命的娃娃鱼，你们好！月阴月晴下自峡谷明明灭灭闪闪烁烁走出来的童话，你们好！以热情洋溢的花枝和怀抱空巢的垂荫迎待我的到来的鸽子花，你们好！

海已经死了，花依然开放。

这花，指的是龙虾花。

循着龙虾花的一路清芬，循着金鞭溪的迤逦水声，我来到名为“千里相会”的一堵巨崖前。偌大的夜幕上，轮廓分明地衬映着一对情人的剪影。有缘千里来相会，万水千山总是情。一抹微笑，一个凝眸，一声带电的惊喜，一番含嗔的娇羞……无不展露出万种风情。只是，如眼前这般热恋中的男女，生命可以不惜而属于自己的那份情感却不可不坚守，又怎是一个“情”字了得啊！

“千里相会”前有株重欢树。

亲爱的人儿，我发誓要请求你答应：我们的约会就放在重欢树下吧！我这就去采来藤萝、香草、龙虾花，精心装扮你，我会为你铺就云彩一般感觉美丽、波涛一般富于弹性、德彪西的音乐一般充满梦幻情调的婚床。

接下来，我将请求你答应——答应做我的新娘！

亲爱的人儿，浸进脖子深的迎待里，我在殷殷呼唤你的回眸。

长夜如歌。我在水中等你……

# 微澜漾琨白鹤泉

谢宗玉

我一直以为，爱晚亭旁边的那条小溪，便是白鹤泉，也就没特别关注指示牌了。这回将岳麓山跑了个遍，才知白鹤泉不在山脚，而在山腰，与麓山寺相邻。

初逢白鹤泉，立马就被那泠泠水声给吸引住了。水从岩缝冒出，如白绫挂壁、玉龙下凡，坠入幽池，散作飞花碎玉。水面轻烟浮泛，水汽微凉扑面。一身沸血，霎时平伏下来。

池中有白鹤觅食，轻雾缭绕，仿佛仙禽。待定睛细看，才知只是雕塑。鹤泉无鹤，心里难免有些空落。看介绍，得知昔年这里白鹤成群，其中两只，长年栖守泉边，成了一道独特的风景。那时，湘江与岳麓书院之间，多是滩涂、水洼、荒甸、沼泽，其中有着丰富的水生物，过往白鹤便将这里当作了越冬栖息地。

食饱喝足后，白鹤偶尔会展翅于麓山之腰，声唳于九天之外，那情形既空灵又魔幻。有黛青色的山林作背景，白鹤像极了一群精灵，聚若白云飘荡，散似荼蘼绽放，游如素纱绕梁。

记得早年有一句广告词，“鹤舞白沙，我心飞翔”。当时只觉得意境很美，却没有深究。现在才知这句广告词并非凭空产生。白鹤舞天，林下君子心驰神往，满脑子都是凌云壮志；而鹤唳之音，又如道德律令之钟，超拔心魂，令人直抵玄妙之境，若临苍溟太极。“林下君子”指的是书院学生，也指南来北往的文人墨客。只可惜，白鹤一去不返，后人无缘相见。

南宋张栻应该是见过鹤群的，他曾作诗《和石通判酌白鹤泉》，提及鹤影：

谈天终日口澜翻，来乞清甘醒舌根。
满座松声闻金石，微澜鹤影漾瑶琨。
淡中知味谁三咽，妙处相期岂一樽。
有本自应来不竭，滥觞端可验龙门。

由“朱张会讲”，可知张栻辩才了得。此诗也可看出张栻健谈，与人聊天，可滔滔不绝一整天，若不是太费口舌，估计他能说上三天三夜。

如果打算长谈，不妨及早上山，山腰有泉，可解唇干舌燥之忧。侧卧泉边，就着松风树影，边喝边聊，好不快哉！泉水不仅甘甜可口，还有助于醒舌根，喝一碗，又可口若悬河。白鹤泉，真不愧为“山中第一芳润”。

松涛阵阵，如鸣金石；泉映鹤影，似漾琼瑶。那些嫌泉水淡寡的人，是因为不懂得如何品尝。此泉要细细咽下，才能慢慢回甘。其感受微妙，岂能一樽即止？细水慢咽，齿含珠玉，舌灿莲花，山中神仙也不过如此。此泉源头直通龙门，自然永远不会枯竭：这便是此诗之意。

北宋赵抃号称“铁面春风”，先与周敦颐有过误会，后来两人惺惺相惜，遂成至交。他路过岳麓山时，写有五绝《白鹤泉》：

灵派本无源，因禽漱玉泉。

自非流异禀，谁识洞中仙？

此诗写的是白鹤泉的由来，说得挺玄乎。他说泉水本无源，有鹤才有泉，而白鹤的身后，则站着一位神仙。现在人们只觉得这股山腰泉水来得稀奇，谁知这竟是洞中神仙的手笔。

起初我以为前文提到的那挂轻瀑就是白鹤泉，但很快发现了问题。麓山低矮，山体较薄，无幽沟深壑，纵使林木繁茂，山腰也断不会出现这么一大股清流，除非是大雨时分。

随后稍作打听，便知所猜不虚，这挂白练的确是人工所为。靠电力将池水吸上崖顶，再让它倾泻而下，周而复始，四季不绝。没山居经验的人，很难发现此中秘辛。

继而得知，潭池原本也不存在，是20世纪80年代才开挖的。池形似鹤展翅，构思新颖，巧夺天工。这让我惆怅今生泉畔难遇白鹤的同时，也暗怜古人无法在麓山见证飞瀑入潭的奇景。然而世间哪得双全法？就各自留些遗憾吧。

池旁的那眼小泉，才是真正的白鹤泉。如今以汉白玉石砌成井状，直径一米见方，又有石亭护着，一点都不起眼。泉虽清冽，但上盖铁栏，底积钱币，不好再去品尝了。

泉水从岩缝汩汩而出，积满井洼，再暗入潭池。据说泉水“冷暖与寒暑相变，盈缩经旱潦不异”。现在无法取饮，也就验证不了它的“冷暖与寒暑相变”之奇了。想来，冷暖之说，或许与风旌之辩相类。不是风动，不是旌动，而是心动。同样，不是泉冷，不是泉暖，而是春夏秋冬，我们对温度的感知不同罢了。

现在的护泉亭，碧瓦白柱，清丽雅致，是1956年所建。看老照片，清代这里就有护泉亭，那时修得更为华美，四周还有护亭围墙，乃光绪三年（1877）湖南提刑按察使夏献云所造。亭为双檐，两檐之间，高挂匾额“白鹤泉”，老远就能瞧见。只是后来被日本飞机炸塌了，唯白鹤泉碑幸存。这种“死里逃生”，使得现在的麓山管理方对其极为珍视，碑面张布钢网，严防游人碰触。

碑上刻有张栻的《和石通判酌白鹤泉》《清风峡》《兰涧》《石濑》四首诗，以及朱熹的《兰涧》《石濑》两首诗。除《和石通判酌白鹤泉》外，其他诗皆未涉及白鹤泉。之所以要把这些诗搜罗在此，夏献云在碑上有解释，说是刻佳诗，铭盛事，以彰前贤风采，以寄后人思慕。

碑上刻的是“白隺泉碑”，书写者为翰林院编修杨翰。乍然相逢，脑袋发蒙，都不敢念出声来。急忙百度，才知“隺”是“鹤”的古字。为这个字，长沙民间还附会了一则传说。说是长沙王酷爱此泉，每日派侍卫渡江前来山腰取水。一日狂风大作，过江时水罐颠翻，侍卫怕误了时辰，便取江水以代。长沙王浅抿一口，就发觉水质有异，当即勃然大怒，提刀砍了弄虚作假的侍卫。守护甘泉的双鹤，恨其残暴，排云而去，从此再不返回。就这样，鸟飞走了，碑上的“鹤”字，只留下半边。这显然是传说，长沙王不但无名无姓，连朝代都没交代清楚——大约是不好意思随便污人清白。

清代歌咏白鹤泉的诗词较多，其中也有佳句，如张九镒的“我欲呼明月，相将浣碧天”。他想喊来明月，一起用白鹤泉水，将天空洗得湛蓝碧透，很奇妙的想象力。诗句借用了鹤魂化泉的典故，据说此水不论舀去哪里，不论用何器皿盛之，水面皆有鹤影浮泛。或许只有这样的仙水，才能浣亮碧空吧？“细雨僧归寺，孤云鸟入山。”康祖泽的泉边记事，颇为清绝，诗中见画，好不醉心。“秋心落岩月，幽影洗山花。”凌玉垣将一泓泉水比作秋心，山月照影，如幽抱在怀，静趣天成。又用鹤影比作清泉，山花映水，似美镜滤尘，景色更显得明艳。诗句入情慰心，读来唇齿留香。

白鹤泉在麓山寺观音阁外南侧。而麓山寺后院，还有一泉从石缝涌出，名曰“法华泉”，为唐代法华禅师所凿。在麓山寺内左后方，亦有一泉，称为“达泉”，水源亦丰。寺院大雄宝殿旁，有一泉分两眼，分别从岩壁叮咚流出，如双龙嬉戏，一名“玉泉”，一名“龙井”。

岳麓山垂直高度不过两百米，又没有深壑，可山腰竟遍布泉眼，实在不可思议。麓山寺最初择址，依凭的可能就是这些泉眼，要不然，香火鼎盛之时，里面住着几百名和尚，下山汲水还真是一件头痛的事。

山不在高，有泉则灵。这一带应该是岳麓山的最佳风水地了。山中多少建筑出现了，又消失了，唯独麓山寺，经历了一千七百余年的风风雨雨，虽有毁损，却从未被荡平，始终雄踞于此。

（原载《光明日报》，2024年10月18日。）

# 清溪景物记

## 余　艳

孟正兵开车顺着小溪边的主道往上走，突然一个急刹车，着实吓了我一跳。车停下，才看见等在路边的欧阳鹏。

这是到了益阳高新区谢林港镇清溪村，周立波先生《山乡巨变》的原型地。

镇党委委员、治保主任欧阳鹏顺手一指，只见溪边石头上孤独地站着一个人。“高新区原书记陶世群，他一手打造的清溪村。这亮晶晶的溪水，肯定勾起他太多往事。也难怪，溪的历史，就是清溪村的前世今生！”

清溪村靠近益阳市城区，穿村而过的清凌凌、亮晶晶的一条溪，整日扭动着腰肢、唱着欢歌缠着这方土地。村庄沿溪两边分布，地势起伏，空气清新，民居在丘陵平缓处依山而建，呈现出恬静素雅的乡村韵味，也就人杰地灵……

“溪，是村的魂。周立波先生在《山乡巨变》里，将笔下的村取名‘清溪村’。这部书面世后，读的人多了，书中清溪村就盖过了沿袭已久的邓石桥村。2008年，益阳将邓石桥村正式改名为清溪村。”

“村如其名，一条清亮亮的溪水，是周立波先生借他的小说对家乡的祝福与愿景。”欧阳鹏迫不及待地说起周立波与这条溪。

1964年的一天早晨，周立波站在清溪村村口，看到经历大炼钢铁、“共产风”和三年困难时期折磨的乡村和家乡人民，元气逐渐恢复，生活有所改善，有感而发：

说是清溪没有溪，田塍道上草萋萋。

山边大树迎风啸，村外机车逐鸟啼。

28个字，把当时山村的面貌生动地勾画了出来。但当时就有人问周立波：您的小说起名清溪村，是因小溪穿村而过，怎么说“没有溪”呢？

立波先生的回答是：塘坝干枯了，暴雨山洪把溪边的路与田土冲平了，乡亲们要抓紧植树造林、修塘坝，恢复流水潺潺的清溪，到那时，山泉汇合才有名副其实的清溪。

不久后，周立波再度回乡，望着新建的益灰小铁路，火车拖着大批物资呼啸而过，一片生机与活力，心中十分欣悦，感慨万千，再赋诗一首：

谁说清溪没有溪，田塍道上草萋萋。

铁龙村外迎风啸，紫燕林边向日啼。

一年又一年，飘带般的溪水系着村庄和村庄里的人们，干干净净地汇入志溪河。一条溪就有了完美的生命，去投入洞庭、长江的怀抱。

“这环境，一路痛过来的；环保，我们可没少交学费。从过去‘盼温饱’到如今‘盼环保’，从‘求生存’到‘求生态’，清溪村跌宕起伏了二十年。天蓝、地绿，白鹭飞、环境美。关键，赶上了智能时代……”陶世群感慨。

周立波和他的小说《山乡巨变》，从这个清秀的小山村“飞”出去，在清溪村的天宇间，如凤凰一般，留下华美的身姿、明晰的轨迹。

“科技才是大环保……”孟正兵脱口而出。

“你这个农村电信局局长，最有发言权。”欧阳鹏转身对我说，“这里的科技范儿是他们电信‘天罗地网’打下的基础。从建网吧、办直播，到清除‘蜘蛛网’、建村网销中心，才有如今村镇的智能化、信息化、数字化。一件件扎实事，都是啃的硬骨头哟……”

陶世群和孟正兵对望了一眼，把目光投向广漠的田野。我能领会，一条干干净净、光光亮亮的水路，是多少人拼搏出来的。

《山乡巨变》里，一条沿岸长满刺蓬和杂树的小涧弯弯曲曲穿过小村，后生们到溪里捞鱼，孩子们在溪边嬉戏，说的就是我们儿时的记忆。

我是在溪边的外婆家长大的。出生在这里，胞衣罐子都埋在溪边的柳树下。记得儿时的溪水清澈见底，小鱼小虾在水草间追逐。水太纯净，用撮箕捞鱼，一“铲”一个准；一旦发现螃蟹，在草皮沙里撬挖，也一个都跑不了。有了收获，几对小脚丫、几双灵动的手一起掀得溪水飞溅，像启动一台搅水机，顿时搅活了整个水面，五光十色，流光溢彩……

溪边人玩在清溪，大作家写在清溪。活跳跳的清溪村，让几代人入心又入魂。

“这里环境变得恶劣，始于 20 世纪 80 年代开始挖金的时候。”

村民邓春生说这话时，我们一行人就坐在他家庭院的沙滩椅上。这是建在溪水边的别墅，庭院整洁宽阔，鲜花吐露芬芳。关键，日夜不停的溪水音乐般伴奏，这可比城里的别墅多了几分扑鼻的清新、润心的惬意。

“这屋是村里建的第一栋别墅，挖金挣的第一桶金。”邓春生顿了顿说，“从 1985 年往后的五年，我们这一带那个热闹哇！‘挖金热’让四面八方的人们蜂拥而来，扛钢钎上山，背锄铲挖洞。那情景……”

尽管一条金矿山的道路坑坑洼洼，挑担子、赶牛车、开拖拉机、开卡车的却到处都是。白天，车水马龙，人声鼎沸；夜晚，机器轰鸣，灯火辉煌。山坡上到处是矿井、帐篷，还有人租来推土机通宵作业。炮声隆隆，尘土飞扬……

农民放下家中田地，老师离开三尺讲台，机关干部也离岗挖金……几个人合伙开挖一个洞，远地方的外省人也闻讯赶来……消息越传越远，人越来越多。山坡上到处是矿洞，河里也经常有很多人在冲刷矿石；溶有氰化物的池子洗矿浸金，污水随意排放……青山绿水间没有一条好水脉。河水、溪水，甚至连小沟里的水都是黑乎乎的，不见了鱼虾这类水中活物。

“县里出动公安、武警，面对万人涌来淘金，他们一时也难以对付。”欧阳鹏到底是谢林港镇的治保主任，门儿清。

渐渐地，田荒了，水也浊了。直到 20 世纪 90 年代初，一个洗矿的大池子溃了，污水流入农田，草木尽死，在当地政府的整治下，野蛮生长的“淘金热”才冷却下来。可是好好的青山绿水被挖得千疮百孔，惨不忍睹……

“村里的人接连有得癌症的，刚生下的孩子有的也生了怪病……我们这才知道，这环保的学费交大了！”

陶世群读过《山乡巨变》，也听过它背后的故事。十年前身临其境，站在它面前认真审视，却困惑极了。

“当时，我找不到周立波笔下的小涧，也看不出美丽‘清溪乡’的半点影子。”眼前只有浑浊肮脏的河水、黑泥淤塞的沟渠。清溪不清，腐臭的空气包裹得人透不过气来。

然而，时代吹起了新一轮山乡巨变的响哨——2016年7月的一天，清溪村开始环境整治！

陶世群就是在那年7月的一天，顶着毒辣辣的太阳来到清溪边的。作为高新区一把手，他对市委市政府借周立波的文化品牌打造乡村样板领悟得很透。突然，边走边看的他，发现路边堆砌着水泥砂石，再往溪水里一看，施工人员正往两边砌水泥。

小溪要变成水渠！他当即大喊：“停！停工！”

村支书邓仁佑来了，黑着脸问：“你们高新区布置的，为啥叫停？”

“老支书啊，要整改清溪不错，可保留原生态才是关键。原来的泥鳅、鳝鱼、青蛙天天在这里聚会，开心着呢。它们晒着太阳，热了还有缝可钻，玩玩捉迷藏。可硬质处理的水泥浇筑，这栖息地就毁了，生态就被生生破坏了。还有‘肥水不流外人田’，修一条硬渠，您等于把水直接送走了。而我们的田地，需要这些自家的溪流润土呢。”

是啊，清溪水多少年来都浸润着万亩良田。硬渠一改，把水就这样送走了？一席话让邓支书豁然开朗。

邓仁佑忍痛拆掉刚砌好的一段水渠，换成了周立波《山乡巨变》中描绘的情景雕塑。石头小草相伴，泥鳅鳝鱼相欢。立波先生笔下生态自然的清溪，又回来了。

可没过多久，陶世群在溪边又起高腔：“那里……挖个坝干什么？”过去一看，在养鱼。“不行！你这是‘叫花子烤火，只往自己胯里扒’。都像你们这样，这条清溪还有个看相？亏你还是小组长，扩个蓄水池方便自己灌溉？带头截流，大家都跟上，这条溪水就没了！”

而另一头，高新区下到清溪村摸底的干部，都为家家户户门前的垃圾小山发愁。村民长期习惯把垃圾堆在旷坪上，蚊虫乱飞、鸡狗乱拱。从简陋厕所、猪栏里溢出的粪水、污水，直接流进清清的溪水里……

“农民嘛，祖祖辈辈都这样。屋前连稻田，屋后连猪栏。环保？认命吧。”

“不这样子，粮食哪里来？我们也想过城里人的生活。可四处干干净净，有谷甜肉香吗？”

必须改变观念！陶世群组织开了几次动员会，清溪人开始走出去。

他们先后组织人到四川成都锦江区原三圣乡的“五朵金花”、江苏江阴华士镇的华西村、四川成都郫都区友爱镇的农科村考察学习。这下，开阔了大家的视野。

“如果能改成‘五朵金花’那么美，我们改，多难都改！”

从华西村回来的人说：“这才晓得了，环境脏乱差，亲戚都不来。城里人更不得走动，城乡哪能一体化？”

“改，首先政府动起来。”孟正兵说着加大油门，带我们看清溪的源头——那里是复绿的矿山，很壮观。

清溪不是只有好山好水，还有好矿。矿代表着资源，代表着富裕。摆在清溪人面前的一道难题是：靠矿山致富还是靠清溪的山水致富？

王姐家距清溪源头的矿山不足一公里，她站着的地方，萝卜白菜长得青翠鲜嫩，溪水中鱼儿游得无比欢畅。“现在环境是真好了。早些年，矿山开采，山都成千疮百孔‘癞子头’。露在外面的石煤经常自燃，烟尘漫天，随后整面山一片漆黑。山下还凿出两个数十米深的大矿坑，那废水，听说重金属超标数十倍，都排到我们的田土里，害死个人哟。有一次，一个矿坑垮塌，深红色的废水涌进我们的农田、流进溪水中，田里长出的稻子都变色了，连我们自己都不敢吃。溪水里从此没了鱼虾，洗衣服我们都嫌它，都不敢去了……”

欧阳鹏回忆：“‘迅速关停！’‘一矿一策’精准整治。市里投入5.7亿元进行矿山整治，触目惊心的‘伤疤’渐渐抚平，一场接一场的环保攻坚战，一座座大山慢慢恢复了生机，才有今天溪水亮晶晶。”

清溪周边，水安全得到有效保障。乱线“没”了，污水“化”了，垃圾“逃”了……政府还投入近4000万元，进行清溪污水处理厂及配套管网建设，实施谢林港村、清溪村和北峰垸村的大清溪片区农户改厕，完成了857户畜禽养殖户的退养验收，保障了水源安全。辖内志溪河水质明显好转，稳定达到三类水质。

“政府的攻坚战一个接着一个，是一方面。可最终还是要老百姓觉醒觉悟。

2019年，我们将工作重心由公共区域整治转向农户庭院整治，全村垃圾散落、鸡鸭散养、水流黑臭、蚊蝇乱飞坚决遏制，真正吹响了农村人居环境三年整治的‘集结号’，朝家家户户整整齐齐、漂漂亮亮迈进。一条清澈的溪水呀，才真正回来。走，看一户人家，才有说服力。”

……

（原载《中国作家·纪实版》2024年第1期，题为《清溪景物记——周立波笔下清溪村的前世今生》，节选。）

# 清清鹏江水

陈夏雨

鹏江，古称石河，发源于罗霄山广寒寨西南麓，经鹏江桥至市上坪潇田，在泗汾铁河口并入渌水，汇入湘江。

鹏江久负盛名，风景秀丽，一直在我脑海奔流。

想它一次，河床就加深一次，流速也会加快一些。我不回来，河里的鱼不会舞蹈，青蛙不会打鼓，甚至河流都不存在。我来了，一滴水也可以激起白浪，涨满两岸。鹏江河一直在人间生活，清澈见底，这是多么难得啊。

鹏江既不刻意弯曲，也不随意取直。如同鸟羽贴身的曲线，又像是两轮弯月正反相连。曾经几乎空了的河床，渐渐有了动静。鸟儿飞回了故乡，早以为灭绝了的鱼儿，也生生地游了回来。河道宛如滴水刀片，在鹏江的土地上，划了一个S形。

我在河岸行走，水面和我成内斜角。河面的阳光动荡不安，仿佛蠕动着的庞然大物，滚滚向前。

波浪一张一合，如同千万只鱼嘴。它们在编织什么，嘴里吐出的金水，波光粼粼，没一个悲伤，正是时光的纹理。河水有的是时间，它随意流动，走哪算哪。它一头连接我的童年，一头流向我的未来。在我面前，它总是手舞足蹈，自由喧哗，滔滔不绝。一圈圈涟漪由陀螺般的漩涡带动，一个接一个往外扩展、挪移。无论河道是曲是直，漩涡永远不横冲直撞，给自己留足回旋的余地，好像这样就可以旋转乾坤。我静立在它身边，保持沉默。我不能紧盯波浪。每一朵卷向我的浪花，随时都可能把我卷进去。我从浪花前过，总是很小心。

我几乎认识家乡的每一种花、每一棵草、每一只鸟儿，还有河水里的每颗石头。我甚至能叫出落在河水里每滴雨的名字。造物主心慈手软，没有把天下的花朵统一成一个模样、一个颜色，才有现在这条像花带一样的美丽河岸。

河边的垂柳，临水一侧会更加开阔，阳光充足。柳丝手指河面，与主干提倡向虚无的天空攀升的方向相反，柳条逆向水面生长。伸进水里的枝条，是一支支纤柔的画笔。它们饱蘸河水，在水面借风作画。又像是梳理河水的软梳，蜿蜒的水草越梳越长，世间的道理也越梳越顺。我仿佛看到河边洗发的姐姐，在风里扑楞楞地笑着，秀发在水里没心没肺地荡漾。

一只小鸟穿过杨柳，向河岸飞去，它们要多捕捉点虫子带回给窝里的幼儿。

每一个光溜溜的大石头都像锃亮的秃头。水面看上去沉重又严谨，万事都没得商量；水下却留有沟回。鱼儿在它们脑海里钻来钻去，躲避风浪。这是肉眼可见的石头的想象力。苔藓恰似一头绿色的秀发，加上石头古怪的表情，仿佛是行走在水底的外星人。

我走不了太快，蒲公英一直劝我坐上它的座椅，那样就可以到处游走。我肉身太重，灵魂倒可以随它飞翔。苦瓜很苦，它的苦说来话长。岸边一条苦瓜越长越长。我摸了下自己的苦瓜脸，很多时候，我却偏要将自己打扮成一只甜瓜。

一个花苞剖开自己的乳房，正在喂养一只胖胖的蜜蜂。蜜蜂那么胖了还能吃蜜，我有点嫉妒。

一树紫薇花开在悬崖边，像开在时间的边缘。那一页页岩石，正是它脱下的时间外衣，有些坚硬，有些破碎。自己的种子自己播，在悬崖上没人和它抢位置。它因此永恒。在有杜鹃鸟叫的地方，杜鹃花开得更好。什么样的鸟才算成熟？能觅到伴，能繁衍后代的鸟，知道在什么花前唱什么歌的鸟。

花儿每天都开放，它们从不害怕，缘于对这个世界的不紧张。它们肆意挥霍和定义它们自己的所有青春和颜色。河滩上有一丛美人蕉，花红如火，一河的水都浇不灭它。人可以打败美人，但永远打败不了美人蕉。它们每年春天都在这里开着红花，庆祝自己的胜利。

河岸上的蜂很多，我有些害怕。赤眼蜂、黑卵蜂在河边聚会，到处乱飞。瓢虫、草蛉和螳螂全副武装负责指挥，维护秩序。不需信号灯，天空没有蜂子相撞。高速路上相撞的都是疯子。

风想把河流抓走，水面上抓起一层层风波。一阵风过去，风也不见了。只剩下河底像证词一样的石头。每颗石头都刻上了甲骨文和风的模样。

鹏江河是一只形状奇特的杯子，等待云彩、日月、飞鸟的影子和我的灵魂将它装满。黏稠的河泥是有味道的，就像我小时候用过的汤勺、筷子、瓷碗，始终保留着我唾液的气味。无论走到哪，我身上散发出来的河水味，就像我衣服上始终会冒出来的散线头，剪掉了还会再有。

在江边，离我最近的事物，太阳、月亮、星星都算一个。在我和它们之间没有任何遮挡，一片空白。它们有很多事情可以做，可以下雨，还可以下雪，有时可以降雾。更多的时候布满星光，啥也不做，我们彼此瞭望，一片空寂。不必相爱，不必在意。我身上自始至终会有它们的光。如果想亲近，我就潜入我的鹏江河，日月星辰都来到我身边，千万颗星星，簇拥着我这具凡身肉胎。在鹏江河，我脸上特别有光。有些人离我很近，但咫尺天涯。

风吹月亮，一动不动。落下江湖尘世的，只有月亮洁身自好，每晚都能全身而退。有些星星过于明亮，沾惹了尘埃，拖着很长的尾巴，落入凡间，成为顽石。有些星星今晚看得到，明晚就可能消逝在天空。有些东西消逝得很快，是到了该消逝的时候。时光的斧头，正在劈向我向它致敬的日子。

小时候我家在河边有块自留地。我妈太忙，没时间锄草，也不杀虫。妈妈说，虽然它们是害虫，但同在这片土地上讨生活，它们要吃点就吃点吧；多种一些，把它们要吃的那份也算进去。在那个所有人都有害虫嫌疑的时代，我家和害虫相处得像一家人。

河水摆脱不了月亮的追踪，但河水只需轻声细语、风平浪静，就把飘在江湖上见多识广的月亮摆平了。

鹏江河水清清，总能捕获一枚颤抖的月亮。月亮不惜把自己的薄纱脱给河流，鹏江河就总能穿上白雾一样的衣裳。河水会把月亮的薄纱洗净，一路送到云上。

晚上月亮一出来，就能看见晾在自己身边的一层云纱。一年四季，月亮和鹏江河一直互让衣衫，都不愁穿。鹏江河给月亮做了数不清的嫁衣。但月亮永远不愿嫁出去，永远单身一人，永远只愿落户荡漾的鹏江河。

鹏江河里最多的不是石头，不是鱼，而是太阳和月亮。这个世界只有日月给鹏江河开过证明，每一滴水珠都有日月盖过的戳印。太阳使劲均匀，盖在河面的章印永远圆圆胖胖，闪着金色的光芒。月亮太浪漫，一边抬头和波浪唠嗑，一边盖印。一个月只有一次能盖圆。其余那些天漫不经心，要么盖成上弦或下弦，要么最多盖了个半边。河流揣着日月开出的通行证，流向四方，无人敢拦，永不言退。

小时候拜年，我就是沿着这条河流往上走。先是给住在河边庵堂岭的喜生大伯拜年，再给声大如牛的连生伯拜年，然后沿河而上给我上冲的外婆舅舅们拜年。

这条河还流经市坪中学。初中三年，我每周六放学回家，过了木桥，就躺在河边堤岸上，看父亲给我订的《中国少年报》《儿童文学》《少年文艺》《中学生》。我的作家梦就是在这条河岸的草丛里发芽的。小时候我还喜欢跟妈妈去公社开会。沿着河流往下走，有一栋很大的灰砖瓦屋。开会的时候吃的饭是用小钵子蒸的，特别香。我吃饱饭就在河边听汩汩水流声，好像整条河都在开会。

河流永远流向更低的地方，像一个隐喻，囊括了万事万物的历史和沧桑。瀑布、漩涡、波纹，就是感叹号、省略号……无需文字，河面上只流行符号，但它说清了它想说的所有事。人类的文字太多，没有一种能说清一个最简单的道理或真相。

我心事重重，于是大腹便便。鹏江河没心事，清澈见底。河流是大地的血液。为了不让人害怕，它去掉了血色素。但多少次，人类自己将河水染得通红。

鹏江河略微倾斜一些身子，像微微颔首的女子，低头带我一直向前走。

鹅卵石重重地抵着我的脚掌。空气中充满河水的味道。很多漩涡像唱片一样旋转，发出连续不断、有时激越昂扬有时低沉浑厚的嗓音。有些河水是从石头上一缕缕滑下来的，好像石头贴的面膜。在尘世，一颗顽石都学会了美容。

只有水知道河里有床。只有河床知道水最想平躺。

鹏江河的呼吸，像鸟翅扇动空气。

石头懒惰，水推它走多远，它就走多远。水推不动它，它就懒着不走。越庞大的石头越懒。

鹏江河像一个会讲故事的人，絮絮叨叨，它的话从不断句，几乎是一个调调。鸟儿装成知音，顺便啄水里的鱼儿。鱼儿会跳起来，离开水面，看看对方是一只什么鸟。对于鸟来说，到了河边就如同到了天堂。如今的鹏江，河滩有虫子，水里有小鱼。鸟会向鱼展示空中的自由。鱼一旦轻信，就会被爪子抓走。活在水里的永远不要对岸上的好奇，很要命。没有翅膀的就不要和有翅膀的玩。这是我母亲经常教导我的。有脚蛤蟆不要跟有脚的蛤蟆一起跳。

鹏江河清澈透明，而我已不是当年那个青涩懵懂的少年了。在外混了那么久，也不干净。我可以原谅所有人，但是必须坦诚相见，清澈见底。

河边有成群的树木。树木不大，好像一群刚上学的孩子。倒是有一些冬茅“出类拔萃”，有漂亮的穗状花序，像一群落在茅茎上的毛茸茸的银色小鸟，随风顽皮地摇摆。弯曲草茎反射出柔和的弧光，和水面的粼粼白光一起给河流穿上了一件轻薄的衣裳。

一根冬茅都长得如此动人，我立即感到惭愧。

我曾幻想有个会跳舞的女友，今天在这里遇上了一只蝴蝶。迟了，迟了。你是祝英台吧，你们走散了吗？

稻谷在梗上饱胀，指腹感受正在灌浆的谷粒。一只野兔从我面前窜了过去，惊起了一只画眉。画眉还是画眉的样子。它的调性、鸣叫的口型，甚至身上羽毛的花色，随着河水的流逝，都没有轻微的变化。有时候感觉它们太懂事，有时又嫌它们过于花俏，但是能花俏多好啊。

拖拉机新翻的泥土，呈现一道道优美的线条。白鹭飞行，漫过一幕淡淡的白烟。一群飞翔的白鹭，就像空中流动的一条小河。扇动的白鹭翅膀仿佛浪花一般，在鹏江上空哗哗作响。

我很喜欢单纯的浪花。每个人都会有这样的毛病，见到白色，就想在上面涂抹一下。鹏江河里的浪花是不能涂黑的，也不能采撷，只适合储存在记忆里。它们永不凋谢、永不枯萎，在世间发出哗哗的声音，宣告无私、奉献、纯洁和率真仍存在于世。

我一路无聊，想东想西，日头已潜入鹏江河。

清清鹏江水，一遇太阳就脸色绯红。它把自己活成了一幅画、一首诗、一尊佛。我希望水的轮回，就是我的轮回。

鹏江河一直在和我告别，又和我重逢。

我十八岁离乡，到长沙求学。在湘江它遇见了我，它长大了，它所有波浪金光闪闪，奔涌不止。有一次在东海遇上，它更是奋力挣脱海面，向我滚滚而来，卷起千堆雪。那窈窕的，清清的，翡翠般的身段，我轻易就能辨出。

# 天鹅爱着的大湖

谈雅丽

## 洞庭渔火

每一个黄昏都不尽相同。

今天傍晚，全世界的水都汇聚在了洞庭湖。我家乡的沅水澧水，远道而来，那样清澈、无邪，义无反顾地扑向了大湖的怀抱。

“洞庭城东西，长作经时别。昔去雪如花，今来花似雪。”南朝范云的《别诗》我略改二字。大湖浪如花，今朝涛似雪，这是我来时的况景。我看见湖面一艘快艇，满载浪花，在湖上飞翔。洞庭湖有多少艘大船小船，像铁臂巨人、铿锵骑士，它们在青苍的天空底下航行，呜呜地拉响了汽笛声。这是一幅辽远而空阔的万里江山图。

一般而言，对自然风物的感觉是因人而异的。今晚，洞庭湖可比拟成宇宙中一只倾倒的酒杯，在浩渺的时空背景下，我用来盛装这一场烈酒般的湖水、星光、月色和渔火。

渔家酒楼那扇雕花的窗户，正面对暮光中渐渐沉落的洞庭湖。我与大湖相对，近到可以看到她微笑的脸颊、透亮的眼睛，这令我多么欢喜啊！金色的暮霭正把湖面染成一个金灰的幻景，熠熠闪光的湖水，灯光渐次亮起的湖堤，像一只驮梦飞行的鲲鹏。唯有此刻身陷于梦境的我，感受到了那双巨大翅膀上的颠簸。

在浪花跃起的湖水深处，我确信有江豚逐浪而飞，这传说中的微笑天使，它无与伦比的身影，让我深陷其中，无法自拔。我来过洞庭湖很多次，但只有两次看到江豚的经历。一次是在华容码头。那是一江碧水之地，我们听到吹哨人呼唤江豚的口哨声，看到巨大的挖沙场搬迁后保护起来的完整的湿地。一丛丛、一簇簇初生的芦苇，碧油油、清灵灵，阳光打在青草长堤上，一群江豚在湖面跳跃飞起。天空湛蓝如洗，阳光洒下金点，江豚逐浪大湖，那样的情景太动人心弦了。另一次是在春天的岳阳沙管局码头。风大浪急，我们裹紧了衣衫围巾，浪花激迫地敲打着我们的快艇。下大雨了，我仍然一动不动地站在船舱外，紧盯着湖面。在江水簇拥起的浪花中，惊鸿一瞥，看到一只江豚露出了青苍的脊背，如一朵盛开的洞庭之花。

洞庭湖隐藏着多少神秘，就像人们心底里隐藏着多少不动声色的情感。我们坐在湖畔，我第一次强烈感受到了“流入”这样的词，仿佛我就是奔着这样的目的，不远千里、不远万里，接近了生命最美好的一次缘起。我深爱洞庭湖，这是无人知晓的秘密，所以拼尽全力去接近人生中不可能存在的幻景。我亲近的是一万顷湖面。此时，洞庭南路，这条阅尽人间冷暖的临湖路，到处是喧嚣的人群，人们正在赶赴一场洞庭渔火。湖畔的薄霭，令人感到甜美的黄昏在向我们招手，我希望命运能更宽容，让一艘船带我们驶进浮光掠金的湖面。

我想起那些古老的夜晚，洞庭南路的小船上点燃着一盏盏耀眼的渔火，在夜幕下的江面，渔民们往来穿梭，湖面布满了点点游星。那小船排头挂着汽灯、燃着火把，流萤飞舞，渔歌阵阵，一幅迷人的夜猎图。洞庭湖上，这种延续了百年的传统捕鱼方式原来就叫“洞庭渔火”。

焰火还未及绽放，洞庭南路的灯火已逐次亮起。我跟随着你，跟随一座城市的人间烟火，跟随一座城市的浪漫在行走。璀璨的夜灯把一切都漂浮起来了。洞庭广场，巨大的雕像，那是传说中的后羿拉满弓箭，射杀一只金蛇。这雕像演绎着人与洪水争斗的神话。你停下了脚步，我看到头顶上的星空和月色，照射着不远处的岳阳楼。这座巍然耸立的名楼，因为著名的“先天下之忧而忧，后天下之乐而乐”而名扬天下。我想象着，从未来过岳阳楼的范仲淹，在此寄寓他关注民生的理想，而今天的人们，会否也以此楼而心怀天下？

我在广场上，遥遥相对于夜色朦胧的岳阳楼。我感到了无助、渺小，我轻如尘埃的爱与悲欢，会不会就要在雾气渐渐笼罩时消散。

这世间，会有什么是永恒的呢？我们对生命的迷恋、情感上的执念，会不会都将如洞庭湖边的沉钩史料一样随雨打风吹去了。但以这样的方式接近大湖，我还是感到一种精神力量的生长。它是狂野的、生机勃勃的，仿佛大雨过后的沼泽，即将生长出整片郁郁葱葱的森林。

洞庭湖广场，辉煌的洞庭渔火在上演。五彩灯河，激荡的鼓点，一群刚刚离校的大学生热血沸腾。我也曾像他们，拥有不顾一切奔赴河山的青春岁月。一个风起云涌的时代被唱响，一种年轻的孤独被诠释，一份爱的渴望如盏盏渔灯，激荡阵阵水花，更如夜空中繁星点点，映照穿梭于湖面的舟楫船帆。

我羡慕可以尽情表达爱的年龄，尽管我感到了额头上的暮色。洞庭、名楼、古塔、夕阳、飞鸟、美食、月光、焰火……这些耀眼的词语在闪烁。我停下脚步，只为和你共听一曲关于爱的回声。

我想和你一起回望，洞庭南路经历了怎样的过往，怎样的蝶变。那时候湖上到处都是往来穿梭的渔船，从湿淋淋的网里打捞出湖鱼。这座“鱼巷子”藏在湖畔，曾是岳阳这座城市繁华的原点。清晨的鱼巷子，满盆满盆的鱼肥厚鲜活，鱼儿摆尾扑腾出的水花声激活了沉寂一夜的小巷。从南边的街河口到北面的南岳坡，停靠着上百条帆船。有下江船、川江船、宝庆船……现在，我们就在变迁后宽阔的洞庭南路上漫步，曾经车水马龙的一切销迹于洞庭湖的雪涛中，就仿佛是我和你一起经历了沧海桑田，只余下了这个傍晚的黯然销魂。

“且就洞庭赊月色，将酒买船白云边。”为洞庭夜色标注文化印记的李白早已羽化成仙。唯见一座接一座灯光灿烂的亭台楼阁，演绎现代版的红楼夜色。在如梦似幻的相逢时光，我看到了远处的慈氏塔。记得古塔上有叮叮当当的铜铃，这座水边之塔曾提醒往来客货船舶，见此塔，便知已到岳阳城，已经航行进入了洞庭湖的浩渺烟波之中。

眼前飞逝而过了时光之箭，洞庭湖岸有千枝玉兰，万朵湖浪如雪般绽放在初夏的洞庭渔火中。而我，只在乎你如湖水般微笑的脸颊和清透的眼睛。

# 天鹅飞落西洞庭



我在寻找那座蔚蓝色的梦幻之湖——

三月阳光下，湖水波光粼粼，变幻蓝色调的波浪在弹奏着春之瑶琴。淙淙，泠泠，那是湖水轻唱的歌声。你听，西伯利亚的寒风把小天鹅从遥远的地方吹了过来，春风中还夹杂着它们“嘎嘎”的叫声。

这里是“涨水成湖，退水为洲”，东经111度、北纬28度的西洞庭湖，是洞庭湖最明亮的一只眼眸。沅澧两水在此交汇，目平湖、安乐湖、孔家湖、青山湖……大大小小的湖泊相连，沟港纵横。青山湖岸点染春风，织就着一幅湛蓝、明黄、浅绿交织的柔和画景，暖风吹袭，氤氲的水汽中弥漫阵阵油菜花的甜香。

当我意外路过这座湖中之湖时，微风吹动的水波荡漾出了一股柔情，仿佛是命运的琴弦奏响了相遇的乐章，青山湖的冬候鸟和那些教我看鸟的人从此长久地盘旋于我心中。湖上回来后的夜里我做了一个梦，梦见一群群从西伯利亚迁徙而来的小天鹅。它们飞越珠穆朗玛峰，翻越莽莽苍苍的内蒙古大草原；它们飞抵巴彦淖尔的青草湖，再穿过黄河几字形的拐弯。不惧风雪，一路南行，终于降临西洞庭湖这座水清草绿的湖洲。青山湖是这群小天鹅最好的居所和乐园。整个冬天，它们留在大湖，嬉戏、觅食，引颈高歌、寻找伴侣，互相呼唤、彼此应答。而不远处成群的野鸭和大雁，是它们的友朋近邻。

十一月明晃晃的月光，照着小天鹅飞抵青山湖的那个夜晚，影影绰绰的“人”字、“一”字剪影，一双双闪闪发亮的翅膀。半空中传来排山倒海的叫声，那阵阵神奇的呼唤声分明叫醒了守护青山湖的神灵。那时，我梦见自己肩臂微耸，竟也长出一对陡峭而洁白的翅翼。当我趁着夜色振翅落下，身后竟是微笑不语、日夜守护青山湖的爱鸟人。翩跹飞翔的小天鹅，沅澧纵横交错的水道，刚刚萌生新绿的半边湖，秋月映照的万顷碧波，构成了青山湖最美的画卷。

也许就从那天起，从爱鸟人调好焦距，将我带进美妙的候鸟世界开始，我就被深深吸引了。青山湖创造了我新的梦境。梦里有无数只小天鹅，它们圆润洁白，是世界上最长情的生物。天鹅夫妇一生只恋爱一次，忠贞不渝，一只天鹅死掉，另一只也会绝情断翅。这是我们关于生命一次最美好的想象，雪片一样飞落却不会融化的洁白，那是展翅相拥的爱之憧憬。

暮雪初晴，湖风凛冽，那是我初次见到小天鹅的日子。我们坐上机帆船从芦苇丛中穿过，小湖被一丛丛枯黄的芦苇包围，贴地生出一层绿茸茸的藜蒿。我们辟开一条小径，才看到深青的湖水，湖面漂浮一群群怕人的野鸭。我们一走近，它们便哗哗地拍打着翅膀飞走了。当爱鸟人把望远镜调到最理想的角度，我不禁惊叹了，一群小天鹅才刚飞抵我的视线，便到达我的心上。

在青山湖七彩长堤上，人们建造了一个关于湿地保护的梦。一架高倍望远镜，细心调好视距，一片嫩绿的湖洲，深蓝的湖波荡漾，雪片一样覆盖一群小天鹅。它们有的在湖洲走动，有的漂浮湖面。正如法国作家普吕多姆的诗《天鹅》："湖水宁静，似一方幽清的明镜，天鹅的巨翅无声地划着水纹。它滑翔着，羽翅上的白绒宛如那四月的积雪，在阳光下消融；然而，天鹅的巨翅却坚实白厚，在轻风中微颤着，如一叶白帆。它美丽的长颈高昂出芦苇丛，钻水又屈伸，水面上引颈漫游，优雅的曲颈好似浮雕的花纹，黑色的尖嘴藏在明亮的喉颈。"在苍茫的天色下，唯有这翅膀洁白的天使让人心存美好的情感。那样美丽洁白，让我觉得看到了上帝的梦境，那样年轻、纯净、温和，深深地打动着我的心。

绿茸茸的河洲是我心之所向，一共八百只小天鹅——这是爱鸟人细细数过的。春天越来越近，暖风袭人。每天清晨，爱鸟人都去湖岸观测天鹅。三月初第一批小天鹅飞走了，第二天阳光明媚，天鹅只剩下了三百只。三月十日清晨，青山湖上的小天鹅全都飞走了，只剩下空荡荡的湖面，只剩下深蓝的湖水托起我的梦境在湖上飞。小天鹅待过的湖洲一边是绿草，一边是金灿灿的油菜花，仿佛小天鹅来此不是啄食水草鱼虾，只是为了给青山湖穿戴一件美丽的衣裙。

春天到来的时候，人们忙着谈情说爱，赶一场场约会。只有我还待在原地仰望空荡荡的天空。我常常忆起十一月的那个圆月夜，夜空静谧，天幕静蓝，宽阔无际的湖水被银亮的月光照耀。由远及近，从模糊到清晰，隐隐约约传来了一阵阵响亮而奇妙的叫声，那是小天鹅飞回来了……

想起我们生命中偶然遇到的那些人、那些事，那些在时光中变迁的物事和情感，仿佛天鹅的翅膀带动了春风，在西洞庭湖流动不止。

（原载《中国艺术报》，2023年7月26日。）

# 安乡行记

戴志刚

## 一

先平兄从厦门回澧县探母，约在常德的几位毛泽东文学院同学一聚，安乡同学伍月凤力邀做东，就有了此安乡之行。

我是临澧人。安乡与临澧，均为古楚地，现同属常德辖管，虽不接壤，空中直线距离其实不过几十公里。临澧县历史上曾叫安福县，民国时期，因与江西安福县重名而改。俗话说“亲只三代，族有万年”，如此来说，临澧与安乡还是“安”姓族亲。而将这份姻亲相联结的，就是湖南四水之一的澧水。如果说人有两面，同一条江河，也一样会有不同的面孔。比如澧水的上游，如一名性情暴戾的蛮汉，但进入临澧县境之后，却立马换了副安静的面孔，一路逶迤百余公里，至安乡县境注入洞庭湖。因此，临澧与安乡为一母所育，同泽同袍，诗意地说“君住长江头，我住长江尾，日日思君不见君，共饮一江水”也毫不违和。一条作为母亲河的澧水，以其下游之阔大与平缓，孕育了临澧、安乡人民千万年来包容、平和而又自强不息的基因。

## 二

安乡是典型的湖区县，除却北部有一点山，都是平原、河汊与湖泊。数万年之前，这里是八百里古洞庭的腹地，我们所经之处，均是波光粼粼的湖面。伟大的时间，把地球的演化当成了一个艺术创作过程，用地壳运动、气候变化等天然条件，一点点把这个星球变成了自己想要的样子。在以亿万计的时光里，江河改道、大地升降、湖海进退，古洞庭湖也在坚守与无奈中，悄无声息地改变了最初的样子。在碧波万顷的珊珀湖边，我能清晰地看到时光变迁的痕迹。在一个落日黄昏里，洞庭湖的主体水面了断与珊珀湖的最后一点缠绵，渐行渐远，从此两不相见。珊珀湖成了洞庭湖遗留在安乡的一个弃儿，这也造就了它暴躁的脾性。在过去的千百年里，每年雨季就性情大变，洪水滔天，水泽百里，生灵涂炭。我记得小的时候，每年六七月份，都会有拖家带口的人来我们这“躲水”乞讨，其中大部分是安乡人。

因为水患频繁，过去的安乡人少有建房之习，住所简单，水来人走，水退人还。其实，历史上此地取名“安乡”，并不是写实，而是饱受灾难的人们的一种美好愿景。那时的安乡人，一年有一大半时间在修防洪垸堤。应该说，安乡人民对美好家园的向往，比其他地方的人更加迫切。二十世纪六十年代，新中国开国领袖毛泽东曾亲笔题词“南有新田，北有安乡”，就是对安乡人民自强不息精神的一种极大肯定。安居才能乐业，谁不希望有一个安全、安稳的家乡呢？短短几十年，退耕还湖，河垸治理，加上新中国第一个大型水利工程——荆江分洪节制闸的节制调度，这片几千年来被人称为“水窝子”的泽地，现在变成了真正安全的家园，“躲水”的日子一去不复返。

站在珊珀湖畔，但见杨柳轻扬、清波荡漾、堤如长虹，亭台楼阁，鱼跳人欢。岁月不负，珊珀湖在历经千万年的孤独与愤怒之后，终在这个时代温柔了下来，由一名弃儿变成了一颗遗落人间的明珠。“安乡”之名，也终于得以归位，名副其实。

## 三

“先天下之忧而忧，后天下之乐而乐。”宋朝名相范仲淹的千古名篇《岳阳楼记》，辞藻华丽，志向高远，其中这句名言更是震古烁今。千百年来，无数仁人志士在这句醒世警言的激励中，立志许国，千古留名。

“胜状高楼记岳阳，谁知踪迹始安乡。”鲜为人知的是，范仲淹“忧乐天下”思想的起源和酝酿，居然是在安乡这片土地。伍月凤把接风宴安排在一个叫“范文正公读书台”的地方。这里的主人叫李杰，是安乡美术家协会主席，多年来致力于安乡文化研究，兼做收藏，是一个对家乡土地爱得炙热的男人。他对安乡文化历史如数家珍，给我们讲着范仲淹与安乡的故事，带领我们走进这位济世良相的青少年时代。

范仲淹本为江苏人，两岁丧父，其母迫于家贫改嫁一个叫朱文翰的小吏，范仲淹也随之改名朱说。宋真宗年代，朱文翰获用，出任安乡县令，范仲淹“侍母偕来”，被寄放在安乡县书院洲兴国观读书，“寒暑不倦”。至十七岁离开安乡，后考取功名，二十九岁才奏报朝廷复范姓改名仲淹。可以看出，“仲淹”之名的实虚之意，是与安乡多水有关的。安乡现存有深柳书院、读书台、洗墨池等一些与范仲淹有关的人文遗迹，而关于他砺志苦读的传说，一千多年来都在兰澧大地广为流传。

很多人都质疑范仲淹是否到过岳阳楼。一千多年来的研究结果，是他大概率没有到过。既然没有到过，又是如何写出《岳阳楼记》这一生动而又贴合洞庭气象的传世名篇的呢？这就和他少年时代在安乡苦读功名的经历息息相关了。

安乡位于洞庭湖的西北部，当年范仲淹是在安乡城郊一个叫鹳港的地方读书。北宋时，洞庭湖水位线一直到了鹳港。鹳港三面环水，其最高处就是范仲淹寄居读书的兴国观，与洞庭湖南边的岳阳楼不过隔着半片湖而已。范公在兴国观苦读多年，对洞庭湖的地理气候、四时景象了如指掌。我想当年他接到好友滕子京托他写楼记的信件后，定然是会心一笑，那是他再熟悉不过的场景了。他的心里，兴国观就是一座早了些、小了些、旧了些的岳阳楼，其他别无二致。于是当即泼墨挥毫，任时光倒流，山水入心，少时的才情与一生的抱负如洞庭之水翻涌，千古雄文一蹴而就。我相信，提笔写《岳阳楼记》的那一刻，范仲淹脑海里的自己，并不是彼时已然五十七岁的一介老夫，而是安乡鹳港兴国观前那个十来岁的少年。

一个人青少年时期的经历，对一生会有决定性影响。正是安乡的少年生活，孕育了范仲淹“忧乐天下”的伟大思想。也为他后来位居高位主导推行新政，以及再后来的王安石变法，都起到了奠基作用。安乡也在范公的影响下，文风浩然，群贤辈出。而此后的一千多年，在范公忧乐天下理念引领下，一代又一代的中国人，或埋下修身治世的种子，或走向刀光剑影的战场。

## 四

八九岁的时候，外地工作的父亲回家探亲，给爷爷带过一对产于湖北的“黄山头”酒。那是爷爷喝了大半辈子谷酒之后，喝到的第一支瓶装酒。他啧啧几口后，露出无比享受的笑容，在村子里着实炫耀了一段。当时爷爷还用筷子蘸酒，让我嘲了一口，我印象很深。后来在慢慢长大的过程中，我才知道“黄山头”其实是我们常德安乡县与湖北公安县交界处的一座山，离我们并不远。只是我一直没弄懂的是，明明是一座山，为什么不叫“黄头山”，而叫“黄山头”？

不得不说，伍月凤是个“路痴”，带着我们两次走错上山的路。与黄山头的亲密接触，便颇费了些周折。车上山顶，打开车门，肆无忌惮的风又猛又冷，让人有些猝不及防，像一个神交已久的朋友见面一个熊抱，结实而突然。放眼山下，极目千里，平畴无际，无挡无遮，整个世界似被绘制在了一幅梦幻般的巨大画卷上，毫无保留地铺陈在我们的面前。洞庭湖区是鱼米之乡，此时正值稻浪翻飞的收获季节，画卷的主色调为象征丰收的金黄色。那些银丝般妖娆的河流，镜子般晶亮的湖泊，还有飘带般逶迤的公路，把画卷分割成无数个或深或浅或大或小的色块，在长空之下呈现着极富创意的动感。而那些积木般的房子，让你有一种随时都想调整拿取的冲动。这种视距内的平阔感，与在我的工作地临澧太浮山顶俯瞰大地是迥然相异的两种体验。虽然太浮山最高峰海拔六百多米，但山下四围俱为连绵的丘陵，黄山头海拔不足三百米，但能在这千里平野一峰独立而占尽千古，视觉冲击感反差自然很大。站在黄山头之巅环顾四周，感觉世界是以黄山头为圆心向四面无限展开的。某个瞬间，我想化为一只鹰，纵情展翅，扎入眼前无际的阔与远，用自由的羽翼灵动心中的狂野，用快意的飞翔掠起沉睡的梦想。

“星垂平野阔，月涌大江流。”时间回溯千年，诸多被谪贬的文人政客，孤独地行进在这广袤无垠的平原。千里之内同一风光，数月半载，身心俱疲，直到这两湖交界，突遇这座突兀腾起的秀峰，心中的狂喜，常人岂可理解。于是登山抒怀，题诗留词，这座山自然就成了他们精神的驿站。如果把时光再前溯万年，脚下便是八百里古洞庭烟波浩淼的湖面，这座山实际和现在洞庭湖上的君山一样，只是露出一个山头的小岛而已。思绪至此，我突然感觉这座山叫“黄山头”确实要比叫“黄头山”高明，既有文人的诗情画意，也有政客的难言情怀。数十年疑惑，一朝得解——很多问题，是需要时间来回答的。

山上有一座“谢公墓”，是为纪念北宋荆州刺史谢麟而建。谢麟为官清正廉洁，深受百姓爱戴，死后葬于黄山头，宋徽宗赐封他为“忠济真人”并修“忠济庙”。人若千古，唯有品行和修为。除此之外，还有一些如东汉伏波将军马援、南梁丞相沈约、唐代诗人柳宗元等丹青留史人物的古迹或传说，凸显着黄山头厚重的历史。每一处沧桑的印痕，都是时空的见证；每一个动人的传说，都是丰厚的资源。

## 五

远古时代，人类力量弱小，只能逐水草而居。安乡土地平阔，湖汊众多，水草鲜美，食物充足，自然成为古人类最早的生息之地。于是，六千多年前，一群手舞木矛石斧、腰缠兽皮树叶的人类祖先来到了这里，发现这里终于不用再次迁徙，就在现安乡县汤家岗一带，开始夯土筑墙、立木造房，继而繁衍生息、开枝散叶，慢慢形成了人类最早生活的村落。1978 年，汤家岗新石器文化遗址发现，被史学界称为“汤家岗文化”，现已列入全国重点文物保护单位。隔着六千多年的时光，我脚下这片土地依然丰饶、平阔。围栏之内，遗址上那些精美陶器、碳化稻种、建筑遗迹等，无不向我们解析着祖先那些不为人知的远古密码，也无不向我们传递着人类走向文明的艰辛与荣光。

“水低为海，人低为王。”安乡以地势之低，形成了肥沃的土地。肥沃的土地继而接纳了我们的祖先，滋养了祖先的体魄，启迪了祖先的智慧。我们的祖先又从这里出发，向东向南，催生了几千年来一个又一个人类文明。然而，也恰是这片土地的低，让她承担了太多的灾难，就像贫苦而倔强的母亲，倾其所有，乃至生命，也要让儿女遮体果腹，走向远方。时距月余，当我的思绪再次触及安乡那片热土，一股敬畏的寒意自后背油然而生。就像这深秋之季万古而来的洞庭罡风，猛烈强劲，入骨入髓。

# 悬岩下的村庄

肖辉跃

一只白鹡鸰飞到我面前的一块岩壁上，背对着我不停地抖尾巴。

岩壁下有一个小村庄。

小村庄隐在树林和岩石间，几缕若隐若现的炊烟正慢慢往岩壁上的夫妻峰上飘。沿岩壁往右下方有一条挂壁小路，一直走下去可以通到小村庄。岩壁上的缝隙间，隔不远就矗着很多筷子粗细的小树棍，长短也与筷子差不多，上下端紧紧顶着岩壁，看上去就像一个个微缩版的栅栏屋。我问志愿者小陈这是做什么用的。小陈说在夫妻峰景区，应该是青年男女祈求爱情甜蜜的；或者，中老年人插了祈求家人幸福平安的。估计就是“平安符”。小路的尽头立着一块石碑，上书“八戒求亲”。这实际是夫妻峰的另一个名称。石碑处有条三岔路，往右是上山的青石板路，往左拐个30度的急转弯便是下到村庄的小路。这条小路布满青苔与泥泞，看起来滑溜溜的，几乎是垂直往下。看着小陈雪白的运动鞋，下面又再没有石头的迷宫，我便要她坐在石碑处等我，我下到村庄里去看两个小时就上来。她坐在这里还可以继续为更多的游客当志愿者，解答诸如问路、平安符，以及与石海风景区有关的任何问题。

沿小路走约三十米，一条大黄狗卧在路边的鸡棚旁。鸡舍里有公鸡的打鸣声、母鸡的咯咯声，还有十几只小鸡崽发出的唧唧唧声，全是清一色的乌鸡。更多的乌鸡在铺满落叶的竹林与石头缝里捉虫子、刨蚯蚓，或者瞪圆了双眼卧在落叶床上，脸憋得通红，估计是在产蛋。还有几只鸡直接坐在树上，对这个世界睁一只眼闭一只眼。来兴文的几天里，除了早餐，我餐餐都吃到鸡。我感觉自己说的话、呼的气，都带着一股鸡味。连走路都感觉脚底发飘，双脚一蹦，就可以直接跳上三级台阶。紧走几步，感觉自己都能飞起来。

与鸡做伴的不只有狗，还有一种头顶红色的鸟。我最初以为是常见的棕头鸦雀。直到它嘴里叼着一条绿色的青虫从竹林间探出头来，我才看清它的真实面目：红色的头顶、灰色的脸颊，整体比棕头鸦雀的色彩饱和度更高，就像化了浓妆的棕头鸦雀。这是一只灰喉鸦雀，以前是棕头鸦雀的一个亚种，现在独立出来了。也许，兴文独特的喀斯特地貌给了它独立物种的基因。就像这里出产的乌鸡，味道就是与别的地方不一样。鸦雀一般都是成群的，但我看了一阵，都只看到两只鸦雀在竹林间蹿上蹿下。显然，它们是一对儿，竹林就是它们最满意的安居之地。顺带地，鸡也成了它们的友好“竹邻”。

鸡棚过去一百米左右，就在夫妻峰的正下方，一长溜排着七八栋房子，外墙全都漆成绿色。一个五十岁左右的男子靠在一把竹躺椅上玩手机，双脚架在同样是竹制的篱笆墙上。躺椅靠着一棵大枇杷树，阳光从树顶洒下来，将叶片的柔绿和枇杷果的金黄洒遍他全身。他房子后面的灌丛被一只画眉鸟选作表演的舞台。一声声不知疲倦的、嘹亮的歌声从他家的屋顶、屋檐、堂屋，以及窗户里穿出来，经过几道回转，声音变得更加婉转，也更加柔和，以至于听上去就像有无数只画眉鸟在互相问答、呼应。

男子的身后，也就是我的前方，有一条泥沙与卵石铺就的小路，在红彤彤的树莓、茂密的矮竹林、开满白花的小蜡，以及其他灌木中间延伸，消失在前方一百米外的房子拐角处。宽度也就是两个人、一条狗，比较宽松地通过。

前方传来一阵一阵的猪叫，就在拐角处的那栋房子附近。我走过去一看，那里有一个猪栏屋，两头中等个儿的肥猪正在里面吃猪潲。几缕炊烟正从猪栏屋上空升起。伴着猪栏屋有一块猪腰形的菜地，菜地里堆着两堆已发酵的猪粪渣，两只鹊鸲正各自站在一堆猪粪渣上吹口哨。那自行车铃声一般清脆悦耳的声音会让人以为它们是吃蜜糖长大的。事实上，它们最爱的就是围着猪粪渣转圈圈的那些绿头苍蝇、蚊子，以及蛆虫。它们的口哨，一则是捍卫自己对猪粪渣的主权；另一个，我想也是为产下这些猪粪渣的两头肥猪而吹奏的吧。毕竟，是猪粪渣供养了它们的食物。除了猪粪渣，菜地里还种着玉米、红薯，以及土豆、蚕豆、卷心菜。

菜地往下是一大片刚翻耕过的土地，一轮一轮新鲜的泥土翻开朝上，貌似一个大大的花卷。这块地足有五十亩，种了小部分玉米。还有一部分作物埋在土中，看不出是什么，我猜可能是花生。几只珠颈斑鸠在土里翻食物吃。

我正在观看的时候，一个将近五十岁的农妇一手握着猪食瓢，一手提着猪食桶从猪栏屋钻了出来。她看到我就笑眯眯地问我哪里人，进屋喝茶不。我说您太客气了，我是长沙来的，这带着水杯咧，就不进来打扰您了。她一听我是长沙来的，立刻放下手里的东西，说你讲啥子客气嘛，这茶是我自家种的，新茶，清明茶嘛，来来来，赶紧进屋喝碗茶。我还想拒绝，她那火辣辣的四川普通话和白皙透亮的皮肤把我一切不想喝茶的理由，比如胃寒、喝茶失眠，还有喝茶令皮肤变黑等等，通通抛到了夫妻峰的另一边。我跟随她进屋，她泡了一大杯茶给我。茶叶像一条条白肚皮的小鱼，在玻璃杯中上下窜动，将玻璃杯的下半部都塞满了。最后我把茶水喝光，顺便把那些“小鱼”一条条捉住，全部嚼得粉碎吞下肚。我客气地问她是否有茶叶出售。她说没咧，自己家里人喝都不够。她家有四口人，除了她在家种菜养猪，她老公和儿子媳妇都在外打工。

我说她好福气，她笑着又给我泡了一大杯茶。

出了门，我发现呼出的气味不再有鸡味，全部变成茶味了。

沿着农妇家的菜地再往外走，路边灌木层那些长长短短的枝条上，铺满了舞动的蝴蝶。黄蝴蝶、白蝴蝶、紫蝴蝶，可惜我叫不出它们的名字。它们为这些尚挂着露珠的灌木镶上了无数道滚动的花边，让小路直接变成了一条蝴蝶大道。吸引蝴蝶的一是有花，二是有水源。报春花与艳山红是花的主角，但水源在哪呢？我举起望远镜寻找水源，前方四十米外一只硕大的黄蜂窝闯入镜头。黄蜂窝高高挂在一棵枯树尖上，整体呈灰色调，看上去就像一颗大炸弹。我战战兢兢放下望远镜，感觉脖子周围有什么东西在转动。手一拍，一只大黄蜂在我手掌心里扭动。然后呼的一声，我被大黄蜂包围了。

我曾在家乡遭遇过大黄蜂的袭击，现在想起来还全身发麻。我赶紧抱着脑袋就地蹲下。

奇怪，不过几秒钟，我耳边响起的不再是大黄蜂的嗡嗡声，而是鹎科鸟类那种典型的哟呵呵的大嗓门呼叫，几乎没有韵律的变化。我从胳膊缝里抬眼望去，一只黄臀鹎嘴里叼着两只大黄蜂就站在我面前五米外的一根灌木上，歪着脑袋不停地打量我。抬头再看，在这只黄臀鹎的左右方向，还散布着它的四五个同伴：每只鸟嘴里都叼着几只大黄蜂，每只鸟都歪头不停地打量我，眼睛里一半是好奇，一半是同情。

我想起中学时代读过的一篇英文课文，说的是美国盐湖城的海鸥吃掉蝗虫，保全了农民的庄稼，农民后来为海鸥立纪念碑的故事。当初读课文的时候，以为是编的神话故事。现在看来，我们对每只鸟的认识都太片面，一只鸟的见识与常识可能远远高于人类。我曾经以为黄臀鹎是个“花花公子”，只爱在花丛中打滚，摘野花野果吃。不是亲眼所见，哪知道它还是个“捉蜂高手”咧。

在黄臀鹎的护卫下，我顺利从黄蜂窝下穿过，眼前是另一片间种着其他作物的玉米地。这片玉米地上空牵着好几条彩色塑料带，阳光下闪着七彩的光。很显然，这是驱鸟带。相比让稻草人穿上破衣烂衫戴烂草帽虚张声势，驱鸟带显然效率更高。我躲在玉米地旁边的竹林里观察了好一会，听到远处有几声珠颈斑鸠的咕咕声，然后是几声喳喳喳的吵闹声。三只红嘴蓝鹊从驱鸟带下钻过来，飞到玉米地里，从土里刨食物。其中一只鸟刨出一只白色的蚕似的虫子，目测是一只地老虎。第二只鸟刨到一只灰色的大蝼蛄。两只鸟都把嘴里的食物塞到第三只鸟的嘴里。看来，这是红嘴蓝鹊一家子，父母在给小鸟喂食物。

红嘴蓝鹊还在刨食物，这时我听到玉米地的最远处，紧靠前方竹林的地方传来一长串像捂着嘴笑的声音，笑声里充满快乐，也带着一丝顽皮，就好像哪个孩子在玩恶作剧被人发现后的得意笑声。我举着望远镜一望，一个比斑鸠稍微粗壮的身影立在玉米地的一根枯枝上，全身都呈紫色，原来是一只紫啸鸫。紫啸鸫一般出现在多石的山间溪流边，想必竹林那边一定有条小溪。紫啸鸫的歌声我听过无数次，在嘹亮的哟喂声中激情四射，没想到它还有这一曲。它站在枯枝上窃笑几声，便跳到玉米地里扒拉几下。扒拉几下，又跳到枯枝上窃笑几声。最后它叼着满嘴的食物——一条大蚯蚓、两只小土蛙、三只蝴蝶，消失在竹林里。驱鸟带在它身后一闪一闪。

时间已过去一个多小时，我得往回走了。就在我转身的时候，我看到一只红嘴蓝鹊从土里又刨出一颗红色的食物，上面发着白嫩的芽。定睛一看，原来是一粒花生。看来，驱鸟带的作用，是一种警示，更多的是一种友好的提醒：“嘿，各位走过路过的鸟友们，只要你们不怕闪着眼睛，那就欢迎进来观光。这里没有洒农药，虫子放心吃，农作物也放心吃。只是拜托各位嘴下留情，给我们也留那么一点点哈。”

回头路过手机男子家门口，他还靠在躺椅里玩手机，身旁多了一个手里端着茶杯，脸上红扑扑、身材丰满的中年女子，估计那是他媳妇。我礼貌地朝他们点下头，顺口奉承一句：

“你们家的枇杷长得真好啊。”

“尝一尝不？”男子立刻从躺椅里起身，女子放下茶杯。两个人的眼睛里直冒星星，好像我赞扬的不是他们家的枇杷，而是他们家的孩子。

“啊，又酸又甜。味道真好。”我尝了一颗。

“是的嘛，我家那娃儿最喜欢吃了，可他老不回家。再不吃，都会烂了去嘛。你喜欢，就多吃点噻。”夫妻俩脸上堆满笑，恨不得把满树的枇杷都摘给我。我四个口袋都塞得鼓鼓囊囊的了，夫妻俩还一个劲地问我身上哪里还可以塞枇杷进去。没办法，我只得把嘴里也塞满枇杷，然后一拐一拐爬到八戒碑处与小陈会合。我把枇杷一粒一粒掏出来递给小陈，嘴里吐出一口长长的气。小陈捂着嘴，朝我别过脸去。

我知道，这一趟，我嘴里呼出的全是枇杷味。

（原载《散文》，2024 年第 10 期。）

# 千里沅江 只此沅陵

张远文

大风起丁深泽。沅水到此拐弯的沅陵，一城压五山，一江控五水，一县容五湖。悠悠烟浦，澹澹云山，泛泛渔舟，闲闲鸥鹭，耳得之为声，目遇之成色，取之不尽、用之不竭，其蕴藉丰盈、韵外之致，无不使人沉醉其间，且非胸中夙有烟霞者不能畅之。

远在虞夏商周时期，沅陵，地属荆楚。春秋战国时，随着楚国势力越长江南下，沅水拐弯处的窑头，其地位日渐突出，成为楚黔中郡治所。秦灭楚后，复置黔中郡，为三十六郡之一。汉高祖五年（前 202），改黔中郡为武陵郡。考古专家们曾在这里试探性发掘，相继出土了大量的秦砖汉瓦和鬲、钵、豆、罐壶及铜戈、铜剑、铜箭簇等兵器，并探明黔中郡故城遗址东南面山顶聚集有 40 余座巨型战国至汉代大墓。每一座墓就是一座山，其半数以上超过长沙马王堆汉墓。此外，四周还有大大小小战国、汉代平民墓1000多座。一些无法经眼睛解码并判断其价值的事物，正被一锄一镐的事实与逻辑所证实，这不能不让人瞠目，令人唏嘘。古拙厚重的窑头，处处弥漫了一股兀傲之气，每一块石头、每一处残垣，似乎都显露出清冷、高贵、古雅、雍容，不容小觑。

千里沅江，这条流淌生命与文明的河流，广纳雄溪、满溪、潕溪、酉溪、辰溪五溪之水，在沅陵境内有911条大小纵横的溪流。急水成瀑，缓流成湖，它们一路日月星辰风雅颂，一路天地家国赋比兴，终于在沅陵境内完成了夹岸高山中的回环激荡、诗画铺陈。

五溪湖、明月湖、明溪湖、千岛湖、蒙湖，如五颗温润的宝石，波光潋滟地缀在崇山翠岭的蓝色丝带上，渔歌唱晚，水墨氤氲，灵秀静谧。沿途山青、水秀、石美，雨过晴柔，草木蔓发，春山可望。云卷云舒，水无穷处，一幅轻鲦出水、白鸥矫翼、露湿青皋，前度桃花依然开满江浔的景象。古寨、古渡、古塔，在霭霭停云下，蒙蒙时雨中，似乎在静静地打望阴阴夏木、漠漠水田。清音悠邈，飞絮满天，满目河山念远，古朴神秘而又灵动丰盈。河流上，远远飘来的高亢铿锵的沅水号子、酉水号子，还有每年端午期间“胜亦赢，败亦赢”的龙舟竞渡，无不成为生命与力量的音符，摄人心魄。雄浑的崇山峻岭，欢腾的山川溪流，厚重的历史积淀，如同舒缓有致的原生态诗画长卷，恣意流淌的天籁之音，让人流连忘返、叹为观止。高山，因流水而苍翠；厚土，因青碧而幽深。因此，屈原不得不嘉许：“沅有芷兮澧有兰……观流水兮潺湲”；林则徐不得不盛赞：“一县好山留客住，五溪秋水为君清”。

两千年郁盛人文，数百里清嘉山水。沅陵，是一块色彩丰富、韵味独特、腔调有致的土地。

沅陵，绿韵盎然，是一个天然氧吧。武陵与雪峰两大山脉，雄峰大岭，森林密布，全县森林覆盖率达76%以上，活立木蓄积量居全省首位。五强溪国家湿地公园，披霞带雾，花红水碧，鱼跃鸟飞；借母溪国家级自然保护区，千年的古藤老树，神奇的沟谷流水，成为湖南“天然标本”最集中、最齐全的动植物荟萃之地；沅陵国家森林公园，树美石奇，花鸟草虫五彩斑斓，是一块绿色油碧的土地。

沅陵，水韵悠然，是一个山国水都。全境溪流纵横交错，处处碧波荡漾。这里的每一湾水，至清至柔。清清的、浅浅的，淌过一层层落叶，摩挲着五颜六色的石头；细细的、亮亮的，既温情，又激荡。岸边的每一峰岭，摇曳起满山满岭的云霞，焕发出生机盎然的神奇姿态。在这里，春天，绿意凝脂、鸟语花香；夏天，浅水挂帘、鱼虾潜底；秋天，层林尽染、天高云淡；冬天，云雾缭绕、玉树参天。在这里，每一滴水，都有自己的故事；每一条河，都有自己的心情。置身其中，时间，就这样缓慢下来；身心，就这样沉醉下去。沅陵，是一块蓝色清澈的土地。

沅陵，茶韵飘香，是一个生态有机茶之乡。陆羽《茶经》里扑朔迷离的中国茶文化名山——无射山，即在沅陵田坳尘埃落定。一方古朴灵异的山水，孕育出一道尊贵神秘的国饮——沅陵碣滩茶。碣滩茶一经出世，在唐代即成为贡品，历经宋元明清，盛名不衰，并流传到日本、印度，被誉为“中国高端绿茶的杰出代表”。其连续 16 届被评为湖南省名茶，成为“国际文化名茶”、中国国家地理标志保护产品，先后获得上海世博、米兰百年世博中国名茶金奖。五溪春波展旗枪，虎溪云树候佳茗。茶禅一味，云水禅心。沅陵，是一块翠碧沁芳的土地。

沅陵，风云激荡，是一个革命老区。贺龙、萧克在这里建立苏维埃政权，成为湘鄂川黔边根据地的重要组成部分。红二、六军团，激战不知溪，叱咤风云，英勇顽强；三十八军解放山城，壮怀激烈，势不可当；四十七军湘西剿匪，攻坚克难，摧枯拉朽。土地革命的星星之火就此播撒，无数义薄云天的沅陵好儿郎，铁骨铮铮，跃马沙场。沅陵，是一块红色跃动的土地。

沅陵，是一块韵味独特的土地。早上，你可以喝上一杯碣滩贡茶，茶韵天香中，沁了肺腑，香了人生；然后，在油香扑鼻中，吃上两个香脆滑润的灯盏窝，再端上一碗热气腾腾的沅陵“国宴”——猪脚粉，爽口爽心。中午，可以吃一道曾经吊脚楼上的“翠翠们”给心爱的放排汉子们所做的爱情菜——晒兰，体会舌尖上的味道，既情深，又意切。到了晚上，还可以尝一尝纯正的叶子粑、蒿子粑。醇香入梦，韵味悠长，会让人觉得，这才是值得过的、大道至简的人生。

沅陵，是一个腔调有致的地方。龙舟竞渡，喝一碗烧酒赛一回船，三千载浪里争雄，九万年不老乡情，胜亦赢，败亦赢，帅旗满江横。楚风流韵中，上刀山、下火海，咬一口辣椒热一身汗，喊一阵长风壮一回胆。“狃花文化”的神秘盖头，透出爱情与生命凄婉缠绵的坚韧和玄机。自然神韵的水墨丹青之中，金庸笔下的黑木崖寒风凛冽，“日月神坛”直指苍穹。金碗水神奇的“喊泉”喊出绝美希望的渴求；沅江酉水边吊脚楼里苗家土家姑娘一支火辣辣的山歌，可以唤醒春风十里恒久不变的约定；大小不一的四合院内一碗朴拙憨厚的米酒，可以吆喝起无数个乱云飞渡的春秋大义；秋天的晒谷坪里一场诡谲炫目的傩舞，可以庄严山川河流所有的祈愿。通往春天的路上，一支唢呐吹天吹地吹日月，一通锣鼓擂风擂雨擂霜雪，一声号子撼山撼水撼流年，一次呼吸醉心醉梦醉明天。

“潮平两岸阔，风正一帆悬。”弦歌千载的沅陵，带着来自遥远文明的神秘昭示，在一碗猪脚粉一个灯盏窝的烟火里，在船上晒兰肉、码头蒿子粑的咀嚼中，在号子、山歌、小调、辰河高腔的韵致里，在辰州金锑钨蕴藏量雄居全省乃至全国前茅的富集地，创造了中国传统龙舟之乡、省级历史文化名城、革命老区县、全国文明县城、中华民族文化生态旅游名县、全国农村金融改革试点县、全省新型城镇化试点县、全国农村产业融合发展试点示范县等一个又一个金字招牌。

如今，千里沅江，作为长江经济带的生态屏障，千里沅江生态文化旅游产业黄金走廊，作为“长江国际旅游黄金带”的重要组成部分。怀化市正以“神韵雪峰”为品牌，统筹山、水、城、廊，以山为魂、以水为脉、以城为基、以廊为线，共同支撑和丰富“神韵雪峰”的核心品牌主题内容，以高庙文化和袁隆平杂交水稻的农业文化为引领，以文博、水上、商城、庄园、民宿、夜游、乡村、运动、融合、火车十大旅游经济业态为内容，发挥资源优势集成创新。按照“江为线，城（镇、村）为珠，线串珠，珠带面”的总体思路，构建“一心一轴三片区五高地”的空间格局框架，打造“千里沅江”项目体系。

千里沅江地带，是我国生态旅游资源富集区之一，被称为“中国绿心”，而沅陵作为极其重要的节点和县域，可以称之为“绿心中的绿心”。怀化，作为一个怀景怀乡怀味的地方，袁隆平的一粒种子改变了世界。此时此刻，沅陵正以沅江酉水为经、武陵雪峰为纬，以湘、黔、渝、桂四省区旅游集散枢纽的地位，对接“一带一路”国家倡议，变劣势为优势，全力释放资源与区位双重优势潜力，勠力按照“办一次会、兴一座城”的理念，将生态文旅融合发展作为全县“六大临港产业链”之一倾力打造，在原有“文韵沅陵、水韵沅陵、绿韵沅陵、茶韵沅陵”四张名片的基础上，实施了城市更新项目、县乡污水处理工程，完成了龙兴路、凤鸣路休闲游步道建设，龙兴讲寺修缮及创4A配套、辰州古街、二酉山、借母溪旅游综合体服务区及森林水世界、两江三岸提质改造等一系列项目建设。同时，立足于“看得见山，望得见水，留得住脚步，带得来财富”，推动村落变景点、田园变公园、农房变客房，构建城乡联动、全域覆盖的旅游发展格局，让山水活起来、环境美起来、产业强起来、农民富起来。全链融合，打造经济发展“新引擎”。将生态文旅产业与品牌茶酒打造、中药材综合开发利用等产业发展结合起来，大力推动文旅、茶旅、渔旅、工旅、康旅融合发展，全面助力乡村振兴，续写沅陵“繁盛三千年不衰”的历史传奇。全面发力，满足游客体验“新期待”。加大设施投入，抢抓全面加强基础设施建设战略机遇，实施城市更新工程，积极筹措资金对城市路灯、指示标牌、公交站台等地上设施进行改扩建，“四桥两路”全线贯通；完善景区厕所、停车场、露营基地等旅游基础设施，以龙兴讲寺、凤凰山、酉水风光带为亮点，将沅陵打造成融山贯水的绿色城市、文旅融合的旅游城市；集中实施借母溪森林水世界、龙兴讲寺修缮、阳明书院保护修缮等七个生态文化旅游产业项目。

千里沅江黄金走廊，山、水、城、廊相得益彰，某些悠远的古朴需要被咀嚼，某些大地的年轮需要被铭记。寥寥春光，杳杳夜色，“气收禾黍熟，风静草虫吟”。固守的韵味，诸多的美好，都在时间的沉淀中产生，并保存时间所有的传说。

古老与现代，开放与包容，创新与发展，绿色与共享，千年古郡，大韵天成。沅陵，一个韵味十足，美得令人心驰神往的地方，不仅仅属于辉煌的历史，更属于荣耀的将来。

# 消失的村庄

彭润琪



如果说洞庭湖是一个宽厚仁慈的母亲拥抱着城市，那葱茏的橘树就是村庄眷恋的摇篮。每到春天，满城的橘花散发的幽香，沁人心脾，让人神清气爽，如蜂蝶般在花蕊中穿行，于是沅江又有另外一个美称——橘城（也作“桔城”）。

城市的扩张如大雨来临前的蚁巢，泥土里暗自汹涌。在哪里会架一座桥，哪里会修一条公路，哪里会建高楼……这样的信息如同秋风下的落叶，迅速地翻滚到村里的每一个角落。

姐姐的家就在离市区不到三里的郊区，漫山遍野都是橘树。每当谷雨前后去姐姐家，只要碰上下雨天，就会踩着泥泞路穿过橘林。小径两旁枝桠四溢，上面的橘花开得正欢，你都不忍心触碰它，于是不得不弯下腰来，在它的腋下闪过；我也不敢高声，生怕吓着那些飞来飞去的蜂蝶，它们那肥胖的身躯会撞落那些花瓣。深秋时再次经过这里，你一定记得那个曾经弯腰的地方，有三两个熟透的橘子挤在一根旁枝上，整个枝桠被压弯成弧形，挂在你的面前。

走过橘林，就有一个很大的湖，被称为上琼湖，中间有一条水塘小路。别看这条水塘小路很小，却把湖面一分为二。清澈的那边是外湖，稍微浑浊点的被围成一个鱼塘。在鱼塘边还搭起了亲水木台子，专供城里人来此处钓鱼散心。这条小路一到涨水时节，就会被外湖水漫过，水深没过脚踝。每次走到这里，我就会对着姐姐家大声地喊：“姐姐，赶紧过来背我！”

不到五年时间，那些橘树就不见了，橘树下的小径更是不知去向。如果说村庄是一片桑叶，那城市绝对是一条蚕虫。它每天都在叶沿啃啮，悄无声息地，将其吞进肚子里消化掉，成为自身的一部分，然后裹着时光的茧衣，编织城市的霓裳。被蚕食的村庄没有一点悲凉和落寞，甚至有点急不可耐。原来的塘眼一夜之间被挖掘机的轰鸣和烟囱的浓烟吞噬，新翻的泥土散发着刺鼻的腥气，唯有几丛杂草还在做最后的抗争，维护着村庄的最后一点尊严。那些曾经让我们枕着它的花香入眠的橘树，那些曾经用它甘甜的果汁滋润我们的焦渴的橘树——这甜醉了一方水土的果树，此刻却被它的子民连根拔起，裸露在骄阳之下、尘土之中。它的子民夺走它赖以生存的大地，任由它枯萎死亡，居然没有一丝恻隐之心。

村庄如被罐装的橘瓣，我不知道最后是否被挤压得还会剩下一点点果渣？对于村庄，土地就如同她的孩子。没有地的村庄还能叫村庄么？没有了这片橘林，没有了橘花香，是否还能称作橘城？

我不知道，城市的胃囊是否也会如躺在柳荫下的那头大水牛，饱食之后反刍一段关于村庄的故事。姐姐他们村的人都失去了土地，这些习惯了打理橘树、种植蔬菜的人，一下子清闲起来。一开始，他们还会绕着那片面目全非的土地转悠。后来，他们在过渡房旁边整理出两三分菜地，视线可以轻松地翻过菜地，看到不远处林立的高楼。曾经他们赖以生存的那一大片地转眼之间就不见了。

陈奶奶把自己的一辈子都交给了这片土地，也用这一片橘园养育了四个儿女。如今她只剩下三分地了，而老伴的坟占了几厘——她再怎么不舍，也得为自己的老头子圈起最后一寸地。陈奶奶每天就侍弄那三分地，想在那三分地里种出一亩地的庄稼、收获三亩地的瓜果。她每天从早到晚地在那几分地里忙碌。我不知道在这片土地上劳动一辈子的陈奶奶怎么可以适应没有地的生活。村庄越来越瘦了，陈奶奶的话越来越多了，她总想从絮絮叨叨的话语里捡回原来的村庄。

有天晚餐后散步，一个晚归的老人胸口挂着一个收录机，骑着一辆自行车，一路高歌从身边悠然而过。我想：快乐的老头，肯定是从菜地回家去。因为他那种欢快的笑容我再熟悉不过，那是我从陈奶奶脸上看到的。每次她老人家从菜地里回来，浑身都洋溢着光彩。她会摘下草帽，从腋下取出一捆青菜，然后填满这个城市饥饿的胃囊。

陈奶奶知道我喜欢吃桃胶，每次她都会用这些桃胶做成美味的甜点。虽然看似简单，但比较耗时，每次陈奶奶都要花上半天时间来做。看着渐渐被蚕食的果园，我不知道，陈奶奶还能拿什么来做那些点心给我吃。

如今，村庄那些流动的血脉如陈奶奶日渐佝偻的背影，也渐渐干涸成沼泽。当宅基地变得越来越金贵的时候，我们不知道是该为村庄感到高兴，还是为它感到悲哀。此时的村庄就像一个风烛残年的老人，拄着拐杖，不知能走多远，也不知能走多久。

我家楼前的那一片桃树，也难逃被连根拔起的命运。当我刚买房的时候，正值桃花怒放，站在窗口，就能把所有的繁华尽收眼底。棵棵桃树都有着寒梅一样的曲干虬枝，中干很短，像观音从地下伸出的千只手，每一节都带着芬芳，每一朵都明艳逼人。买房前虽然嫌弃房子有点高，但因为这片桃树林便毫不迟疑地买下来了。

当房子装修好的时候，整个桃园郁郁葱葱，红透了鼻尖尖的桃儿，争先恐后地从叶底下蹦跶出来，惹得过往的行人驻足垂涎。如果走进桃林，另有一番景致，没有了那份绚丽和幽香，却多了一份厚实和成熟。一种夏季少有的清凉渗透你全身，让你每一处毛孔都张开透着气儿。第二年春天，我却远远地望着桃树被硬生生地连根拔起，推到旁边肮脏的沟渠。当时的我就像一个被人抢走了心爱玩具的小孩，泪眼婆娑地看着那些还满带桃花的枝桠，一路散落。

我熟悉的景色已被幢幢高楼所取代，我不知道那些魂萦于地下的桃树和橘树，此时是否也在水泥灌注的地底下挣扎呼吸？

而我生活了十几年的农村，那些村庄虽然早已看不到茅草房，还有房顶上的野草，但砖瓦房的破败更让人感受到几分孤寂和荒凉。

爷爷奶奶那一辈的人所剩无几了，父母亲这一辈的人也是夕阳西下，而我这辈的人都各散四方。原来每家建房子都是长脸面的事，儿子多的家里，为分房闹得不可开交也是常有的事。我邻居家有两个儿子，本来一家人和和气气，但是当两个儿子要结婚了，就因为分正房还是偏房，一家人横眉竖眼地有了隔阂。一直羡慕邻居有两个儿子的母亲，不由得庆幸“幸亏只有一个儿子”。

如今，他们任由房子荒废。门窗被风吹破了，屋檐被风吹翻了，墙体被雨淋坏了，晒谷坪长荒草了……一家接着一家。我想，等到父辈们渐渐老去，这样的空心房可能会越来越多。

行走在消逝中的村庄，我不知道村庄的炊烟是否还能唤回他们的脚步。

我初中的同学一直在外打拼，看到家乡的农田水利设施修建得非常好，而且水田已整理成片，全部可以机械化了，于是就回来承包几百亩水田。一年下来，收入颇丰，一点不比外面差，于是打算今年再扩大承包面积，准备进行稻虾养殖。去年，一个在新疆待了三十多年的老乡，听了朋友说起这些，不免心动了，毫不犹豫地处理好新疆那边的事务就开车回老家了。当别人在朋友圈晒风景、晒美食、晒美照的时候，他晒的却是那几百亩水田，看来他已经归根在这里了。

我不知道，多年以后的村庄会以何种形式存在。而我脑海里早已是一大片稻田，一大片蔬菜地，一大片果园……

（原载《林业与生态》，2022 年第 4 期。）

# 芦苇的生命简史

## 葛取兵

芦苇是洞庭湖的老居民，不折不扣的土著植物。

芦苇是一种禾本科植物，苇茎笔直且中空，苇叶细长，包裹苇茎，总是一副极其简约的模样，一节一节地向上生长，不像别的草木枝繁叶茂、荣华富贵的神态。春雨过后，走在湖洲上，你能听到它们拔节的声音，细碎，却有力。芦苇喜水，一生与水为邻，傍水而生，凡有水的地方，均有它的影子。

一株芦苇，形单影只，尤其是远离水的芦苇，孑然独立，落寞无助。但是洞庭湖的芦苇一大群、一大片，俨然成了野草中的强势群体，湖汊、港湾、沼泽地皆密布其身影，旁若无人，恣意张扬，绵延不绝。一座大湖几乎全部屈尊为这种植物的领地，在连绵无垠的苇地里只有藤蔓之类可以依附其生长，水芹、藜蒿委屈在沟汊渠边或者远离水源的湖洲河滩上寻觅生存的空间。正是这种一苇独大的格局演绎了洞庭湖洲滩上壮观的气势，号称天下最大的芦苇群，成为一方地理标志。

穿行洞庭湖岸，遇见的不仅仅是滔滔湖水，裹杂着鸟鸣声与船鸣声蜂拥而至的，还有芦苇。扑面而来的芦苇，铺天盖地的芦苇，奔放热情的芦苇，俨然超越了湖水的汹涌，扑过来，不可阻挡之势，葳葳蕤蕤、蓬蓬勃勃。风，吹过，芦苇如水，荡漾开来。

去洞庭湖，一定要与芦苇来一场千年之约。

花开一季，草木一秋。芦苇正是如此，一岁一枯荣，如湖洲遍布的草木一样。春江水暖未必是一只鸭子的先知先觉，而是成片的芦芽提醒了它们。初生的苇鲜嫩，正是鸭子们的美食，它们争先恐后地扑棱着翅膀，穿越一个冬季的煎熬冲向湖滩。只是芦苇没有叫声，寂寂地伫立在水边，任由鸭子们掠夺，而鸭子肆无忌惮的鸣叫提醒渔民，春天来了。

春天是美食的时节。寂静的周末，闲散地走在湖洲上，猛然发现脚下泥土的表层有些异样的东西，是密匝匝的褐色的小尖锥。那是芦苇的笋尖。再过些许时日，去湖洲就可以扳几根芦笋了。除去笋衣，下锅用清水煮沸十分钟，捞起，用冷水浸泡，就是最佳的食材了。芦笋的做法很简单：放油，加几片乡里腊肉，爆炒，起锅，装盘。一盘简单的芦笋，应当是湖乡最绵柔灿烂的乡愁。

采芦笋的季节，是湖洲少年的美好时光。可惜我只是山里的孩子，没有经历过在平坦的湖洲中疯一样奔跑的姿态，但我想，应该就像在童年的山坡上偶遇一丛覆盆子的心情，喜、甜、爽。此时芦苇还没有成年的强悍与霸气，平淡如谦谦君子。

随着时光的远行，当年喜欢光着脚丫子的我已从山村洗脚进城，在洞庭湖畔扎下根来。第一次去看洞庭湖，湖水淼淼，却没有我想象的壮阔。但是一望无际的芦苇，让我惊奇。远远望去，满湖青翠，到处是绿苇摇曳。摇曳的姿态，美得像宋词小令。正是入夏，芦苇已经有两到三米高，苇叶舒展，气势阔大。寻高处放眼远眺，一片苍翠绵延到天际。风起处苇叶波翻浪涌，此起彼伏，一波推着一波顺风而起，浪尖上有低飞的燕子和高翔的白鹭点缀，更显生动大气。此时，胸中豪气便油然而起，仰面长啸一声，万千浊气一泄而去。

其实，看芦苇最好是在秋天——芦花飘荡的季节。那一湖的芦苇，苇梢渐白，苇穗裹实，亭亭玉立。芦花盛放，蓬蓬松松，白花花的一片，如秋夜的月光，染白了一湖水波。风乍起，苇絮随风飘飞，漫天飞舞，弥天盖地，是一场雪提前而至么？此刻，荡舟泱泱湖水中，穿行在蜿蜒曲折的水道里，听着风吹芦苇丛发出窸窸窣窣的响声，烟波渺茫中还不时瞥见一叶扁舟在水波中摇曳，那是渔夫带着鸬鹚捕鱼。矫健的鱼鹰、迅捷的鱼儿、黝黑的渔夫、两岸的芦苇，构成了一幅格调悠远的中国山水画。走进芦苇，如同深入秋天的腹地。除了芦花，还有大雁、稻田、牛、羊、白鹭、菊花、梧桐、枫香……秋天的大美在通往芦苇的途中一路铺开壮景，相得益彰。江月永恒，天地长存，芦苇历经一秋，就以白花花的身影谢幕。

法国最具天才的哲学家帕斯卡尔一句话，把芦苇提到了哲学的高度——“人是一支有思想的芦苇”。洞庭湖的芦苇更是诗性的芦苇。它作为一种古老的植物，在中国的第一部诗歌总集《诗经》里面频频现身：“谁谓河广？一苇杭之。”“七月流火，八月萑苇。”一种古老的植物，承载了古老的爱情。一首“蒹葭苍苍，白露为霜，所谓伊人，在水一方……”倾倒了古往今来多少文人墨客。在《诗经》里芦苇叫作“蒹葭”，一个很诗意的名字。穿越千年光阴，茫茫苇花丛中，有一个清亮的女子，在一个霜凝露结的清晨，伫立水边，有清香的风、明亮的雨、从容的流水、无声的鱼儿，在水汽氤氲中轻吟这千古绝唱，将那纯情痴情的蒹葭之梦流传千年。司空曙的诗《江村即事》，至今耳熟能详：“钓罢归来不系船，江村月落正堪眠。纵然一夜风吹去，只在芦花浅水边。”细细品味是何等的惬意，真是人生到此有何求啊！在古典小说中，芦苇荡更是不可或缺的场景。少年时最喜欢的《水浒传》，一帮英雄豪杰就出没于芦苇丛中。犹记宋江欲邀卢俊义上梁山，吴用在墙上题的一首藏头诗：“芦花丛里一扁舟，俊杰俄从此地游。义士若能知此理，反躬逃难可无忧。”智多星吴用的计谋之巧，正如扁舟行于芦花丛中之轻快。芦苇也可入画，五代赵干的传世作品《江行初雪图》画江南鱼米乡的湖泊江水、小桥行舟，也有芦苇柳树。又一种植物，在文学艺术里获得不朽。

《诗经》里的芦苇，风雅婉约，让人怜爱心疼。洞庭湖的芦苇却是顽强坚韧的，是有血性的。洞庭湖的历史是一部芦苇的简史，隐藏在芦苇中的人和事，太多太多。芦苇不语，它是在隐匿洞庭湖的疼痛。当年屈原浪迹湖湘，落脚于汨罗江畔，以芦苇筑墙，披苇衣，睡苇席，与苇为伴，芦苇的坚强不屈鼓励着他前行，即使投江自尽。暴君秦始皇嫉妒尧舜的清政，曾下令毁掉君山岛所有树木，包括周边环生的芦苇。可惜，翌年芦苇长势更旺。战国齐将田单以火牛阵完成复国使命，牛尾所系也是芦苇。三国时期，诸葛亮以芦苇作屏智算华容道；周瑜在赤壁与曹军抗守，鲁肃以洞庭湖为后方水军基地，操练水军，也是借助芦苇的力量——芦苇是重要的军需物资之一。火烧曹营，是诸葛亮的谋略，也得益于长江连绵的芦苇。风助火势，苇助火力，芦苇也是功不可没呀。唐朝诗人刘禹锡站在岳阳楼上眺望君山岛，芦苇与岛上的香樟、杜英、斑竹，将君山涂抹得绿意盎然，激发出刘大诗人的灵感，写下了“遥望洞庭山水翠，白银盘里一青螺”的千古名句。宋代思想家范仲淹幼年丧父，曾跟随继父在洞庭湖畔生活数年，家贫，以芦苇秆为笔、沙盘为纸，发奋读书，后受滕子京所托，凭借在洞庭湖畔的短暂生涯，挥笔写下天下名篇《岳阳楼记》。“先天下之忧而忧，后天下之乐而乐”的光辉思想照耀华夏文明，历久弥新。君山岛上的飞来钟尚在，那是杨幺起义的战鼓与号角。杨幺率农民起义，就是以洞庭湖的芦苇荡为水寨，扎根苇丛中与官兵作战。他们住的是芦苇扎的窝棚，睡的是苇席，披的是芦苇织成的蓑衣。尽管最终以失败告终，但被他们的热血染红的芦苇，见证了他们的坚强不屈。抗日战争期间，孙犁的名篇《芦花荡》更是让芦苇声名鹊起。而洞庭湖的芦苇荡同样演绎了一场血战史。芦苇荡，成为抵抗日寇的生死战场。那些临水生长的苇草，在血雨腥风的年代，个个都生了胆气、壮了豪气，站立成了一个个杀敌除寇、守卫家园的战士。是啊，一根芦苇是渺小脆弱的，千万根芦苇站在一起，就有了战斗的力量。芦苇手挽手、肩搭肩，就长成了芦苇的海，蓬勃大气，书写着民族的大精神，百折不摧。

时光荏苒。芦苇飞花之际，也是芦苇一生终结之时。原本是一岁一枯荣、自生自灭的芦苇，却隐藏着巨大的经济价值——造纸。不朽的芦苇在现代工业社会又被发掘出新的实用价值。十月一过，季节就变得敏捷，霜降至，又是收割芦苇的时节。人称“洞庭刀客”的割苇人一拨一拨地像候鸟一样，成群结队汇集洞庭湖，飞入洞庭长满芦苇的旷野里。他们背着行李，挎着砍刀，男男女女，成群结队，涌向每一个芦苇荡。几捆芦苇做墙，一张薄膜覆顶，搭起帐篷，就是他们的“行营”。开镰收割芦苇，是洞庭湖水域最为壮观的场景。砍苇要先“烧”芦苇。所谓“烧”，就是要烧掉枯萎的苇叶，但不能伤害苇秆。烧，绝非放一把火那么简单，需要有高超的“烧艺”。风力猛了，烧不透；风力小了，会把苇秆一并焚烧，得不偿失。开烧的日子应该是秋阳连续抚照芦苇荡好几天，晒黄了苇叶、晒干了水分的时候。开烧的时辰，借助着不大不小的风力，一烘而过，燎烧那薄如纸张的苇叶。一把火过去，就是一次洗礼。大火燃尽苇叶，千万砍伐大军开始了他们艰苦卓绝的劳作。他们以最原始的方式割苇，一人一镰刀向芦苇砍去。倒下去的是芦苇，收获的是他们的梦想。孩子的学费、老父亲的棉衣，还有妻子的洗发香波，都隐藏在这铺天盖地的芦苇中。挥刀、打捆，梦就在汗水中洇湿成形。枕芦香，听涛声，奋战一冬，他们怀揣收获而归。翌年，芦苇老桩再发新芽，染绿湿地又一年……

芦苇更是一株温暖的草木，它温暖着湖乡人的生活。“伐木为材，织苇为席而居”就是古人简单朴实的生活场景。靠湖吃湖，芦苇是洞庭湖区人千百年来的生活依托。他们在芦苇荡里挑土筑起一块高地，然后把屋筑在高地上，安家立业，生儿育女。岛民们很快活，春采芦笋，夏秋打鱼，唱着悠扬的渔歌，吹着响亮的口哨，韵味十足。“芦苇深花里，渔歌一曲长。”芦苇岂是一叶草？在湖乡人的眼中，全身是宝呀！芦根盘根错节既能固土护堤，又能食用。芦秆编织成席，在盛夏的月光下，铺开，让山端坐，让水躺平。芦花是轻寒中暖人的花朵，可做保暖的鞋子，成为湖洲少年冬天御寒的宝贝——只是这份温暖早已成为儿时的记忆了。

一叶芦苇，不是国色，也非天香，却沿着《诗经》活了下来，在千古的吟咏中深刻在历史的深处，青苍至今，成了千年文明古国优美的诗行。

一座大湖，一片芦苇，还有很多我们不知道的故事，那些安静如初、温和如初的故事……

（原载《湘江文艺》，2020 年第 1 期。）

# 上春山

熊　幽

早春一日，我跟一众弄文的男女上花垣，无疑要撞上一幅别样风景。

亿万年前，湘西花垣地域地质史上无数次翻江倒海的灾难，让大地肉身和骨血在这里化作了丰厚的金属锰和铅锌矿床。改革春风和先进的地质勘探，使得花垣声名大振，即在湘、黔、渝这块神奇的地带，金属锰矿储量竟然占中国三分之一，而光花垣，探明的锰矿储量就在中国排第二；另，花垣的铅锌矿储量居中国第三。

穷了太久，穷怕了。饥饿的白猫黑猫橘猫们，面对或深埋或浅藏脚下的宝贝疙瘩，兴奋地摩拳擦掌，何况有“让一部分人先富起来”和“国有民采，有水快流”的政策支持。一时间，沉睡在寂静山野万万年的锰、铅锌矿石被挖了个底朝天，山乡人声鼎沸，矿工每天多达二三万人，庞大的挖掘机、选矿机和粉碎机日夜轰鸣。猫儿、民乐、龙潭、边城、石栏等乡镇开挖出 137 个锰矿洞、1227 个铅锌矿洞。一夜暴富、一洞暴富的人不足为奇。花垣因此创造了快速富裕的神话，县城因此发生日新月异的变化，高楼春笋般拔地而起，宾馆、歌厅、酒楼充满大街小巷，灯红酒绿的县城成了“小上海”“小香港”。再疯狂的人终有醒悟的时候，冷静下来的人们算了一笔良心账：确实少部分人富裕起来了，可事实上县城林立的高楼和迷人的霓虹灯反衬着满目疮痍的山野乡村，自然生态环境付出了不可估量的代价。山体被挖空，植被毁了，田地毁了，溪泉毁了，滋养“边城”和翠翠的清水江被染成了黑河。水源和空气被污染，村民的健康受到严重威胁。

清醒过来，花垣上下及时止损，可山河被伤得太深，补偿的力量杯水车薪。2005 年，“锰三角”的污染惊动了中央，面对严峻的形势，省、州、县联合下了壮士断腕的决心：拆除所有矿区的水电设施，关停全部矿厂，厚重的混凝土将矿洞封堵得严严实实，为伤痕累累的山野贴上了一张张巨大的创可贴。

花垣痊愈了吗？此次前来探访花垣河山的作家们大都揣着这样的问题。作家们在车上一路谈笑风生，显然是带着轻松又自信的心境而来。

薄薄嫩嫩的初春阳光洒在湘西山地，吉茶高速路两边峻岭峰峦暖融融的，万物春意萌动，树梢嫩嫩嫣嫣，若有若无的新绿迷醉了作家们的心。一位诗人触景生情吟诵道：“武陵暖阳润如酥，树色遥看近却无。最是湘西好春色，绝胜霓虹满市都。”

矮寨大桥将我们送到峡谷北岸，即进入花垣县地界。台地上，缓起缓落的小丘小岭聚着一簇簇灌木，灌木丛中一树一树粉嫩的野樱花四处洇开，缓坡和脚下，金黄的油菜花依地就势一绺一绺、一团一团静谧而热烈地绽放着。猝不及防，海拔 868 米的尖岩山扑入眼帘。这座矗立于宽坪宽坝如同巨型毛笔的尖岩山，自古被赋予“文笔峰”的雅名，其独特风韵引来无数文人吟诗作画。最有名的是西晋一位叫左思的留下“尖山似笔，倒写青天一张纸”的绝妙上联。饥荒和战争伴随着湘西的历史进程，前人左思的心境和意趣，后人似乎未能领会与抵达，留下的佳对不多。直到2004年，湘西籍著名画家黄永玉先生受邀对了“酉水如镜，顺流碧海两婵娟”的下联，尖岩山方重新进入人们的视野。有网友因此在网上广征下联，获佳对若干。这些佳对被刻在石碑上，石碑安放于不远处翠翠和大黄狗留守的边城茶峒清水江畔，供翠翠诵念打发等待二佬的寂寞日子，也供游人吟哦，想象偏居一隅的花垣竟如此诗意。

此时，初春的太阳从尖岩山后照过来。这一片开着雪白花朵的梨园和那一片开满粉紫色花朵的黄桃园，这一片金黄的油菜花和那一片嫣红的玫瑰，被倾泻下来的阳光爱抚着。尖岩山四周的色彩有了变化，光与影将宽坪宽坝的深浅远近营造得更加清新明媚。近处远处，一座座农舍掩映在梨花和桃花中，暖阳里，一种淡淡的甜香弥散开来：这是春天土地的气息，是花垣的气息。

第二天上午登上曾经矿洞遍布的老王寨，也看到了同样景象，闻到了同样气息。老王寨山体高峻庞大，丰富的铅锌储量遭到过度开采，惨不忍睹的情状成为回忆。举目望去，山坡开着粉红粉紫花朵的野樱花树已然成林，粉红粉紫洇染满坡满岭，与之伴生的巴茅、野葛藤和牵牛花等，晕染出不同色调的新绿覆盖着山体。山峰与蓝天相接处，几片薄云怡然游动，山坡沉静，从骨髓里呈现出松弛。不忍打扰静养的老王寨，便默默站在山腰矿山地质博物馆观景台眺望远山。层层远山起伏涌动，在阳光下呈现深深浅浅的黛色，然后逶迤消隐在天际。山腰山脚，油菜花见缝插针，开在地角田边甚至屋舍旁，桃树梨树同样是“显眼包”，热热闹闹地开着花。知情人透露，这些烂漫的油菜花地，曾经布满随意抛撒的矿渣乱石。整治矿山，何尝不是一场战役？没有硝烟，但气氛肃穆，不亚于女娲补天的艰辛。先平整，再覆盖上专用的隔离薄膜，然后在薄膜上覆盖一定深度的土层……人们怀着自我救赎般的虔诚，使大伤元气的老王寨恢复了生机。为铭记伤痛、警醒后人，如今半山腰建起一座矿山地质博物馆。博物馆墙上展出的一幅幅照片触目惊心。其中，一座山谷流动着银白的铅锌矿渣，山谷犹如一条冰冻的河。近前，一棵正处幼年的树木大半身埋在矿渣里，光秃干枯的枝杈有向上挣扎过的痕迹。摄影人拍这幅照片的心情，也许跟我现在一样，仿佛看到一个人类幼儿正遭受着灭顶之灾，除了揪心，更多是悲悯。

在矿山地质博物馆还看到了猫儿乡洞里村不堪回首的过往：这里曾经被开掘了大大小小近200个矿洞，近200座堆放矿石的坪坝破坏着古老村寨的风貌和人们生活的秩序，曾经处在青山绿水间的古老苗寨被烟尘萦绕，山体千疮百孔，晾晒的衣服落满尘土，路面积满尘灰，村民好多年没穿过干净的鞋子。

可当我们来到洞里村时，竟怀疑走错了地方。生机勃勃的树木花草簇拥着宽敞洁净的入村路，引领着我们走进一座青山环绕、稻田芊芊的苗寨。入户的巷道，干净平整，开着这个季节该开的花，每户院落都整洁清爽，花草葳蕤。溪流洗净了铅华，恢复了清澈的容颜和轻盈的身姿，清新气息四处弥漫。一切生物，仿佛都在遵守着节令秩序。村干部告知，村里覆土覆绿的土地有500多亩，其中有200多亩种上了桑树、女贞、杜仲。苗乡有种桑养蚕的传统，桑树对土壤的适应性较强，能较好地加速绿化，蚕丝市场需求量大。桑葚成熟季节，游客前来观光采摘，于是兴起了农家乐。自古，人们养蚕用蚕丝编织美好生活，而洞里村人种桑养蚕为的是一点一点治疗受伤的土地和家园。我们来到村里一个叫土地坪的山湾，这里建有1600多平方米的蚕房，蚕房已连续两三年养育无数勤劳可爱的蚕宝宝，收获了价值不菲的蚕丝。蚕房前便是大片桑园，新枝已然萌动。在我近前，一棵被修剪过的桑树根部，一芽强壮的嫩枝正探出头来。我欣喜地蹲下用手机拍下它可爱的模样。接着，大家发现这里那里萌动着星星点点的新枝，作家们脸上满是欣喜和笑意，无疑，是为洞里村人自我救赎有了希望而由衷地笑。

笑，是解药，驱散了洞里村不堪回首的过往留在我们心里的阴霾。

大家等不及品尝巴傩山的茶，组织者便将行程提前一天。巴傩山离花垣县城有点远，一个多小时车程的乡道曲里拐弯。年近七十的麻兴刚执意回巴傩山带领村民种茶，让人心生感动。他是开矿富起来的少数人中的一员。矿洞关停后，他凭着以前积累的产业完全可以在城市过舒服的生活，可他却在2018年带着老伴和两个儿媳回到偏远险峻的巴傩山，由矿老板变成茶农。

小中巴司机在巴傩山脚卸下我们，接人的是几辆皮卡车。我搭乘的皮卡车，司机是麻兴刚的小儿媳杨芬。女孩除长得好看，车技也了得，但逼仄陡峻的路，还是让坐在副驾位置的我心一直悬在嗓子眼。麻兴刚老家麻拉村建在海拔700

多米高的一块小台地上，车过寨子便拐上盘旋在茶山的机耕道。茶园建在一只形似巨大陀螺的山坡阳面，左右各有一堵布满灌木的山崖，山崖将茶园轻轻托起。栽种着一行行茶树的茶地，小块小块依坡就势呈梯级朝上叠加，最后攀升成 3000 多亩的茶园。巴傩山茶就长在古代茶圣陆羽总结的“好茶生在阳崖阴岭”的环境里。从下到上，茶树高低不同。栽种的年份不同，茶山下缘的已经到了丰采期。一些背着竹篓的村民在茶垄间慢慢移动，翘起兰花指将刚萌出的密密麻麻的芽叶轻轻捻起。

皮卡车在机耕道不知转折过多少“之”字，终于到山顶了。

这只巨型陀螺在海拔 980 多米高的顶上，收拢成一张茶台的样子。立在茶台，平视西南向，我搜寻着因春天开满映山红而闻名的梳子山。映山红还没开花，浮现在那里的一线灰白成了坐标。杨芬美女介绍，缠绕在梳子山巅的那条灰白公路连接着贵州省松桃苗族自治县的盘石镇和我们所在的湖南花垣县民乐镇。梳子山巍峨挺拔，阳面属湖南，阴面属贵州，山脉向南延伸一程后，一峰突然猛长，海拔到了 1000 多米，这便是巴傩山。巴傩山山脉朝麻拉村拐过来，即结下了茶园这只巨大的翠色陀螺。杨芬说，选在高海拔的巴傩山种茶是她公公的执念，因为巴傩山一年四季云雾缭绕，阳光雨露充足，天地精华可以给足茶叶需要的养分；还因矿洞关停，没有一技之长的村民找不到挣钱的门路，她公公一心想带领村民把巴傩山变成金山银山。我们因提前一天到巴傩山，赴隔壁湖北恩施州考察的麻兴刚来不及赶回，错过见面。但我们在茶园里感受到了他的心血，看到了巴傩山金山银山的美好前景。在麻兴刚建在村前悬崖上的木质吊脚楼里，我们品尝到了饱吸天地精华、有着独特香味的巴傩山有机茶。

品茶的仪式感十足。作家们在一张拙朴的原木茶桌前坐开，麻兴刚两个好看又能干的儿媳已经在玻璃杯放上茶叶，然后沿杯沿慢慢注入 75 度左右的热开水，并轻轻提醒是山泉水。注入半杯水，歇下来。待茶叶在水中慢慢绽开，再续水。顿时，一张张雀儿嘴在茶杯里叽叽喳喳，东啄西啄，欢腾一阵后，然后簇拥杯底，碧绿的茶汤就酿成了。祖母绿般的香气袅袅升起，满室盈满茶香。大家迫不及待将杯沿凑近嘴边，鼻翼微张微合，眼神虚幻起来。就在这时，小说家陈夏雨情不自禁地感慨道：“巴傩山茶是我的解药啊！我抛开了喧嚣的执念，隔绝尘世，只留云雾在身，和茶香一起在巴傩山沉浮，想成仙。”

茶是解药，引起一片“嗯、嗯、嗯”的附和声。

再品，再回味，大家眼神似乎亮闪了，神气也越发清爽了。

吊脚楼下是一绺一绺的茶园。刚采过的茶树，似乎正调整着姿势准备迎接巴傩山丰厚的砾石和雨露、星辰的滋养，然后以茶芽的形式滋养麻拉村人。对面山崖灌木丛野樱花树攒三聚五，举着树树粉红粉紫或雪白的花。在花垣见到最多的除人工种植的油菜花及桃花梨花，便是野樱花了。“度娘”说，野樱花树一般生长在海拔500至1500米的山地，喜阳喜光，喜欢肥沃的砾石沙土。茶树也是。

野樱花和茶叶给僻远的巴傩山带来了春的讯息，而我们已经来到春的深处。

# 大 湖

方雪梅

围湖造田的活，都在冬天。

堂兄说，洞庭湖的水退了，浅水草滩处，湖泥裸露，正好垒堤垸。把湖水吐出来的地护在堤垸内，春水秋汛来时，就莫想再把地夺回去了。从湖水里抢出来的地，翻耕后，可以种稻子、棉花之类。

湖区的冬天，北风劲大。枯黄的芦苇几乎全被风力摔翻在地。积雪和芦苇，在堂兄脚下发出嘎嘎的声音，那是融化和断裂的调子。

堂兄与农场的人，皆有一双粗粝的大手。他们砍掉连片的芦苇后，再挖出泥土，一担担往湖边挑。负责挖土的堂兄几乎冻僵的脚，像黄褐色的树根，稳实地插进淤泥里。

水退田进。促生产，堂兄是一把好手。

所以，一到冬天，他就像南飞的大雁，见不到半个影子。我呢，会在河东的城里，眼巴巴地盼他从河西坐船过来。

堂兄比我年长二十多岁，憨厚、木讷，却喜欢跟我说话。他会告诉我，大湖那边好多的新奇事。比如在君山农场一眼望不到边的野地里，有灯笼草、紫辣蓼，有红脚杆子的野藜蒿……孩子们可以追野兔，抓泥鳅，钻进苞谷地里捉迷藏，到湖滩上去看鸟。他说，湖那边有大雁、野鸭子、麻雀、黑腹野鹅……各种鸟，多得数也数不清；湖汊、湖道里还有银鱼、鳜鱼、鲢子鱼、毛花鱼、虾子……在湖边还经常看到江猪子（江豚），一身圆滚滚的，在白花花的波浪里拱来跳去。

堂兄每次过河来，都会给我带上一些花生、红薯片、炒蚕豆，也会在我的小脑袋里，塞满虫鸣鸟叫、低草高树。

在河东的南岳坡望得见河西，我却从来没有去过。那时，还没有洞庭湖大桥，隔着一湖大水，君山农场，远得像在世界的尽头。

堂兄说，不急，等你再长大点，就可以到河西来了；现在我和队里的人，每天一大早就去围湖，水退了，泥巴地就干了，等我们把湖填完，你就可以走路过来，到哥哥家里玩了。

我因此天天担心湖里涨水，天天盼着洞庭湖变窄。

堂兄没来城里，我会与小伙伴们到岳阳楼下的北门渡口去玩。站在湖坡上，远远地看到对岸的芦苇荡，像一条宽幅的绿布带子，横在水天间。成群的大雁，以战斗机群出征的阵势，列队飞过洞庭湖上空。嘎嘎的叫声，撒了一地。渡船犁过湖面，把堂兄送过来，又带回去；也把君山农场和岳阳城系在一起。

瘦瘦的堂兄，从小没有父母，一个人在洞庭湖西边的农村生活。他才三十出头，背已经有些驼了。父亲心疼地说，成宝伢子从小就挑土筑坝、种田、放鸭子，是个老实得要命的苦人。他快四十才成家，娶了农场的一个寡妇当老婆。女人有一口龅牙，还有一个抱在手里的儿子。堂兄把女人和孩子，捧在手心里。

几十年过去了，我至今记得堂兄的样子，挺直的鼻子，双眼皮，眉心有颗肉痣，长相周正，只是脸色暗沉。也记得他坐在我父亲对面，说起自己围垦的田，一丘丘像棋盘，结了好多稻谷。这时候，木讷的他话就多些。看到他眼角的笑纹，我想，他内心一定有点王的感觉，仿佛雄霸了天下。每次看到他开心，我也会跟着开心。

后来我长大了，在异乡读书、工作，与堂兄很多年没有再见过面。

再后来的一个秋夜，家里人打电话告诉我，半个月前，他走了……当年围湖造田时染了血吸虫，引起肝硬化……听到这个消息，我不禁泪流满面。当晚，我的梦里，狂风大作。风用无形的手，推动着芦苇荡。芦花摇曳，像抖动一块铺到天涯的白毯，一浪白色挤着一浪白色。我在芦絮里翻找，想把堂兄找回，把狂风截停；可风翻翻滚滚，碾过君山农场的艰难岁月，也碾过堂兄四面漏风的人生……

他被埋在当年围湖的土堤下。

苦了一辈子，没有留下一儿半女的他，孤独地安睡在洞庭湖的波涛隔壁。他并不知道，自己这一辈子，在寒风刺骨、雨雪侵身的冬季，艰苦卓绝地围湖造田，给洞庭湖的生态带来了什么样的影响。

多年的围湖造田、泥沙沉积，让洞庭湖像被开水浇过的一片叶子，版图卷缩了，八百里烟波，缩成三百里洞庭。若水干了，鱼没了，鸟飞了，人会好吗？

堂兄这个忠厚老实的农民，并不知道湖容量减小，湖区的调蓄抗灾功能减弱，容易引发汛期渍涝灾害。他不知道，湖区生态环境劣变，会使水生动植物资源衰退，鱼的种类会不断下降，数量会减少。

我想，如果他活到今天，看到消失的禽鸟、鱼类和一九九八年的洪水，肯定会非常伤心，也肯定不会再从洞庭湖里捞地了。

2021 年的秋天，我站在君山区。看着绿到天际的芦苇荡，听它们在微风中发出沙沙声，想起了长眠在这片土地上的堂兄。可我无法去他的墓前祭拜。长江中下游大规模退田还湖开始后，湖水重回故地，他的坟地，连同他的苦难、悲欣，一同沉入了水底，回到了洞庭湖的水花中……

当年他辛辛苦苦从波涛嘴里抢过来的土地，现在被人们释放给了波涛。而波浪深处，久违的江豚、中华鲟，都游回来了；湿地上，不仅有大雁、反嘴鹬、灰鹤等多种禽鸟，还有了国家一级保护动物白头鹤、中华秋沙鸭，有了成群的麋鹿自由奔腾。不搞大开发，共抓大保护。保护林草湿地、保护江河湖水、保护蓝天白云。如今湖区人正雄心勃勃地向着一个目标前行，那就是——改善洞庭湖生态环境，还子孙后代一个浩浩汤汤、一碧万顷的大湖！

此刻，与洞庭湖一起站在北纬 30°，这全球生物多样性最为丰富的黄金线上，我想起了《联合国环境方案》中的一句话："我们不只是继承了父辈的地球，而且是借用了儿孙的地球。"是啊，我现在呼吸的空气，头顶的天光，眼中的烟波，脚下的冲积平原，还有堂兄从湖水里捞回来的庄稼地，哪一样不是暂时寄放在我们手中？

继承的东西，用心珍惜；借用的东西，小心爱惜。

大自然的东西，不过度索取。这样人类才不会为难自己，也不会为难子孙。

# 母亲眼中的山水

刘笑宇

倘若我心中的山水，你眼中都看到，我便一步一莲花祈祷。

——题记

风死了。

这个七月，在永州，是“流火”的。十年前，也是这样的暑日，趁休假，我领着母亲去古城祁阳。上午的城里，人多车多，水泥路冒烟。在县城转一圈后，热死人，想寻个清凉之地。

我知道县城边边，有一个地方叫浯溪，有浯溪碑林。其傍依湘江，缩天地于方寸之间。百十来亩土地，奇石耸立，绿树掩映。仰天地造化，鬼斧神工，造就了这个充满灵性的奇域。浩瀚天地间，这小小盆景，不甚雄浑，不甚壮观，奇和险也是小的。溪水蜿蜒，曲径通幽，小路崎岖而陡峭。

浯溪有山有水，整山的树木像一把大伞，想必凉快。但我和母亲来到这座小山，没走几步，汗水就冒出来。“天老爷连一滴眼泪都冒得”，“日头像惨白的纸”，“我儿子还是蛮土，带我到山包包来”……只会写自己名字的母亲，埋怨都带泥巴味。

母亲没出过远门，常年在山里转。对她而言，这个山包包，是有点老和土。旁边的湘江从古流到今，春天涨水，冬天见沙。河边起势的大石头和一块块石碑，年代已经许久。溪边石头上的青苔，绿得发黑。树木有老有新，日头射进来，地上印满一件件花衣服。偶尔有几声鸟叫，在这个季节，也是干干的。母亲不认得字，更不晓得什么元结、颜真卿、何绍基，这么多石碑，以为是谁的祖山。

在母亲看来，比起家乡的大山，这里是不起眼的。

家乡的山叫天明山，树大山莽，春夏秋冬色彩不同。过去人多田少，把日子过甜，就得上山。母亲砍柴爬树、捡茶籽、割牛草、找蕨根、摘野果、挖草药……那里似乎有无尽的宝藏。母亲被毒蛇咬过，被黄蜂叮过，被野狗追过。有一次，砍柴回家，天黑了。她挑一担柴，发现前面有一个人影。她走，那影子也走，她停，那影子也停。母亲以为见鬼了，就壮着胆，朝那人影子扔了块石头。那人影哇哇叫了起来，原来是村里的哑巴。恐惧把胆子练肥了。反正，山是母亲的命，也是孩子的养分。我考上高中，为了给我交学费，母亲天天去山里捡板栗卖。有一天从山坡上滑了下来，扭伤了脚，伤筋动骨一百天，急得母亲哭。

母亲眼中的山水，是艰难岁月可以补充营养的乳汁；是健旺水牛可以驮起一年的生计；是点燃柴火不断升起的袅袅炊烟；是儿女走出山外念念不忘的汩汩清泉。

这浯溪是摆看的。春夏季节，浯溪花红水碧，鱼跃鸟飞，岚影沉浮，霞光掩映，这是读书人的讲法。这一圈水域多洲滩，有成片的芦苇起舞。如果母亲来，可以看到野鸭鹭鸶等水鸟，定会乐滋滋的。至于元结造字占山，写下《大唐中兴颂》，由颜真卿书刻于摩崖之上，元文、颜字，加之天公造就的峭岩，文奇、字奇、石奇，世称“摩崖三绝”，被尊为国宝，这些个名堂，是与母亲无关的。

爬到峿台——浯溪最高处，有一阵风吹来，母亲脸色好看多了。登高望远，母亲说，儿子，还莫讲，这地也好。一河水，晓不得难，一年四季照样流；一山的树，从石缝里长，弯弯扭扭的，可怜又有味，没事的人可以散心。你说那个姓元的官，一定是受了什么委屈，在这个水边边砌亭子，写东西，过日子。我们穷苦人家，哪有这份闲心。

母亲靠石头坐下来，突然发现，石头上有两个深深的脚掌印，顿时兴奋起来。说，哪个神仙，脚劲真大，可以把石头踩出来几寸深的印子。

母亲用手量量、用脚试试，像当年做草鞋打样。母亲打过草鞋，是从山上把笋壳捡回来，晒干，剪成片片，揉成索，按尺寸做成鞋，换成钱。记得村里死了人要抬上山，披麻戴孝穿草鞋是必须的，要不然脚会打滑，担不了力，寿器上不了山。

浯溪的山路平平仄仄，石头被踩得光溜溜的。山虽小，却也是上山容易下山难。此刻，七十多岁的母亲下山却比我们快。我知道，故乡的山路就是被许多母亲踩弯踩细的。再苦再累，山里人同样把平凡日子踩得顺顺溜溜。

浯溪真有一条清亮亮的溪水。不知从何而来，也不知向哪里去。母亲蹲下来，像在打量自己，继而用溪水洗了把脸。像在家乡的井边，打水前先打量自己，生怕脸上有烟渍。母亲经历过乱世，她知道如花的年华和美丽当不得饭吃，用处不大。但她见到水，是有感觉的，这感觉是常年捞鱼打虾积累的。丝瓜煮虾米，是母亲的拿手菜。即使穷，母亲也很讲究。梳好头发，她要抹上一点清油。母亲斗大的字不认得一箩筐，但发明过很多土得干净而有趣的山歌。心里苦时，寂寞时，她就唱。如：山对山来坡对坡，鼓对鼓，锣对锣，燕子对对回到窝；苦不苦，甜不甜，饿了露水也是甜；等等。

母亲把孩子当成小树来养。哥哥牙齿有点龅，就叫驼子树；妹妹偏瘦，叫长竹竿；弟弟调皮，叫刺毛树；我算听话的，好养，叫水桐树。目不识丁的母亲，在山里水里穿梭，心思像纳鞋底的线脚，缜缜密密。

在陪伴母亲的这一个上午，我一路走一路思考。我想，浯溪的水也是母性的，甚至是孤独的。作为母亲的儿子，不知道山一程水一程，见过无数风景的元结，是不是这样想的。不然，元刺史为何在母丧守制时，隐居蛮荒之地的这一处？

“仁者乐山，智者乐水。”公元763年，元结第一次路过浯溪，就爱上了这里。“爱其胜异，遂家溪畔。”叹其潺潺汩汩，长流不息，命名“浯溪”。“浯溪”之“浯”是元结首创汉字，取“吾”之意。清朝名臣吴大澂谓“园林之美，豪富所私；山川之胜，天下公之；公者千古，私者一时”，元结并非把浯溪当作“吾的溪”，而是当成了自己的精神家园。

比起柳宗元的“千万孤独”，元结是幸运的。作为平定安史之乱的中兴功臣，他曾两次出任湖南道州（今道县）刺史，五过浯溪，对浯溪山水钟爱有加，留下了不少诗文。安史之乱时，唐肃宗召元结进京问策，元结上书《时议》三篇受到赏识，擢为右金吾兵曹参军，后又多任职务。唐上元二年（761）安史之乱基本平定。这年秋八月，元结在江西九江写下了《大唐中兴颂》。其文高简古雅，义正词严，忠肝义胆，可谓金石之音、星斗之文、云烟之字。明代解缙在浯溪镜石边写道：“水洗浯溪镜石台，渔舟花草映江开，不如元结中兴颂，照见千秋事去来。”

母子连心。李商隐在《容州经略使元结文集后序》中说，元结得罪权臣，“将兵不得受，作官不至达，母老不得尽其养，母丧不得终其哀”，想必元结对母亲也是情深而愧疚吧。在写下《大唐中兴颂》十年后，元结居母丧，隐居浯溪，徜徉于浯溪山水之间。面对天造地设的石壁，想起自己在《大唐中兴颂》里“歌颂大业，刻之金石”的夙愿，于是请好友颜真卿书写，请能工巧匠刻于石上，便有了“摩崖三绝”。

长长的岁月厚了，厚如高山；茫茫的历史深了，深如瀚海。千百年来，米芾、黄庭坚、范成大、朱熹、李清照、曹安、徐霞客、张耒、张孝祥、董其昌、王世贞、何绍基、吴大澂等文人墨客，高人雅士，在此挥洒风雅。从此，那些峻峭的山石变得灵动起来。元结清癯的面容，颜真卿慷慨磅礴的气度、笔力千钧的书法，何绍基柔中带刚的意蕴，陶铸寄情故园的不朽诗章，如此等等，淌金泻玉、流光溢彩，留下千年可范的儒雅和圣洁。一时间，浯溪刻画了永州祁阳精彩的印记。而今，《大唐中兴颂》字迹斑驳，依然可以托起一处名胜一方天地的风华。

风很低，浯溪水静静地流。母亲像要把水看出鱼虾来，我的思绪远了。

“这里山水是好，就是少了一座庙。”母亲喃喃地说。我说，妈，这山下有一所学校。这个山包包风水好呢，我就是在这里考上吃国家粮的。山里的孩子，像鸟飞出山，今又回到亮翅的地方，母亲终于明白我陪她来浯溪的原因了。

我与浯溪注定有缘。母亲不知道，我曾就读的祁阳三中，就在这座神奇的山下。我早读于浯溪，晚行于浯溪，梦醉于浯溪。眼前的浯溪碑林，不再是零星的艺术的碎片，而是不可磨灭的书法艺术的浓墨重彩和历史见证的精神符号。爱好书法，从浯溪始。我在这里经受了不止于山水的厚重洗礼。

毕业近四十年，山水依旧，母校已经改成“陶铸中学”，模样也变了。往事如烟，鬓毛挂霜，物是人非。怯怯的我，都不敢叩开学校的大门。

母亲看看我，看看校门口的松树，一句话也没说，眼泪流了下来。在此刻，母亲是不是想起了养猪砍柴卖山货送我读书的岁月？她是不是记起来当年与父亲吵架，拆房子卖瓦也要把我送出来的情景？

风来了！

一阵凉风从浯溪山上的绿树中吹来，吹动了母亲稀疏的白发，我用纸巾轻轻揩掉了母亲的眼泪。此刻，在山水间，母亲变得高大起来。母亲算不上智者，但一定是仁者。孩子们那些生命、青春、才华，原来不过是被时间不断挤掉的水分，不过是父母用坚毅和希望缝补了山中月亮的缺角。父爱是山，母爱是水。我说，父母是儿女眼里不变的山水；而在父母眼中，儿女便是整个世界！

# 南洞庭湖的春天日记

熊梦红

“不过春分不暖，不过夏至不热。”哪怕是下雨，气温也升高了不少。垸内，秧谷子开始下泥，摆秧盘、扫泥、下种、盖地膜，哪个环节都是一脚重功夫。屋前屋后桃树舞动红纱，带着醉人的清香，破开金黄的油菜花铺就的浓郁香幛。

昨夜春风拂过，公园步行道上的青砖被粉红色的落英与香樟的红叶交叠遮挡，原来，春风不但扫落叶还扫花瓣。只是为何人们只恨秋风萧瑟却不怨春风呢？抬头看见紫薇、芙蓉包括香樟树枝上的一丛丛新绿，哦，是了，秋，那恼人的秋风呀，吹落黄叶后，只剩光秃秃的树枝孤零零地迎接一年最末的那个季节——寒冬；而春风扫落叶是为了推陈出新，是在完成新老更替。饶是如此，还是舍不得这一地的落红。俯身捡拾一小袋，回家仔细清洗干净，用纱布袋装好，放入蒸熟的糯米上杀菌，再让其与糯米一起发酵。三五天后，便可得一坛香甜的“桃花酿”，邀三五朋友同饮至微醺，岂不美哉！

“春分春分，百草返青。”柳树早已披上深绿春装，与芦苇、长丝苔草、五节芒等一起，将新涨的春水掩映成一颗巨大的碧玉。红花籽漂浮的浅水区，偶尔传出的几声蛙鸣，似乎吹响了再次冲锋的号角。

一直以为南洞庭湖畔的洲子都一样，沉水植物、浮水植物、挺水植物，草苔草甸，鸡婆柳都在固定区域按固定规则生长，多年前在某处看到过的风景，哪天想起再去还能找到。年少时，在农科所当研究员的父亲指着新胜垸外的植物群落告诉我：堤坡是以牛筋草、丝茅根、鸡屎藤（即鸡矢藤）、紫云英、泽漆、蓟、益母草、构树、苦楝等为主的植群；堤脚下是以鸡婆柳为主，苔草、布蒿子、蓼草、拉拉秧（即葎草）为辅的植群；往河边是以细小的荻、香蒲为主，以鼠曲草、蛤蟆草、蔺草等为辅的植群；沙杨河水淹没处也不只有河沙与钉螺、蚌壳的壳，还有一个以黑草子、浮萍、野菱等水生或沉水植物为主的植群，是鱼、虾、螺、蚌、青蛙的乐园，也是白鹭、青桩子（即灰鹭）等鸟类的吃食场。沙杨河对面的湖洲就是以泡芦、湘荻、南荻为主，以鸡矢藤、野黄豆、葎草、苔草等为辅的植群。后来，堤脚下的鸡婆柳被更换成速生杨，站在大堤上再也看不到群鸟掠过苇荡的壮观场面。再后来，苇荡也被速生杨林替代，城市的灯光再亮，似乎都无法穿过湖面刺破湖洲的黑夜。一直到前几年，速生杨被大面积砍伐，垸外的湖洲，逐步恢复以前的模样。只是，去东南湖隔河渡水，甚是费劲。

保民大桥建成后，我更喜欢时不时跑到千秋泆的洲土上玩耍。也曾想逐一区分荻群落、蓼群落、苔草群落、以鸡婆柳群落等，却忘了各种生物在没人类干预的情况下才会真正展现的野性——它们不限种、不限类，你中有我、我中有你，交杂生存，全然没有了先前井然有序的模样。方知所谓群落不过是人类强加给它们的。所谓植群间的界线，不过是人类依自己的观点而划定。可怜的人类到底知不知道，他们在生活场所建起的一道道有形或无形的栅篱，在阻挡伤害、侵略的同时也隔绝了友好与关爱、亲近。幸亏，植物们没学会这一套，我才能在马兰丛中惊喜地发现数朵未谢的紫云英，才能在芦笋、苔草、藜蒿织成的绿毯下，找到顶着小伞的芦菌，才会看见野蔷薇里钻出来的野鸡。站在湖畔绿茵深处仰望天空中自由飞翔的白鹭，突然记起年少时在土里锄草，曾有一只老鹰俯冲而至；看见鸡婆柳枝叶间新着的花苞，记起与儿时的伙伴编成的野战帽；看见已及腰的芒草，记起将其嫩尖扯出当零食与小伙伴分享的日子，那一串串开心的欢笑似乎仍在耳边回响……现实与过往不停交织变幻，如一个个车站、机场擦肩而过的人群，似曾相识，又未必相识。

3 月 17 日，随省生态文学分会的老师们再到下塞湖，才发现，时隔九年，它已由封闭式私人渔场，恢复成了苔草、藜蒿、芦苇、野鹭鸶、中华秋沙鸭等湿地动植物的天堂。

漉湖的洲土开阔，湿地面积大，鸟类特别多。去年十月，在蒸钵湖看到一棵栖有上千只野鹭鸶的苏柳，光秃秃的枝丫，让人疑惑。这么大一棵树，在肥沃的湖洲上，怎么会枯死？护鸟志愿者告诉我们，鸟粪多了且没有发酵，树就被烧死了。是呀，雨水节气与朋友们在茶关村梅园赏梅、品茶，发现李老板家敞养的几十只鸡鸭能将三亩多梅树下的草践踏殆尽，若是洲子外的白鹭、野鸭达到一定数量，所栖之地真有可能寸草不生。只是对于世间万物来说，整个自然界就是一条巨型生物链，可能它们的生存规律中也存在“三十年河东，三十年河西”之说。

待芦苇丛里的鸟类惊起又隐入它们自认为安全的地方，我们才走进洲子。老师们都一脸欣喜，我却忙着掐藜蒿尖，似乎揪一把蒿尖，就能回到从前，就能把这热热闹闹的春据为己有。

“正月藜，二月蒿，三月四月当柴烧。这个时节，掐什么蒿尖呢，湖洲的芦笋已及膝，再不扯就老在山里了。现在一不造纸，二不打芦席，老得山里太可惜了，何不掰点芦笋？”说是芦笋，其实是荻笋。芦苇（又叫泡芦）的笋子高又粗，荻苇的笋子虽矮小但肉芯厚，煮出来还带着苇子独有的清香。开船的师傅不懂，我掐藜蒿真的不是为了吃，而是贪恋留在指尖的香味；虽然知道它不可能长时间停留，正如知道春天每年都会如约而来却不能常驻，正如知道拍照不一定能留住所看到的风景。这样的春天，我们看到的美景太多，且相机又没有规避和探寻功能，它怎么能真正记录我之所看所想？

站在下塞湖高高的观鸟台上，看到远处从无边新绿中挣扎着冒顶的废弃站屋，用心一些甚至能看到屋顶上草木荣枯以及鸟兽栖息、停留的痕迹。这房子被漫天的春光抚慰着，似乎垮塌的杂屋残垣都已重焕生机。然而就是它，往这繁华之地一立，便有了无法言说的孤独。

我自然无法跟它产生共鸣，如同一年又一年进山又出山的砍苇工，离开时只会跟相处一个收割季节的人们作别，从不肯将目光投向这栋曾被他们用黑色木炭在墙壁上记录心事的房子。苇山有四五十栋站屋，芦苇产业没落以后，从没有人叮嘱“它们也得好好的”。没有约定，仍在等待。哪怕现在芦苇、藜蒿、芹菜在它们脚下节节攀升，毛茛、益母草、蛇床子、鸡矢藤、婆婆纳等各种野草次第绽放，它们依然孤独地立于春天带来的泼天热闹中。这热闹属不属于自己又有什么关系呢？也许历经数十载春秋的等待最终还是换不来一次专属于它的对视，换不来一次深情的抚摸，哪怕带着长长的叹息。

渔村整体搬迁至城区的渔民小区，父母在管竹山村居住过的老房子已经被拆。每次经过，看着已恢复成耕地的居民线，感叹自然神奇而迅速的恢复力的同时，总觉什么地方被掏空了一样，无着无落。不知当初我们将湖畔生物群落据为己有时那些生物们是何心情。这些老房子会懂我吗？懂我为何迎着风、淋着雨，将它们细细打量？一次次重逢就是喜悦吗？别离又是否真的只有伤感呢？自砍苇工离开，芦苇又荣枯了多少次，站屋可曾记数？它们之间是否存在人类不懂得的约定？它们可曾想过砍苇工们去了哪里？不用担心，离开终归是为了奔往更好的前程。

春分春分，春过已半。春天的故事，不只是种子破土萌芽、拔节生长，为开花而感动、欣喜，还得为沉在岁月里的过往鼓掌。

去年立冬节气，我和朋友们因记挂万子湖边的乌桕树、重阳树如漫天红云般的秋叶，驱车前往。不经意瞧见一棵树，立在湖边，在冬阳的抚摸与关照下，通体金黄。附近村民告诉我们，这是“疖子树”，结的果子跟米疖子一样，只比黄豆大一丁点。轩客不但知道它的学名叫豆梨，还知道来年春天它会跟堤边的野萝卜一起开花。于是，从雨水节气开始，我时不时跑来，想看它什么时候着苞、开花，一如守候马公铺黄家陂老屋湾的那棵三百六十岁的国槐，守候赤山岛柏村那棵六百一十岁的银杏。一来不见动静，二来没有反应，附近的居民都被我们问得厌烦时，树突然开花了。些微细雨，并不能阻挡我们仰望它、靠近它的脚步，在车窗里便可看见它已繁花胜雪，立于湖边，似临风玉树。走近一看，素颜带泪、不胜柔弱的姿态让人心生爱怜，虽然旁边的重阳、乌柏、白杜已着新叶，那些橙红、紫红与湖畔浅紫的野萝卜花一起嵌在一片茵绿中也极为好看，但都不及满树豆梨花开来得震撼。皴裂的树皮似耄耋之年老人脸上的皱纹，虽然千沟万壑，却全然没有凌厉之气，与满头银发一起，更显温润随和。春色之中这种深沉、淡泊，何尝不是另一种美？

当然一棵野生的树能生存至今，除了自身的生命力顽强，人类对它们的保护也是必不可少的。像前几天在南嘴镇狮子坳看见的那棵巨大樟树，附近的人们代代相传，那是整个村庄的守护神，要对它保持敬畏之心，若有冒犯，轻则家里的鸡鸭遭瘟，重则砍它树枝的人得病。何尝真有那么奇怪的事，不过是人类尽力守护它们留下的例证罢了，当然这也是我们与自然界生物和谐共处的例证。

# 自然之事

## 简　媛

乡村之美，在于自然，这“自然”，是生长的肆意和情感的真实。原本高大挺拔的玉兰，因归于瓦砾屋檐之间，略显局促，却彰显出方寸天地的静谧。这是村庄偏隅，光在屋顶瓦砾上闪烁，玉兰承接光，光穿透枝叶落于地上，呈现出难得的幽微。

又见长在村野池塘高坡上的茶花，有着城里难得一见的身姿。定是主人从不修整或约束它，它亦无须和同伴站列成排，规整一致，于是任由阳光、雨水催促长成自然的姿态。

儿时，我们在乡野里追逐，光着脚亦能跋山涉水。这样自然会受些皮肉之苦。可我们从不抱怨，觉得那就是生活的自然状态。如此累月，也就历练出我们品性里的坚韧。就像我们经常在黑暗中行走，能自然看清夜路一样。

凌晨四点，窗外有女人在吼叫，听不清其词，却感受出声音里的毁灭与绝望。正是世间万物清静的时候，亦是万物蓄势待醒的时候。她的声音，成为此刻的刻意，让醒着的我感觉出人世的某些悲痛。怎么就在夜里喝茶了呢？我后悔不迭。回忆夜里情景，三两好友，交谈甚欢，就着气氛我端起了茶杯，禁忌被情绪淹没。于是在这个黎明到来之际，我听见了世间的这个声音。自是不美妙，却让我感觉出清醒。在任何时候，违背自己的自然，就会受罚。

想到在峨眉山等待日出那个清晨，我和家人先一天住到了山顶，满心欢喜等待日出。谁料次日雾太浓。别说看不见红日，连山也成了囫囵一团。那番沮丧定是要坏了心情的。可先生说，这般所见也是难得，你看，人人都成了腾云驾雾的仙子。

如同喜悦与豁然，流泪亦是自然之物。站在云南元阳梯田前，想到从前在此山坡上开垦万顷梯田时的艰辛。而春耕、秋收时，人们汇集于此，又是何等壮观。我一时心潮澎湃，通灵般，泪水自然从眼里溢出。

三年前的那个夏天的夜晚，我站在阿尔卑斯山的对面，看见山顶上的雪在黑夜里闪烁，银白的亮光与天相接，雪光像是从天空中发出的光亮。“好美！”

我喊出了声，如同一个无知的少年朝着受尽磨难的旅者吹出口哨。这个寂静的小山坡，一切沐浴在银白的夜色里。坐落在山坡上的木房子，将笼罩它们的光影投在公路上；沿着墙根跃枝伸向天空的三角梅，摆在窗台上的天竺葵和矮脚牵牛，正散发出清香。在这个夜里，似乎有一群精灵在舞动。我开始深深地呼吸，张大嘴尽情吸气，如同清晨沐浴在阳光下的枝蔓。我醉心于这夜色。不远处房子里传出歌声，像是专为我而唱，我陶醉了，一时竟忘了身处异国他乡。

我也唱了。那些跑来的音符爬上我的嘴唇，虽然声音很低，但我听见它们跳跃在我嘴唇上，像白天在琉森湖边看见的麻雀，整齐地排在湖边的树枝上，等着突然响起的声音而从那里飞落。不知为什么，我突然感到心虚，觉得浑身无力。我只想找个地方坐下，哪怕就坐在这泥地上，待在那里，从眼前呈现的景物中去感受我曾经失去的一切，去感叹此刻我所拥有的美好。又仿佛一些奇妙的声音正从某个我能确定的方向传来。那种感觉就像聆听上帝的声音。

记得曾经看过一本法国作家写的书，书中说，当他身处阿尔卑斯山时，能感受到一种深邃的寂静，就像所有声音都消失了一样，就在那时，他听见了山的声音。

一切都是自然的遇见。回到我这趟乡野之遇，想到一个话题：我们为什么要呵护野性？是否因为太多景区追求的精致设计疲劳了我们的审美，而那些真正让人心动的美恰恰存在于某些突然的遇见中？

眼下是四月，万物生长，是自然的姿态。我或喜或悲，或祈祷或诅咒，都改变不了这样的姿态。如此，不如岁月静好，随遇而安！

# 菱的前世与今生

甘 健

减慢车速，摇下车窗，我眼角的余光已被牵引到窗外。

初秋的风灌进来，清爽中带着微凉，微凉里裹挟了一种草木掺和泥土的气息，一种植物走向成熟大地即将迎来收获的甜蜜气息。圆红的夕阳默默陪我一段行程之后，无比缱绻地没入地平线。

过南咀大桥，暮色缓缓地罩下来。窗外的地貌已从丘陵的起伏过渡到平地的敞阔。

车近故园，空气湿润，暮霭缭绕，水乡的韵致从大地上升腾而起。纵横交织的灌渠里，欢快奔淌的流水，用它的白亮对抗着夜的降临。月亮早早地上去了，贴在中天，洒下稀薄的清辉。辉芒之下，站着笔直而壮硕的电线杆。它们手拉手一字纵贯，如哨兵护卫着整饬绵延的村舍。电线杆顶端洒下的路灯光像上了美颜似的，水一样柔和，月一样莹白。路灯光、月光辉映着从各家窗户里和尚未关闭的大门里跑出来的照明光。有着不同层次和强弱的光晕，敷在高低参差的万物之上，构成一幅立体多维的乡村夜景图。光的褶皱里，是平整流畅的水泥路，它们像一条条经脉，布满大平原丰腴的肌肤。一派新农村的蓬勃生机。

我将车停在了家门口。母亲的房子泊在青灰的天色下，像一艘停在湖上的画舫。此刻，习惯早睡的娘，已经关门闭户熄灯了，鼾声隐约从窗户透出来。我把正待敲门的手缩了回来。母亲的鼾声，和窗外的虫唱高低合奏，没有慌乱和压抑，只有坦荡和安宁，使人想起暴雨洗过的大地、风刮净的天空，以及缓缓入海的大河。要穿越多少艰辛苦难，穿越多少深不见底的黑夜，才能抵达这样香甜的梦境。

毫无防备地，一股饱含水汽的植物清香随晚风鼓荡而来，往我的肺里长驱直入。好生熟悉的气味，我七窍通畅，精神为之一振，随身携带的城市气息瞬间逃逸得无影无踪。我贪婪呼吸着、吞咽着、品尝着这大自然的亲切问候。这清香，来自门前那几十亩的大塘。塘面铺满挤挤挨挨的水生植物，月光下涂抹出一片汹涌的墨黑，几声细碎的鸟叫声自各处飘起，在水面上交织、融洽，又落下，清亮如珠。我知道，是故乡的菱回来了。

菱是故乡的线索，是最故乡的水族。

我的故土乡壤地处洞庭湖平原一隅，幽闭安静，花开花落。这又是一个生命力恣肆张扬的地方：土地肥沃，河湖宽广，雨水浪漫，阳光放纵，植物尽情生长。

回望童年，眼前总浮起铺天盖地的绿。绿的树，绿的菜蔬，以及被染绿的水和阳光，还有被绿浸润的心情。一派绿色主宰的原生态。万绿之中，最耀人眼目的当属菱了。

在故乡，在童年，当春水变暖，菱的种子会从塘底逶迤地伸出纤细的藤蔓。一接触水面，顶端便打开如一朵花，摇曳在清流之上。

菱遵循“一生二，二生三”的几何级数繁殖，往往一根母株可以蔓生出一大片菱的家族，蔚为壮观。而一众子子孙孙全靠一根母藤不舍昼夜地从塘底吸收养料，可谓有组织有纪律有干劲的一家成员。

这些叶色油亮的植物精灵，它们不计场合不遗余力地忘我生长，一不小心便挤占了故乡的每一方水域，成功俘虏我们的每一寸目光，成为水乡最动人的覆盖。

童年的岁月脚步从容。待到夏与秋的交接完成后，门前的塘水明显往下瘦了一圈，四壁裸露出一圈水渍的轮廓。站在我家堂屋里望出去，满塘的菱角藤已经织成了一整片，像一个锅盖将整个水塘密密实实地捂住，只留下每家门前用以抛桶汲水的一小块白亮，如同癞子头上的不毛之地。阳光将满塘的菱角藤煮出一汪墨绿，到处光芒跳跃，整个世界被映照得亮堂堂的。水腥味、泥土味、菱叶香，四下弥散。细看处，每一根菱角藤都抖擞着叶片，你推我搡，雄赳赳气昂昂的，谁也不甘示弱。有的菱角藤还被挤出了队伍，由一根茎举着，孤悬于空中，进退失据，有点像不被待见的小朋友。

这么强悍而浓厚的绿叶下面，该藏了怎样肥壮的菱角！

季节发出指令：该采菱了。

采菱自农历七月始，因在农闲季节，充满田园牧歌的情调。一种底面椭圆四围厚实俗称“澡盆”的木制容器被赶下塘，采菱人坐一端，另一端翘起来。一株株菱苗在采菱人手里翻飞起落，一塘的水被搅得生动活泼。吃水很深的澡盆笨笨地前移，分开缠织的菱角藤，捋开一道白亮的水痕。隔段时间，漂浮的菱苗便会将那道间隙自动缝合。

我家没有澡盆。在娘的帮扶下，二哥弓下身子，将一只木脚盆扣在头上，两只手向上抓撑着，像一只甲壳虫，颤颤晃晃地移到了塘边，又费尽了力才把脚盆从头顶移到地上。转身回屋，二哥又搬出一个比前者小一半的小脚盆。小脚盆不重，被二哥夹在腋下，轻易搬到了塘边，和前面那个大脚盆摆在一起。二哥将两只脚盆并排推下塘，摸索着将屁股挪进大脚盆里，再把两只细而白的脚搁进小脚盆里，调整好坐姿。一大一小两只脚盆都向中间倾斜，与二哥身形的弧度正好吻合，就这样信心十足地合力托起了纤瘦的二哥。二哥双手做桨，一寸一寸离了岸。

二哥灵泛，或者说很多事情乡下孩子都会无师自通。其实，此时满塘的水面到处浮起了摘菱人。公家的塘，大家都有分，共同养护，随意摘取。我的眼里此时却只有二哥。二哥稍稍侧欠着身子，伸长臂膀，将近手的一根菱角藤拾起，翻卷过来，眼光在叶底搜寻。一只手鸡啄米一样将躲在叶底的菱角扯下，扔到搁脚的小脚盆里，再将菱角藤丢回水中，以待未成年的小菱继续长大。摘到大一点的菱角，尤其是难得一见的红菱角，二哥会将其举过头顶，微微侧转脑袋，轻轻摇晃着手向杵在岸边的我示意。这是安慰我的姿势，却馋得我不停地咽口水。被等待折磨的我一言不发。一池凝碧的大塘里，穿白色汗衫的二哥像一只蜷身的白鹭。他是绿色之上最抢眼的白色，他是静止之中最生动的起落。

采菱的熟手一天可以摘满半澡盆的菱角，堆在堂屋里，堆成一座小丘。二哥终究年龄小了，那时也就十一二岁，一上午下来，当他的两只脚盆靠岸时，那搁脚的小盆里的菱角正好被娘用一只筲箕稳稳地装下。这是一筲箕南腔北调的菱角，大小不一，色彩也不同。我一双手在菱角堆里翻寻，辨认哪是红菱、米菱，哪是扁担菱、鸡屎菱。我熟知每一种菱的味道，或清香甜脆，或粉醇多汁，或苦涩麻口。像我们这样年龄的小伢子，个个敞开肚皮，大快朵颐，一天到晚手忙嘴乱，只吃到嘴角流白，口舌发麻，馋劲依然在兴头上。但是，光生吃又能吃得了多少呢？大人们还想靠它们来卖钱。比较好卖的是把菱角切成菱米。将菱角摆正，左手按住，右手持刀两边各切一下，加上手指的灵巧翻挤，白花花的菱米便脱皮而出，胖胖嫩嫩，猪仔一样。

俗话说，靠山吃山，靠水吃水。邻居王家一对双胞胎女儿，从早到晚泊在菱角藤里，两个澡盆永不下岗。身强体壮的夫妇整天穿梭忙碌，把一袋一袋切好的菱米往镇上运。等到季节接近尾声的时候，王家男人从外面牵回一头黑乎乎的大牯牛。面对充满问询意味的诧异目光，王家男人喜不自禁地说：这是我家姑娘摘菱角摘出来的一头牛。王家双胞胎女儿后来就成了乡人教育子女要勤劳的经典例子。

我相信故乡长大的每一个人于菱都会有一种特别的情愫。贫穷少食的年月里，河流和土地永远是慷慨的。土地长百谷；水里除了可以生鱼生虾，养鳝养泥鳅，还可以产菱、产藕、产鸡头米。这些来自土地和河流的馈赠，给了故乡人直接而暖心的濡养。想起故乡那些卑微的草木，那些无私给养人却并不金贵的植物，一种肃然的敬意油然生出。这些蛰居心灵深处永难抹掉的故乡记忆，无时无刻不在告诉你，要做一个像大地和河流一样宽厚的人，做一个像植物一样朴实谦恭的人。

不知从哪一年起，在经济至上、效益至上的喧天热潮中，农村开始倡导大力养鱼。乡村变得手忙脚乱起来，一堆堆码成山的复合肥料被一铲一铲地抛向水塘。塘水迅速变色，塘里开始游动着黑色的微生物。大塘再也不能为人们提供生活用水，再也无法用来洗衣浆裳。离水最近的人们第一次感受到了水的遥远和陌生。每家开始打井。来自大地深处封闭的沉默的水，也挟带了大地深处的各种金属和杂质。空气里飘进刺鼻难闻的气味，土地淡褪了绿色，河流消失了清澈，人们脸上不再有纯净敞亮的笑容。那些以水为壤的水生精灵集体从乡间沟渠湖汊中潜身隐退，无声而悲壮，像来不及告别的老朋友。漫长的岁月里，它们散落在天之涯地之角，无处寻觅，再无踪迹。它们将故土彻底抛弃。

我记忆里的故乡从记忆中掉落了。

但是，伴随物质条件的极大改善，生态破坏带给人的惨痛教训让人不得不重新思考大地上的事情。人们开始关注生活质量的提升，关注活着之上的意义。人们渴望喝到甘甜的活水，吸到新鲜的空气，享受四季轮转的精彩，聆听蝉鸣虫唱的天籁。

母亲电话告诉我，门前这个养了几十年鱼的大水塘，在上一个承包户到期后，队上决定收回公家。大家一致决定干回老本行，栽菱种藕。母亲和她的老姐妹们买来菱种，随意抛下，转眼收获了满塘碧绿。再过几个太阳天，就可以下塘摘菱了。土地和植物的前缘终于续上，远行的鸟结伴回到家园，夏夜带着植物清香的水风再次吹进人们的梦乡。家园焕发新的生机。

母亲还告诉我，塘中的那个小岛如今栖息了数种水鸟，包括尖嘴的翠鸟、长脚的鹭鸶和大嗓门的野鸭。我站定，驻足侧耳，仿佛真的听到它们喃喃的梦呓。母亲的睡梦里，也该如这般鸟语花香、诗意氤氲吧？我怎么忍心打扰她芬芳甜蜜的梦境！

今晚，就让我踏着月光慢慢行走在乡间的夜色中，让我在流过的岁月里做一次短暂的穿行。我要收集这天籁的虫唱，这漫溢的菱香，这清澈的星空，这星空下母亲的小屋。我要将这美丽的乡村之夜打包回去。

海子说：

我把石头还给石头，
让胜利的胜利，
今夜青稞只属于她自己。

是的，今夜所有物事都只属于它自己。天空只属于天空，它负责拥抱星辰；河流只属于河流，它负责生养万物；菱只属于菱，它负责开花结果；梦只属于梦，它负责慰藉和飞翔。

# 水鸟：“湖水清澈，倒映着我”

周月桂

茫茫洲滩，辽阔水面，散落着黑色、白色的鸟群，或翔或凫，时聚时散。1月的洞庭湖，如一幅气韵生动的水墨画。

湖风吹动，雁、鹤、鹬、鸥一齐腾空，鸟鸣响起，无数双翅膀扑打空气。1月的洞庭湖，又似一节野性十足的乐章。

水鸟，无疑是冬日洞庭最美的主题，它们从遥远的北方，跨越千山而来，在这片温暖的南方大湖越过凛冬。1月，我多次走进湖区，穿越水鸟的鸣叫和飞翔，抵达洞庭最深处……

## 春风湖 · 水鸟监测

随着太阳升起，春风湖的面貌逐渐从水雾中呈现，一只东方白鹳出现在望远镜中。它伫立于浅水处，高大优美、气定神闲。

1月8日，湖南省越冬水鸟同步监测开启，东洞庭湖六支队伍同步在50多个监测点展开监测。跟随东洞庭湖国家级自然保护区管理局工作人员付永强的小分队，我走进保护区春风湖站。

有几个监测点水位太低，没法行船，监测人员只能在沼泽地步行。湖水退落后的湖底，水沟纵横交错。为了加快速度，付永强与搭档共骑一台摩托车，一路蹚水向前进发。

机警、敏感的水鸟，就聚集在那些人迹罕至、难以抵达的地方。

“上午天气条件不好，但我们第一次在春风湖监测到了东方白鹳。”付永强略有些激动。东方白鹳是国家一级保护野生动物，数量十分稀少，可谓越冬鸟类中的珍禽，近年来在洞庭湖屡被发现。

从泥泞的沼泽上岸，大家又赶往飘尾码头乘坐快艇，去往其他监测点。

午后的阳光穿破云雾，水面波光粼粼，洞庭湖看起来温柔迷人。然而快艇开动后，湖风便劈头盖脸扑打过来，迅速带走羽绒服里保留的温度。

四个监测点均位于煤炭湾附近，飘尾、元咀、雁子洲、扁山……船行水上，我一路登上洲滩，拜访那些自由自在的小精灵。

在冬季，水鸟生活的重心是觅食。银鸥在空中盘旋，左顾右盼，忽然加速俯冲到水面捕鱼。“大嘴怪鸟”白琵鹭嘴大，食量也大，总是用它锅铲一样的长喙在水里来回扫动。苍鹭则以逸待劳，伸着长脖子，驻足水中，一直等到有鱼现身才忽然行动。外貌平凡的斑嘴鸭，在每次监测中都是数量最庞大的一种水鸟。它们悠闲地凫水，不时将头扎入水中取食。斑嘴鸭以水草为主食，当然也不会拒绝鱼虾。

上百只灰鹤出现在视线里，望远镜里可清晰看到它们羽衣翩翩，仙风道骨，飘然出尘。这也是监测人员首次在这片水域记录到这么多灰鹤。

“江豚！”平静的水面上忽然起了一阵波澜，江豚青灰色的背脊不时露出水面，为这次水鸟监测之行增添了几分惊喜。

## 东古湖 · 守护小天鹅

小天鹅起飞前，总有长长的助跑过程。它们贴着水面，翅膀发出有力的破空声，像一架架小飞机，滑过跑道，溅起一路水花，最终摆脱重力束缚，腾空而起。

1月28日清晨，屈原管理区东古湖里又挤满了小天鹅。说“挤”，一点也不夸张。从观鸟台看过去，远处是挨挨挤挤的小天鹅，间杂着黑水鸡、绿翅鸭、反嘴鹬等。东边的藕塘里，还有仙气飘飘的白鹤一家三口，水面上飘荡着水鸟高昂的鸣叫声。

“跟着大雁去迁徙”全球守护候鸟活动发起人周自然一早过来，是为了寻找小天鹅龙龙。2023年底，受伤的龙龙被志愿者龙勇救治，养好伤后在东古湖放飞。

龙龙是一只亚成鸟，羽毛灰色。周自然在龙龙的跟踪器信号出现区域寻找，很快，就在一众白天鹅中发现了它——一只戴着跟踪器项圈的灰鹅。

“它放飞时才4公斤，瘦得皮包骨，现在长了肉，还长了个子，可见食物充足的东古湖真是好养‘鹅’。”周自然颇为欣慰，龙龙已经完全康复，并且与其他小天鹅相处融洽。

小天鹅是从2020年开始到东古湖过冬的，此后便年年光临。东古湖位于洞庭湖东岔、汨罗江故道，周边区域是原来围垦的农场。小天鹅的到来，让这片平凡的田野有了异样的光彩。

近年来，东古湖区域低质田实施了退耕还林、还湿，净化农业面源污染，恢复水生植物，探索建设全国第一个人工湿地候鸟保护地，周边农田都成为“鸟类友好型农田”。

“天鹅就在我们的水田里，太神奇了。”尽管小天鹅可能影响到冬季生产，附近农户对这群“贵客”却非常友好。每个清晨，屈原管理区的志愿者都会前往东古湖，维持观鸟秩序，观察小天鹅生存情况。

在东古湖观鸟区，搭建有隐蔽式观鸟棚、生态观鸟屋。“请大家不要穿戴鲜艳服饰，不要放飞无人机。”龙勇在现场提示。

陆续有研学的团队和家庭前来观鸟。大家自觉把冲锋衣脱下，翻出浅色的里子穿好，小声交谈，生怕惊扰了这些小可爱。

“您是在找月月吗？”一名来自屈原中学的女生轻声问正在观鸟的周自然。

周自然大为惊喜，原来小天鹅月月的故事已经传播开来。三年前，曾在东古湖栖息的小天鹅月月戴着追踪器被放飞，并成功飞往俄罗斯鄂毕河口的北极苔原，成为媒体竞相报道的明星。

两个迁徙季过去，月月的追踪器失去信号，周自然几乎放弃了追寻。但就在 1 月 28 日这天，他在东古湖又发现了一只戴有追踪器的成年小天鹅，而且身旁一直傍着一只成鸟和一只幼鸟，似乎已经成为“三口之家”。

“或许是月月带着宝宝回来了。”周自然喃喃自语。

## 大小西湖与采桑湖 · 湿地修复

阳光明丽，湖水温暖，东洞庭湖大小西湖及采桑湖的辽阔湿地上，数万只水鸟在此翔集。

采桑湖自古与洞庭湖连为一体。1958 年，钱粮湖农场在此围垸，采桑湖的万亩水面由此形成，人们在此养蟹种藕，让候鸟难以栖息。

如今，湖藕和螃蟹已经清理，随着人为活动大幅减少，这片水域还给了水鸟。采桑湖上，鸟群起起落落，雁鸭类水鸟是这里的主角。在各类大雁中，东洞庭湖“旗舰物种”小白额雁略显娇小灵动。东洞庭湖是小白额雁在全球最大的越冬地之一，每年，约有全球 60% 至 70% 的小白额雁在此越冬。

与采桑湖一堤之隔的大小西湖，这个冬天又迎来了数量庞大的小天鹅。

“去年我们在大小西湖种了苦草、菹草等沉水植物。”中国科学院亚热带农业生态研究所研究员谢永宏说，2022 年的干旱，影响了小天鹅最喜爱的沉水植物的生长，那年冬天小天鹅数量明显减少。2023 年，大小西湖恢复沉水植物、修复湿地，吸引了小天鹅重新回归。

冬日的洞庭湿地上，还有一些人正在为筹备来年候鸟的栖息地赶工。

春风湖离堤 300 多米，一个近 50 公顷的子湖泊工程正在施工。“子湖泊的作用是让湿地更好地蓄水，有水才有水草，有水草才有水鸟。”东洞庭湖国家级自然保护区管理局副局长易飞跃说。

春风湖的子湖泊项目，属于洞庭湖区域长江岸线候鸟栖息地生态保护与修复工程的一部分。目前，丁字堤、白湖等地也都在同步建设子湖泊、种植沉水植物、打造避难生境岛等，大多数工程都要赶在汛期来临前完成。

一份《湖南东洞庭湖国际重要湿地修复方案》也于日前正式上报国家林草局，修复内容包括野生动物栖息地恢复与重建、退化湿地修复等。未来可以想见，更多的水鸟，定将迎来属于它们的更好更美的大湖。

# 尾声

1月8日，春风湖站水鸟监测回程，太阳西斜，天空由西边开始，被一点点染红。湖面上风更寒了，水鸟却在最后的天光里更显活跃，不时掠过天空。有一头江豚与快艇同行了一段，一路翻涌起白色浪花。

同一时刻，黑咀监测点，在数了1万多只鸟之后，东洞庭湖国家级自然保护区管理局副局长宋玉成所在的监测小分队偶遇了一群麋鹿。“20多头麋鹿就出现在我们前方30多米左右。”宋玉成迅速按动相机快门，他发现公鹿的头上，鹿角已经隐现。春天，快到了。

天黑了，大小西湖的小天鹅、采桑湖的小白额雁、濠河的反嘴鹬、春风湖的斑嘴鸭都准备休息了。洞庭湖里，有的水鸟监测小分队还没有返回岸上，沼泽地里的行走极为缓慢艰难。他们安静地走着，不去惊扰夜色里的精灵。在湿地的深处，水鸟自在安宁地栖息。

## 浩浩洞庭，有容乃大

洞庭湖那么大。

我去过很多次洞庭湖，每一次，都只能撷取它的一朵浪花、一缕湖风。

洞庭湖之所以大，不仅因其面积之大、流域之广，更因其历史之悠久、人文之厚重、生物多样性之丰富。

浩浩洞庭，有容乃大。每年，数十万只候鸟迁飞至洞庭湖越冬。有一首名为《候鸟》的歌唱道：“如果湖水清澈倒映着我……勇敢的候鸟往南飞，跨过千山的重围……”对待候鸟这份如约而至的信任，让“湖水清澈”、水草丰美，是洞庭湖的郑重回应。近年来，洞庭湖清理欧美黑杨、拆除矮围网围、停止非法采砂，以前所未有的力度开展生态环境专项整治，湿地生态环境发生了积极变化，这是水鸟回归最重要的背景。

“鸟越来越多了，洞庭湖有限的适宜栖息地该如何应对？”采访中，谢永宏研究员如此感慨。近年来，洞庭湖水位节律发生了较大变化，湿地生态和生物多样性保护面临新的挑战。

摸清规律、科学保护，新时代的这片大湖，正在着手应对水鸟给出的重要课题，打造“宜居”的水鸟栖息地，完善生态保护补偿，探索保护与发展的平衡之道……

随着更多水鸟的到来，人与自然和谐共生的画面更加生动，湖的生态内涵也将不断拓展、丰富。

生态洞庭，越发浩瀚。

（原载《湖南日报》，2024 年 1 月，题为《洞庭月历——来自洞庭湖保护与治理一线的报道》，节选。）

# 构树赞

蒋红星

我赞美构树。

构树是中华大地一种普通的树，也是极不平凡的树。

构树为桑科构树属落叶乔木，分布遍及南北。它的个头不高，稍开阔的树冠，平滑的树皮，粗糙的树叶，不讨喜的花果，很不起眼的模样。很多人不认识它，或许叫不出它的名字，或许不知晓其生物学特性和用途，植物学知识普及读本里也很少提及它。在我们随处可见的树木里，它没有松柏之苍翠，没有银杏之伟岸，没有牡丹之艳丽，它太普通，普通得令人视而不见。

在乡间，村落附近的荒地、田园及河沟岸边，构树宛若野草一般，或星星点点，或密密麻麻，或牵牵绊绊，“野火烧不尽，春风吹又生”。在城镇，构树是极少数不需要也少有人工栽植的树木，它们顽强立足于高楼大厦之间、车水马龙路旁、庭院围墙沿线，甚至扎根水泥缝隙之中和垃圾堆积场所，或单株孤立，或形成低矮的丛林。在众人眼中，它与所有的树木，包括所有的阔叶树、所有的落叶树是没有任何区别的，只是一种挺立于身边的乔木，有四季变化，是环境的一部分。

然而，这种普通，正是构树的不平凡之处。

构树有坚韧的性格，顽强的力量。构树能耐干冷和湿热气候，耐旱，耐瘠，耐污染，不择土壤，哪里有阳光和土壤，就屹然生长蔚然成林。在那悬崖峭壁，在那水泥森林，在那众多植物难以生存的地方，构树以千姿百态的变化，以“舍我其谁”的态势，努力地绽放生命的光华。它以极强的生态适应性，展示出自然的伟力，不惜换来“恶木”的骂名。其间，蕴藏了千万年进化而来的生存智慧。它开张的树冠，能充分接纳阳光雨露。它的根系与微生物和谐共生，能高效固定空气中的氮素，便利扎根各类土壤。它的果实橘红色的肉质外皮宛若杨梅，招引喜鹊、刺猬等动物取食的同时，也借助它们撒播种子。它的身体充满白色乳汁，能够吸抗有毒气体。它是树木家族中净化二氧化硫最强的种类，即使二氧化硫、氟化物污染源近在百米，植株依然能正常生长。它吸收氯、铅、锌等有害气体的能力也高于众多植物。它的叶片表面的厚柔毛能吸附大量粉尘，即便是玻璃厂、水泥厂等粉尘污染区的微粒或飘尘停留其上，一场雨水之后，也会消失殆尽。它生长快、分蘖力强的特点，是天赋的生存技巧。人们往往在不知不觉间发现身边突然有了好大一棵构树，而它则在人们的刮目相看之中摆脱了被消灭的命运，实现了“以时间换空间”。

构树把自己的生命完全奉献给了人类。它给大地披上绿装，荒山荒滩、矿山迹地和重金属污染严重的地方，构树是极少数能够健康生长的树种之一。它的树皮纤维丰富，长而柔软，性质接近亚麻和大麻，品质优良，用途广泛。种子、乳液、根皮、树皮、叶均可入药，且被中医古籍《名医别录》列入上品。树皮、茎、叶含鞣质，可提制栲胶。木材轻软，有制作器具、烧成薪炭等用途。在人类文明史上，这种古称为“楮”或“榖”的树木扮演了重要角色。蔡伦造纸的主要原料就是构皮。北宋初年，成都一带通货紧张，铁钱流通不畅，当地富户私下用构树皮造券交易，后世称作“交子”，开世界使用纸币之先河。构树是植物教科书。它是许多农家孩子启蒙认识的第一种植物，是他们孩提时代无忧无虑生活的象征符号。植物爱好者往往为构树丰富的叶形变化而着迷。那同一棵树上的叶片，有的饱满，有的纤弱，有的卵形，有的圆形，有的深裂，有的浅裂，裂纹或对称或不对称，或凹陷或完整，构树因之被认为是植物中叶片变化最丰富的物种。

构树还关系国家粮食安全。它的树叶蛋白含量高于苜蓿，氨基酸含量高过大米，维生素和微量元素含量多于一般水果蔬菜，且营养成分均衡，为优质饲料。用构树叶喂养的猪，瘦肉率高，肉质纯正，味道鲜美。在我国大豆、苜蓿等粗蛋白长期依赖进口的背景下，构树被认为是良好的替代产品。我国近年推广的杂交构树，所开发的青饲料、发酵料、粉米料、颗粒料等，能显著提高禽畜的免疫能力，单位面积产量是青贮玉米的2倍，是大豆的9倍。因此，构树曾被列入国家十大精准扶贫工程内容，纳入了农业农村部《饲料原料目录》和国家健全饲料供应体系。安徽、湖北等地许多农民依靠种养构树走上了致富路。一些地方形成了构树种植、养殖、食品、药品、工业产品等全产业链。随着俄乌冲突引发世界粮食危机，构树的地位越来越重要。

构树是一种普通的树，也是极不平凡的树。

在我看来，构树身上生动体现了一种实在的精神。在树木家族里，它比松柏的生长更迅速，比银杏的生活空间更广阔，比牡丹的生存方式更质朴，但它似乎从不在乎别人的看法，也不惧怕当作“恶木”被杀戮被铲除。它全部的使命就在于表达生命，坚韧地活着，智慧地生存，无私地奉献。这种实在的精神，是无比可贵的，是人类社会特别需要的，是值得我们给予尊重的。

我赞美构树。

# 虫物语

袁铁基

母亲吩咐我劈一根枯竹做柴火。我先将枯竹锯成几截，再一截一截劈开。家里的几只鸡不约而同围过来了。我驱赶那些鸡，怕失手伤到它们。刚赶开几步它们又围了上来。我正疑惑，一截竹子劈开后涌出来一堆绿色的虫子。说时迟那时快，鸡群已一拥而上。

鸡们显然比我更了解虫子的行踪。

家门口的地坪里，稍稍留心就会发现蚂蚁。我们的地盘也是它们的地盘。蚂蚁总是很忙碌。这么说吧，看见一只蚂蚁，它一定是在走路，走得匆匆忙忙，一边走还一边搜索。也常见蚂蚁搬运它们的食物——苍蝇或虫子。活虫子被蚂蚁俘虏后还想挣扎，但总是徒劳，那些蚂蚁推推搡搡就把它弄到巢里去了。我纳闷的是，一只蚂蚁发现了食物之后是用什么法子把同伴招来的。

蚂蚁不时会牵线。牵线其实是它们在搬家。蚂蚁搬家的阵势很是壮观。粗看是地上两股紧挨着的黑褐色绳线，细看那绳线在不停蠕动。数不清的蚂蚁分成两队组成循环，其中一个方向的嘴里都衔着东西，相反方向的则空身疾走。有时，我们来点恶作剧，用棍子把队伍搅乱，蚂蚁四散逃窜，但不用多久，又恢复了队形。

母亲告诉我，蚂蚁如果单个满地跑，会有一串晴天，忙着牵线则要下大雨了。我留心验证过，果真是这样。小小蚂蚁居然有如此大神通，可以跟广播里的天气预报媲美。

地坪下的田头，伴着条小沟渠，沟渠连着一个水凼，水凼里长着两三种水草。我走近时，岸边的几只小蛤蟆争先恐后跳入水中，隔好一会儿才伴着水草现身做蛙泳。水面上有几只水爬虫，靠着四条长腿浮在水面。它们的长腿细如发丝，难怪滑动起来那么轻巧。我们无论如何都捉不到一只水爬虫。水中还有一种小蝌蚪，花生粒大小，头和背泥土色，肚皮却嫩白嫩白。蝌蚪尾巴短，肚子鼓得很大，一眼望去几乎只见它腆着的大肚子。这蝌蚪摇摇晃晃从水底游上来，浮到水面，张开小嘴儿呼吸空气，又摇摇晃晃潜下去，约一两分钟，复又游上来，乐此不疲。偶尔有一条蚂蟥游过。蚂蟥全身油黑油黑，身段柔软，游走时像根小小飘带在水中舞动，煞是好看。蚂蟥喜欢往水响的方向游。乡里俗话，蚂蟥听水响，叫花子听鼓响。但小伙伴们都讨厌蚂蟥。队上的小哥哥小姐姐在田里学插秧，冷不防发现蚂蟥叮在腿上，吓得哇哇哭。而大人则不怕，大人腿上沾满了蚂蟥也懒得管，歇息时，坐下来从从容容一条条扯下扔掉。

见着蜜蜂，一般是在花地里。

三月，油菜花开了。黄灿灿一大片，看得人眼花缭乱，错将蜜蜂当成飞舞的油菜花。四月，又有紫云英、柑橘开花了。每一片花丛里都有蜜蜂的身影。不得不承认，蜜蜂比我更熟悉村上的花事。

蜜蜂飞行时翅膀振动，发出嗡嗡的声音。降落到花朵上就安静了，安安静静采花粉。无数蜜蜂汇聚的声音很轻很浓密。我们那一带原先没有养蜂户，蜜蜂应是野蜂，不知它们住在哪里，也不知它们怎样酿蜜。好神秘的小东西。

蜜蜂喜欢风和日丽，不喜欢酷热也不喜欢下雨。在空气清新的环境里，它们会更惬意。

蜘蛛网各式各样，五花八门，随处可见。

不同的蜘蛛结不同的网。稻田里禾苗的叶尖上，有一个个小小的蛛网，像青绿草地上一大片微缩版的白色帐篷。而木墙壁上的蛛网只有酒盅大小，织得像白绸般细密。挂在屋檐和树枝间的，则是一张张大网。屋檐这边伸出两根粗丝，一上一下，树枝那边也伸出两根，四根线牵起的网有草帽大。乍看像圆圈，其实是数条放射状直线串起的多边形，大的依次套着小的。我们即使有圆规直尺量角器帮忙，也难以画得那么工整。

我知道建这大网的是一种黑蜘蛛，小圆头，大圆肚，肚里的水吐出来就凝成了丝。黑蜘蛛很少待在它的网上。好比一座房子，门上一把锁，主人串门去了。但黑蜘蛛没去串门，它就在附近某个角落埋伏着。蚊子或苍蝇不小心触网了，蜘蛛会立即从网上得到消息。只见它飞快窜出来，几只爪子捉住猎物，蜇一口，注了毒，猎物抽搐几下，便不再动弹。遇上强悍些的如蝗虫，挣扎时能把蛛网撕个口子，但终是徒劳。只见蜘蛛慢慢靠近蝗虫，瞅到机会咬它一口，又飞快吐丝将其缚个严严实实，然后拖到僻静处用餐去了，再择时间修好它的网。蛛网又安静如初，仿佛什么都不曾发生过。

我对蜘蛛颇有好感，觉得它们聪明又低调，捉虫子还肯动脑筋，而且吃掉的大多是苍蝇蚊子。

一季菜老了，爷爷要扯出蔸根，挖一回土。

我喜欢陪着爷爷挖土。偶尔挖出条地虫子，爷爷停下来，示意我扔给鸡吃。地虫子是害虫。接着又挖出一条蚯蚓，断成了两截。爷爷却不让喂鸡。我提醒爷爷，断成两截了还能活吗？爷爷只说不碍事，不再理我，继续挖。后来我才知道，蚯蚓断开的两头各能长出新的一截，一条变成两条。

蚯蚓一般都藏在土里。它们怕光，喜欢潮湿又喜欢安静。夏秋的夜里，它们会出来活动，但不是咬菜，它们才不干那些遭人忌恨的事情。地里腐烂的杂草木屑、蛋壳果皮，以及泥土，都是它们的食物。不知道它们觉得味道如何，但它们吃得很认真，吃饱之后就钻回土里去排泄。这样菜土就疏松了，也更肥了。庄稼长得好，有蚯蚓的功劳。以前我不喜欢蚯蚓，嫌它们蠕动时恶心，后来才觉得，它们其实挺乖的。原来虫也不可貌相。

大雨过后，路边或土沟里偶尔会看见一两条死蚯蚓，那是被土里的积水逼出来，在水沟里淹死了。早晨太阳出来后，也有蚯蚓在地上不动弹，那是它们来不及钻回泥土中，阳光晒干了它们皮肤的水分。没水分，蚯蚓就没法吸收氧气。

那些牺牲的蚯蚓，让人觉得惋惜。

不经意间，萤火虫出来了。这是盛夏的光景。一粒光点，从对面山坳的竹林里冒出来。接着又冒出几粒。在夜色的角落里，它们纷纷出场。夜空是它们的舞台，我是它们的观众。这些光点米粒儿大小，色黄，略带点儿浅绿。不是很耀眼，却晶莹柔和。远看如一盏盏游动的小灯，近看则一明一暗闪烁。田里的青蛙在扯着嗓子聒噪，而萤火虫只是不声不响游弋。这些文静的优哉游哉的光点才是夜空里的明星。聒噪的蛙声充其量是在给它们喝彩。萤火虫的群舞没有固定的队形，它们时而聚成一堆，时而散开，或者两两追逐。我无数次试图数清那些虫子，但每每都是徒劳，它们顽皮地不跟我配合。只好估摸下，两百或三百只？我想近距离观察它们。好容易才等到有一只落在水凼边，急忙点了亮篾子照明。走过去，却早已飞走了，只见那些草叶尖上，各顶着一粒小小露珠。

年龄再大些，我们能放牛了。放牛挺好玩，但也戴着紧箍咒：要让牛吃饱，又不能偷吃了庄稼，还要防止牛打架。队长指定仁哥当我们的头。仁哥做事有主见，大家都服他。仁哥得预先安排好去向，不能每天都去同一个地方，一座座山要轮着吃。上山了，仁哥吩咐把牛绹缠在牛角上，大家分散在四周，各自守住山林和庄稼地的边界，牛被围在中间。它们若想越位到菜地里偷吃，就呵斥着扔泥巴，赶它们往回走。闲着的时候，我在黄豆苗中捉蚱蜢玩。不想突然被什么东西猛刺一下，手背上瞬间红了一块，火烧火燎痛得钻心。我忍不住大叫。仁哥闻声赶过来，问清楚地方就翻检那些黄豆叶。翻着翻着“哎哟”一声，他也被蜇了。与此同时叶子背面几条绿色虫子露出原形。仁哥说，就是它，杨活辣。

仁哥的手背也红肿了，他忍痛捉了条杨活辣窝在手心，那虫子居然不再蜇人。原来杨活辣只喜欢偷袭。仁哥让我跟着他念几句话：

杨活辣，你姓杨，我姓张。

跟你讨点水，做单方。

我们念完，仁哥把那虫子一挤，绿色汁水滴在我们红肿的手背上，立马觉得凉浸浸的，疼痛减轻了许多。一会儿，再互相看看，红肿都消了。

太阳移到了山顶西边。牛吃饱了。仁哥打个唿哨，大家把牛往山下溪水边赶。这时候我们聚到一起，又说又笑，简直把那块地方抬起来了。苍鹭、黑八哥和蛇尾雀，落在我们周围，好像也赶来看热闹。仁哥跟我说过，鸟雀是虫子引来的。牛身上有很重的膻味，特别招虫子，而虫子又是鸟雀儿的口中食。

我想起动画片里一句台词：世界真奇妙。

秋天，一些虫子开始叫唤了。村里随处可以听见它们的叫声。若干种叫声汇集在一起，合成了简单的旋律。虫子叫唤时都隐蔽着，只闻其声不见其虫。我听见某棵树下分明叫得热闹，走近去看，声音一下没了；待走开几步，又叫起来。躲我呢。

偶尔，林子里会飞来一只画眉鸟。画眉唱歌的时候，能感觉到它的心情特好。那是怎样的舌尖啊，一串串音符跳跃而出，是比玉石更美妙的材料制造的声音。音符高低有致又紧密相连。它越唱兴致越高，仿佛要把我的情绪带到树尖上，带到山顶上，带到一朵白云之上。其它鸟儿似乎也听得痴迷了，整个林子只有画眉在尽情发挥，虫子则是十分尽职的伴奏队。直到那鸟儿终于唱累了，歇息了，飞走了，虫子伴奏的声浪依旧重复着，像一部永动机，停不下来。直到画眉下次出场，虫子们似乎也不曾歇息过。

当然，这还得看天气。秋季里不时会下雨，秋雨带着些许寒意。有时雨下得猛，凼子里砸起一个个乒乓球大的水泡。站在阶基上，我莫名地有些担忧和牵挂。我竖耳谛听，除了雨声还是雨声。地坪里一波波水纹流往低处。我知道树蔸下的草丛肯定浸水了。那些虫子，它们是否安好？

几天后，终于放晴了。终于又听见了虫子的叫声，依然是浅吟低唱，依然那么鲜活。不，似乎是更加清纯明净的声音，有如洗涤了一般。我长长吁了一口气。自此，不再傻乎乎地替虫子担忧。

立冬以后，虫子们的鸣叫终于消失了。它们完全隐蔽起来，绝不弄出半点儿动静，远胜过我们捉迷藏。

除了干枯的竹子，我不知道虫子们还有哪些藏身之所。

冬季，我只能在电脑里认识虫子。

我把一组组关键词敲入键盘，我渴望知晓虫子们更多的方方面面。

我终于知道，好些被人们所讨厌的“坏虫子”，其实也有不坏的一面。它们和蜜蜂一样，也在辛辛苦苦帮助庄稼传播花粉。

我搜索了蚕虫。它们被驯服的经过已然被历史湮没，再也找不到细节。

我无数次看了萤火虫的视频，视频里那些小生命飞得自由自在，一如我儿时见过的情景。我注意到，萤火虫条目下有这样一行字：萤火虫是大自然的警示物种。

转眼，就要开春了。

虫子将醒于惊蛰。

# 思　燕

## 曹国选

八旬老母终于答应“到满崽那里打个转身就回来”，了却了我们做崽女的一件心事。

这是第一次出远门，又不可能“打个转身就回来”，母亲更加像丢了魂魄一样，坐卧不宁。其实只有我心里晓得，母亲最放心不下的还是家里的燕子呢。

冬去春来，山里总有燕子成双成对地飞进来，穿来梭去地选择人家。找准栖息之地后，才衔来泥土和草茎用口水黏结成半球形的窝，窝里铺上细软的杂草、羽毛、破布什么的，建成一个温暖舒适的家，生育崽女的巢。

有些人家不喜欢这种既吵死闹丧又不卫生的东西待在家里，见燕子来了就驱赶。母亲见到这种行为，便会斥责道：“燕儿没逗你，没惹你，吃的还是蚊子、苍蝇，你为什么要欺负它们呀？”我小时候也因为吃饭时见了碗里的脏东西，捅落过燕窝。母亲发现后，举起颤抖的双手，虽然没有落下，我脸上却像挨了重重的一巴掌。

母亲不仅不嫌弃燕子，而且生怕燕子不进屋筑窝，于是想办法吸引燕子的小眼球。她用篾片编成巴掌大小的竹板，固定在楼檩的大头上，与楼板留出足够的空间，等候春天，等待燕子。我问母亲道：“万一它们不来，岂不白忙了？”母亲肯定地说：“不会的。人到一个新地方安家，也得先立足嘛。”我又问：“为什么要用竹板，木板不行吗？”母亲启发我说：“你动脑筋默默神，竹板、木板，哪样筑窝牢稳些？”我想了想答道：“竹板凹凸不平，容易粘牢泥土，自然牢稳。”母亲深情地笑了。我又说：“妈妈这么喜欢燕子，干脆多钉几块竹板，多住几窝燕子。”母亲摇头道：“要不得，不灵。”接着告诉我，有几年她钉了一排竹板，可每年还是住一对燕子。“树大分杈，崽大分家，鸟也是这样啊！”我天真地说：“我长大后就不分家，不离开妈妈。”母亲笑道：“蠢崽，崽大不由娘，总会离开娘的。守在这山里，守在娘身边，是没出息呢！只是，满崽日后有了新家不忘老家，讨了妇娘不忘母娘，妈妈就心满意足了。”

果然，母亲的心思没有白费，每到春暖花开、柳枝发芽时，燕子便会轻车熟路地飞进家来，昼夜不停地衔泥筑窝。这时，母亲一双老眼会跟着燕子飞转，边看边说：“还是那一对，也许是它们的崽媳妇、郎女。”我就说：“不可能，燕子都是一个样嘛，你怎么能分辨出来？”母亲却一口咬定道：“肯定是，不然的话，哪会这么像呢？再讲，如果不是它们，哪能这么容易找到回家的路，找到熟悉的家呀？”之后几个月，母亲一门心思似乎都放在了燕子身上，一天到晚与燕子唠叨不休、嬉耍不完。特别是明月当空时，她更没有困意，站在窗前，或者通道口，仰望飞进飞出、劳作不息的身影，欣赏燕子勤劳机灵的觅食本领，仰慕燕子哺育后代的无私精神。想来燕子住下后，便要生育崽女、繁衍后代。母亲见燕子如此辛劳，生怕它们累坏、饿坏，便想方设法弄些好东西来，替它们补补。她晓得燕子喜欢吃虫子，心想也应该吃鱼肉。那时人想吃荤腥还得靠票证，哪有多余的去喂鸟？母亲不顾这些，用票买来鱼肉，剁成末，或者村里杀猪，她从案板上刮出一层肉泥来。先将肉食放在燕窝旁，让燕子自己吃，自由自在地吃。见它们不吃，母亲就将燕子捉住，抱在怀里喂。可燕子红黑不吃，塞进喉咙里的美食也要吐出来。母亲只有无奈地摇头道："这些吃'活'饭的小东西，还挺娇气的呢。"

母亲最担心燕子受到伤害。先前的家是土砖茅草房，纸糊的窗户随便开个口子，就能满足燕子的出入需要。可人总得出门做事走亲戚，门一锁，窗一闭。燕子如果这时归来，找不到熟悉的路，进不了熟悉的家，或许会产生误会而移情别家，甚至会被人赶跑或打死呢！或者燕子住下来，却出不了门，觅不到食，不饿死也会饿瘦的啊！母亲想了好久，才生出一计，从屋墙上角抽出一块砖，开辟一个洞。这个洞既不能让鸡狗爬得进来，更不能让贼牯子钻得进来，只能让燕子自由自在地进出。待到燕子走后的寒冬腊月，北风呼呼往屋里灌时，才临时塞一块砖堵塞洞口。开春后，抽出砖块又成了燕子的专门通道。

母亲一直相信，燕子进来旺家门，是吉祥、有福的事。几十年来也证实，燕子给家里确实带来了几多好运，我们兄妹一个接一个地跳出"农"门，进了城市。只是，当我这个满崽最后走出家门时，母亲一双湿润的老眼直望着窝里的燕子，喃喃道："燕儿……我的燕儿……"我这才意识到，我们这些做崽女的，果真都成了燕子。心里也咬定，我一定要做合格的燕子——不！比燕子更优秀，常回家看看！

每次回家，我总见母亲对燕子一往情深，拉扯家常时也离不开有关燕子的话题，只是春日里表现出格外兴奋，冬天时透露出淡淡忧伤。母子久别重逢，有着说不完的话，母亲到深夜也毫无倦意，我却有些坚持不住。母亲见状，便催我早点困，可我上床后，又睡不着了。半睡半醒中，一直听到母亲在喃喃自语，是对燕子，还是对我？

这样的情形每每震惊着我的心灵。本来，从父亲去世的那一刻起，我们就想象到了母亲的晚年生活，也曾精心设计母亲的晚年生活，反复说服她进城。她却斩钉截铁地说："不去！我不会去做孤魂野鬼的！"

母亲红黑不肯离开山门半步，我们兄妹只有轮流"常回家看看"，更多的是三五几天又打电话问问。尽管每次通话中，母亲除了家乡的新鲜事，就是那几句背得滚瓜烂熟的嘱咐——"保重身体，干好工作，不要挂念妈妈"——更多的是与燕儿的生活趣事……只是，每每提到燕子，我更会忧心忡忡。燕子如果一年四季能与母亲做伴，该多好啊！那些沁甜的话语、亲昵的行为，也许能够代替崽女的孝心，给予母亲极大的宽慰和满足。有燕子在，母亲才不会感到寂寞。可是，燕子不可能做到不舍不离。一到秋风萧瑟、树叶飘零时，燕子往南飞走，燕窝就变成了空巢。像母亲这样的“空巢老人”，有话找谁去说？有苦向谁去诉呢？

母亲独自生活，让崽女时刻担惊受怕。果然，在她八十大寿那天，《五女拜寿》的花鼓戏还没有唱到“拜寿”，母亲就病倒了。我们强行送母亲进医院检查治疗后，熟悉的医生狠狠地训了我们这些不孝子女一顿。母亲也终于决定跟我们进城，却又叹息一声：“唉！生在哪块天，死在哪块地，也是命中注定的……”

临行前，母亲一双脚钉在屋中央，两眼痴呆呆地望着吱吱嘎嘎叫不休的燕子，喃喃道：“燕儿，莫哭，娘拖了一身病，没有退路呀！娘不在，也一样，还是我们的家。千万莫飞走！千万要回来！娘迟早也会回来的，你们要等娘啊……”很久很久，才将一把钥匙交给邻居，千叮咛万嘱咐：“替我看好燕儿！”才恋恋不舍地走出家门，走向公厅屋，走出朝门，眼泪汪汪地挥手与乡亲们告别。

母亲前脚刚踏上车门，抬眼望见窗玻璃反射过来的耀眼光芒，突然想起什么来，急忙返回家门口，望着窗户发愣。窗户装的是玻璃，虽然看得清对面的人，却钻不进一丝风。母亲叫我爬上窗台，把窗户顶格的玻璃取下一块来，再给燕子多留一条通道，这才安心地上车。

# 红河，转过几多弯

尚勇

## 一、父亲的车坝

红河，是洗车河的上水，也是小镇的玉枕。这条多情的乡河伸出柔软的臂弯，和209国道支起了一张弓。而这片弓形之地，就是红岩溪，也是我童年的版图。

天蒙蒙亮，父亲扛着一张犁，戴一顶斗笠，披一领蓑衣出了门。一头老水牛走在前面，不紧不慢；天上飘着毛毛细雨，描摹着一幅清明时节江南小镇的烟雨图画。过了邮局和车站，父亲把牛绳一抖，老水牛就上了大石桥。桥头有一棵高大的麻柳树，树荫遮罩着桥身相当一部分。这桥是小镇上青年人约会的地方，横跨在红河之上，青山绿水映着，有着催人情愫的幽静之美。黄昏之后，它就改名为“情人桥”。

父亲站在桥中央，向岸上看了一眼。河水碧绿，岸边的人家是一色的木楼黛瓦。沿河的人家把堡坎和房柱立在岸线上，坐在家里就能提桶打水，或甩竿钓鱼。好些人家在河边种植了一丈红，一开花映在绿水里，比莲花还好看。

在大桥下三百米的地方，有一道斜斜的拦河坝。大坝无名，却很是壮观。坝体是一色的红砂石砌成，石块小的有几百斤，大的有柜子那么大，好几千斤。这坝是父辈们拄着杖，用木檩、铁链、缆绳，一滴血一滴汗运来的、砌成的。这些红色巨石都生长在田家沟村口前的那条小溪里，各具形态与风情。如果你亲身看过，就会明白“红岩溪”这三个字里蕴藏着的地质之美和丹霞之妙。

和坝上的平潭相比，坝下则是一个喧哗热闹的世界。由于坝体之下给鱼儿预留着洄游通道，也没有用水泥浆砌，石缝之间尽用木桩和麻线填充，坝体的岩石之上是叮咚的流水，哗哗啦啦地响成一片，两米落差的坝下，则成了巴岩鱼和小油鱼集聚的天堂。枯水季节，人们可在坝上自由来去，无须经过上方的大石桥。坝下的鱼儿清晰可见，自由穿梭于这座粗砺的生态大坝。

在大坝的尽头，开凿了一条人工河，上游安装了一个水闸。人工河的下方是一个打米厂。旁边兴修了一条灌溉渠道，一块方石堵在渠道口上。渠道与人工河之间有一片开阔的田坝子，就是车坝。车坝是我家口粮田所在地。

蓄积的河水绿莹莹的，水镜一样。随着水闸的落定，河水像一群出色的短跑运动员听到了发令枪响，哗哗地从大坝上一跃而下。经过数百米冲刺，一齐撞向龙潭堡山脚的青石壁，激荡起一阵阵雪白的浪花和水雾，氤氲之气让人倍感清凉。本一直向南的河流，就向西转了一个九十度的弯。石壁下，沉淀出一个深水潭，叫龙潭；龙潭对岸是一片洁净的卵石滩，是个天然的垂钓和沐浴乐园。

父亲赶着牛，来到车坝的田埂边，在一棵柳树下，放下肩头的犁，系了牛。

走到水渠口，他躬身挪开了堵水的方石。红河水哗哗地向车坝的稻田里流去，田地间顿时响起了一片舒畅的“滋滋”吸水声。父亲一边给稻田放水，一边挥鞭吆牛，一个人开始了春耕。犁头过处，翻起了一道道光滑的泥坯。

父亲是车坝孤独的耕耘者。他在细雨中，打着一双赤脚，裤脚挽过了膝盖，一点也没有在意河水的微寒，而是敏感地捕捉到了来自土地深处的温热，心里憋着一股子用不完的劲。

“清明要明”，雨不知什么时候停了，一轮清白的太阳升了起来，稻田里漫上了一层水。估计差不多了，父亲停下手里的活计，用方石把水渠堵上。因为打米厂的师傅要开工了，水闸一开，人工河就会流水如奔，带动加工机械轰鸣起来。

这年秋天，车坝的稻谷大丰收。父亲请了一个木匠打了一口大扁缸，装下了七千多斤新谷。我们这个八口之家第一次有了余粮，可敞开肚皮吃大米饭，不再为粮食吃不到下一季而发愁。这一年是 1982 年，全国已经实行土地联产承包责任制，我们家通过抽签，在车坝分下了两亩多稻田，开启了丰衣足食的好光景。父亲告诉我，永远都不能忘记大坝建设者的劳绩！

红河，在车坝转了一个弯。

## 二、燃烧的河流

红岩溪的豆腐非常有名，毕竟是洗车河的上游，洗车河的豆腐闻名天下，红岩溪的豆腐更是鲜在源头。一家家的豆腐厂用机电代替了石磨，满街都是机械加工声，谁也不愿意再背上谷物到车坝打米场去了。

车坝打米厂无可挽回地衰落了，跟西水河上的航运有着同样的命运。打米厂的命，连着人工河的命；人工河的命，连着拦河坝的命。于是，人工河被填没了，拦河坝被拆除。红岩溪河水位陡降两米，已经形成的生态系统被打破了，红岩溪数公里长的深潭和浅滩改变了模样，出水洞的鳊鱼和娃娃鱼出走了。父亲把车坝的稻田也改种了苞谷，因为水位下降后赶不来水，水田变成了旱地。

这时，红岩铅锌矿大火起来，新招了上百名的工人。在车坝的河岸边燃起了熊熊的火焰，原来是铅锌矿厂的工人们，把一车车冶炼废渣倒在了红河岸边。

炽热发亮的凝结物滚落在溪河里，哧哧地冒着白烟，烫得河流直打哆嗦。入夜，更是“炉火照天地，红星乱紫烟”。当然，铅锌矿里的工人是乐不可支的，在二十世纪八九十年代，月收入有上千元。随着车坝田园牧歌的消失，我家车坝的干田被镇里统一征收了。一座崭新的铁合金厂在打米厂的遗址上生长出来。

废弃的矿渣层层堆积，烟火经年不灭，燃烧着河流。滚落在水里的渣石已然变黑，嶙峋而多孔，浸泡在河水中。洪水季节，堆积如山的渣石被冲刷荡涤，与河中的砂石互相搅和着，长眠水底。涉水的乡亲们开始穿鞋了，一不小心就会扎了脚指头！

后来，红岩溪街上人，升学或考兵时，有不少人因为罹患肝炎而被刷。没有人知道，这是否与燃烧的河流有关。人们依然背起背篓，在废渣中寻找焦炭，在二氧化硫等呛人的废气里，流泪，咳嗽，沾沾自喜。

幸好，我们家从河街上搬到了上游五中对门，单家独户，饮用水全部来自出水洞的清泉，没有一个家庭成员罹患肝炎，真的要感谢上苍的照应。

## 三、红河之子

我是泡在红河里长大的，红河水给了我强健的体魄。记得在五中上初中时，五中大桥还没有修，绕道情人桥要多出几公里路程。我常常是凫水过河，举着衣物和书包，如履平地一般。后来，我师范毕业后，分在了红岩小学教书。小学就建在河边，每次跑步或打球后，我就下到红河里洗浴，不论是打霜还是下雪，几乎从未间断。

后来，我改行离开了红岩溪，先后到劳动局、宣传部和党办系统工作，后来到了县环保局分管宣传工作。说实话，当时的环保部门是没有长“牙齿”的，县里的每个排污企业都有县级领导挂牌联系，为企业“保驾护航”。环保执法人员有许多都是“自收自支”性质，环保工作一直走在“养人收费，收费养人”的怪圈里。面对如此窘境，我觉得环保的法宣工作比没有力度的“执法”更重要，必须千方百计唤醒和增强乡亲们的环保意识，自觉爱护和治理环境。

每年六五世界环境日，我和同事们都会组织县电视台，按主题要求拍一部专题片，宣传环保法律法规，为最普惠的民生福祉鼓与呼。面对群众反映强烈的突出环境问题，我搬“救兵”，出奇招，可谓无往而不胜。

卧龙水库是龙山县城饮用水源地，沿途水渠经过几个乡镇都没有遮盖，有些村民就在水渠里洗粪桶、扔农药瓶。我在开展“六五”活动时，请向华友、陈庭义、陈胜华、张登赤等一些德高望重的县级退休老干部出马，用一台中巴车把这些“环境监督员”请到现场视察，请他们发声，收到了很好的效果。县长专门开了“办公会”，拨了几千万元给饮用水渠盖上了盖子。

当然，作为红河之子，我也没有忘记我的母亲河。我让老干部们视察了红岩区医院和红岩溪镇农贸市场。我至今记得，红岩区医院没有将生活垃圾与医疗废物分开存放，向华友老书记将医院院长一阵厉声痛批。院长被训得面红耳赤，额头冒汗，在一个星期之内便新建了垃圾围，将生活垃圾与医疗废物分开，并保证医疗废水不下河。

如今，生态环境部门已经实行垂直管理，真正拥有了自己的话语权。每年对相关部门和基层政府进行年度考核，领导干部离任须过“生态审计”关，中央环保督察一波接着一波，生态文明建设一骑绝尘。

红河之上，铅锌矿厂、铁合金厂、塔泥化工厂、木龙湾煤矿……一个接着一个关闭。每一个高污染、高能耗的企业，都是母亲河不可承受之重。乡亲们的环保意识也是空前觉醒，听说一些老板要来红河边投建黄磷厂、大型养猪场，他们不再为眼前的利益所动，而是让这些项目过不了“公参”这一关。

在红河上游的凉风村曹家坳，有一处被环保部门永远叫停的黄磷生产线。厂房、设备在风雨中处于静默状态，像黑白的棋子，无言地宣示着一场博弈的胜负和历史的选择。

## 四、红河为证

非常有幸，我参与了全省小水电整治工作，龙山县有 34 座小水电在列。其中有 5 座退出，29 座完成整改。整改的主要内容就是保证下游生态流量，打通鱼类繁殖洄游通道，保护好水产种质资源，为子孙留下一条条生生不息的河流。我有一名同事叫陈生义，他是一名资深环保工作者，也是一名痛风患者。他组织参与了每座电站的整改环评，忍着伤痛踏遍了县域里的每条河流。

故乡的五洞电站也在整改之列。因为红河里有两种国家保护鱼类——大鳍鳠和吻鮈，洗车河被划入了水产种质资源保护区，被永久性禁渔禁捕。我感谢《中华人民共和国长江保护法》的庇佑，也感谢生于此河的传奇鱼类。

2023 年“六五”前夕，我和老陈一起来到红河上游，参加五洞电站组织的增殖放流活动。打开白花花的氧气袋，我们把一盆盆的鱼儿放入红河水中。鱼儿们摇着尾巴，先是聚在一起慢慢游动，过了一会儿，就从水面上消失了，融入了眼前这条生生不息的河流。

望着清澈浩荡的河水悠悠南去，我久久地伫立河边。这是一个共建生态文明的宏伟时代。红河为证，让这些鱼儿去拯救一条条河流的命运，以生生不息的生态之美，告慰我们的先人，祝福我们的后代子孙。

# 一条河流的密码

## 尹振亮

这条河流，远在天边，近在眼前，乃我魂兮梦兮，一生浸泡，滋养筋骨血脉的湘江支流——春陵河。

它在南国五岭间奔腾穿梭，沿着舜帝足迹，拽着炎帝襟袖，携卷湘楚遗风，洗却红尘烟云，穿峡谷，过险滩，越田畴，绕村寨，从远古而来。它虽没有“巴东三峡尽，旷望九江开”的开阔，没有“黄河远上白云间”的奔放，但遗存在水域的密码却似“百宝箱”的金锁，令人思绪翩跹。

春陵河又名春陵水，亦称蓥源河，源出蓝山县人形岭，流经宁远、嘉禾、新田、桂阳、耒阳、常宁、衡南等县市，于常宁市茭河口注入湘江。

我时常踟蹰于春陵河岸，河里的浪花卷起我心头涟漪。条条汇聚春陵河两岸的涓涓溪流，似血脉，渗入我肌体，涌注我笔尖，喷射出余韵。

## 撩开遮盖千年的面纱

千古流淌的舂陵河，一直默默地滋润着两岸山水、养育着两岸民众，忍辱负重，穿行在时空岁月，奔腾在秀美山川，不问身世、不问来路，始终没能揭开遮盖自己头顶的面纱。

鸟瞰舂陵河，似一条巨人手中的七色彩带，流过永州蓝山、宁远、新田，郴州嘉禾、桂阳，衡阳耒阳、常宁、衡南等地，穿越千山万水，一路欢唱，滋养着成千上万的子民，孕育着几千年来生生不息的中华文明。

舂陵河在永州市境内，叫舜水河，又名岿水，是位于蓝山县境内的河流，系湘江支流舂陵水的主要源头。发源于所城镇人形山麓。由南向北，流经所城、塔峰、毛俊三个乡镇，在毛俊镇井湾村的两河口与俊水汇合流入钟水。沿途有横江水、罗家洞水等多条河流注入。相传舜帝南巡沿河经过此地，因此得名“舜水”。

在郴州嘉禾境内，舂陵河叫钟水河，又名麻地河，系嘉禾人的“母亲河”。钟水，从南至北流经嘉禾县境内车头桥、珠泉镇、坦坪镇、石桥镇等多个乡镇后，从马袅村入境蓝山县，经车头桥、麻地桥，再经石桥镇石鼓元村入境桂阳。汇集钟水河两岸的下车河、甫口溪、花溪水、荆林溪、潮泥河、道人岭两涧水、白石溪等溪流，似一条爬行的蜈蚣，鲜活在绿色丛林中。

河流进入郴州桂阳及衡阳耒阳、常宁、衡南等地，叫舂陵河。再经过舂陵江水库的“收容”，最终汇入湘江，一路昂首高歌，飘逸奔放，融入浩渺的八百里洞庭湖。

追溯舂陵河之本源，有文字可考证。《汉书·地理志》记载：“桂阳郡，高帝置。莽曰南平……舂山，舂水所出……”这是历史上第一次出现舂陵河记载的佐证，也是舂陵河乃湘江支流的前缘今因。

## 打捞沉没河底的时光

每条河流，每天都在汩汩流淌。伴随它流淌的不仅是浪花和涛声，还有许多厚重厚实的历史故事和人文史志，或被岁月淹没，或被时空沉淀。

最让我感动和沉思的莫过于九嶷山和九老峰这两座山，它们在那沿河两岸不到四十华里的地域间，却留下了千古的传奇与传说。

几千年前，炎帝神农为救治百姓，千里南巡尝遍百草。某日，神农憩息在嘉禾九老峰下的丙穴洞口，梦中突见一祥鸟口衔一物种从天而降。神农伸手接捧，万分欣喜。睡醒后，他把物种播撒到丙穴洞口有泉水滋润的土地上。几月过后，物种便长出了一茎九穗的谷粒。采摘后煮熟，还能养育庶民，解决民众饥饿。于是乎，他便在此地开荒拓土，教民耕种。

古人多以“嘉禾”为祥瑞之物，与甘露、醴泉并称。班固《汉书·公孙弘传》云：“甘露降，风雨时，嘉禾兴。”在九老峰九峰之一的雷公岭对岸的神农峰乃至整个嘉禾县一带，一直流传着神农教耕与春陵河西岸“九子朝拜盼母归”的传奇故事。

站在钟水河畔，山色黛青，逶迤莽莽，穿越数千年时空隧道，我似乎聆听到了炎帝神农精心制耒的锻打声，听到了炎帝神农开启农耕文明的推门声，看到了炎帝神农在禾仓古堡的田畴间，手握犁铧开垦诗行般稻田的忙碌影子。有“一粒谷种养育天下人”之美誉的湖南嘉禾，在一千多年前，就开始了“倒犁头”的铸造工艺，且村村有炉灶，师傅排成行。千年跨越，千年梦想，时至今日，这片长满“嘉禾”的沃土，已被授予“江南铸都”“中国绿色锻造之乡”“中国精铸小镇”等称号。

行走在湘江支流春陵河两岸，这里土生土长的斯民，都能掰着指头，绘声绘色地给我讲述一串串有滋有味的故事。

相传很久以前，八仙之一的铁拐李云游访道至春陵河。见两岸沃野千里，“风吹草低见牛羊”，非常适合人们集居耕作，可春陵河从中流过，把好端端一片好地一分为二。他突发奇思，为何不让河水傍山而流呢？于是，他便用铁拐凿石而过，担起两座石山便走。走至耒阳罗渡凤凰山时，不承想，惊飞一对在此地已栖息五百年的凤凰。一惊一乍间，石山落地。铁拐李想：此乃天意！便腾云驾雾上了天界。从此，春陵河傍山而流，腾出了一块锦绣田园。据说现在两座石山，一座在罗渡村，一座在杨卡山，甚至还可看到石山上铁拐李凿穿而过的两个石孔。

春陵河注入湘江处叫茭河口，地处水口山铅都，是近代革命的红色摇篮。

1922年4月底，毛泽东在夏曦、彭平陪同下，由长沙到常宁水口山，点燃了水口山工人运动烽火。1922年12月，发动了震惊中外的水口山工人大罢工，把湖南第一次工人运动推到最高潮。水口山工人在广泛开展农民运动的同时，建立了湖南最早的工农联盟战线，组建了湖南第一支工农武装——中国工农红军独立团。1928年，宋乔生率800余名工人在耒阳与朱德、陈毅率领的南昌起义部队会师，奔向井冈山。水口山工人武装被编为红四军军部直属营，成为我军历史上第一个特务营，也是后来中央警备团的前身。

英雄自有出处。在春陵河畔一直传颂着一位战士舍身推战马、救火车的故事。那是1963年11月18日的早晨，湘南大地上白雾茫茫，细雨蒙蒙，一辆满载旅客的列车正由衡阳北上。在一个急转弯处，一匹驮着炮架的战马，被突如其来的火车吓住了，突然跨上轨道，站在铁轨中间，任凭战士使尽全力猛拖缰绳，仍是纹丝不动。火车司机拉下紧急制动阀，车轮与铁轨尖锐的摩擦声，如疯狂的嘶叫般响彻山谷。雷霆万钧的惯性力把千吨重的列车继续推向前，车厢猛烈地晃荡着，一场灾难眼看就要发生。在这千钧一发之际，出生于桂阳县莲塘区老鸦窝村一个贫农家里的战士欧阳海，奋不顾身跃上铁路，抢在机车的前面，用尽全身力气，把战马推出了轨道，用舍身推战马、勇敢救人民的英雄壮举，践行了他“如果需要为共产主义的理想而牺牲，我们每一个人，都应该也可以做到脸不变色心不跳”的人生格言。

春陵河积淀的这一个个的传奇、传说与故事，既孕育出中华五千年农耕文明，又厚植了湘江支流春陵江的文化经纬。沉默的历史终将浮出水面，湘江支流春陵河沉甸甸的历史，解密了悠久的湘江流域文化，留下了湖湘文化的根系。

## 唤醒遗存两岸的记忆

江水奔涌，流走的是时光，滋生的是绝唱，涵养的是文脉。在湘江支流春陵河畔，存储着许多鲜活的文化印记。它们如穿越时空的乐章，在湘楚大地激荡飞扬，令人振奋，令人高歌。它们唤醒了沉睡在两岸烟火人家中的古老记忆，让华夏文明的血脉在这片土地上生生不息。

中国理学开山鼻祖周敦颐，长时间生活奔走在春陵河畔。他倡导“教人向善，进德修业”的教育理念，教育内容上十分重视儒学经典的传承，推行“六经为主”，且“以诚为本”，始终将“诚”放在育人最显要的位置，反复阐述。嘉祐八年（1063），周敦颐与文朋诗友雅集酬唱之际，即兴挥毫写就《爱莲说》这一传世名篇。文中“予独爱莲之出淤泥而不染，濯清涟而不妖，中通外直，不蔓不枝，香远益清，亭亭净植，可远观而不可亵玩焉”，最终流传后世，成为千古绝唱。他在《任所寄乡关故旧》里写道：“事冗不知筋力倦，官清赢得梦魂安。故人欲问吾何况，为道春陵只一般。”其中所体现的为官之道，恰与《爱莲说》所传达的不与世俗同流合污之精神相呼应，勾勒出一位理学宗师不慕荣华，追求“孔颜乐处”的精神境界。

晚清的湖湘学派代表人物王闿运曾在长沙城南书院讲学。此人性情高傲，终生不仕，虽曾短暂做过曾国藩幕僚，却始终保持学术独立。据传，王闿运在江浙一带讲学时，当地官员为试他才学高低，曾故意探其学问渊源。他随口对曰：“吾道南来，原是濂溪一脉；大江东去，无非湘水余波。”当地官员听了都惊讶、汗颜。目前，此联存于千年学府岳麓书院，展现了湖湘子弟“胸怀天下”“敢为人先”之情怀，和“舍我其谁？非湖湘弟子莫属哉！”之豪迈。

出生在钟水河畔的开国上将萧克，九十年前，以“农奴聚义起宜章，晃晃梭镖刺大天。莫谓湘南侧岭海，骑田岭上瞩中原”的豪情，穿过一条条溪流，率领红六军团踏上长征之路。他过家门而不入，在“烽火连三月”的峥嵘岁月里，一手紧握锃亮的钢枪，出生入死，身经百战；一手紧握艺术的神笔，冒着枪林弹雨，在马背上用心、用情、用爱，撰写出见证湘赣苏区红军第五次反“围剿”的艰辛历史，获得茅盾文学奖的鸿篇巨制——《浴血罗霄》。正是因为这种文武兼修的革命家品格，他被誉为“大树将军”“军中学者”。

在钟水河里浸泡长大的世界著名作家古华先生，四十多年前，在追寻河岸那一个个美丽传说的神奇中，用家乡那一座座《爬满青藤的木屋》做底色，以《相思女子客店》为生活源泉，穿越时空隧道，创作出中国首届茅盾文学奖巨作——《芙蓉镇》。据悉，湖南嘉禾是目前全国唯一一个养育了两位茅盾文学奖作家的县。文脉濡染，魁星闪耀。在嘉禾这片沃土上，还培养出了肖建国、刘健安、彭嘉锡、李沥青等全国知名作家。一串串的光芒让世人的目光聚焦在了嘉禾，湘南文化的清波，随春陵河水流向有诗的远方。

余韵袅袅，记忆永存。从远古而来的春陵河，叮咚悠扬，奔涌不息，恰似一位深情的歌者，弹奏乐章，满怀憧憬。它一路讲述，一路歌唱，穿越在湘南这片广袤的土地，流淌在千万楚湘儿女的心上。

每条河流都有生命，每条河流都有记忆，沉淀着文明的韵味。随着“绿水青山就是金山银山”的发展理念逐渐深入人心，有更多沉睡的文化记忆被唤醒，有更多文化符号被鲜活成绿色发展之路上的新时代音符。它们弹唱着“春天的故事”，留下诗笺，流向远方。



# 潇水岸边是我家

陈明辉

## 一

经过挖掘机一天的修整，铲除杂草和宿莽，砍去一些无用树木的遮挡，勾出深藏的盘根，翻出新鲜土层，屋后那块荒地，开始散发出泥土的馨香。

我现在，只需打开堂屋后门，就能看到近在咫尺的潇水了。出得后门，前走百步，掬一捧碧绿的河水，能浇灭那炎热的暑气，也能唤醒那儿时光屁股跃入河水的美好时光。那水的颜色、水的温度、水的清纯度和柔滑细润度，还有从指间滑落的速度和韵律，都深深印刻在我儿时的记忆里。

两岸树木倒映在潇水里，被我的目光折叠在一起，青幽而娇翠。河中间，微风吹起碧波，前簇后拥，现出几只野鸭随波起伏。有一只突然扎个猛子，便没了踪影，害我寻觅半天，不知后来冒出水面的那只是否就是刚才那只。

河对岸的淡山，是“永州八景”之一“淡岩秋月”所在地。对面流过来的小河叫贤水，她从都庞岭云母山蜿蜒而来流到我脚下。何仙姑成仙即是因为吃了云母山里的云母石。我常想，如果这石有成仙的神奇功效，那贤水里想必也有云母石的成分，常年喝贤水是不是也能成仙呢?

潇水是湘江的上游和本源，如从源头蓝山县江源瑶族乡竹林村的野狗岭算起，流到我家屋后，已有340公里，再往下14公里，便在永州市零陵区的萍岛与从广西而来的另一支流相汇成为湘江。

潇水深而清，她汇集了发源于南岭山脉萌渚岭、都庞岭、越城岭等的三百多条支流，支流又聚拢成千上万的小溪和港子。南岭最高点是越城岭南岭山脉，阻隔了来自岭南的海潮，生发出自己的潇湘烟雨。那烟雨，抓不住，远看像雾像云又像烟，近看却消散不见。它整日笼罩在山谷和江面，打湿了芭蕉叶和竹叶，浸润着山里的花花草草，让她们娇羞欲滴，那尖尖的蕨禾叶、竹叶，收集着烟雨，滑落下来，成涓涓细流。细流遇腐植而滤杂质，遇卵石而阻急湍，我家后面山里的红土，光滑而紧紧黏附着山体，有水急流而过，也休想带走泥石。

我家小溪小港的清泉成就了潇水。潇水，不是一般的水，她是湖湘文化之源。长沙岳麓书院有副对联："吾道南来，原是濂溪一脉；大江东去，无非湘水余波。"濂溪，潇水的支流，是宋代理学鼻祖周敦颐生长的地方，也是其悟道参学之地。周敦颐的理学，是湖湘文化的源头，激励着无数湖湘学子"为天地立心，为生民立命，为往圣继绝学，为万世开太平"。我脚下的潇水河，挟带着"濂溪一脉之水"，杂糅着"云母石成仙之水"，向北而去，能是一般的水么？

## 二

自从大哥定居零陵城，我亦远走东北从军，家中便只留下日渐年迈的父母。他们蹒跚的足音，和着沧桑岁月的嗟叹，旁边的潇水自然是听到了。于是随漫涨的河水到长江，再扩散到东海、黄海之滨，飞入我的梦乡。

父亲去世后，母亲一直独居老屋。我接母亲远游，她总是用手势与人交流，那是对我无声的抗议。语言不通，食俗迥异，对于不识字的母亲，哪里有老家自在？于是，让母亲在老家过得更舒坦，成了我最大的愿望。

潇水边上的老屋已近百年，正屋壁子高耸，大木头柱子用的是上好杉木，右边厢房是吊脚楼，左边厢房做厨房，前方砌围墙，是典型的三合院。儿时与玩伴躲假（捉迷藏），喊一声"哦呵"藏匿其中，搜寻半天也难觅踪迹。如今，我们长大了，父母变老了，屋子也像变小了。我们骄傲的家，已被发了"广东财"的三五层村墅环绕，成了村子里最陈旧的老屋。老屋两边虽然树木葱茏，但杂草肆意疯长，夏天蚊虫滋生，冬天枯枝败叶落于瓦背，散乱在房前屋后。

母亲上了年纪，无力再去修剪。我想把老屋拆了新盖，母亲反对："修修还蛮好，拆了，太可惜那些马拉古（河里鹅卵石）和水砖。"家，是母亲挑回来的。砌地基的"马拉古"，母亲在潇水河里选了又选。"我当时怀着你二哥，一头挑五个。""水砖"是父亲带着母亲在田地打了晒干，也是一个一个挑回来的。一个十多斤，一座屋，几千个。她当然舍不得。

屋后离潇水最近的那块荒地，是我们整治的第一目标。那块地现虽荒芜，但还有几棵枇杷树，只不过被杂草欺负得干干瘦瘦，仅挂了几枚金黄的枇杷果。小时候，那里是绿油油的菜园，母亲和奶奶在那里种出了我们最美味的餐桌，而菜园的"间刺"（栽了刺的绿篱，用来阻挡鸡狗和小偷）里，也总会生长出一些小惊喜。间刺刺芒丛生，令人生畏，但那里的"刺挠挠"是我们最喜欢的食物。刺挠挠从荆棘根部破土冒出，折断撕皮可吃，味甜而脆。除此，间刺里还有褐紫色的刺莓和地葡，有能做菜入汤的狗杂菌。它们专长在间刺里，得来不易，却是人间美味。

菜园从什么时候变成了果园，我已没有明确记忆，只记得某日父亲从"闹子"（集市）里买回橘子树和梨子树苗，在菜园里找空种下。果树渐渐长大长高，浓浓的树荫下，蔬菜便淡出了。后来，果树不堪竹根袭扰，果园被竹子占领，又成了竹园。这竹子，大小如笛，却做笛不成，仅供农家种豆角用，为其盘藤。村里人都来我家借竹子，说是借，其实是要了去并不还的。渐渐地，竹子砍光了，留下一些竹根次生物，像一堆茅草，又像一撮蕨禾。不过，母亲说，幸有竹根板结在后园，抓住河堤，河水冲不进来，水土流失不去。

离河岸最近处有棵香樟树，是护坡功臣，它庞大的根系伸向石缝，伸向每一块可供支撑的土地。它护堤心切，有的根居然主动出击，伸到数米远外的河水浅滩里，任河水冲袭。只是，樟树树干向河水一侧倾斜着，有的树根裸露出来，像老人快脱落的牙。即便如此，它依然没有妥协的样子，傲然挺立，舒枝展叶，生机盎然。离樟树几米远的坡面，母亲还种了两大蔸篁竹。篁竹根系发达，多如牛毛，有些露出在外，像高加索人茂密的胡子。篁竹与硬竹不同，它决不无序扩张领地。母亲说，这樟树和篁竹不仅好看，这河堤多亏了它们，切莫砍。

## 三

我家住在离河最近的地方，没有谁比我家更知道河上的事了。小时候，常在天煞黑时听到放排工的号子。这声音带着歌声，倒也听了惬意。后来，排工的号子变成了机帆船彻夜不停的机器轰鸣声，逆流而上的船，开足了马力，声音响彻在急滩的同一个地方。那机帆船的声音，常常惊醒我儿时的美梦。

有时，一大早，河里突然传来震天的响声，邻居喊："有人放炮了，快去河里捡鱼啊！"我就闻声起床到河边。只见河中间有条在打转转的渔船，四周翻滚出黄黄的水花，河面上不断浮出白花花的东西——那是鱼。这样的场面，我时常看到。村子里有个叫月忠拐拐的男子，因为炸鱼，失去了右手。他光杵杵的手，我见过。赶闹子（赶集）时，他用右臂吃力地夹住一个蛇皮袋子，腕部以下都没有了。母亲告诉我，他炸鱼炸断了手。想到那种痛和鱼的痛，我不寒而栗。

20 世纪 90 年代初，我家后面的潇水突然不再流动，积水成湖，成了水电站库区。那几年，河里成了挖沙工厂。大小不一的各式采沙船，昼夜不停。长长的铁臂履带上挂着无数铲斗，高高擎起，再狠狠抓向潇水的心窝，"咣当当"，须臾不停。家人说话都要扯着嗓子相互喊。母亲常伫立屋后，偶有坍塌的新土，痛心不已，担心离河道只有几十米远的我家地基受到侵袭。那些年，潇水美景难续，诗文不再。"后来，上面来人不让挖沙，不让打鱼，最好！"母亲指着那棵树干倾斜露出树根的樟树，树干一侧树皮已脱落，致使樟树有一半已然枯死。母亲说，那是被渔船和挖沙船的锚索子勒出的伤痕。

如今，放排人不见了，机帆船消失了，挖沙船不再让母亲担心了，电鱼、炸鱼和捕鱼人也绝了踪迹，潇水河终于恢复了她的本来面貌。

山为水之阳，水为山之阴。水是山的血脉，山是水的肉身。以前，母亲到山里砍柴禾，主要是砍一些灌木的次生物，或以干枯的蕨禾和松末须须（松树叶）为主，她觉得，这并不影响土质。然而，蕨禾尽管低矮，其作用却不容忽视。下雨时，水滴先打在蕨禾的羽状齿叶上，再落到地上，因蕨禾本身低矮，水滴落不会伤山土。不像高大的松树和长有宽叶的梧桐树、樟树，如果下面光秃秃的，没有茅草和蕨禾类植物承接，水滴久久为功，往往会砸出一个个水坑。我给母亲讲，山里的植物有"乔木""灌木""草本""藤类""地衣"之分，母亲听得津津有味：“看来缺了哪样都不行啊！”



## 四

老屋经过一个多月的改造修整，终于完工。厨房增加了煤气灶，陶渊明笔下“暧暧远人村，依依墟里烟”的村居景致虽无觅处，但饭菜飘香依旧。厕所外新建了化粪池，蝇虫逐臭都自消。青瓦白墙，青山如黛，河水碧绿如油，沿河公路改造为7米宽的三级公路，路两旁新种了绿植，经过的村庄，摆放了不少垃圾桶，定点有人来收。我在远方给母亲淘的宝贝，将来就能迅捷送达啰！我憧憬着。

站在屋后那块新平整的空地上，潇水自南而来，须臾不息，向北而去，水天一色。四声杜鹃的叫声，从幽深的山谷中传来，像天籁之音，又似一千多年前柳子的吟唱：“北之晋，西适豳，东极吴，南至楚、越之交，其间名山水而州者，以百数，永最善。”柳子的声音穿越千年，他阅尽华夏山水，谪居永州专门写下《游黄溪记》，对永州山水给予最高褒奖。“最善”，是唐朝官吏考核制度“四善二十七最”的极致赞美，柳子焉有不知？潇水是永州的母亲河，是湘江的干流和源头，其水之善，缘于山之善，山水之善又缘于人之善，柳子又焉能不知？

我决心依据柳子“最善”的标准，在屋后种些植物。除了固堤之树和竹，一半种香草花卉，一半作为母亲的菜园；再辟出尺丈之地建一座亭子，供母亲夏天透凉。心想，有个雅致处，来陪母亲唠白的村里人就会多起来；亭子可取名“望海亭”，也可叫“观潇亭”，两旁写一副楹联：“九嶷发脉始渐开，黄浦入海循此来。”潇水，承载着“濂溪一脉”深而清之厚望，连接着湘江汇入长江，从黄浦江口奔向东海，又被五岭吸纳成烟雨，滴露成潇水，从我家老屋后流过，在天地循环。我要站在亭子上凝望她的晶莹和跳跃，眺望她入海的壮阔，守望潇湘山水生生不息、周而往复的永恒之美！

# 从云梦到彭蠡

周自然

2023年，“跟着大雁去迁徙”活动进入第十二个年头。12年来，我们从无知到专业，在中俄各地十一次为候鸟立碑，并组织四次全程跟踪守护。

3月到6月，活动迎来第五次终极跟踪——跟着洞庭湖的小天鹅飞向北极。

“飞向北极”活动分为洞庭湖篇、长江篇、黄河篇、勒拿河篇，此为长江篇。原文有“麋鹿满鹅洲”“洪湖鸟如何”“汉南春历历”“黄鹤知何处”“半壁山怀古”“小姑在彭蠡”六章共2万字，现节选其中两章。

## 麋鹿满鹅洲

3月21日，跟踪队伍开始了沿长江一线，从湖北石首到江西鄱阳湖的考察。首站是湖北石首麋鹿国家级自然保护区。

时值春分，广袤的油菜花田把整个江汉平原染得一片金黄，桃红柳绿间，冬候鸟已经北迁，乌鸫、八哥、黑尾蜡嘴雀和各色柳莺等留鸟和夏候鸟陆续登场。在工作人员张玉铭的带领下，我们来到了保护区核心区——天鹅洲。在这里，我们当然不能错过《墨子》中的麋鹿。

“看，麋鹿！”姚毅话音未落，一群麋鹿出现在我们的右前方的树林里。在开阔的河滩上，去年的葛麻和蓬蒿还没有完全枯萎，油菜和薹草强势生长，密密麻麻地在杨树林里交缠，一般人很难进入，但这正是野生动物的乐园。四只雄性麋鹿顶着巨大的鹿角，看起来也像是一片小树林。

由于环境适宜，30年间，石首麋鹿从最初引进的64头发展到2500余头，形成了核心区、江南三合垸、小河杨波坦及湖南洞庭湖4个种群分布区，且全部实现了自然繁衍，恢复了野生习性。

“到了繁殖季，我们又要忙起来了。我们保护区 15.67 平方公里的范围里有 1500 头左右的麋鹿。去年繁殖季就增加了 300 头，今年估计也会增长不少。”一直沉默寡言的张玉铭，见到麋鹿，就有了滔滔不绝的话题。

张玉铭和我是第二次见面，算是老相识了。为什么“跟着大雁去迁徙”长江流域的鸟类考察第一站要设在石首呢？这还要从小天鹅“芈月”（昵称“月月”）“平平”的故事说起。

2020 年起，在洞庭湖东岸、汨罗江故道的岳阳市屈原区，由于农业产业调整，莲藕种植和龙虾养殖业蓬勃兴起。到了秋天，这些无意之中打造的农耕湿地也成了候鸟的乐园。大批的小天鹅、大雁、野鸭和灰鹤白天在这里觅食，晚上则飞过湘江，回到洞庭湖深处的洲滩过夜。其中，屈原大垸内的东古湖的小天鹅，凤凰村的灰鹤数量巨大，吸引了很多市民和摄影爱好者前来观鸟拍摄。屈原区政府部门也因势利导，多次邀请“跟着大雁去迁徙”团队出谋划策，共同打造人与自然和谐共处的邻里生物多样性湿地的范本。

2021 年 11 月，一只受伤的小天鹅误入青港村虾塘的地笼，挣脱时翅膀勒伤，鼻骨受损。接到虾农报告，区林业局工作人员下塘救出，送往东古湖交给志愿者龙勇母子救护，并于 12 月 19 日，在湖南、湖北和江西三省专家的见证下放飞。

而此前 12 月 14 日，另一只小天鹅“平平（屈原名平）”也被放飞。从此小天鹅月月、平平成了网红，各种媒体争相报道，中央电视台还派出三路记者，在湖南、河南和内蒙古对它们的迁徙进行了直播，这是后话。

12 月 31 日一早，我刷新芈月的卫星信号，发现它向北飞行 100 公里，进入湖北石首长江故道天鹅洲。

到底是什么原因使“月月”离开东古湖、前往石首呢？难道是屈原这边缺少食物，或者安全受到威胁？月月当时已经有了很多粉丝，甚至有作家群已经为她创作了大量的诗歌。因而，月月的离开，让大家多少有些惆怅。

2022 年 1 月 25 日，腊月二十三，北方小年。我再也坐不住了，决定前往石首天鹅洲看月月。

凄风苦雨中，我从长沙独自驾车 380 公里，赶到湖北石首。保护区就派张玉铭陪同我进入天鹅洲去寻找月月。这片由长江故道围起来的一片净土，管控很严，到了年底，更是人迹罕至，绝无打扰。

按照月月的卫星定位，我们越过一道矮堤，开始听到小天鹅此起彼伏的叫声，转过一片芦苇，大群小天鹅出现在我们面前。

深冬的天鹅洲，白雾茫茫，绿草萋萋，能见度只有200米，这意味着人与鸟基本是面对面了。天鹅洲滩涂地势平坦、视野开阔，一旦有险情，天鹅、大雁极易发现，并能及时逃避。所以，这里是它们最理想的过夜点。但是我用望远镜来来回回观察了很多遍，也没有找到戴着项圈（卫星定位器）的月月。

我仔细分析了月月的行踪，发现月月每天白天都会前往天鹅洲北面十公里处的农田觅食，那里有机耕路，可以开车接近。如果我能够在明天小天鹅到来之前，提前进入那个区域，可能是一个极佳的观察机会。

1月26日，腊月二十四，南方小年，风雨交加。

天刚亮，我就进入月月觅食的农田，但是我没有发现天鹅。雨越下越大，我在雨中苦等，但天鹅却始终没有出现。

“可能天气不好，它们不会来了吧。”正当我准备离开时，30多只小天鹅由远而近、一路欢歌，出现在我的头顶。它们可能发现了我们的车——这个新来的黑色怪物，在上空盘旋了一阵，然后一部分小天鹅朝北方飞去，而另外一部分开始降低高度，准备降落。

我拿起望远镜仔细观察，却没有看到戴项圈的小天鹅。我只好拿出相机，把所有的小天鹅一只一只地拍下来。这时雨越下越大，我用毛巾盖住相机和镜头，不断地拍摄。忽然，我感觉到一只天鹅的颈部有明显的暗部。

没错，那就是卫星定位器。一只洁白的小天鹅，长长的脖子靠近食囊的部位，有一个反光的物体，因为是雨天，只能看到是黑色，那就是跟踪器的太阳能电池！

12只小天鹅，自然分成3组，芈月的这一组，两只纯白色羽毛的成鸟，两只灰色羽毛的亚成鸟。成鸟芈月开始在左边，慢慢地游到中间，与其中一只亚成小天鹅的头做出亲昵的动作，随后领头往左越过大群。

有可能它们是一家！芈月放飞后，找到了它的伴侣和两个子女，一家人破镜重圆，共享天伦之乐！

回来的路上，妻子、女儿都在打电话问我到了哪里，我的心里充满了一种说不出的温暖，忍不住赋诗一首：

我生前世是情痴，鸟过无痕独我知。

独守虾塘待鸳侣，心留云梦护归期。

苦雨凄风单骑过，萍天苇地万羽栖。

红袖窗前小年夜，一车风雪载传奇。

而更加让人拍案称奇的是，在除夕夜，小天鹅平平也来到石首。在人类万家团聚的时候，小天鹅似乎也被一种声音召唤，齐聚云梦泽，度过属于它们的春节。

## 小姑在彭蠡

从长江过了武穴，进入九江，我们又来到另一个巨浸——彭蠡。实际上，在江西九江和湖北黄冈一带的长江流域，分布了网湖、龙感湖、赤湖、船头湖、长港湖、沐湖、赛湖，以及安徽境内的升金湖等星罗棋布的湖泊，这些重要的候鸟停留地，就是彭蠡的背影。就像云梦泽一样，彭蠡泽也是由原来烟波浩渺的大泽，演化成为碎片化的湖泊，而且水域中心南移到现在的鄱阳湖。

这就是我不把龙感湖写到湖北，而要把它与鄱阳湖写到一起的原因。

在泥泞的大堤上，我们居高临下观鸟，11 只东方白鹳迁徙经过，遇到大风，就停留在我们前方等天气。保护区的彭金山主任带我看了他们放飞的小天鹅的信号。一共 9 只，一只是灰雁，其余均为小天鹅。小天鹅中，有一只飞出了一个奇怪的路线，北迁的行程到了雅库茨克以后，没有继续北迁，而是往西飞，到叶尼塞河以后南迁，飞出了一个倒三角形。

“可能是没有繁殖任务的亚成鸟吧。”我跟彭金山说。它们可以边飞边玩，到处看看。

但是彭金山说，去年秋天，眼看这只有趣的小天鹅就要回到龙感湖，却在河南光山县被村民猎杀。

光山，那是司马光的故乡。

好在其中一只小天鹅刚好沿勒拿河北迁，这也是本次北极之旅所有跟踪个体中唯一陪伴我们行走勒拿河的，我给它取名“龙龙”。

由于 25 日潇湘晨报要在南昌县搞一个“飞向北极”跟踪的直播，我和丫丫是直播嘉宾，所以我们在 24 日下午就开车到了位于鄱阳湖畔的鲤鱼洲。

2020年，我们和李振文、周海翔、徐亚平老师一起跟踪白鹤“枪生”和“419”从沈阳卧龙湖一直到鄱阳湖，第一件事就是去看望了周海燕（丫丫）。

丫丫原来是江西卫视的记者，因为工作原因，开始拍摄白鹤，从此一发而不可收。2017年，她发现因为鄱阳湖的食物不稳定，大量的白鹤进入五星农场的藕塘觅食，心生怜悯，就与鸟友们商量，通过众筹把这片藕塘包下来，让它成为白鹤的食堂。事情进展开始很顺利，“五星白鹤小区”成了全国鸟友冬春拍摄白鹤和各种候鸟的胜地。俄罗斯和国际鹤类基金会的专家都前来观鸟，因为广泛分布在西伯利亚和远东地区数百万平方公里的白鹤基本上全部集中在这里，有很大的科研和观察价值。但是因为经济来源不继，且与当地的规划相冲突，丫丫随即陷入困境。当我们抵达时，丫丫因为压力太大，对着徐亚平放声大哭。

了解情况后，徐亚平决定利用湖南媒体人的身份，向曾经主政岳阳、时任江西省委书记的易炼红同志写信，讲述一个志愿者的追求和付出，特别是对白鹤的保护和生态文明建设的意义。连续两封信，换来易书记三顾五星白鹤小区。最终，志愿者的付出得到政府和全社会的认可，五星白鹤小区也成为江西省的生态名片。

见面后，丫丫带我沿着湿软的泥沙路看鸟看花数白鹤，说来也怪，不断有白鹤飞过来，还有鸿雁、小天鹅，以及成群的绿翅鸭。前天通电话时，她说只有50多只白鹤，今天不下于80只。

有一只白鹤孤飞，她说不知是不是小雪，我问小雪有什么故事？她说杭州动物园送来的，开始不知道采食，因为那边用泥鳅喂它，改吃荤，她就慢慢改变食谱，两年了，现在已经融入鹤群，吃素。

“希望小雪今年能跟随白鹤大群成功迁徙，你将是人鸟互助的奇迹。”丫丫充满期待地说。

她说她在种花，指着路边的花草一一解说，我说好呀，下次和徐亚平来，在花海里打麻将。这时我想起了杜甫的诗《客至》：“舍南舍北皆春水，但见群鸥日日来。花径不曾缘客扫，蓬门今始为君开。”真是应景呀。

我也想在现场作诗一首，送给丫丫。但是脑海中一直浮现着鄱阳湖周边一群执着的爱鸟人士，王揽华、李春如、李跃、曹意助、高翔……还有李宝宏，这个九江东湖边的老人，到了秋天就盼着小天鹅回来。某年，小天鹅迟迟没有到来，他就打电话要我过去看一看。原来是下游的赛城湖搞光伏发电，特意蓄水保障打桩施工。总而言之，后来小天鹅还是回来了。李宝宏很高兴，我也诗兴大发。现在看来，这几首诗最能代表我和江西老表的感情，也包括小姑丫丫：



其一

江湖巨变起于微，忽报东湖少鸟飞。

南有嘉邻奔走急，衡阳雁去几时回。

其二

楚客吴翁两鸟痴，今秋却遇雁迟迟。

白露为霜西风起，吹来万羽满鹅池。

# 面朝北

李冰洁

我真不想答应雯，和她去三桥。说起三桥，就像风点火般，我的神经开始敏感，脑海被一幅幅破败的景象侵占，刚从北京回来大好的心情被她搅乱了。

四年前，我去北京工作，雯为我饯行，带上点心水果饮料，在长安河的三桥亭子里“摆宴席”。我常倚在繁华的一桥，望着浑浊的长安河水发呆，想想偏城的三桥，也许境况会好些。

三桥却是另般萧条。桥上的亭子年久失修，犹如一个人经历了无数风雪雨霜，黯然站在河上。褪色的雕饰，斑驳的油漆，脱落的雕栏，模糊的楹联……想当初，亭子刚落成，也算本地第一楼，其篆刻几乎囊括了纵横五千年的警句名言，县城上下热闹了好一阵，而今门前冷落鞍马稀。那京城琵琶妇，容颜衰改，自是不可逆转，然则，亭子但凡有人管，也不至于如此。

独占一隅，长亭对风，与雯小饮，本该浪漫怡然，我却高兴不起来。

历经春季涨水的五月，该蓄满了“春来江水绿如蓝”的河水。放眼无遮无拦的长安河，满目所见撞得眼睛生痛。河床半裸，似女子拖拉不检、半垂未扎紧的裤腰；河水上，漂浮着塑料袋、树叶等垃圾，阳光下泛射青光，欲流还休，像没吃饭的流浪汉举步维艰；葳蕤的杂草，野蛮疯长，簇拥在两边堤岸，一阵风过，胡乱点头弯腰；零落的杨柳，像散漫的愣头青，间距不等地立在没有河栏的水泥河道。

何曾预料长安河的一端破败如此。她如同一个乞丐，顶着常年未梳的、比蓬草还乱的头发，披着甚至无法遮羞的衣服，流浪街头。她无人注视，又被每个人有意无意撞见。撞见她的人会厌恶地将目光转向。我也是那种人吗？

雯没察觉我内心的翻滚，提议去桥下玩，桥墩旁说话有回音，好玩。我要把垃圾带走，她说不管，都是这样的。我听着逆耳，委婉规劝她，垃圾不能放任不管。凡事都有因果，难怪河里的覆盖物大片。

我跟着雯下到河床。不规则的河石几乎占据裸露的河床，粗暴统治着河床。黝黑的泥巴半干，丑陋地拥卫着河石。各色塑料袋、枯枝杂叶纠缠丰盈的水草、鸭舌草。水草拼命遮掩着河石与泥巴的勾当，风一吹，全暴露，夹带一股腥臭直扑而来。

如果说在亭子上看到的是乞丐的大致身形，那么现在我看清了她的面容：明明她雀斑痣疤满脸，被一脸厚厚污物遮掩，算被半美了容吧；她正流脓生疮的肌肤，每寸都在孕育蛆虫。我不敢往深里想，胃里有东西在翻涌。我得走开。

一股“活水”流动的细细声音，唤醒耳膜，仿佛沙漠中见到水流的影子，我驱步近前。这活水，令我打了个冷战。半红半青的、似铁锈又包藏其他污垢的一米多宽的水流，浩浩荡荡开进河里。估计这是周边的多条水沟的集合。水沟里有住户的生活废水，包括刚刚拉的大小便，也正匆匆加入。壮大这水源的应还有一个大主力军——五百多米外的矿石场。“活水”扫开一条石头路，若不是长年累月不间断，是扫不开石头的。它如一条大蟒蛇，盘踞长安河一方，不，沿河别处还有好几条大蟒蛇。它们俨然山寨大王，肆意招摇，无人约束。我找寻它的来路，只看到阴森森的涵洞，仿佛能吸人魂魄。我迅速挪开视线，心中凉透了，后悔就不该近前，明明亭上所见已不妙。

处处癌变，步步惊心，攒够了失望。我想自己以后绝对不会再踏进三桥了。

雯可是我最好的朋友，离开家乡远在北京四年，这次回家已几天了，她的邀请我必须有所回应。我纠结，可以绕过长安河，躲过三桥，不能敷衍挚友。

我硬着头皮答应了。

经过北正街，转角向东，约三百米，眼前倏地空旷，丝丝清凉的风不期而来。渐渐地，长安河一字长龙展示开来。

我与长安河对视。如同审视罪犯，我警惕着，目光挑剔。所见却慢慢软化了目光，身心像被什么熨帖，轻松了些：是河畔茂密的香樟树，还是河道临水照映的依依柳树缓解了我的紧张？总之，我有外来客的感觉，长安河不是原来的河，抑或我不是我？

走到一处新建的红色铁梯台阶旁，雯指着河道说，我们下到人行便道去。

人行便道？难道以往的河道也改称呼了？跟在她身后，踏着之字形铁梯，光洁的扶手缓缓触摸到我的心：这也太前卫了吧？我去过很多地方，有这完整之字形的红色铁梯作台阶的不多见。

清一色泥土黄的瓷砖，沿河伸展，我找不见以往的水泥路。一河青碧，潋滟金光，缓缓流淌。一群飞行物降落水面。小巧的棕色野鸭！以前只听说江南水域有，如今它们在长安河安家了！我欣喜地打量它们。野鸭畅快游动，相逐嬉戏，时而猛地扎下水去，时而贴着水面急速地飞，撕裂无数条水印，捣起的波浪摇得便道旁的美人蕉花枝乱颤。放逐摇曳的目光，蒲草、美人蕉、芦苇等挺水植物，高低错落地一字排开，给长安河镶上接天的彩带。与之平行的，还有一条防护坡绿化带：下层青色的是比葱粗硬的葱莲；夹在中间的是叶子短而扁平的麦冬草，翠绿葳蕤；叶形阔大且有白斑的绣球花站最上方，正向路人抛媚眼，举着白的蓝的绣球，向行人招手。便道蓝白相间的河栏上，等距地安置着小夜灯，让我不由地畅想起灯光亮起的景象。

我分明成了观光者。长安河带着灵动、带着活力，宛然美丽的女子，给羁旅客温暖，洗涤每个游子的尘劳。意识到这，我明白了雯的坚持，感谢她的用心。心病还须心药医。眼前靓丽的长安河，舒缓我的神经，连同四年在北京的打拼之累，都得到了抚慰。

我的兴奋给了雯最好的回报，她指着就近的简易棚，准备歇歇脚。这是用四根钢架从后面支撑搭建的红色木顶棚，下面是蓝色的石凳。很好看的浅蓝，褶皱成连贯的Z字形，整体给人简约美。

雯告诉我，那年我到北京后一个月，长安河就停水改造，河里的淤泥石头全部弄走……雯边说边从放旁边的背包拿出两个橘子，剥去皮，递给我一个。

“等我会儿，丢橘子皮就来。”

她什么时候环保意识变高了？我看过去，河岸每隔一段距离就有立柜式垃圾桶。望着雯，我知道，大变样的不仅是长安河，还有每个市民。

我还担心什么呢？全新的景象正一点点地打碎我陈年的记忆，被“清明长河图”悄然替代。

到三桥看看亭子，坐会儿啵？雯指指斜前上方的亭子。悠悠白云，漫步亭顶；艳红夺目，雕栏画栋；清晰明了……人还未上去，蓦地冒出“把酒临风，其喜洋洋者矣”的画面，宛如自己早已置身高亭。我飘飘然，恰似亭子头上的白云，沉醉长安河。

雯说晚上更好看。

华灯初上时，缓步人行便道。身处曾经的地方，我恍惚着。虽有白天的打底，依然有些许不知今夕何夕，以为还在北海公园。这河分明比北海窄，却更清丽，更有人间气息。两岸灯火辉煌，夜生活发出的各种声响飘进耳朵；一眼望不到头的便道，两侧栏灯如繁星绵延无尽；河面波光粼粼，抖动着彩画：旖旎的房子，垂钓的月光，戏水的树影，尽兴的蛙动，还有袅袅的城市音，全被纳入刺绣，铺就这一块休闲胜地。

我被长安河俘虏，要尽情享受她的美好。她从幽静的横铺乡坪头村八房冲迈步，一路轻盈，行至城市中心，途经聂市、源潭，向北注入黄盖湖，汇于长江。

于是，我每天早起，从长安阁沿人行便道漫步。长安河一路向北，我也一路向北。

长安河闲静地纳息吐气，清气丝丝缕缕安抚梦呓的儿女：水中轻柔的苦草、眼子菜等，河沿浅水边的蒲草、美人蕉、芦苇等，还有可爱的大小鱼虾、青蛙、螺类等等众多精灵。

晨练的、赶早的，从我身边经过，一张张脸精精神神的。

防护带里，一个穿黄底灰色条纹衣的中年女人牵住我的脚步。她一手火钳，一手大黑塑料袋，之字形走着，见到任何垃圾都不放过。当我与她打招呼，她猛地抬头，不知是我唐突，还是她甚感意外。她可能一段时间天天这样，被第一次的问候惊到。待她回过神，我问她捡了几年垃圾。她来腔了，告诉我自从长安河改造后，她就来了。说完，她麻溜地继续夹垃圾，留给我一个背影，工作服上印有“星河广场事务中心”八个鲜明的字。咔嚓，我定格这个背影。

“主任。”中年妇女正向迎面走来的一个男子打招呼。

主任？男子是星河广场事务中心的李主任。他给了我长安河蜕变的答案。四年前长安河开始改造治理，增加了排污的暗涵，建了生活污水处理厂，关闭了排放污水的工厂……

听李主任介绍，得知这一带有六七个人搞卫生，两三个负责巡查等其他事务。他每天早晨六点一刻和下午两点半到长安河巡逻。河边舒适，一天到晚河边人多，他必须细心，及时发现并提醒和制止一些不当行为。

阳光越过岸边屋顶，洒满长安河，防护堤的花儿分外妩媚。我的心结那天就打开了，想必有这隐形的力量加持。

突突突——发机动声调动了我的目光，一条打捞垃圾的船停在一根横跨河面的钢链旁。以钢链为分割线，一边，水清幽幽的，一边，钢链绑着五十公分宽的尼龙网，阻止着从上游漂流而来的袋子、枝叶、渣屑等各种杂物。一个掌船，驱动发动机，一个正挥动长杆漏网打捞河面漂浮物。若是平常，打捞污物引不起我的兴趣，此刻，一条河牵动一个团队，为了她容颜永驻而努力，我想我的流连关注，也是无声的呐喊助威。

一链漂浮物打捞干净，突突突声又唱响，船疾行而过，特大的V字足迹，打断河水清幽的梦，掀起河面褶裙，直弄得刚散落河面的初阳熠熠灼目。

我哼唱，继续向前，沿着人行便道，携手长安河，与一河碧水向北。我想象她最初的模样。连绵的山峰，有一位精灵，呼九霄之仙雾，吸众林之朝露，幻化成一条溪流如她。她清秀的面容朝着北方。她听见有声音在召唤，来自遥远北方的声音，于是，她欣欣然兼程，带着山的质朴，朝北而歌，歌声流畅清越。

我踏歌而行，我和她的音符是和谐的。我知道她曾一度失了音。她的儿女已经醒悟，并谨记着使命，会永远守护她。

前面山峦叠叠，我别过长安河。我知道她什么都不惧怕，她朝北的面容恬静秀美而坚定，为了她北方的梦。

我面朝北，目送长安河，眺望她向北的方向，那是她的遐思之地、候鸟的天堂——黄盖湖。她和众多大大小小丰盈的小河成就鸟的天堂。你看，国家一级保护鸟类白鹤、黑鹳在此停留翔集；国家二级保护鸟类白琵鹭在此优雅移步；国家二级保护鱼类胭脂鱼在此纵情盘游；红嘴鸥、凤头麦鸡、环颈鸻、黑腹滨鹬等名鸟在此抢地盘……

蓝天白云，浩瀚无垠，那是长安河轻盈地向北向北再向北朝拜的圣地——长江。

长安河终于与江豚相遇。

# 在河之洲

曾　散

早上起来，我似乎从长沙的风信里收到了春天的讯息。阳光明媚，风开始送出温暖。等到夕阳把岳麓山烘托得像染了红墨一样，我便从局促的书屋里冒了出来，决定去橘子洲走一走。

橘子洲上有很多景点值得一看，各色的洋楼和亭台相间，好像把时间翻到了民国时期。看那昔日的银行，斑驳沧桑的墙壁而今涂上新的气息，如老鹰展翼一般的楼台让人渐入诗画里的镜头。漫步江堤，拂面的清风少了前些日子的寒意，放眼望去是江水汩汩的波涛。我领略到了长沙春的诗意。

太阳不紧不慢地往远处的岳麓山靠近，夕阳照在江面，波光粼粼，满江碎金。风乍起，吹皱一江春水，继而朝我袭来，带着阳光的干燥和水波的湿润。真要感谢这阵风，让我在橘子洲上行走时拥有这一份清清爽爽。想起徐志摩的那句诗，“我不知道风是在那一个方向吹”，诗人的忧愁我自不具备，但又何妨？

洲的尽处是无尽的江水。我趴在栏杆上，听着江水拍岸的声响，不禁想起毛泽东著名词作《沁园春·长沙》中的“独立寒秋，湘江北去，橘子洲头”。我一直认为，于高山之巅、于大水之滨，最易生豪情。天地的辽远和广阔，仿佛一下子填充到了心里。先辈曾说，心底无私天地宽，反过来也是一样的。靠在栏杆上，抬眼望去，高大的青年毛泽东雕像正坚毅地注视着前方。问苍茫大地，谁主沉浮？我想，这样大气磅礴的天问，当年的毛泽东也只有在这里才问得出来。

我仰望着，一步步向他走去。

上石阶，遇望江亭。门旁书对联一副：西南云气来衡岳，日夜江声下洞庭。橘子洲上开篇之亭，得配神来之笔！江天暮雪虽是无缘得见，但因为这些，我也无憾。

穿过亭子，毛泽东头像一步步近了。不远处的那张国人无比熟悉的脸，面朝东南。我看不出上面有任何表情，却又觉得，所有的话语和态度，都已包含在里面。这样一个影响中国、影响世界的人物，已经不需要再有任何多余的表达了。所有的功过，所有的是非，都已如他脚底的滔滔江水，滚滚而去。他站立在这里，静静地俯视着这片曾在他领导下翻天覆地的广袤土地，一个历史的创造者，在这里，成了一位历史的见证者。外面的日新月异，他看在眼里；周围的花开花谢，他看在眼里。从此以后，永远不嗔不喜，只是静静地看着，看在眼里，记在心里。这个熟悉的洲子，他离开了很多年，却打下了一个新中国。如今，又永远地回到了这里。在这里，他有清风作伴，有江声为邻，可以观橙黄橘绿，可以闻虫鸣鸟啼。日升月落是他的，江枫渔火是他的，他拥有着这一切，享受着这一切，又放弃着这一切。豁达也好，淡然也罢，一切总归会被雨打风吹顺着江水流去，他对一切拥而不有，受而不用。

不远处的那棵古树下，曾是他和伙伴们指点江山的地方。那已历经了一百八十年的古木，曾分享了他们的激情，见证了他们的峥嵘。它一直就在那里，看着他离去，又等着他回来。他开辟了一个世界，去过无数的地方，而它一直在这里，一直在等待，没移动过半分。它知道，他会回来；因为这里，有根，它的，还有他的。

天慢慢黑了，灯光渐次亮起来。橘黄的光打在他的脸上，我看到了柔和，祥和。顺着他的眼光望去，远处是密密麻麻的人间灯火，温暖着整个世界。

我踏上归程，脚下踩着的，是他，他们，以及我，我们，世代耕耘守护着的苍茫大地。

# 酷日寻芳美西湖

左　岸

西湖公园在我眼前第一次盛装出镜是 2015 年 6 月 5 日世界环境日这天，长沙市在此举办“绿色星城、品质长沙”首届环保文化节。

公园西北角的开幕式广场上空红霞捧瑞，莺燕起舞，清风献歌。处处秀木弄姿，繁花摆锦，青草铺绿。湖面上彩云照水，暖风扶绿；蛙鼓齐鸣，游鱼戏水。

此景让我想起了“惟有门前镜湖水，春风不改旧时波”这联古诗，于是生出感慨来：而今眼前镜湖水，春风哪晓旧时波？

西湖公园的变迁，得从 1999 年说起。那年，我从西北回长沙购得河西当时最早的商业楼盘英才园的一套住房。小区东接桐梓坡一大片老旧小区，南与龙王港和西湖渔场隔路相望，西面正在开发建设，出北门便是湘雅附三医院和湘雅医学院。站在自家的阳台上，远眺岳麓山有色，近俯渔场水无声，让我非常享受这青山碧水赋予这座千年古城的美妙华章。

一次登岳麓山，无意眺望到小区，目光收回时跌落于一片水域。一条条宽宽的“田埂”纵横相交成一个个方格，每格就是一个偌大的鱼池，这便是传闻中的西湖渔场了。从高低疏密的林间望去，你能想象那是怎样一幅“疏影横斜水清浅，暗香浮动月黄昏”的景致吗？

次日，我便急急地步出南门，希望去咫尺之隔的西湖渔场走走。而咸嘉湖路南侧一排低矮的房子就像一堵墙，把我与龙王港和西湖渔场隔绝了。为跨过“这堵墙”，我沿咸嘉湖路分别往东往西走得双腿发软，最终还是没找到路。弯弯绕绕来到龙王港边，河堤两岸全是杂树乱草，塑料袋与垃圾随风起舞，港子上的房子全向河里直排污水，所见皆污泥浊水，所闻更臭气熏天。渔场那边，高低不平的“田埂”上到处堆积着喂鱼的猪粪，污浊不堪。随意用油毡、雨布、塑料布、纤维袋、石棉瓦等各种材料搭建的小棚子，在风中凌乱，大煞风景。我很失望，此后在英才园居住的十年中，再没兴致去龙王港。

后来转业到环保部门才知道，由于过去的城市规划与建设水平落后，城市排污管道布设不科学，城市快速发展，人口激增，岳麓山北麓大量的生活污水和部分工业废水直排入湖，再加上粗放的养鱼方式形成的生产污染，造成了水体污染日益严重。

随着环境保护的创新作为与城市建设理念的转变，污染治理、环境改造终于提上政府议事日程。2014 年国务院批复了《长沙市城市总体规划（2003—2020 年）》（2014 年修订版），岳麓区乘势全面启动了西湖文化园建设。

短短几年，西湖渔场和龙王港便蝶变成为人们心驰神往的胜景。

我决定私会一下曾经的“老邻居”。2022 年 8 月 21 日，我赶清早往纸袋里装了几瓶水和几件 T 恤，便开车来到曾经居住的小区。停好车，步行出南门过咸嘉湖路人行天桥，往东百米左右，就有一座造型别致的小桥静卧于龙王港之上。朝霞横斜，酷暑已盛。可登上桥头即有清风徐来，几株高大的垂柳借着晨风伸枝展叶向我表示欢迎。

伫立西望，如今的龙王港已再不是黑龙王，曾经的违建和杂乱被整齐的树木和花草取代，尽管久旱无雨，河里水位不高，但清浅透底，小鱼成群逐草撒欢，细流击石吐玉。北岸缠藤灌丛延绵含烟，绽花乔木嵯峨擎云，杨柳摇风，香樟笼荫，沿路行道树列阵如兵，翠黛似屏。路北鳞次栉比的建筑在晨辉里悄俯西湖，影结蜃楼。南岸则坡道若削，绿草如茵，卧于河堤上的沥青路像跃出水面的青龙蜿蜒游走，牵引着我的目光由西而南伸向远方。此时的麓山正身披万道霞光，峰揽一色停云，尽显巍峨壮丽。近前 1000 多亩的西湖水面四周岸柳撩水，满湖微波泛银，峰峦卧波，亭台掠影。湖心时有鸥鹭自由展翅，频见野鸭随性潜浮。麓山与西湖就这样高低远接，山水铺陈，湖光山色浑然一体，使人心旷神怡。

更早的龙王港是什么样子呢？据清《湘城访古录》称，此水为曹塘河，又称麓桥河。发源于望城与宁乡一带山中，上游汇望城白箬铺、谷山之水，经梅溪滩，沿狮子山南麓绕过咸嘉湖，盘旋曲折从溁银桥下汇入湘江。而作为地名的龙王港是指老溁银桥西端附近，历年洪灾不断，乡人为祈龙王护佑，取名“龙王港”。龙王庙由是而立，龙王桥由是而建。可年年祈祷，水患依旧。1964 年，当地政府组织治湖改水，拆掉老龙王桥，废除从溁银桥至磨桥一段 2000 米长的老港，沿扇子山开凿一条新港，修筑了防洪堤，兴建了桥梁、涵闸、排渍站等，龙王港才算基本安顺。随着城市迅速扩张，沿岸人口不断聚集，而排水管网、治污设施严重跟不上，排水体系分流制与合流制混杂，龙王港水质逐渐恶化，成为一条劣V类黑臭水体，2016年被住建部列为黑臭水体整治名单。经过此次整治，龙王港乘势一跃，便成了今天这般光耀万丈的美龙王。

根据国务院批准的《岳麓山风景名胜区总体规划（2021—2035）》，咸嘉湖景区所在区域被确定为三级景区。岳麓区开始大力整治湖港污染，并终于以西湖公园生态建设和龙王港水体治理的创新之笔，绘就了一张城市环保的亮丽名片。

跨过这座小桥，下龙王港堤岸，就进入了西湖公园。车行道与人行步道在公园里各畅其行。尽管天气炎热，还是有不少晨练者和放假的中小学生在骑行、晨跑、漫步，也有三两拨中老年朋友在树荫下游龙太极，间有音乐律动拍湖悦耳。独行于林间、步道，我惊讶西湖公园原来有如此众多种类的树木、花卉。成片的夹竹桃竞相怒放，随意点缀的木槿花与小叶紫薇争奇斗艳，再力花在水边默默吐芳，小红枫因干旱迷失季节。无数不知名的花儿果子，静立于青青草地，深隐在层层林间，与各种景观树、四季花高低错落，随意疏密。各种水生植物在湖边蓬蓬勃勃，摇摇荡荡。还有桃树、红枣、杨梅、樱桃等众多果树。从现存于桃树上大量干着的桃子，可见市民的文明素养正合着更好的生态一起美丽。

沿湖的北岸向西经南至东再北，我用了近四个小时扎实走了一个闭环。通过那些游览指示牌、景点介绍，我第一次较全面地了解了这个以水资源为特色的景区。它利用长沙深厚的历史文化资源和岳麓山特有的人文自然景观优势，融湿地、草坡、港湾、小岛等多种自然景观于一体，打造了龙王港风光带、牛形山森林氧吧等景区，成为岳麓山风景名胜区八大景区之一。龙舟台、品花阶、飞扬桥、热情沙滩、枫影地、海棠园、桃园、九曲长廊、识水湾等十多个景点，就这么浑然大成地散布其间，给市民和游人提供了多样的游乐体验。

垂钓区两个钓者在湖边安静地锤炼耐心。简单交流后，我看了看他们几个小时的收获，仅是十几条“眯眼睛”。也许垂钓真就是在一个优美的环境里钓一种心情吧。儿童沙滩游乐区最热闹。大概贪玩的孩子是感觉不到热的，童真的欢歌一阵阵荡涌清波。资深美女帅哥们聚集在树荫下，兴味盎然地吹拉弹唱，放声演绎属于他们的惬意。水上运动基地和游船可能因为酷热，没有开放。

“胜日寻芳泗水滨，无边光景一时新。”如今的西湖公园不仅可观花赏景和游玩，还有了更多的时尚元素。比如西湖公园的东岸是生态体验区；北岸沿龙王港是八百米科创产业区；南岸滨水商业区正围挡提质，以地铁广场品质生活、文化创意、潮流体验为核心的文创主题购物中心，将给人带来新的惊喜。公园里还有儿童学院、红色教育基地等。西湖公园是品质长沙的代表之一，比起她的怡人美景，我更欣赏她的环保理念与实践。

掩映在碧湖南岸的望鹭亭，你必须小坐一会。先听一个招引白鹭的故事。白鹭是候鸟，早年飞往南方过冬时都会在湖心洲上停留，西湖渔场水质变差后绝迹。渔场变公园后，湖南农大的老师和学生，一面在岛上设置供白鹭栖息和进食的笼舍和竹排，一面在岛四周制造人工生态浮岛，吸引白鹭来叼食鱼虾，想方设法把白鹭留下来。现如今白鹭“不光留了下来，好像都不肯走了”。

此刻，透过垂柳的万千丝绦，你可想与湖心那无桥无舟不可渡的白鹭洲来一场心灵之约？如果运气好的话，或许能与天鹅鹭鸟展开一次远程交流。作为白鹭的秘境天堂，野鸭、天鹅等的游乐园，白鹭洲彰显了长沙人与自然和谐相生、命运与共的远见卓识。

紧邻望鹭亭的大片铺满水面的荷叶睡莲，总能吸引众多的长枪短炮。这个被称为识水湾的景点，值得关注的不只有栈桥雕栏，还有作为西湖之水源流的环保设计。它将岳麓山北麓的自然降水汇集于此，经过精妙的沟渠、暗道与荷花、睡莲等水生植物形成天然湿地，经湿地层层渗滤净化再汇入湖中，确保了西湖公园的补水和水质洁净。

西湖渔场与龙王港的华丽转身，与长沙所有的山水之变一样，得益于政府执政理念的转变更新和环境保护的持续发力。鱼在水中游、人在画中走与河畅水清、人水和谐之梦，已然照进现实。

2017 年 9 月 13 日，长沙市第三届环保文化节闭幕式再次于西湖公园举行，这也进一步宣示了西湖公园在尊重自然、改造环境、保护生态方面的典范作用。在此闭幕式上我被评为长沙市“环保卫士”。这让我感到光荣的同时，也激励我更加关注环境保护、倾情环保事业，积极参与环湖赛跑、沿湖竞走、环保宣传和志愿者活动，倡导环保出行、低碳生活的生态理念，引导民众亲近自然、热爱山水，在享受山水之乐中守护好山水。

西湖公园自 2014 年 12 月建成开园以来，便一直为市民所青睐。2020 年，我儿结婚要拍一段直播婚礼的 VCR，艺人联盟的张总就选择了西湖公园。正是九月秋高气爽的日子，黄昏夕阳下山时刻，饱吸红霞的云朵倒映在湖面，被湖水揉碎成万千金鳞。一艘艘彩色小艇仿佛飘在浮光耀金的幻境，无比绚丽。“一道残阳铺水中，半江瑟瑟半江红。”爱热闹的张总见到此景兴奋得手之舞之、足之蹈之。广场万千只蜻蜓也受到了感染，满园翻飞。儿子儿媳乘兴追蜓逐阳的镜头，成了 VCR 中最活色生香的画面。

西湖公园东临潇湘大道近抵望月湖片区，南接枫林路与麓山紧紧相依，西与北有龙王港贴身护卫，五座桥梁通西连北。车可直接入园，车位够多够便捷。游人可从多个方向随意入园，开放包容，亲和力十足。

半天慢走细看，因遍地树荫和满湖凉意助力，热浪在此不敢逞威。经此绕湖一周，我更喜爱这个曾经的老邻居了。

# 厚德载鹤

段　华

张厚义与洞庭湖的鸟结缘，是由一杆猎枪开始的。

20 世纪 70 年代，洞庭湖区的农民不少尚未解决温饱。在靠山吃山、靠水吃水的理念驱使下，张厚义的手指扣响了猎枪的扳机。

“砰！砰！砰！”随着他的右手食指的轻微一动，洞庭湖洲上无辜的野鸭、白鹭乃至体形硕大举止优雅的天鹅，均不幸中弹坠地，成为张厚义的战利品。

只要是他张厚义荷枪上湖洲，迎面飞来的鸟大多会成为他的俎上肉。于是，张厚义成了遐迩闻名的神枪手，穆湖铺养殖场还任命他为打鸟队的队长。

洞庭湖是西伯利亚候鸟主要栖息地和迁徙途中给补地，自古以来是鸟类的天堂。一排黑洞洞的枪口在队长张厚义的指挥下吐出硝烟，把一片湖洲弄得乌烟瘴气。1975 年的一天，他率 60 人枪击毙 9000 只鸟。拣死鸟时，张厚义双手发抖。

鸟打多了，罪恶感自然来了。“鸟儿也是一条命，它吃的是洞庭湖的小鱼小虾小螺蛳，又没吃我张厚义一粒米，我一枪夺了它的命，这不是作恶吗？”

1985年，一次猎杀过后，一只野鸭中了霰弹但仍有生命迹象，那不甘就范的一双怒目死死盯着凶神恶煞的打鸟队长。就在这四目相对的一刹那，张厚义几近麻木的心似乎有了知觉，随即是一阵莫名的痉挛和颤抖。他自觉罪孽深重！

从此，他再也没抓过那支沾满无数灵禽鲜血的猎枪。

张厚义，“忠厚重义”终于名副其实实至名归。放下猎枪的张厚义一反常态，判若两人，每天划着他的渔舟穿行在洞庭湖洲的沟沟汊汊，奔走在芦苇丛生的滩滩坝坝。哪里有猎枪的吼叫，哪里就有他义正词严的声音：“住手！不准打鸟！”

只要桌上还有饕餮之徒迷恋野味，湖上就有惨烈的杀戮。

有一次，张厚义在湖堤上路遇一陌生年轻人。他发现此人形迹可疑，神色怪异，于是提出检查其随身携带的竹篓。

“你看你看你看！”那人倒算主动配合，但眼中透露出一股凶狠。

“当然要查！保护候鸟是我的职责！”张厚义伸手翻看竹篓，从篓底硬是搜出一包药。小小一包毒药即可毒死黑压压的一片斑头秋沙鸭、白琵鹭甚至鸿雁、白额雁。

证据确凿，年轻人恼羞成怒，凶狠地将张厚义重重摔在湖洲上。张厚义强忍疼痛，挣扎着爬起，又被这家伙推向湖边。杀戮候鸟巨大的血色利润，使这个利欲熏心的毒鸟者心生毒念，居然强按着张厚义的头浸入湖水。幸亏有人发现，施暴者见势不妙逃之夭夭。

护鸟就是打仗，打仗还得要枪！

于是，张厚义又拿起了那杆许久没摸过的猎枪：“你朝鸟开枪，我就朝你开枪！”

摇船挎枪的护鸟人一身正气，令盗猎者望而生畏。候鸟也似乎感觉到了安全和安宁，和张厚义特别亲近，湖洲上，湿地又成了鸟的乐园。

张厚义不仅劝止人们用猎枪射击鸟类，他的清网行动每天还能使成百上千的候鸟免遭火烹。

1987年春天，张厚义在湖洲上巡逻时听到沉闷的枪响，立即飞奔过去。只见两名陌生的年轻人躲在芦苇丛中，其中一人端着猎枪正朝几十米外滩涂上的一只白色大鸟射击。张厚义大喝一声：“住手！我是张厚义！”

两名年轻人一听是张厚义来了，自认倒霉，扛起枪就跑。张厚义根本顾不上追击盗猎者，此刻令他最揪心的是那只白色的大鸟。他快步朝前奔去，惊奇地发现，这是一只白鹤，久违了的珍禽，国家一级保护动物。白鹤在中国主要分布在东北和长江中下游，越冬地主要在洞庭湖和鄱阳湖。尽管多年没见过白鹤了，但是一旦出现在眼前，张厚义仍能一眼认出。他的心里涌起一股久别重逢的热浪。

眼前这只白鹤的双眼已经没有了往日的精气神，虽然一双修长的腿还坚强地立着，但眼中向张厚义投来的却是七分惊恐、三分求助的光。

很快，张厚义就发现了白鹤的腿伤。他小心翼翼地抱起这只孤独无助的白鹤，像初为人父的汉子抱起刚分娩的婴儿，直奔自己那个简陋又温暖的茅舍。

饭桌就是手术台，妻子就是助手和护士，医生呢，当仁不让非张厚义莫属了。一颗滚圆的霰弹，从白鹤的腿根剜了出来，然后用白酒代替酒精消毒，用干净布头轻轻包扎。当晚张厚义通宵无眠，而被他抱在怀中的白鹤倒是睡得香甜。

一个月后，白鹤康复，张厚义夫妇抱着白鹤来到君山岛外后湖，举行简单而隆重的放飞仪式。洞庭湖上飘过几朵红霞，那是白鹤放飞仪式现场拉起的横幅。

“飞吧！飞吧！”张厚义懂得，海是龙世界，云是鹤家乡。尽管张厚义夫妇心中有千般不舍，但还是不忍让一只恢复了健康的珍禽变成笼中倦鸟、家中宠物。

张厚义的双手捧着白鹤，将它托上蓝天。白鹤发出咯吱咯吱的鸣叫，不知是在表达感激和不舍，还是在表达又能展翅蓝天的欢畅。

这一天，张厚义与妻子加起来没说十句话，夫妇俩只觉怅然若失，心里空落落的。

深夜，张厚义听到门外似乎有人敲门。不对，是白鹤的长喙在叩击门板！难道这是日有所思夜有所梦？是幻觉？张厚义起床打开大门，溶溶月色中，白鹤翩翩而来。

又是一夜无眠。

于是，张厚义带着白鹤向东洞庭湖自然保护区管理站报告，获得批准临时收养保护。他将白鹤取名飞飞，以寄托对它振翮奋飞、回归大自然的殷殷期冀。他先后数次将飞飞放飞，但飞飞每次都白天放飞当晚飞回。它用只有张家人才听得懂的鹤语畅诉离情别绪，有时还来一段芭蕾舞《天鹅湖》，那翩翩舞姿婀娜曼妙。

张厚义外出巡逻，飞飞也一路跟随。张厚义上集镇购物，飞飞也寸步不离。其优雅举止、绅士风度令人钦羡，这一对情同父子的人与鹤成为小镇一道流动的风景。

一次张厚义与飞飞正在湖洲上巡逻，头顶飞过一队白鹤，那一声声划过长天的高亢鹤鸣，激起了飞飞强烈的共鸣。张厚义感觉到飞飞有加入鹤群回归同类的欲望，他看到了飞飞双眼迸发出的对浩瀚蓝天的渴望。是时候了，应该鼓励它去追赶队伍。于是他一把抱起飞飞，用自己的体温和气息，给它传递爱和力量。飞飞也意识到这是一场突如其来的离别，竟然也通人性地展开双翅，与张厚义紧紧拥抱。

“飞吧！飞飞！你是属于蓝天的精灵！如果有缘，南迁的季节欢迎你再回我们家……不，也是你的家，我们本来就是一家！”

张厚义温柔而坚毅地将怀中的飞飞奋力一托。飞飞展开双翅扑向浩瀚蓝天，追逐那支白鹤的远征军而去。

第二年，远道而来的飞飞带着它的“新婚夫人”双双飞入这个流淌着大爱的农家小院。张厚义大喜过望，为这位体态轻盈、气质高贵的“家庭新成员”起名小雪，取洁白如雪、冰雪聪明之意。等到又一年候鸟南迁时，这对比翼蓝天的恩爱夫妻又带回了它俩的爱情结晶。张厚义给它起名“东东”。好事成双，无独有偶，张厚义的孙女张结也于那一年降生在这个爱意浓浓的院落。

张结三岁时，不慎滑进水塘里。危急时刻，是东东发出急促的鸣叫示警。飞飞和小雪立即赶来，又飞速赶到家中，分别用长喙咬着张厚义的儿子张新桥的裤腿，硬拉着他赶赴水塘边救起自己的宝贝女儿。

人鹤相依，深情守望；互相救援，义厚恩深！

2002 年的夏天，洞庭湖区大雨暴雨接踵而至，洞庭湖水位居高不下。洞庭湖区一些湖畔小垸危机四伏，而张厚义所在的小村庄正是这类地势低洼危如累卵的小垸。

7 月 4 日半夜，劳累了一天的村民正枕着窗外的雨声和洞庭湖的涛声入眠，突然，张厚义的房顶上响起了急促的鹤鸣。

这是飞飞一家的舍命呼叫，这是一阵歇斯底里的失态嘶鸣。“不好！拐了大场！”张厚义凭着同飞飞的心灵感应，一骨碌滚下床并叫醒全家。再打开大门，一股洪水随即涌入屋内，眼前的情况令他目瞪口呆！

小垸土堤漫溃，全村已是一片汪洋。幸亏白鹤忠诚而固执地鸣叫报警，撤退尚为时不晚。

于是，张厚义敲响了那面多年不用的铜锣。急促的锣声和焦躁的鹤鸣声，唤醒了泡在水中打呼噜的乡亲。

当三百多位父老乡亲从惊涛中全部成功突围，再回望自己的小垸，已成泽国。最后从洪水中撤离的，是为大家担任后卫的张厚义、张新桥，还有飞飞、小雪和东东。

2012年12月4日，全国普法办、司法部、中央电视台联合举办2012年度法治人物颁奖盛典，候鸟守望者张厚义荣获“2012年度法治人物”称号。

2014年7月，张厚义患病医治无效逝世，人们称他是“驾鹤仙游”“驾鹤西去”。

张厚义走了，他的儿子张新桥依然踏着他的足迹，奔走在东洞庭湖的绿洲上、湿地旁，履行着护鸟的天职。

# 山水志

王家富

## 绿

经常梦见故乡的小山村。

都说梦是黑白电影，但偶尔，我还是觉得梦，也是有颜色的。只是我们当时注意力在物上、人上或事上，而不自觉地忽略了它固有的颜色。但我想，无论怎么回忆，梦里的颜色，是没有绿色的。好像绿色在我的记忆中，刻意隐藏起来了似的。

可是，那绿油油的故乡啊，托起了家乡人世世代代勤劳致富的梦想。为什么这么尊贵的绿色，不能刻在梦中呢？不敢想象，一旦乡村失去了绿色，那该会是一幅什么光景？

当大地尚未吐露一丝绿意时，作为农民的乡亲们早早地就来到田间地头了。父亲常说，“年只三天”。意思是农民劳动了一年，只有过年时，农民才给自己放三天假休息。

大地没有吐绿，但父亲却背着柴刀割山割田坎。一刀一刀，像给山坡和耕地理发一样。没几天，空旷处就会出现浅浅的一层绿来。仿佛这层绿，是父亲割出来似的。镰刀挥过，那迸发出来的绿，是牛羊最好的粮草。吃一茬长一茬。这茂盛的绿色不仅吃不尽，反而越吃越多，蔓延成了一张巨大的可以覆盖天地的绿色草席，铺盖在整个乡野和乡野牵扯的世界，仿佛贫瘠的黄土地，披上了一块绿油油的遮羞布。

这时的故乡，因春天播种下绿色的希望而最具活力。农民们也因此有了盼头，即使一年再苦再累。

那绿油油的玉米叶迎风招展，霸气地拔节，脚下昔日无孔不入的野草似乎成了病恹恹的黄毛丫头。玉米叶骄傲得像公主，任何人都不放在眼里。哪怕是主人来了，它们也一样不低头，总是锋芒毕露地切割主人裸露的每一寸肌肤，只要它们够得着。玉米林虽然凶巴巴的，但仍然是我们孩子们打猪草的首选目的地。

还有那绿油油的烟草叶。别看它们一个个憨态可掬，绿得没肝没肺，却是真正的绿“油油”。在烟草地里转一圈出来，浑身上下到处都是一层厚厚的黏糊糊的黑色烟油，怎么搓都搓不掉，真是可恶的赖皮鬼。不过，尽管这生烟叶如此难缠，让人生厌，我们仍然是对它精心呵护、关爱有加，不敢对它有任何脾气。毕竟，在这个偏远的高寒山村，只有它是能迅速变成钱的经济作物，是我们顺利踏上求学之路的主要依靠。

有时，我看着自己红肿的双肩，面对那铺天盖地的绿色烟叶，也会不由地犯怵。那个时候，对绿，还不像今天这样上心，相反，它们是我们童年的沉重。

砍柴、打草，都是饱含水分的绿色植物沉重地压着稚嫩的肩膀，然而，这又是成长过程中，每天必须完成的“功课”。有时，还等不到柴禾完全褪尽绿衣，就要塞进灶膛。那时的农村，不像现在使用沼气，干净卫生快捷方便，烧的是柴禾。没干的柴禾塞进灶膛，冒出的浓烟，经常熏得我们眼泪汪汪。

开门见山。此山牵着那一山，山脉相连。仿佛这沉重的绿，没有尽头似的。那时，我才深切懂得愚公为什么非要移山，愚公移山的故事为什么那样感人。如今，我回头再看时才觉得，绿色，才是一个家乡最该有的颜色。

水稻将梯田装扮得生机十足，那半弯状银镰般的一汪汪绿啊，真像一枚枚跌落凡间的月亮。大豆将绿在玉米林的腰际铺陈开来。这让杂草原本就十分可怜的生存空间，又压缩了一分一寸。但是，田地之外，却是野草们最得意最广阔的世界。也正是这一片野草铺就的乡村，最让人牵绊。

还有满眼的谷物们、蔬菜们、瓜果们，一律绿油油地横陈乡野。有的将绿坚守终生，更多的是用火红或金黄替换绿衣裳。每年秋，空出来的粮仓，就自然而然地期待着褪去绿衣后的金黄五谷将它填满。

如果说故乡的四季都有颜色的话，那么，春天一定是绿色的。因为绿，才是劳动的颜色，才是种子的颜色，更是梦想和希望的颜色。

## 水

儿时，在咱们山村，用水不像时下这般方便。脱贫攻坚战打响之后，咱们偏僻的小山村，家家户户都通了自来水。虽然我们并没有常住乡村，但是，当我偶尔返乡时，只要打开屋门口的水龙头，清凉的山洞水就哗哗地流了出来，真方便。

而记忆中，山村一直严重缺水。家里用的每一滴水，都是父母从半山腰的水井挑回来的。一口小小的水井要滋养全寨数百张嘴，因而每家的那缸水都十分珍贵。

我记得小时候一家人起床洗脸时，一盆水往往是大人洗了小孩洗；小孩洗了就放在洗脸架上，待当天农活忙完收工回家时，再洗“头道”；洗完再端一盆清水洗“二道”。洗了脸和手之后再洗脚；洗了脚，再用“浊水”擦拭鞋子或衣服上的黄泥；末了，才将残留的脏水倒在院子里的大树下给树解渴。就这样，一盆水反复使用，早上用了中午用，中午用了晚上用，用了无数遍后直到无法再洗东西了才不得不倒掉。

每年酷暑时节，水井就慢慢干枯了，村民们就要去村寨外数里之遥的山洞里挑水。那时，挑一担水，往返几里路，要挑满一缸水，感觉像长征一样。夏季的水因而更金贵，用了无数遍的洗脚水也舍不得倒给树喝，那是要积攒下来给牛喝的。牛渴了，一口气得喝一桶水。

面对牛都能喝的浊水，我们却借口水太脏而拒绝洗手。娘就意味深长地对我们说，过水为净。

“过水为净”，娘这句话我一直铭记至今。农民朴素的话里，往往蕴含着深刻的哲理。如今回想才知道，水真的太无私了。她以赤子之心奉献人类，以一己之脏换来人间清洁，末了，反遭人嫌弃。要不是娘一句“过水为净”，我们还不愿意重复使用被我们自己弄脏的水。

其实，盆里的浊水不像我们所看到的那般浑浊。如果我们轻轻地端起，将它表面的一层水倒进另一个洗脸盆，我们会发现，水立马清澈许多。原来，水之所以显得浑浊，是因为盆底沉积下来的污秽之物。就连洗脚水，经一段时间的沉淀后，也能变清。

由此，我想到门口的莲池，人们劳作时弄浑的水，静夜时就能恢复清澈见底的本色；继而明白了，为什么突然涨水而变浑的河水能自动变清。就算是黄河水，进入大海后，一样能清澈如斯。没有谁能在大海里识别某一缕水是黄河水，某一股水是长江水。水就是这样，哪怕经过再多污秽之物的侵袭，也能保全自身的洁净本色。

这就是普普通通的水之伟大了。为了清洗人类、清洗地球、清洗世上所有的脏，它不惜牺牲固有的净。不仅如此，更可贵的是，就算被我们弄脏了，它也不失其自我净化的本能。水在“自我消化”污垢之后，悄然间，又能静静地回归其洁净本色，倒映一轮干净的明月。那时我就想，如果评选世界上什么最干净，水，无疑是最佳选择。

上学后，我们读到周敦颐的《爱莲说》，颂扬莲出淤泥而不染，是为高洁。在周敦颐看来，不染即为净。

其实，真正能出淤泥而不染的，是水。

# 青

我不是色盲，但对于绿、蓝、青三色却傻傻分不清楚。

记得小时候，我印象中第一件新衣，是蓝卡其布的。我欢喜得不得了，印象中穿着它读完了整个小学，直到小学毕业时，这衣已经小得极不合身了，我还舍不得扔掉。这件蓝色的衣服是娘专门从集市上买布，请舅舅给我缝制的，直到进初中校门前，实在穿不下了，我才不得不让它退休。但在我记忆中，它似乎一直没有褪色，一直都是新衣服时崭新的蓝。

古时的戏剧里有青衣一角。我当时望文生义，以为青衣是经常穿青色衣服的角色，就像今天的白领蓝领一样。同时觉得青衣就是蓝衣，那蓝自然就是我身上那件蓝卡其布的蓝了。但母亲却纠正我说，青色是青色，蓝色是蓝色，不是一回事。

到了课堂,语文老师一句“青出于蓝而胜于蓝”,让我找到自己青蓝不分的“理论依据”，原来它们是有师徒缘的，怪不得长得那么相像。直到后来，我才知道，古时的青色，是指黑色。之所以有青衣之名，正是借用了青出于蓝而胜于蓝之意。对于青衣，我似乎有点懂了，但绿水青山的青，是指黑色的山吗?

放眼望去，从这山到那岭，到处都是怪石嶙峋。虽然石头形态各异，但它们的质地是一样的，一样的善良、一样的温馨、一样的醇厚、一样的质朴，就像这里的人们一样。因此，当地人亲切地称这些石头为青石。

一块块青石供养的大山，就是青山。

大山因石头而可爱、可亲、可敬，大山因石头而充满生趣、充满灵性、充满诗意。石头给我们的乐趣是丰富的，给我们的想象也是多样的。我之所以为家乡的青石感到骄傲，缘于于谦的《石灰吟》：“千锤万凿出深山，烈火焚烧若等闲。粉骨碎身浑不怕，要留清白在人间。”我觉得于谦写的就是我家乡的青石，寄托的就是父老乡亲对我们的最大希望，保持一生清白，像石头那样，一生不变质、不变色、不变味。

# 山

山，是一所学校，是一部巨著，一辈子都读不完的经典。

读山，能给我源源不断的力量。

山是我的加油站。求学时期，能给我及时补给，保证我学业不辍；工作后，能给我无限鼓励。重压之下或委屈无奈或愤懑无助或孤独无援时，我就回归大山，痛痛快快地对着山谷呼啸。山，像父亲那样默默地收下我所有的倾诉，转身就让我轻轻松松重新上阵。

山给我们粗犷的肩膀。当我们走出大山的那一刻，它就清楚地告诉我们，日后生活所有的重，得靠我们默默扛。“力气是个怪，用了它还在。”在与大山朝夕相处的岁月中产生的乡俚俗语，以诙谐调皮的口吻，道出了山里人独有的生存智慧和迎难而上的乐观心态。正是凭着大山一般朴素的理念，山里人相信，只要不怕苦不怕脏不怕累，就没有迈不过的坎、闯不过的关；只要力气在，人生就有希望。

希望，是不起眼的泉水，总会涌动在绿的茂密处，鼓舞着山里人勇敢攀登。

山里人的性格都是大山给的，比如独立自主、自力更生。“流自己的汗，吃自己的饭，靠人靠天靠父母，不算是好汉。”虽然乡村的生活清苦，但山里人并不觉得苦。常伴的蓝天白云，不竭的清新空气，免费的绿水青山，即渴即饮的清澈山泉，还有鸡犬之声相闻、阡陌纵横、山花烂漫。那怡然自在的人间烟火气，茂盛如斯，世外桃源也莫过于此，何苦之有？

山高而谦卑，山高而无欲无求，山高而不争不夺，山高而敝帚自珍，山高而任人索取、任人攀登。人们习惯将父亲那无形却厚重的爱赞誉为山，就在于养育我们的大山最像父亲——父亲那副不求回报、默默奉献的样子，不正是养育我们的大山的样子么？读懂了高山，就读懂了父亲；读懂了父亲，就读懂了自己；读懂了自己，就读懂了人生。当我看到恢复绿色的大山、退耕还林的青山、淙淙碧水再次环绕的高山，当我看到儿时的山又回到眼前，我似乎从荒山青山的轮回间，读懂了山与父亲的沧桑和威严。

# 洞庭湿地

## 丘脊梁

我是无意中进入这片湖洲湿地的。我没想到，我荒芜已久的内心，会在这片被人遗弃的野地里，遇见深埋的春天和久违的生机。

湿地在城郊的君山区。我真不知怎样来描述它的具体方位——它没有名字，更没有名气，普通得就像我一样，几乎可以被这个庞大的世界忽略不计。我只能说，它大致在洞庭湖大堤外侧的湖汊深处，隔着莽莽苍苍的杨柳，隔着透明的阳光和氤氲的水汽，与君山岛景区的盛大和热闹，寂寞地遥遥相对。它还是像我一样，沉默在尘世的边缘。

我与这块湿地的相遇，其实并不完全是偶然，是相同的处境和不同的命运，让我在看到它的那一刻起，便不由自主地一步步靠近、深入。我们的交集，似乎是一个隐秘的约定，或者是必然的通达。

这些年来，我总是感到生活就像一块硬板，越来越没有痕迹。长年的夜班和机械的工作，让我在黑暗与昏睡中慢慢老去。我看不清季节的轮回和时间的流逝，也感觉不到外界的音信与响动，曾经生机勃发的内心，如今寸草不生，一片荒凉。在坚硬的现实面前，我已失却了对理想的追求和对生活的期盼，常常觉得天空灰蒙蒙的，有一种看不见但又真实存在的东西，遮蔽住了自己的激情。我就像一只受伤的鸟，成天龟缩在自己的窠巢里，昏昏沉沉，没精打采。

妻子想把我从沉沦中拯救出来。我们结婚多年，爱的热度早已消散，她成了我没有血缘的亲人。每到周末，她就唠叨着把我赶向户外。但是，王家河、千亩湖、金鹗山、珍珠山、南湖广场、巴陵广场，城区所有的公园和景点，都没能医治好我颓废的心灵。我觉得这些地方跟我日夜所见的街市一个模样，并没有本质的区别，它们虚假、冷漠，灰暗、阴沉，缺乏光亮与活力，让我疏离、厌弃。于是，我们漫无目的地把车开向了城外，开上了高高的洞庭湖大堤。湖滩中央这抹汪汪的绿，就像一个丢失多年而又记忆犹新的梦，猛然朝我的内心逼近。

我们弃车走下大堤。堤脚是一条狭长的湖汊，湖汊中间的浅水区，钓鱼人用湖泥黏着石块，铺成一条简陋的通道。我们小心翼翼从这里踏上对岸的湖滩，然后迫不及待地奔向前方。我远远地望见，在湖洲的深处，湿地像一块温润的碧玉，安静地漂在湖水中央。它绿得透彻，而且透明，没有一丝杂质，让我感到这个糟糕的世界，依然存在纯粹的事物。

首先迎接我们的，是一大片绿得有些虚幻的杨柳——它们像极了一幅巨大的油画，朦胧而真切。突然置身于这样的美好之中，我一下变得手足无措起来。我很想大声呼喊、激情拥抱，但又生怕自己的冲动和粗暴，伤害了它们的纯洁与安静。我只能拉住妻子的手，傻傻地看着它们，就像看着云端之上一尘不染的梦想。这些杨柳，不同于城市人工培植的垂柳，没有款款低头的娇羞，也没有软弱无力的阴柔，更没有腰肢乱扭的轻佻。它们的枝条伸向天空，叶片对接阳光，给人一种强盛和奋发的力量。很多的杨柳，都只有一截粗矮的树桩，歪歪斜斜地站立在潮湿的湖泥上，有的甚至还躺倒在地上，裸露出大半边根系。它们粗老的干部，树皮脱裂，纹理扭曲，有的半边腐朽，有的几乎空心。我明白，是强劲的四季湖风，将它们拦腰折断，而汛期长达数月的浸泡，更是无情地把它们摧残。但是，无一例外地，它们都顽强地活着，精彩地活着。一到春天，密密麻麻的枝条，就从它们九死一生的躯体上生发出来、扩张开来，很快又葱茏成一片耀眼的风景。它们的沧桑与倔强、苦难和绚烂，都让我没来由地敬重、仰望。我感到沉陷已久的内心，正从俗世的浊流中，一点一点地浮升上来。

我们在林子里盘桓了很久，低头看看这棵树的根，抬头望望那棵树的冠，轻轻摸摸这棵树的皮，小心碰碰那棵树的叶，俨然是在透视和把握生命的根本。苍老和娇嫩，粗砺与柔软，扭曲和挺直，深度与高度，这些生命的不同形态，一目了然而又一脉相承。它们自然而适时的转换，让我看到了灵魂的强大与不灭。林子的地上，积满了枯枝败叶，也零星地长了一些青草。越往深处走，草就越发地茂盛起来，而杨柳，却渐渐地稀疏了、退场了，最后终于完全让位给了郁郁葱葱的野草。生命在这里又进行了一次悄无声息的流转。我们从林子里穿越出来，回头打望，只见一团浓酽的绿云，完美地呈现在阳光之下，而它千疮百孔的内部，已沉淀到了我的内心。

草地像一块巨大的绿毯，在我们眼前徐徐打开，一往无前地舒展进苍茫的水天相接处。它似乎在指向遥远的地方，又好像在指引我应当不断深入。野草长得非常密集，严实地覆盖了湖洲的每一寸土地。它们的品类也很繁杂，有瘦高的灯芯草，利剑似的菖蒲，低矮的薹草，水墨似的野芹，散乱的丝茅，柔软的野韭……更多的，是我叫不出名字的杂草。它们用高大或弱小的身躯、俊俏或丑陋的形容、嚣张或低伏的姿态，共同编织成了这个庞杂而蓬勃的世界。而在汛期，我只看到这里一片汪洋，浑浊的湖水淹没掉了一切的绿色和向往。它们来自何方？又走向了何处？我只能想象，它们深扎的根系和卑微的种子，潜藏进了厚实的泥底，是永恒的希望和耐心的等待，让它们迎来了生命的另一个春天。

是的，我又看到了春天的景象。春天并不只是一个季节，更是内心深处的一种色彩和气韵。草地莽莽苍苍、无边无际，仿佛让我看见了青春的颜色。我紧紧拉着妻子的手，像初恋一样，狂奔进梦幻般的远方。空旷的天空和广阔的绿地，让我们的身影显得无比渺小，四周的绿海，汹涌着把我们掩埋、吞没、融化。我感到自己已然变成了湖洲上的一株青草，变成了它们当中普通的一员，与春天融为一体。

我躺到了草地上，俨然沉睡在春天的怀抱。已经长出的草们的叶、茎和根系，全都清晰地呈现在我面前。它们肥嫩、洁净、饱满，明亮地与我对视，逼人的生机和活力，像电流一般，源源不断地输入我的内心，让我一颤、一颤，又一颤。更多的草们，才刚刚从泥土中生发出来，它们露出一点点的白芽或绿意，尖锐地向我表达各自的意愿。它们在地下沉陷很久了，但始终没有沉沦，现在，它们苏醒过来了，要重新进入这个薄待它们的世界。躺在湖洲上，我感到很多的事物都在觉醒，都在用自己的响动，认真地与世界对话。我听到了大地膨胀的声音，沉闷而雄浑，像雷声一样，从遥远的地方滚滚而来；我听到了种子搏杀的声音，沉着而顽强，它们用的是暗力，默默地抵制着泥土的压迫，从黑暗中爆裂出崭新的希望；我听到了很多昆虫奋斗的声音，微弱而高亢，它们来自地上，或者地下，尖利地割开缠绕在身上的束缚，用力地扑打遮挡视线的障碍；我还听到了植株生长的声音，细碎而连绵，它们的根系像一个个钻头，“嗞嗞”地扎穿一切的阻挡，茎秆“啪啪”地拔着节，像一根根指针，争先恐后地追赶着时间……这些四面八方的声音，嘈杂地回响在我耳边。它们是春天的声音、生命的声音，更是我内心的声音。我感到膨松的湖泥和柔软的草丛，正用一种看不见的力量，慢慢地把我的躯体托举起来，举向一个新的高度。

躺在发酵的湖洲上，我还闻到了春天的气息。它们恍恍惚惚、若隐若现，有一些潮湿，有一些膻腥，有一些暧昧，有一些青涩，还有一些芬芳。这些独特的气味，混合在一起，直抵我的胸腔。它们来自大地的深处，来自草木的内部，来自一切生命的场。它们从很深很远的地方生发出来，带着母体的温度和孕育的激情，让我的内心燥热、骚动。我感到体内沉寂已久的许多东西，正在剧烈地动荡、冲突，奔涌着寻找出口。我赶紧从草地上爬起，以站立的姿势，去迎接自己的春天。

妻子在不远处的沟渠边向我招手，她在忙着采摘藜蒿和芦笋。这两种野菜，清新而爽口，市场上多为人工栽培的货色，这个意外的收获，让她快乐得像一个纯情的少女。她天真而满足的神情，让我又一次想起久远的初恋，想起多年前那个万物生发的春天。

阳光静静地从高空倾泻下来，温煦地照耀在我们身上，我突然感到浑身轻松、舒展，内心贮满了幸福。我发现天空没有一丝云彩，明净如洗，蔚蓝的底色简洁得让人不敢忧伤。远处的杨柳和身边的野草，青葱欲滴，散发出令人迷醉的耀眼光芒和蓬勃生机。而天空快速掠过的鸟音，清脆得像一把利器，切断了所有的沉闷和愁郁……

多好的湿地啊。多好的场景啊。多好的春天啊。一切都不曾老去，一切都不曾死去。所有的事物，都在这里向着太阳和未来，苏醒，并且生发。

我和妻子手拉着手，带着各自的收获，与湿地作别。站到洞庭湖大堤上，我感到新的生活，即将在我面前展开。因为，我荒芜的内心，已在不远的彼岸，变得澄澈、丰盈，郁郁青青。

（原载《生态文化》，2023 年第 2 期。）

# 春风又绿黄盖湖

魏新敏

2023年4月中旬，黄盖湖雅雀嘴5000余亩湖滩芳草连天，成千上万的“丽人”——鲫鱼鲤鱼穿梭于浅水草丛，产卵的拍尾声悦耳。目睹这难得一见的壮观场面，临湘市黄盖湖自然保护区管理中心主任李修阳由衷感叹：“春产一碗籽，秋收万担鱼。今年冬天，黄盖湖的候鸟又有口福了！”

黄盖湖位于湖南、湖北两省交界处，流域面积1240平方公里。它濒临长江，是湖南省第二大内湖，属洞庭湖水系，是洞庭湖区的一部分。其北岸和东岸三分之一区域属湖北赤壁市管辖，西岸和南岸三分之二区域由湖南临湘市管辖。据清同治《临湘县志》载：“黄盖湖在县东百里，东纳马蹄湖水，西纳横河口水，南纳沅潭湖水，北纳中寨湖水，东北纳蒲圻及嘉鱼水，纵横五六十里。赤壁之战，黄盖屯兵于此，故名。”清康熙《临湘县志》载：“相传赤壁鏖兵时，黄盖被箭沉江，后论功，孙权以此湖赐盖，故名。”黄盖湖原名太平湖，改名缘于三国时吴国大将黄盖。

新中国成立前，黄盖湖野草丛生，鼠兽出没，疫病肆虐，血吸虫横行，给当地百姓带来了无限伤痛。自1959年开始围湖造田，一道道湖堤将黄盖湖切成了无数个内垸，继而组成了湖南省国营黄盖湖农场。从此，千年泽国变成天下粮仓，赢得了“鱼米之乡”的美称。2000年撤销黄盖湖农场，设立黄盖镇，划归临湘市管理。

2017年，黄盖湖出现了令人忧心的状况：水源污染严重，水质急剧下降；由成千上万竹竿、围栏、网箱组成的“迷魂阵”，将湖面分割得支离破碎，令人触目惊心，鱼类资源退化严重；越冬候鸟食不果腹，被网具缠绕致残致死者屡见不鲜；空心房杂乱低矮简陋，各种垃圾肆意污染湖水……为此，中央环保督察组向临湘下达了限期整改通知书。“黄盖不治，长江不宁。”守护好这一湖碧水，是湖南、湖北两省人民最大的企盼。2017年9月，总投资16.3亿元的黄盖湖防洪治理工程正式启动，一场围绕保护黄盖湖水陆生态的战斗在湖南临湘与湖北赤壁同时打响。将黄盖湖大堤拓宽加高，成立黄盖湖湿地保护中心，所有渔民全部上岸转岗，拆除湖中的“迷魂阵”，清理网箱，铲除沿堤空心房，美化亮化沿湖大堤，实行河湖警长制，禁止人们渔猎等一系列举措，共同描画出黄盖湖的蓝天碧水。

“闲云潭影日悠悠，物换星移几度秋。”2021 年，黄盖湖防洪综合治理工程正式竣工，湖畔人民彻底告别水患之忧。经过几年的综合治理，黄盖湖的生态环境焕然一新，中央环保督察组对黄盖湖的旧貌变新颜频频赞许，老百姓对母亲湖的巨变也是看在眼里、喜在心里。水域的水质全面提高，湖水清澈见底，黄盖湖的生态修复也成效明显。保护区内湿地生态已修复 700 多公顷，过去的围网密布变成了今天一览无余的碧波万顷。群鸟齐飞在蓝天碧水间的美妙景象在黄盖湖再现。

谷雨这天，我来到春风微拂的黄盖湖畔，尽情欣赏综合治理后的黄盖湖美景。一湖幽深湛蓝的湖水映入眼帘，在我的心头轻轻荡漾，令人心旷神怡。春风徐来，水波不惊。近岸处的湖面铺满了水草，像一道墨绿的花边镶嵌出万种风情。湖堤下一丛丛芦苇在风中摇曳，那婀娜的穗须，好似美人长长的睫毛，轻眨之间，便撩动了整片湖的眸光。湖边，一簇簇柳树相互依偎着，细条的柳枝垂在湖边，随着风儿轻轻起舞。湖水拍打着沙滩，卷起层层浪花。船到湖心，我们停了桨，任由船儿在湖面自由地徜徉。抬头看天，白云在蓝天里任意铺陈。它们有的像铺晒开来的朵朵棉花，有的像大海里的排排白浪，有的像鱼儿身上的莹莹鳞片，有的像微风吹散的丝丝柳絮……低头看水，水里也有一个深邃的天空。白云在水中的蓝天里没有了那份轻佻与随意，多了一份自重和矜持。湖里的鱼儿不知虚幻，呼朋引伴地与水里的白云嬉戏。看着这些呆鱼，白云忍俊不禁。远处，一只野鸭看见了我们，惊慌地“嘎嘎嘎”叫着，扑腾着远去。一群大雁北归，摆着人字阵，“嘎——嘎——”悠然飞过。坐在船上的人想在水里寻找大雁远去的踪影，却只见湖面阳光跃动。

走在湖堤上，远处白天鹅点点，近处白天鹅团团。定睛细看，团团的白天鹅有的把头埋在丰盈的翅膀下梳理着温润的羽毛，有的把头扎入水里捉鱼吃虾，有的昂首挺胸呼唤着伴侣孩子，有的振翅飞翔，盘旋在湿地上空。粗哑的“呖呖”声，滚落在游人头顶上，滴落进浅水里。白天鹅是黄盖湖的常见鸟类，它们的羽毛洁白如云，浑身冰雕玉琢，如雪莲绽开。它们时而挺脖昂首，雄赳赳如武士，时而曲颈低首，娴雅如仙子。李修阳主任兴奋地告诉我："去年全国出现百年罕见的大干旱，黄河、长江、鄱阳湖、洞庭湖的水位几乎见底，但黄盖湖的水依然丰盈。由于其他候鸟区遭受大旱湿地锐减，食物链也受到影响。今年来黄盖湖越冬候鸟数高达5万多只，其中一级保护的候鸟6种120多只，我们已准备好迎接这些尊贵的客人。如今国家开始实行林长制，这是继河（湖）长制后又一新举措，为黄盖湖湿地保护提供了强有力的支持，黄盖湖明天会更加美好。"在湖堤边，有一台望远镜，扫码后，可以清晰看见白天鹅粉红的嘴基、圆溜的黑眼、雪白的长颈，可以看见它们在水里自由游弋的优雅身姿。幸运的话，可以看见成对的白天鹅鸳鸯戏水秀恩爱的情景。那一只只远得看不见的白鹤、灰雁、苍鹭、东方白鹳等，在望远镜前尽显美妙身姿。黄盖湖湿地俨然成了鸟类的天堂。随着鸟儿们的到来，摄影爱好者和游客们也纷至沓来。他们有的用短枪长炮捕捉着鸟儿们隽美、自由、闲适、温馨的镜头；有的以黄盖湖为背景，用手机拍下自己与黄盖湖美好的遇见。这时，远近村庄传来了鸡鸣狗吠声，北岸和西岸几户人家屋顶的烟囱冒出了缕缕炊烟。近处，夹杂着水草、鱼腥气息的迷蒙水汽把我们笼罩，眼前景象，似世外桃源，更像海市蜃楼，身处其境，都迷离惝恍起来。

用力撑起手中的双桨，临湘市黄盖湖自然保护区的护渔员雷建平，开启了一天的工作。徜徉在一湖碧水之中，他打趣道："连风都是甜的。"雷建平今年53岁，一直生活在黄盖湖边。从前他是个正宗的"水上漂"，祖祖辈辈以打鱼为生。他说，浪击船身的哗哗声、嘹亮的渔歌号子和活蹦乱跳的鱼儿，是每一个黄盖湖渔民记忆中难忘的美好。如今，雷建平有了新工作，黄盖湖自然保护区聘他为专职护渔员。"我每天巡湖，碰到打鱼的就上前制止，看到地笼丝网就报告给保护站。"他说，自己有时还兼任保洁员，"不过，现在的黄盖湖很干净了。"之前的黄盖湖可不是这样的。"那时打鱼的人多，都抢着圈湖，黄盖湖的湖面被分割得支离破碎，到处都是竹竿林立的'迷魂阵'，打到的鱼也越来越少、越来越小。"雷建平指着靠岸的一片水域告诉记者。顺着他手指的方向看去，只见滩草碧连，几头水牛正休憩嬉戏。黄盖湖广坪村70岁的村民高法庭说："原来我们住在这里的时候，这里的垃圾成堆，污水直接往后面河里排，垃圾也是往后面沟里排了以后直接下河。自从黄盖湖防洪工程启动后，我们居住的房屋，还有湖边的空心房都被纳入了拆除范围。整改后的黄盖湖大堤如今已变成了漂亮的沿江风光带。这里建成了小公园，堤上建成了旅游隔离带，现在的空气、环境、卫生比以前强百倍了。”在距黄盖湖和长江大堤50米范围内，黄盖镇启动了黄盖湖湿地保护区的开发与保护，将空心房拆除后腾退的土地打造成稻田公园和沿堤风光带，逐步改善长江沿岸的生态环境和拆迁居民的生活质量。如今，高法庭已经住进了广坪集中建房点217平方米的双层徽派小楼。这里有学校、有超市、有医务室，环境比以前要好百倍，这里的树比原来多了，空气比原来好了，没有污染了。

黄盖湖是水涨为湖、水落为洲，春夏湖水淹天际，秋冬水退露浅洲；大地四季一春秋，生灵万物皆洄游。春天的杨柳，夏天的荷花，冬天的候鸟，是黄盖湖让人心动的三大亮点。黄盖湖烟波浩渺、鸥翔鱼跃，滩涂碧草茂盛、野花娇艳，尤其当霞抹日罩、云遮雾涌时，如幻境般美好。外堤樟青桂绿、蛙鸣雀飞，万顷稻浪、千亩荷莲，更有丰收时节一张张幸福的笑脸，与丰腴大地互为映衬。碧波荡漾的黄盖湖，湖面泛着碎银般的粼粼波光，静谧而辽远，那万千飞舞的鸟儿正在湖风的引领下，展翅翱翔。这一切凝成一幅隽永的画，令人振奋！

黄盖湖，昔日因东吴大将黄盖在此操练水军而闻名，今天将延续往日的荣耀与辉煌，以一流的水环境、优质的水生态、人与自然和谐共生的新图景，迎接四面八方的游客。黄盖湖，这个从三国烽烟中走来的千年之湖，我相信，它在世世代代临湘与赤壁人民的守护下，纵使万年之后，仍会丰盈无恙！在我的心里，黄盖湖就是一棵生活在临湘与赤壁的胡杨，“活着三千年不死，死后三千年不倒，倒后三千年不朽”。

# 紫云英：乡野的怀抱

张　觅

升初中之后，学校离家挺远，于是天天骑着自行车去上课。那时才 12 岁，小小的一个人，骑着一辆小小的自行车，自然还是有危险。在路上我就被摩托车撞过两次。幸好只是磕破了膝盖，流了点血，也顾不上矫情，看看时间，爬了起来赶紧继续骑行。

学校是一所新成立的实验中学，在比较偏远的郊外，学校的对面就是大片碧青的农田。小学时我是沉醉在楼下的小花园里，而初中时我则是游荡在学校对面的农田里。这也给了在县城里难以接触乡村生活的我一个又一个亲近乡野、熟悉大自然的契机。

在初中读书的时候，我仿佛就是住在田间陌上一般。放学后，我把自行车锁了，斜斜放在田垄上，小小的身影就融入了黄昏的田野之中，仿佛就自自然然地成了乡野的女儿，迷醉在这诗一般的田园之中。

那青得崭齐的水田，棋盘一般整齐匀净地躺在大地湿润松软的土壤之中，就像一块块薄薄平滑的凉皮粉摆于莹润的玉盘之上。绿色的农作物，一直蔓延到被夕阳染得色彩缤纷的天边。风吹绿浪，层层漾向远方，太美了。那时我还认不全这些农作物，只认识油菜花、紫云英，还有田垄上的田字草、蒲公英。后来看书，说吴越王钱镠思念他回娘家探亲的妻子，写信给她，委婉地催她回来："陌上花开，可缓缓归矣。"他知道那田垄之上，有着无数清美秀丽的小草花儿，那么，不用急着回来，一路欣赏田间风景，缓缓归来吧。那时的我，心里浮现的感觉，大概也就是陌上花开缓缓归吧。虽然当时我并不知道这封温柔的信，和这句美丽的话。

走在田间小径上，我的心底泛起不可言说的喜悦之情，看着一簇一簇的农家屋舍，陌上花儿一般温柔沉默。屋舍前的木栅栏上缠着金黄的丝瓜花和南瓜花，也有淡紫的扁豆花。

清清的渠水旁摇曳着蓝色的小花，花瓣娇嫩得犹如女孩的脸颊，颜色有种大海的深沉。当时并不认识那种小花，于是我一厢情愿地认为那就是勿忘我。

伸足在盈盈一碧的渠水中扑腾，凉意滑过足背，水花儿晶莹莹的，小腿似乎都染成了绿色。

有时我会仰面躺在田垄之上，身边是摇曳的紫云英。我像是躺在一片紫色的云霞畔，身边淡香浮动，身体顿觉轻盈，仿佛飘在云端一般，人有些恍惚和迷蒙。紫云英很招蜜蜂，因此耳边时常传来蜜蜂飞舞的嗡嗡之声。不过只要一动不动，蜜蜂也不会乱蜇人。我经常一躺下去就忘了时间。

我静静看着天空，好像在想着什么事儿，又好像什么事儿也没想，任凭思绪在天地之间乱飞。天空被西方的夕阳涂抹成了瑰艳之极的童话般的颜色，而身边，浮动着的是馥郁的草木气息。

这种气息，跟我家楼下小花园的还不一样。小花园的多是清新甜美的香气，而田野之上的草木气息，有着泥土的亲切温厚，有着渠水的湿润清凉。它们更像是来自大地的更深沉之处，来自人类灵魂未曾了解的地方。

唐代诗人李白曾作有《独坐敬亭山》：“众鸟高飞尽，孤云独去闲。相看两不厌，只有敬亭山。”诗人是孤独的，他的梦想始终没能实现。而作为天才诗人，当世又有几人能真正懂他？但他又不是孤独的，这大自然敞开怀抱接纳了他，他的精神在这宇宙之间自由来去，敬亭山深深懂得他。

当时我虽然读过这首诗，但尚读不懂其中的深意。不过，徜徉在田野之间，虽然无人在身畔陪伴，我也并不感到孤独，心里满盈盈的。这天空、云影、紫云英、田字草都是懂得我的，而我也懂得它们。小女孩独自躺在众多草木之中，亮着一双童稚的眼眸，遥遥地看向西方的天空，仿佛她是植物之心。

直到鸽灰暮色潮水般温柔涌来，我才如梦初醒一般爬了起来，从田垄旁扶起自行车，赶紧骑了车回去。一路上见华灯初上，汽车排着长长的队伍，灯光如同珠链一般，很美。

真是顶快活的日子。那个时候，我还是活泼爱笑的小女孩，尚未有后来眉目温静的样子。我以全校第一名的成绩考入初中，学习优秀，作文又得老师喜欢，经常夸赞，外班的同学也跑来借我作文看。父母尚未离婚，家庭也还维持着表面的安宁，尚未有风雨欲来风满楼之感，虽然已经摇摇欲坠。每天放学后我就独自去田间陌上去会我的草木朋友，如此逍遥自在、无拘无束，恍若庄子笔下吸风饮露、御风而行的姑射神人。直到中考考上一中，一中在县城里，我的田园生活才彻底结束了。

中学时的同学，除了要好的那几个，很多我都不记得名字，也不记得面容了，更不记得之间发生过什么故事。因此同学聚会我一般不参加，怕会冷场会尴尬。可是那些相处过的植物，却是记得非常清晰，仿佛它们才是我生命里最重要的朋友。有时候，自己也觉得命运实在厚待于我。如果小学时楼下没有小花园，如果初中时没有在田野之旁度过，如果家附近没有湘江和东湖旁的茂盛草木，漫漫人生路，我用什么来治愈自己呢？人心有时不可直视，植物之心却可以永远以赤子之心相待。

高考过后，我在长沙读书，后来便工作了，在长沙定居了。一晃很多年过去了，有一日，在湘江边散步，忽然看到了紫云英熟悉的小小花影。紫云英并不多，零星几朵伞状小花风中摇曳，不觉就摇曳出童年的记忆来。后来在商店里又看到有紫云英蜜卖，才知道它也是优良的蜜源植物。原来那美貌的小草花儿还有一颗温软甜美之心，怪不得小时候见到那么多蜜蜂围着紫云英转呢。

我一直以为，花蜜是花的魂魄，是不死的精魂，便如书是作者的灵魂一般。即使作者肉身已逝，作者的灵魂依然附于书上，跨越时空与读者对话。因此我对所有可以酿蜜的花儿都保有一份尊重，正如我对所有以文写心的人保持一份尊重一样。

如今我并不以文为生，却依然热爱写作。写作是我的生命自我完成的方式。这个世界，我来过、爱过、写过，便已足够。

有一次，舅舅跟妈妈聊天，说自己的儿子到了叛逆期，妈妈随即说曾经的我也有叛逆期。我感到很惊讶，我从小到大都是乖乖女，哪有离经叛道过？妈妈就说我上初中的时候，经常晚上七八点才回来，玩得都不记得时间了。

我一想还真是，那个时点，正是在乡野的怀抱里徜徉，迷醉不知归路的时候。

# 芙蓉花开，葱郁不败



黄诗慧

八月已至，长沙熠熠。

八月之梦璀璨，八月之秋斑斓。八月有八月的小确幸，八月也有八月的小怡情。伴随着万物轻吟，岁月的长河于林间叶隙漏出的光，斑驳陆离，一路芙蓉的光和景为大自然绘着绚丽的妆，似曾经那般，也如今天这样。

梦里的秋，循着芙蓉花的足迹，是儿时的模样。我一直相信，一座城市有着一座城市的记忆，正如一座城市有着她自己独特的荣光。青春的花朵，在夕阳落下之际才被拾起，童年的记忆，也在暮年之时成了回首的往事。那个时候，和伙伴们走在河沟岸边、湖边草地，穿梭在稀疏林间、密林阴处，用无患子的黑色种子串手串，看栝楼藤上开出的花。那个时候，手捧着的一束束芙蓉花上，有着稚嫩双眸闪烁着的深邃流光，有着对这个未知世界的太多思量，想着她的美丽、美好、美妙，想着她的盎然、绚丽、灿烂，想着她生命的繁华，又担忧着她的明日。一时间不禁拾起遗留的银笺，读着心中的诗画，期盼着轻梦如飞花，为命运披上阳光的霞。少年时期的那份单纯、那份真诚、那份热烈以及后来自己身边的那些人、那些事、那座城，所铭记于心的那份深深的惦念，镌刻在眉间，深深地烙在心坎。蹚过清晨的露珠，留下奋斗的足迹。在阳光的照射下，背后迤逦的芙蓉花，营造出了美色美景，吸引着我步步前行，追寻着梦的伊始。

梦里的秋，颂着芙蓉花的诗篇。一句“洞庭波涌连天雪，长岛人歌动地诗。我欲因之梦寥廓，芙蓉国里尽朝晖”，让我嗅到了人间到处有芳香。哪怕初秋的帷幕拉开，眼见得清凉的时光款款而至，风吹过依旧青葱的枝丫，吹过泛起微波的河面，吹过还未退却大地的仍然殷红的芙蓉。不经意间，便绿了心中的岸，红了彼岸的花，甜了醉人的蜜，播种下了属于秋天的繁华。就这样，或许在凌晨，或许在深夜，有这样一群人，就像湖南长沙的环卫工黄新生一样，上班谋生，下班逐梦。虽默默无闻却兢兢业业，却依旧执着地坚持用脚步丈量着大地，用汗水播撒出初心，用一把扫帚带来清洁的画布，又从书中感受世界的广阔，拿出纸笔，用文字清扫心灵，以一片初心绽放出使命的韶华，让我们欣赏到了芙蓉花一般的别样人生。诗词藏于心，岁月从不败美人。在诗词中走过了许久才明白，我们最终也会活成一首诗、一段词，在岁月中流淌。反复读来，便明白了纸短情长、伏惟珍重的深意。

梦里的秋，渲染着芙蓉花的色彩，增今日青葱。“江山如画洗尘目，风景入诗多秀句。”在习近平总书记“守护好一江碧水”的殷殷嘱托下，我所在的城市大力推行“林长制”，守护“生态绿”，共享一片蓝天、共饮一江碧水，厚植高质量发展的绿色底色，在促进人与自然和谐共生中推进中国式现代化建设。芙蓉花畔，周身沐浴着一片暖阳，期待绿意再次随风远扬。那是秋的到来，盛夏后的重生，内心的复苏，一片生机盎然，犹如浩浩荡荡的大河大江，浩瀚无边。

芙蓉花败了还会再开，绿叶落了明年再来，今日的朝霞依旧绯红。八月的心在行走，伴随着时间与岁月，不想鲜衣怒马，只求淡然依旧。朝花夕拾，溅起的是光阴涟漪，在走过了无数的时刻之后，终于回归了平和。在八月的这个时节里，一切走向了淡然，同时一切也在披荆斩棘之后，变得成熟与悠然。蓦然间明白了，原来所有的风雨都会在不经意间烟消云散，内心的焦躁和忏悔终究不过是追寻中的细水长流的陪伴，并非绚丽也从未浩荡。我们之所以能够感受到清风带来的清澈，是因为我们比任何人都渴望山清水秀、柳暗花明，是因为我们比任何人都期待滚滚清流水，常常入海流；是因为我们比任何人都渴望能够实现青山绿水、金山银山。只有所有人都守候着一个共同的使命，我们的事业，才能够在母亲河的滋养下生生不息，而我们血脉中延续的初心，才能化作大地永恒的印记。

秋虽清凉，心却晴朗。景虽静止，心却悦动。赏花时，情随景迁，陶然于生命之酣畅。人生过往，也不过是这图中景象，有山有木，也有意气回荡。时刻铭记着，嘴角带着静默的笑，伴随着一袭雨落，走过美好过往，将希望寄托于灵魂深处的光明。怀着对这个世界的满满暖意，期待着历史的延续、文明的繁衍，期待着下一幅画作上的碧海蓝天。此时此刻，恰逢初秋。就这样融化了，梦里的那条小河，不深不浅，不宽不窄，不短不长；就那样慢慢流淌着，卷走了水中的砂石，梳理了河里的水草。芙蓉花依旧在河水的两岸，应和着阳光，闪烁着明亮，荡漾着层层波澜。那芙蓉花瓣上，闪烁着少年的希冀、人性的光芒，还有长沙这座城市的温暖和煦。

# 留白的芦情

吴灿娜



阳春三月，草长莺飞。美丽的洞庭之畔，下塞湖洲上，迎来了一群不请自来的文人骚客。

一路上，他们早已被桃花红、梨花白和铺天盖地的油菜黄所惊艳，但迎着瑟瑟湖风，登上机船，渡过漉湖，踏上下塞湖洲子时，他们还是被震撼到了。一群人呆呆地望着、张着嘴巴，却一下子发不出声来。

一望无际的洲子，绿草如茵，平铺地面的三叶草，抱团纠缠的香藜蒿，香气四溢的野芹菜，雨后拔地而出的芦笋儿，都自由自在地伸展着贪婪的躯体，恣意地生长着。

并不一坦平阳的洲子上，有自然圆润的小丘，有绵延宽阔的滩地，它们之间时不时有不规则的河流自然楔入。湖水荡漾在山丘与山丘之间。河湖边的湿地上，有踩着“高跷”的鹭鸶，在频频地点头觅食，成群结队的候鸟盘旋在湖泊的上空。

站在小丘上，虽看不到洞庭衔远山、吞长江的壮景，却能领略洞庭波澜壮阔的浩荡，也真切地感受到了下塞湖小家碧玉般的一湾柔情。

这里有被开垦过的痕迹，但也看得出，近年来，湖区人民对这片水土的保养和呵护。退耕还湖后，鱼儿回到这里安全产卵，水鸟在这里自由栖息，各种野生植物在这里自然地生长，昔日的下塞湖满血复活。

“我们要牵一群牛来就好了。”不知谁突然冒出一句来，“这里有吃不完的河边青青草。”

“这可是真正的‘天苍苍，野茫茫，风吹草低见牛羊’哈！”

“我们应该带根钓竿来，坐在芦苇荡里垂钓，那该多么惬意！”

“假如我现在有支猎枪……”

“会有人把你送进监狱！”

“我还没有掏出来呢……”

“你掏出来试试。”摄影师的镜头对准了持枪者的腰部以下。

“哈哈哈哈……”一行人笑得在地上打滚。

越往里走，越感到湖洲的静美和神秘。摄影师一边慢慢地转动他的镜头，一边稍带诱惑地感叹道：“其实，这里最适合谈爱。”

一语道破大家的心声。在这全身心放松的环境里，人的思绪就像脱缰的野马，自由驰骋，伺机撒野起来。

“哈哈，一听就知道你是有故事的人，快抖出来给我们听听。”

“对，老实交代，这芦苇荡是不是你的高粱地！”

“没有，真没有，我虽然是湖区长大的，但我一直在外读书，我和你们一样，也是第一次来这里。我们谈爱的时候，哪有这种神秘的仙境啊！”

“哈，还是有故事！”起哄的骚客们一拥而上。

摄影师被人团团围住按倒在地，嘴里求饶，“真没有故事，真的没有”，双手举着相机还在慢慢地移动镜头。突然，举在空中的双手不动了。“坏了，坏了，故事来了。”

大伙盯住了他举着不动的相机。在水天相接的地方，透过芦苇的缝隙，一个女人踏着“顺风旗”的舞步，无所顾忌地闯进了他的镜头，丰满，又妖娆。

“好一个妖贼！”大家的第一反应是，这是来下塞湖偷野生芦笋的。

大家安静下来，跟着镜头悄悄地往里走，隐隐听到了美妙的歌声：

梨花开，春带雨，
梨花落，春入泥。
此生只为一人去……

小偷还有这雅兴？大伙儿从四面包抄上去，准备先找到她偷采的芦笋，再控制她人。

没想到她一个“鹞子翻身”后，踩着碎碎的舞步徐徐靠近镜头来。突然发现了趴在草丛中的摄影师，她的两粒眸子惊而露喜：“强子？你是强子？！”

摄影师一下子蒙了，像个犯了错误的小朋友，不知所措地从草地上站起来，不知怎样摆弄他微微发福的身体：“你……你是？你认识我？”

他知道他后面这句问话的多余，不认识他，怎么知道他叫强子？

参加工作二十多年了，没有人叫过他强子，今天突然听到，他感觉是那样暖心和亲切。

“强子你真的不认识我了？”似曾相识的声音，还是那样柔柔的，带着甜味儿。

“‘达坂城的’？你是‘达坂城的’！”

“达坂城的姑娘辫子长啊，两只眼睛真漂亮……”

文人们又起哄了。

“是啊，我们是县一中的高中同班同学啊！”

“你一直在沅江？”

“嗯，一直在这。那年你考上了本科，我只考了个专科。”

“你的辫子呢？漂亮的大辫子！”

“剪了，前年剪掉的。”

“难怪变样了，二十多年没有见过你了，还是前几年听同学说起过你，说你搞了个规模很大的芦笋种植基地，成了女企业家，大老板。”

“什么大老板啊，就是利用湖水退去的田地，种植了几百亩芦笋，没想到近几年来芦笋销售那么好，让我发了点小小的不义之财。”

“现在生意越做越大了吧！”

“没做了。”

“没做了？”大家都惊诧地望着她。

她确实没做了。而且是她自觉不做的。

一个偶然的机会，她参加了当地的一个关于洞庭湖生态环境治理的现场会。当她看到那些触目惊心的视频资料时，心一下子失去了平衡。她没想到，自己竟是一个破坏生态环境者。

曾几何时，由于围湖造田，原本烟波浩渺、一碧万顷的洞庭湖开始呻吟。洞庭湖病了，漉湖病了，曾经水天相接、湖光跃金的漉湖日渐消瘦，水面慢慢减少，湖面也渐渐萎缩了。

她就是在湖水减少的时候，开始在湖底种植芦笋的。开始是挖了几亩地试试，第二年又搞了几十亩。后来，当她的种植面积超过三百亩的时候，她看到了她人生的风光，她的经济效益已翻倍增长，她也成了当地的名人。

“现在正值芦笋收获季节，产品供不应求，你怎么突然不做了？”

“有点心虚了呗。”

她虽然算得上当地较有名气的纳税户，她也为当地做过许多公益活动，但她心里总有一丝隐隐的不安。

她以往一直都沉浸在自己经营的这片美景里：一眼望去，蒌蒿满地芦芽短，一垄垄的绿色，一根根嫩绿粗壮的芦笋，让人赏心悦目、流连忘返。那场景，正如古诗所描绘的："春风荻渚暗潮平，紫绿尖新嫩茁生。带水掐来随手脆，棹船归去满篝轻。"

那次现场会后，她第一次觉得，这大片的芦笋并不值得人们赞叹，她甚至觉得这个芦笋种植基地就像一块巨大的伤疤，死皮赖脸地贴在早已病痛缠身的漉湖的肚皮上。她觉得对不起漉湖，但她不知道该怎样弥补。

直到有一天，公司负责销售的工作人员告诉她，他们打包外销的产品，被外商质疑芦笋原料可能重金属超标，她才毅然决定：我不做了。

一个弱女子，解决不了种养产品的重金属污染，控制不了漉湖水的潮涨潮落，也治理不了洞庭湖水域的污水排放、水质污染，左右不了候鸟的归来飞去、鱼儿的种类繁殖……她能怎么办呢?

既然自己解决不了眼前这一系列问题，那就忍痛割爱，把曾经辛辛苦苦开垦的几百亩田地退还给漉湖，还湖区一域湿地，留大自然一片净土吧。

从此，她退出了公司，加入了益阳市生态环境治理志愿者服务队，参与到"守护好一江碧水"的各项行动中，自发地去清理漉湖的各种垃圾。

湖水退去后，沉淀在湖里的垃圾突显，废弃的轮胎，残破的渔网，丢弃的矿泉水瓶，装满垃圾的塑料袋……各种垃圾比比皆是。开始一段时间，光被她捡拾拖走的垃圾就有好几大车。她每天都拿着夹钳、提着蛇皮袋，在漉湖的芦苇荡里钻进钻出，在湖边草地捡拾着垃圾。

当文人骚客们寻找她"偷芦笋"的证据时，才发现，那是满满的一袋垃圾。

"哈哈哈哈，我们还以为抓到了一个偷野生芦笋的妖贼呢，失敬失敬！"

她告诉大家，现在，老百姓的觉悟都提高了，都知道了芦苇的生态价值，很少有人再上洲子来采摘野芦笋了。

封湖以后，捕鱼、猎鸟、偷芦笋的现象真的很少了。再说，如果真有人来偷芦笋，偷了也带不出漉湖，有人监督的。

"我刚才采了一些芦笋，你能帮我带出去不？"

“肯定不能。但我可以看看你们采的芦笋吗？”她拿起他们怀抱里的芦笋一看，哈哈大笑起来，“你们采的大部分是泡秆，不能吃的。”

“那什么样的才能吃？”

于是，一群文人骚客，在一个美女妖贼的带领下，上蹿下跳，在芦苇丛里乐不思蜀。大家似乎闻到了芦笋炒蘑菇的清香，尝到了芦笋炖河鱼的鲜美。

其实，拔芦笋的乐趣，要远比吃芦笋更过瘾，这一点只有经历过的最清楚。

“你的大辫子没了，要是在路上遇见，我还认不出来呢。读书的时候，我们男同学就是因为你那条长长的大辫子，背地里都叫你‘达坂城的’。”

“那个时候的强子，可是天天骑在牛背上，忘情地哼唱，‘你要是嫁人，不要嫁给别人，一定要嫁给我。带着你的嫁妆，带着你的妹妹，赶着那马车来……’。”文人骚客们又开始了他们的艺术创作。

“没办法，天天在芦苇丛里捡垃圾，钻来钻去的，太不方便，只能忍痛剪掉。”

“刚才是你在唱歌？”

“是啊，跟着手机里唱哈，没去原声。”

“读书的时候，只知道你喜欢跳舞，没想到你歌也唱得这么好。”

“哈哈，交了学费的。这两年，我每周都自己开车去长沙学京剧，一周一节课，从不间断。有成效吧？”

“哈，你这么舍得下功夫，你是要像电视剧《人民的名义》里的高小琴一样，脱颖而出？所谓‘白头如新，倾盖如故’？”

“去你的。我去学京剧，完全是因为一个顾客的即兴献唱。那天，一个旅游团跑到我农场来买芦笋，一进场，大伙就惊呼‘太美了’，接着就有人引吭高歌起来：‘朝霞映在阳澄湖上，芦花放，稻谷香，岸柳成行。全凭着劳动人民一双手，画出了锦绣江南鱼米乡……’京腔京韵，那样有板有眼、那样字正腔圆，真正是荡人心魄、余音绕梁，听得我半天都没回过神来。”

“下次什么时候去长沙学习，电话给我，我请客。”

“一般情况下，我都不想去打扰别人。下次你回沅江，接你去我家玩，我亲自做芦笋炖鱼给你吃。”

“那我们也想吃芦笋怎么办？”起哄又开始了。

“要不我们一起去作陪？”

“我们就只偷偷闻点鱼腥味。”

摄影师把镜头对准这班无赖，吼道：“你们认为哪个家里需要这么多电灯泡！”

“哈哈哈哈，明亮！”

文人骚客们要走了，却舍不得离开这神奇美丽的下塞湖。“蒹葭苍苍，白露为霜。所谓伊人，在水一方……”他们要求“妖贼”续唱前面被他们打断的《梨花颂》，她却给他们来了一首“朝霞映在阳澄湖上”，只是把里面的阳澄湖改成了“下塞湖”：

朝霞映在下塞湖上，芦花放，稻谷香，岸柳成行……

他们除了感叹还是感叹。

“和我们一起出去吧！”

“不啦，我还要在这里转一下，还有一边没有捡拾完。”

“那再见啦！”

“好，下次记得来沅江玩！”

“一定。一定来看你！”

花开的时候我们来看你，喝几碗烈酒唱几首情歌。

天那么蓝地那么宽，你的温柔比那花儿还要多……

客人渐行渐远，只留下使劲吼出的歌声，在下塞湖上空飘荡。

# 守望浏阳河

## 张运和

一曲天音《浏阳河》，水甘勿忘凿渠人。

生浏阳河畔，唱《浏阳河》歌，喝浏阳河水，赏浏阳河景，爱浏阳河一生，“河流守望者”这个标签已贴了38年——我也很愿意这样介绍自己。

聊到浏阳河，便联想到浏阳河的水。当阳光明媚，走过浏阳河观光步行桥时，河水在阳光的照耀下，闪烁着晶莹剔透的光芒，宛如一条美丽的宝石项链。

作为一名涉足水环境保护较早的环保公益人士，爱水、亲水是必然的，故此也与水结下了不解之缘。虽然2017年才有了一个正儿八经的“民间河长”的名分，但在此前的二十多年中一直履行着“民间河长”的责任。每当见到江河水体水质下降，对其影响、原因总想一探究竟，因此开启了漫长的水环境调研之路。利用工作下乡的机会遇江必看、遇河必瞧，利用三年的节假日对浏阳三条水系开展过徒步调查。当遇到有些河流对岸的污染疑点观察不清时，还设法重返对岸调查。尤其是浏阳河城区段，从第三水厂取水处至大栗坪电站，每周巡查一次，就成了我的“必修课”，也因此陆续记录下以下故事。

## 一

2011年9月11日，我给自己规定的护水观察日又到了。刚走到浏阳河城区段步行桥时，见河面出现一块大型“绿地毯”。我顺水而下走到老铁路桥才发现，这块“绿地毯”已覆盖五分之一河面，且似乎有不断蔓延趋势。走近码头观察时，一股腥味随风扑鼻而来。

拍完照，我放开脚步往回走，得去源头一探究竟！此时周边的路人也议论不休，有人指着河面“绿地毯”说：“已是嘛里鬼（什么鬼名堂）咯？”走至思邈公园观光码头朝前望去，天马大桥下几乎被“绿地毯”截流了。直觉告诉我，浮萍形成的“绿地毯”肯定来自济川河。走近这条支流去看，不到十米宽的河面，密密麻麻布满了浮萍，似乎再插进一片也难，果然是济川河水体富营养化所致！

回家的路上我一直在思考要怎么处理，令人着急的是第十届中国国际花炮节即将在浏阳召开，届时闻名天下的浏阳河，如此“脏”的一面又怎能展现在各地客人和国际友人面前呢？

想来想去，决定去向市长建言。第二天，我将图文并茂的建言信打印出来后立即去了市政府。秘书二科一位帅哥瞄了一下我的建言信后，领我去见了时任代市长的曹立军。曹市长看完站起身对我说道：“感谢你的建言，这个事职能部门马上会去办。”

四天后与生态环境局一位负责人相遇，对方开玩笑说道，你向市长“奏了一本”，我们扎实忙了好几天嘞！据说曹市长对建言信非常重视，他亲自主持召开了现场办公会，环保、水务、城管、住建、环卫、农业等单位负责人均到场参会，会上布置落实了浏阳河城区段水上清洁打捞工作，并且将针对浦梓港河、淮川河、济川河、渭川河等支流预防或治理富营养化展开多条措施。第十届中国国际花炮节召开前，浏阳河又恢复了往日的清洁亮丽。

## 二

石咀桥位于浏阳河城区段上游四公里处，是浏阳市第三水厂取水处。这里号称石咀桥，但自古至今都没有桥，曾经是一处渡船码头，是河流两岸人通往对岸的重要水路。2010 年 8 月，上游株树桥引水管道桥投入使用后，码头也结束了它的历史使命。

我常光顾石咀桥也是冲着第三水厂取水处而来。浏阳城区几十万居民饮用水就是从这里抽上来，再经管道流入第三水厂，水厂按上百项国际标准进行工艺处理，使之达到饮用水标准后，再送到千家万户。曾有圈内朋友称我为“护水使者”，希望饮用水水源的水环境好上加好一直是我的心愿。渡船码头使用时，经常有人在此候船过河，散落一些生活垃圾也是在所难免。积少成多，时间一长垃圾便成了这里的污染源，而周末来渡船码头捡一捡垃圾，见到渡船者劝导几句，已经成为我的习惯。

2010 年 8 月株树桥引水管道桥建成后，两岸居民也结束了渡船过河的历史，码头不复存在了，生活垃圾随着人流一起减少。可是另一个问题来了，我发现码头下游岸边那棵大树下，有人见缝插针种起了蔬菜！都知道栽种作物要施肥助长、喷药灭虫，虽然使用量少，但离取水处如此近，污染是必然存在的。我心想找菜的主人沟通吧，可又不知主人是谁，住在何方，连续几次去观察点看水，都未曾遇到。我不气馁，终于在一次守株待兔时，“待”着了种菜人。是一名妇女，也是位开明人。知道我找她的目的后，她随即表态说，地里的菜一周内收获完，保证不会再到这里种菜了。

码头既是我的水质观察点，也是卫生监管点，持续守望的时间虽然不到三年，但回首这些丁点小事，也为自己忠诚用心地护水感到欣慰。

# 三

写浏阳河的守望故事，不得不写曾经留下过足迹的株树桥水库。第一次去株树桥是 1987 年 10 月底，正是水库兴建动工的一周年，那时去纯粹是去看工地建设热闹情景。第二次是水库竣工后的 1992 年 11 月，这之后去的几次才真正是以调研水环境为目的了。

2014 年这次去株树桥，缘于我退休后移居长沙成了专职环保志愿者，认识了“绿色潇湘”“湖南省生态保护志愿服务联合会”“曙光环保”“绿动社区”等环保公益机构的伙伴们。一次相聚时聊到水环境，我想尽地主之谊，邀请他们择日去浏阳河观察一番，没想到余礼湘老师等随即响应。

8 月 20 日上午，天空湛蓝如洗，阳光明媚炽烈，余礼湘、李泳靓、陈子潇、王禹霖四员大将随我“张导”，7 点 20 分准时从四方坪自驾出发，开启了为期两天的浏阳河水环境调研之旅。

第一站在浏阳河城区段。虽然伙伴们都是第一次到浏阳，但他们目睹美丽的浏阳古城没有刻意停下脚步观望，而是随我一起直奔思邈公园观水码头。余礼湘老师站在码头豪情满怀地说：“这条河是这座城市的名片，也是这座城市发展的见证啊。”测水、取样、拍照后，我们又上车逆水而上。

到达双江口时，团队中年龄最小的王禹霖问，这里为什么叫双江口？经他如此一问，我也在想，本团队以调研浏阳河水环境为目的，经过双江口没搞清楚双江口的由来，岂不留下一个遗憾。此时我俨然一个“资深导游”，分别向他们介绍了小溪河和大溪河的流经以及各自的源头。我手指前方上游继续说道，左边那条“江”是大溪河，右边那条“江”是小溪河，我们站的位置正是“两江”汇合处，所以叫双江口。

到达株树桥水库管理局后，我们径直走进李局长办公室。正好周孟秋副局长也在，他们对民间志愿者关注水环境很重视，加上又有过去的老友引荐，水库管理局特别安排水资源保护科唐敏科长全程陪同，还破例动用水库快艇带我们进库区水上考察。唐科长一路详细介绍，带我们全面参观了车间。大伙感觉这次株树桥水库调研之行收获颇丰，而且在长沙地区最优质水源地大开眼界，更让我们感觉民间力量在生态环境保护中确实任重道远。

结束在株树桥水库的调研后，我们驱车直奔永和镇大溪河。选择永和镇宝山河支流为大溪河观测点之一，是因为这里是水质敏感区域，上游是七宝山百年老矿区。新中国成立前，这里的铁山、宝山、横山三个自然村曾勘探出铅、锌、磺、硫、金、银、铜、硼、锡、钒等矿产，并进行开采冶炼。20 世纪 70 年代初这里高高的探矿钻井棚到处可见，所以矿山下游的饮用水特别受人关注。这次的检测样水就是在七宝山宝山河与浏阳河大溪河汇合处取的。

接着，我们途经官渡镇、达浒镇、大围山镇、白沙乡，在有代表性的流域段都取了水样。其实在浏阳河、大溪河、金坑河、小溪河、南川河、捞刀河等无论是干流还是一二级支流，浏阳境内流域几乎全程留下过我的足迹。

## 四

因参加公益团队自发溯源，或者受邀担任向导，还有参与社会实践活动中进行宣讲、指导等，我去浏阳河大溪河源头的次数很多。其中印象较深的是 2011 年 9 月 26 日那次。那是跨国环保志愿者交流活动期间，最后一个环节是浏阳河溯源。当时我是长沙绿色潇湘环境科普中心浏阳守望站站长，于是溯源队伍中向导一职非我莫属。团队中有两位国际友人，其中一位美国女孩的中文名字叫麦可婷，是太平洋环境组织中国区项目总监。那是她第二次来中国，1997 年大学毕业后她曾到长沙雅礼中学任了两年外教。她个子高高的，总是面带微笑，给人感觉很平易近人。我作为向导，一路上和麦可婷有过许多交流。

我们聊得最多的是石鳗虫。这是一种生活在水中，常在石头背面爬行的虫子，最大的身长也不到 2 厘米，扇状的小尾巴有点肥厚，四只脚长在近头部，周身颜色与在水中长期浸泡过的石头颜色极其相似。翻开石头，如果虫子较小，加上它的假死状态，往往难以发现。石鳗虫对水质特别敏感，是水中“试金石”。如果水浑浊、有异味、受到污染或水温稍高，石鳗虫就无法生存，要么逃之夭夭，要么受污毙命。20 世纪 70 年代大部分江河溪流都有石鳗虫，后来因为环境影响，下游的石鳗虫都被“赶”到上游了。麦可婷在这里见到石鳗虫时又笑又跳，用中文说道：“久违了，久违了！”这个小小虫子，让两个不同国度、不同性别、年纪差距较大的人能聊到一起，可以说是环保的缘分吧。

## 五

浏阳三大河流之一的南川河，是湘江二级支流，其源头即文家市镇岩前村周家塘与江西万载县黄茅镇大土村接合处。南川河流经文家市、中和、澄潭江、大瑶、金刚五个乡镇，进入醴陵后由渌江注入湘江。

2012年11月27日，在文家市镇环保专干刘佑民陪同下，我第二次来到湖南属地岩前村与江西属地大土村接壤处调研。在湘赣交界深山处，了解到两省村民联合护水的事迹，亦是深有触动。

岩前村和大土村人口近三千人，两村水稻耕地近二千亩，山林植被丰富。因多条山中溪流的水汇入南川河岩前流段，畜禽养殖污染物和生活污水无法避免。几经商议，两村一开始口头协议联合护水，到后来，又把约定写进村规民约。两村村支委班子换了一届又一届，但联合护水的村规民约一直保留且实施着，条款内容也更加完善了。特别是2018年贯彻落实国家颁布的河长工作制后，两个村联合治水、护水做得更加出色。河长管理范围除干流外也延伸到了各支流和塘坝水库，近河两岸森林虽然未划分为生态林，但两村对河岸千米内的森林均当生态保护林看待，任何人不得随意砍伐区内树木。从两地村民回应话语中了解到，南川河源头溪流多年来一直清澈见底，成了两村村民的自豪和荣幸。

多年的守望，我看到过昨天水环境的乱象，又见证了今天母亲河清澈美丽的新貌；过去巡河一步一叹，今天观河一步一赞。这不仅是一个阶段性胜利，更是全社会治水、护水、爱水、兴水的真实写照。

# 曲幽谷走一回

龙章辉

清凉的空气很快置换了外面的炎热。

接下来，我看到了水的千姿百态和坎坷命途——

一汪碧水缓缓流过砂石杂陈的浅塘，忽遇一滩大小不一的坚石，于是一改闲适步态，分三绺越滩而下……

一股清流从两块逼仄的巨石间奔涌而出，翻起一圈圈洁白的浪花，如同打着皱褶的云边……

许多绺水挤进一块巨石的凹陷处，凝成一条长长的白练，迂回环流着，急遽向前……

眼前的现实告诉我：水生在曲幽谷这里是命途多舛的。曲幽谷幽深曲折，一条水流想从这里走出，得经历多少冲撞、挤压、迂回，再加上奋不顾身，才能走向坦途？

额头“砰”的一声响！我随即眼冒金星，在原地蹲了下来。

一棵遒劲的杜鹃树横在路中！一心看水的我竟没注意到它的存在。

这棵杜鹃是从右边崖壁上长过来的。树干粗壮，树身爬满青苔，树根深深扎进崖缝里。我用手机对着它拍了几张照片，然后低头穿过。一路上，我发现溪边竟然长满了这种杜鹃。这种杜鹃名叫溪畔杜鹃，喜溪水环境，趋光性强，所以两边的杜鹃都努力地往溪谷中间长……长着长着，无形中给溪谷搭建出一道穹隆。每到花季，这条溪水就被染成了五颜六色的花溪。

曲幽谷是湖南黄桑国家级自然保护区的核心景区。这里群峰叠翠、古木成林，且多是些珍稀树种，如银杏、南方红豆杉、伯乐树、深山含笑、白玉兰、摇钱树、鹅掌楸等等。树的枝干上长满了苔衣，丝丝绺绺，缠头裹足。我觉得这些古树都是曲幽谷的老人，是时光变迁和岁月流逝的见证。一群“老人”活在这里是有福的！尽管峡谷两边危崖耸立，但它们不择地势，通过漫长岁月的抗争，都获得了自己的一席之地。如今又赶上好时代，被政府挂牌保护起来了，在人世间越来越享受到亲人般的关怀。

曲幽谷游客很多，他们三五成群地与我擦肩而过。

有一个人，似乎一直注意着我。默默地跟着我走了一段之后，终于开口说话了：“喂，你怎么一个人来这里？”

转身，是一位须发皆白的老人手持拐棍、腰佩柴刀，正笑眯眯地看着我。我很诧异：这儿来往的都是鲜衣飘飘的游人，一位老人背把柴刀来这干什么？见我疑惑，老人先自我介绍起来。他说他姓于，是保护区管理处的护林员。如今退休了，隔三岔五地忍不住还要进山转一转，隔久了见不到熟悉的山林，就闷得慌。遇到不法行为，他照旧会坚决制止。老人说完从腰间抽出柴刀，在空中晃了晃。

我没有回答老于的问题。近来遇到的一些人和事，让我心情低落，一念之下，只身来到这有着“洗心谷”之誉的深山幽谷中。是排遣？是探究？是寻找？个中缘由我也说不清。

我和老于结伴而行。老于很健谈，一路上跟我唠个不停。他说在上个世纪七十年代以前，这里曾是野生动物的天堂，有老虎、豹子、人熊、猪熊、野牛、野山羊、果子狸等等，其中以岩羊居多。岩羊介于山羊和绵羊之间，吃青草与灌木枝叶，虽然体态笨重，却能在陡峭的巉岩上健步如飞。可惜由于当时过度捕猎，许多野生动物都消失了……

我心有所动，便问老于：“您打过猎吗？这里现在还有猎人吗？”我知道国家早已封山禁猎，可置身山林，我仍然抑制不住对昔日狩猎生活的好奇。

老于被我问住了。停了一会儿，他讷讷地说：“我早就不打猎了。”

我刨根究底道：“就是说，您以前打过猎对吗？您有没有经历过什么难忘的事情？”

老于沉吟了一会。他显然不愿提及往事。然而他还是给我讲起了一只岩羊的故事：

那年秋天，老于在曲幽谷埋下一只铁夹子。一个星期后，他牵着猎狗来到现场，只见埋铁夹子的土坑被掀得一片狼藉，夹子也不见了。看来猎物踩中夹子后，扯断拴着夹子的绳索，拖着夹子逃跑了。是只大货！老于牵着猎狗循着血迹往山上追寻。寻至一堆乱石前，夹子出现了，在乱石堆里陷着，夹齿深深地咬着一截断腿。原来猎物为了逃命，忍痛扭断了被夹住的那条腿，再次逃跑了。老于环顾了一下峭石层叠、林木茂密的大山谷，估计断腿的岩羊不会逃远。他迅速回家叫来几个后生，踏山寻羊。这时，一直低头嗅来嗅去的猎狗突然昂起头，朝着半山腰“汪汪”地狂吠——半山腰一面峭崖上，赫然现出那只岩羊粗笨的身影。老于等人立即包抄过去，凶猛的猎狗则朝着峭崖奔窜而上。岩羊一看四面受敌，深知再难逃脱，绝望地朝峭崖底下纵身一跃。“扑通！”山谷里传来一声巨响，同时溅起惊天水花。老于等人愣怔了一会，急忙跑下山去。等他们气喘吁吁地找到岩羊落水的那处漩水塘时，岩羊又不见了。老于等人面面相觑，不得不惊叹这只岩羊逃命的本领。同时，岩羊的反复脱逃也激起了他们强烈的征服欲。他们随即在周围展开搜索。还是猎狗灵敏，它嗅来嗅去，忽然朝一个由几块磐石组成的岩洞钻去。然而刚钻进去，就“汪汪”地叫唤着退了出来。猎狗的颈部受了伤，滴着血。老于似有所悟，爬到磐石顶部一看，果然是那只岩羊躲在里面，它用尖角将闯进去的猎狗撞了出去。老于发现岩羊其实是陷在这个洞里了。他搬来石块将岩羊砸晕，然后找来绳索套住岩羊脖子，众人合力将岩羊从洞里死命往外拽。岩羊被痛醒，“咩咩”哀叫着，眼眶里憋满了泪水……

听完这个故事，我陷入了沉默。我被大自然弱肉强食的现实深深震撼了！

老于则反复强调，这只岩羊的反抗，是他狩猎生涯中遇到的最激烈的一次。拼死反抗的岩羊唤醒了他未泯的良知和对大自然、对生命的敬畏之心，他从此不再打猎。后来黄桑设立自然保护区，在本地招聘护林员，他便去当了一名护林员。他决心用对大自然兢兢业业的捍卫和守护，来为自己犯下的过错赎罪。

老于告诉我，自然保护区设立以来，这里滥捕滥猎的现象已经得到根本性遏制，生态环境也得到了有效保护。随着自然生态日益向好，保护区野生动物的种类越来越多了。护林员们通过红外感应相机，已经拍摄到了国家一级保护野生动物白颈长尾雉，国家二级保护野生动物白鹇、果子狸、勺鸡、毛冠鹿、豹猫、鸳鸯等十余种珍稀野生动物，以及大量有重要生态、科学、社会价值的国家“三有”野生动物……

听老于这么一说，刚才还颇感失落的我又顿感欣慰起来。我知道人类从向大自然索取到自觉地保护大自然，是需要一个过程的，也是需要付出代价的。后来通过查阅资料我还了解到，像老于这样由猎人转变为护林员的人其实有很多。猎人熟悉山林，对动植物的栖息和生长规律了然于胸，只要思想认识上转变过来，比普通人更能胜任护林工作，这无疑是一件十分有益的事情。

林木越来越茂密，几乎见不到阳光了。习习的凉风和浓浓的水汽交织着，我的脚步不由自主地慢下来。溪谷左边，隐约横亘着一溜平地。如此狭窄的溪谷中，何来的这溜平地？见我疑惑，老于用拐棍指着对面说，这其实是一溜山田，古人种过的……

原来在很久以前，湘桂黔交界地战乱频仍，导致世居于此的各族百姓不得安宁。由于道路险阻，不易被发现，曲幽谷内曾经聚居过躲灾避难的苗人。他们在溪边结庐而居、开荒造田、耕种养家，过着与世隔绝的生活。慢慢地，日子越来越红火。每逢新春佳节，他们还会耍龙灯闹新春。几十号人敲锣打鼓、抬着龙灯喜气洋洋地走出峡谷，与外面的百姓联欢共庆。后来有一年，一名猎户进山打猎时发现，先前居住于此的苗人们都不见了踪影，只剩下空空的茅舍、荒芜的山田和寂静的光影。他们从哪里来？又去了哪里？迄今无人知晓，成了曲幽谷的千古之谜。

古代苗人的出没加深了曲幽谷的神秘感。这绿茸茸的深谷里，还包藏着多少隐秘的事物？我抬头四顾——目力所及，除了遍谷的葱茏、满眼的光影和穿梭于此的人群，没有更多东西。再往前走，我看到了石头和天空。

沿着溪水在丛林里穿行，我感到有什么东西白花花晃眼。仔细一瞧，原来是淙淙的溪水之中，有一块石头在熠熠闪光。这是一块巨石，稳坐在溪水中央，像一盏明亮的灯，照耀着幽暗的溪谷。啊！一块会发光的石头，它的光源来自哪里？它那沉默的内心么？我知道自己目力不够，无法探测到一块石头的内心，只能循着光亮往高处探寻。于是我看到了一缕阳光。一缕阳光撩开层层树叶，重重地落在这块石头上。一缕阳光改变了一块石头的命运，使一块顽石瞬间变得灵光四射！沿着这缕阳光，我的眼睛费力地拨开交叠在空中的层层树叶，终于看到了被树叶分割的天空，以及天空中那块温润无比的蓝。我忽然心生感动，我分明看到了一张和蔼的脸，温柔地俯瞰着曲幽谷。就是这张脸上释放的温暖，点亮了溪谷中那一块块幽暗的石头，于是有了星星点点的灯盏，密布在奔腾的溪河之中，照亮了一条溪水坎坷的命途。

这时，我感到自己的内心也被什么东西照亮了。是这块发光的石头？还是探进密林的那缕阳光？抑或丛林之上那张和蔼的脸庞？好像是，又好像不完全是。曲幽谷半天的行旅，我见闻了冲破阻力奔腾不息的溪水、不择地势顽强生长的树木、不畏强暴拼死反抗的岩羊、遭逢乱世险中求生的苗人、退而不休勤勉敬业的护林人……他（它）们有一个共同点：虽处狭境却不屈于现实，而是千方百计谋求生存与发展。这种积极的态度，让我感受到一股力量。这股力量在幽暗的峡谷里日传月递，造就了蓬勃的生态秘境，也驱散了我颇有些失落的心情。人生在世，难免会遇到些磕磕绊绊。这些磕磕绊绊如同这一路见闻的磐石、危崖和草木、人事一样，构成了一个人内心的“曲幽谷”。也许每个人心里都有一条“曲幽谷”。在曲幽谷走一回，就是在自己的心里走一回。我能否借助这遍谷的生命力量，造就出内心蓬勃的生态秘境？

和老于分别时，天色已经暗下来。望着暮色中那个蹒跚的背影，我忽然有些不舍。我想，在保护区，像老于这样的护林人应该还有很多吧。他们既是爱岗敬业的护林员，又是山地文化的传播者。我庆幸遇见了他们。我庆幸在遇见他们的同时，还遇见了内心里那条隐秘的“曲幽谷”——这横亘在身体里的“自然保护区”，也需要我们像一个勤勉的护林人一样，去捍卫、去守护，让青山绿水的生动景象也充满内心的版图。

# 母亲带队去巡山

## 舒维秀

太阳出来了一阵，草叶上的露水被晒跑了，而日头又还没到让人觉得刺热的时候，母亲手拿镰刀，我和妹夫各执一把柴刀，从家里出发，朝已有二十多年没有登临的自留山而去。那是我家分得的两块山地，分别是离寨子大约三四华里远的塔溪和冲国湾。我们出来工作后，回家时很少想到要去那几块山地上察看一番，母亲年岁大了，也不敢独自上山。她就时常念叨，不晓得那两处山林，树子多大了，被人偷砍不？她有时问我，你还记得我们山的界记不，我讲记得个大概。她讲不行，我带你们去山上走一次，二天（以后）我老得爬不了山后，你们就找不到自家的山了。母亲心里的执念，除了稻田和旱土，就是那几处山林了。

我们讲县里发了山林权证，有示意图，有四至标注文字，上下左右分别和哪家的山林相接，错不了的。母亲还是不放心，执意要去。我们又讲，前几年国家还没全面禁捕禁猎的时候，时常听闻有人在别的山上捕捉到野猪山羊，我们那山上也有野猪山羊走路的脚印，上山去，碰到山羊倒不怕，遇到野猪，就有点吓人了；还有这几年禁止捕蛇后，山上蛇也多，草叶深深的，危险。她却说，虎咬三代仇，蛇咬三代冤，你和那些山货无冤无仇的，它咬你做什么。于是由七十有几的母亲带队，我们有了这次夏天巡山之行。

出发前，我们找来山林权证，仔细看了图示和文字，还把几十年的记忆调动起来，上下左右分别接哪个家的山，有些什么地被物特征，和母亲的记忆“对表”。她看不懂这些，她只相信自己的记性。大家穿上长衣长裤、解放鞋，戴上草帽，拿起砍刺和防身用的刀，从屋边抄小路而去。这条路其实是条引水沟，还在大集体生产队时，寨里组织去塔溪那边开水沟，引水灌田，把沟埂培宽，就成了路。以前放牛砍柴，人畜川流不息，路走得宽敞，近年来少有人上山砍柴了，路边的草和刺枝伸过来，拦住了去路，必须用刀砍除才能走过去。“披荆斩棘”大约就是这个意思。一路都有鸟鸣声，大家无心去分辨是什么鸟在枝头，其实也无法去分辨，因为都不认识那些鸟，更莫讲去弄明白那鸟语何意了。长在路边的懒坦（山楂），大家肯定认得。这时的懒坦还是青青的，还没到成熟时候。我们这里的懒坦大体分为两种，成熟时一种是红色的，另一种是白黄色的，当然这两种之内，又有大小、外形不同的差异。小时候我们上山放牛砍柴，喜欢站在一株株懒坦树边，一颗一颗地摘吃。吃饱了，就装进衣裤口袋。有时明明吃得饱饱的，一回家又觉得饿了，那时我们还没晓得，懒坦是有助消化的一味中药哩。

沿着这条曾经的水沟——现在也仍然是沟，只是明沟改为暗沟了，寨里的人饮工程管子埋在了路里坎（里边）原来走水的沟里——往前走。路的尽头是条山涧，涧上方四五十米处有个一人来高的洞，一股四季不断、春天尤多的泉水涌出，那就是引水沟的源头了。以前寨上有人传说，炎热天曾见过从山上下涧边来喝水的野猪、山羊。我们在涧坎下时，就高声“哦嗬”，大声喧哗，真有野物，也会避人遁走。但过涧边时，我们依然是有几分胆怯。乡间传说，深山洞神每过几年就要迷住一些好看的年轻女子，这些女子就会表现得痴迷兮兮，谓之“落洞”。几十年前，我们寨子一个四五岁的小女孩，某天忽然不见了。众人找遍寨子，最后在三华里外的这个洞门口找到的，她已讲不清为什么和怎么来到这里的。众人把她抱回，找傩师冲傩，她才神志复常。洞坎上小地名漆树湾，我家的自留山就在那里，叫塔溪。名漆树湾，早已没见漆树的影子，看得出以前曾经种过旱土。由洞坎上漆树湾，很陡的坡，以前的小路上全是树枝遮拦，人弯腰攀枝才能上去。我们三人攀着爬着，忽然看见一丛野生阳桃（猕猴桃）挂在一棵矮杂树上，一根果柄上结三四颗。用手去捏，硬硬的。母亲说现在还没熟，熟时再来打去吃。继续往上爬，又看见了一蔸八月瓜。藤上结了好几个瓜，瓜像拉长的猪腰子，皮还是青的。农历八月成熟后，瓜会开裂，露出里边的肉食，如人不去采摘的话，就是鸟雀的美味了。

自塔溪这块山分归我们家管理后，大规模的砍伐有两次。这山背阴，土质黑肥，适生杉木。20 世纪 80 年代末，我们家起厢房，来这里择伐过一次，挑大根的杉树砍。90 年代中期，又来择伐过一次，那是为我们三兄妹成家打家具准备木材。此后，就只偶尔来这山中砍过一两根树。自这山和这片山林划归生态公益林后，就再没有来砍这里的树子了。上到漆树湾以前的旱土坪，朝上一望，那些杉树根根粗壮，直立向上，太阳照在树顶，只筛下细碎的光。这块山的界记是，下依土右边大杉木，上依岗尖上大枞树。几十年了，这两株树子都已被砍伐。当然又新生了杉木枞树，但不可能生长在原地，再说原来稍高大的树子木秀于林好辨认，现在都是一样高大的树子，确实难分彼此。母亲说，我们这块山，左边从梭树子槽槽（把树滑下去的凹沟）过去两丈，右边下依土角，还有几根大杉木树，往上看，大枞树在哪里？我们朝上一望，只能看到树冠下的树木，枞树是看不到的了。

继续爬上去，山更陡，都是一直攀大树扯小树而上的。蝉几乎没停住过叫声，而鸟声就间隔着，稀疏得多。“蝉噪林逾静，鸟鸣山更幽”，只觉得山很空，人很小。我们寨子里有句俗话，人大无力，山大无柴。确实，树子把山撑空了，树下已没有可供砍烧的细柴，但材，还是满山的。可惜没下雨，不然我们还可以体会一番，“空山新雨后”是什么感觉呢。与我们的吃力攀登不同，一只松鼠在枞树枝上轻快地跃动，警惕地望着我们。那根枞树，被一根大藤缠抱得莫可奈何。登上岗岭后，确实有几根大枞树长在岭上三角坪里，但已找不到分山时那根大枞树的影子了。坪里有一个明显的凹坑，四边塌陷，已无坑险可言，但仍看得出那起码是七八十年前猎捕大型野生动物的陷阱。在坪里，发现了许多大小不一的脚印。母亲仔细一看，说有点像猪脚印，我们马上讲那就是野猪了。小的脚印，是山羊无疑。看来这里还真是野物们的活动领地。顺着坪里脚印理去，发现沿山脊一侧往另一边岗方向去了。有经验的人讲，在山上看见野猪，人不威胁猪，猪就不伤人；如果遇见被猎人伤而未死的野猪，就危险了。柴刀根本抵御不了，只有赶紧爬上较大的树子，四面八方呼喊救命。

我们不怎么担心遇到野猪、山羊，现在几乎不可能有野猪受猎而伤了。沿岗上走过去约一华里，到了冲国湾界上。这里的界记更不好找。塔溪那边的山，有上下左右明显标志物；这里是一面坡上的山，上达岭下抵沟，左右连接别人家的山，这左右没有明显的地被物可依凭。母亲边走边说，我们的山是这里。我们从岭上沿坡面往下走。山里杉木枞树混杂生长，乔木高大，为山坡扯起一个阔大的绿色帐篷，树下几无矮小杂木，掉落的干枯杉叶松叶厚厚地铺了一层，脚踩上去，发出折断面条时的窣窣声。路途远，不好盘运，这块山的树木我们没来砍伐过，按理说应该有一抱大了，实际上却没有那么大。父亲在世时常说，远田远土不富人。这远山上的树子，也有难以看管的时候。

我们沿山坡下到山沟，横过对门坡。尽管母亲指着刚经过的山林说，左边从哪直上，右边从哪直上，当时上下都栽了岩头作界记号的，讲得有根有据，我们却不怎么上心去记那界记。我跟母亲讲，这些山都划为生态公益林了，平时有护林员看管，不许砍伐，按原来的分山四至和山林权证上的面积，国家每年都把补助款打到了各家各户一卡通存折上。你们当年参加分山时，满坡杂草荒山，好辨记方位，现在早长大成林了，你都分不清具体位置，我们就更分不清四至界记了。

母亲依然不放心的样子。我们又讲，现在煮饭基本不用柴火了，冬天也是烤的电火箱，砌砖房子木材也用得少，最主要的这里还是生态公益林，不许砍伐，界记左一点右一点，有什么关系呢。母亲说，也是，古话讲，山上的树子也不是哪个屙尿喂大的，你家多一根我家少一根，不是重要的事；重要的是，只要树子在山上就行。

我们从冲国湾下到山脚公路上，走了个把小时。回头望山，一遍葱绿，已分不出哪山属哪家了。其实，只要寨子人经常来山上走走，看看有无病虫害，有无野外用火，有无人为偷盗伐，有无偷猎野货，让树子不受侵害地生长，为大地撑出一把把绿伞，巡山的目的也就达到了。

# 资　水

张建安

河流孕育了生命，也孕育了乡村和城市。

无论是乡村还是城市，总有一些动人的风景和故事。虽然那些流淌在岁月里的影像斑驳了、淡远了、消失了，但是那些风景和故事却越来越老，越来越有味道。

## 一

在湘西南苍茫的群山中，奔走着一条纤细而美丽的河流，人称资水。它游动于群山之间，演绎着时光的沉郁和岁月的沧桑。

在资水的上游南岸，大抵是隆回县与邵阳县交界地段，有一个恬静的村庄，名字叫九洲塘。九洲塘宛如一朵美丽的睡莲，默默地生息，无言地绽放，一片闲适。

春日的早晨，阳光驱散了雾气。九洲塘村里的伢子妹子，三个一组，五个一群，结伴而行，迎着太阳，走在上学的路上。乡村少年追逐、奔跑、打闹，踢石子、打水漂，忙个不歇，没心没肺，欢快而自由！

河水清澈而安详，河岸边有早起的牛群默默地啃食着青青的嫩草，全神贯注，旁若无人。其时，身着黑色衣服的老人舒爷爷捏着长长的水烟袋，坐在田坎高处，正呼噜噜吸着水烟。

“舒爷爷早！”

“舒爷爷好！”

舒爷爷是个五保老人。他猫着腰、眯着眼吸水烟的样子，看上去很是享受。缭绕的雾色里，有白色的水鸟，飞得好高好高！

我们高兴地跟舒爷爷打着招呼，他不言不答，只呵呵呵地笑。

一群乡村野孩子，呼啸而过……

## 二

沿河而下，我们往学校赶。

河风习习，水草青青。远处，水面波光粼粼；近处，水中有白云蓝天。游鱼、丝草、鹅卵石，清晰可见，犹如童话。

一路行走，时不时看见有渔人撒网，驾轻就熟；或沉罾，气定神闲。他们捕鱼捞虾，滋养着简单而清贫的日子。

其时，你可以遇见惊人的画面：在清澈的河中心有黑压压的一大群鱼，多为草鱼、青鱼和鲤鱼，它们顺江而下，规模之大，阵容之齐，让人惊奇！它们一边甩尾巴，一边吐泡沫，自由而欢快，时而掀起阵阵的浪花，时而划出圆圆的旋涡……

我们相互只顾你追我赶，且行且笑，没有去惊扰河中的鱼群。

## 三

不知不觉间，我们来到了狮子岭。狮子岭是故乡方圆十里的著名山峰。狮子岭临河那边，有一条逼窄的小路，每当路经此地，我们常常提心吊胆。倘在雨天，稍不小心，就会摔倒，还有可能滚到河里去。那时候，我们虽然很害怕，但也没有办法，它是我们上学的必经之道。

太阳出来的时候，狮子岭还是很慈祥的。河边的水面上暴露着几十块大石头。年深月久，那些石头布满了青苔，变得黑乎乎的，很苍老的样子。常常，你可以在那一块一块的黑色石头上，看到无数晒太阳的团鱼。那些蠢物笨笨的、憨憨的，在石头上闭目养神，一动也不动，样子非常可爱，让人看了想笑。

年少的我们，无知而顽皮，竟然无情地对着那些黑乎乎的生灵投掷石块，还相互较劲，比赛看谁打得多、打得准！

那些不幸被击中的团鱼，好像也不怎么生气，只是“扑通”“扑通”潜入水中，然后缓缓地朝水深处爬行……

## 四

每年的春末夏初，资水河总要猛发几次洪水。待水退后，沙洲的低洼处就积满了水，不少反应迟钝的鱼没来得及逃离水洼，便成了乡民捕捞的美食。

有一次放学回家，当我们走到一个制瓦厂附近时，遇见一位制瓦匠。他正挑着水桶去河边打水，供和泥制瓦用。制瓦匠打着赤膊，穿条短裤，脊背晒得黑红黑红，健康而强壮。只见他悠然自得地哼着洋腔小调，一副吊儿郎当、漫不经心的样子。下坡的时候，他突然撂下水桶，急急忙忙扬起扁担，风一样地朝水洼飞奔而去。

原来，他发现水洼里藏着一条大鱼。毫不犹豫，他举起扁担就朝水洼里一顿乱打，从这头打到那头，又从那头打到这头，反反复复搞了好几个回合。就那么大的一个浅水洼，那条倒霉的鱼又怎么跑得了呢！我们一群小学生站在岸边欣赏了一场人鱼大战，可怜那条肥实的大青鱼，硬是被那壮汉活活用扁担打死。大青鱼起码有十多斤重，最终成了制瓦匠家餐桌上的美味佳肴。

这一幅“扁担打鱼”的珍贵画面，深刻地留存在我年幼的记忆里。

## 五

岁月如歌。现实生活不见得尽是阳光普照、温婉如诗，有时也有阴霾、黑暗，乃至苦难。

在资水河下游的拐弯处，有一个地方叫柳山边。那里有一片浓密的树林，里面生长着樟树、柳树、杨树、枫树等高大乔木，也有一簇簇、一堆堆密密麻麻的灌木丛。那是我们从家到学校的必经之地。

古老的樟树下，时不时见有乡民留下的破坛、破罐和破碗等的残片，通常还附有阴森森的鸡毛鸡血。那树的枝杈上缠满了无数红色的布条，布条随风飘舞，释放出一种神秘恐怖的气息。樟树，是我故乡一带的风水树，也是流行于湘西南乡村的“梅山树”——一种迷信树。在那时候的乡村，乡民穷苦，每每遇病遭灾，他们也想不出什么解脱的好办法，只得无奈地求助神灵。于是，他们选择在老樟树下杀牲祭拜神灵，以求得到神灵的关照和保佑。

特别是在阴雨绵绵或风雪飘飘的天气，我们感觉那地方特别让人害怕——我是不敢独个儿在那一带行走的。故乡，还有很多像这一类令我惧怕的地方。如柳山边的另一侧是荒山野岭，山岭尽是荒凉的坟墓。

## 六

旧时，湘西南公路很少，交通运输主要依靠水路，山货等物资大多只能依赖行船，或放木排运送。绥宁、城步、武冈、洞口、隆回等地的木材、煤炭、大米、土纸、桐油、茶叶等商品，80% 依靠这条资江，送达宝庆、益阳、汉口等商贸繁华之地。

天气晴好的时候，我们常常来到河边看造船或修船。

小时候，在资水河边，我是亲眼见过造船的，也基本上熟悉造船的工序和流程。在河岸的宽阔地带，或沙洲上，造船师傅先是将上好的木材铸成一块一块厚实的木板，然后交错而整齐地置放于河边事先搭好的棚子里晾干。

在秋冬季节，沙洲滩地总是有几位造船师傅在那里敲敲打打，河边整天有“叮咚”“叮咚”的敲击声。河对岸那边高山下不断传来击打的回声，此起彼伏、彼伏此起，往复回环，诗意悠然。

记得，造船师傅先是将早已晾干成块的老松树木板刨光，再用马王钉将长条木板一块一块钉制成货船的雏形，然后在成形木船的空隙处塞进一些竹篾丝、棕丝等纤维物质，再在船的外表涂上一层特制的油石灰，涂完晾干，干了又涂，如此反反复复多次。油石灰是桐油与过滤的精细石灰调和而成，这种涂料硬化后坚如水泥，而且耐水防腐，是旧时上好的造船材料。木船精心打制完工之后，还要涂几层厚厚的桐油。等候一些时日，一艘油光可鉴的老红色木板船就大功告成了！

木船业的兴盛给河流两岸的人民提供了很多的就业机会，这其中最主要的是两个行当：一是造船的，人称船木匠；二是驾船的，又称船老板。船老板因为熟谙水性，有技术，经验丰富，他们的收入大多不差。

## 七

在乡下，资水是我们儿时玩乐的天堂。

九岁、十岁的时候，每逢星期天，我们便随大人们一起下河扯丝草。丝草就是河里的水草。在我的故乡，丝草算得上是一种优质的喂猪饲料。

春夏之际，丝草长得又青又嫩，特别丰茂。我们赤身裸体跳进河里，一丝不挂，无所顾忌，真正是一群野孩子。

来到河边，通常要憋足气力，一个猛子扎进河里，甚至可以在水中待两分钟左右。一个潜水来回，可扯出一大捆丝草。出水时很得意，一边摇头甩水，一边大笑，仿佛是将军凯旋，很有成就感。

在阳光普照江面的时候，我们在河水中睁开眼睛，还能清楚地看到红红白白的细石游鱼。特别是那些小鱼小虾们，似乎也不怎么惧怕我们。它们总是围绕我们转来转去，好像跟我们是相识很久的老朋友……

## 八

那时节，整个农村机械化程度都不高，木船行驶主要靠划桨。划桨时船行速度很慢，而且也很容易令人疲劳。因此，每当起风的时候，船老板便在那高高的桅杆上悬挂起风帆。风帆升起，船行快捷而且省力——这时的船老板显得非常精神而潇洒，也很是威风！

往往，我们可以看到这样的场面：疾行的木船一艘接一艘，形成长长的队伍，船多的时候甚至绵延好几里，场面非常壮观！

红色的木船配以洁白的风帆，本身就是一道充满诗意的风景，更何况是十几或几十艘帆船呢！借着风力，一线长长的风帆船在河面上疾速而行，水鸟在帆影之间追逐、嬉戏。此时的船老板们个个兴奋异常，高唱着狂野的山歌，歌声在两岸山谷久久回荡。

船老板们常常赤裸着上身，露出古铜色的皮肤，在日光的映照下熠熠闪光。他们还不时开心地打着嘲哨，或吹着尖利或悠扬的口哨。这些辛劳的行船人常常要给自己制造些快乐，也让两岸的人们见证了人与河流的默契与怡然。

## 九

20 世纪 70 年代末 80 年代初，资水下游开始兴修电站，资水行船载货的使命也逐渐终结。随着现代化进程的加速，河流两岸的公路越来越多，资水上游航运功能也就基本丧失。

如今的河面上，见得更多的是靠柴油机发动的挖沙船，轰轰隆隆的噪声与滚滚升腾的浓烟，取代了从前那一片片洁白的风帆。那硕大的挖斗如凶恶的野兽，整天使劲地啃噬古老的河流，让美丽的资水变得千疮百孔、遍体鳞伤。那如诗如画的白帆不见了，那追帆嬉戏的鸥鹭不见了，那飘逸灵动的乡村抒情景象也不见了！

时光流逝，可远去的白帆永远存留于我内心深处。那洁白净美的剪影，永远是那么纯美——那是我心中永远的乡愁！

# 荷的怀想

夏恒忠

老家地处西洞庭湖滨，那里土肥水美，适宜荷生长。儿时，属公社、大队、生产队组织所有的莲湖、小河、水塘无一不种有荷。我的童年就伴着阵阵荷香度过。

小荷还是尖尖角的时候，它细长的根茎叫“藕茬”。藕茬的“茬”在我们小把戏听来就是孙、很小的意思，小得像藕的孙子。如今看来，那是错到外婆家里去了。

采藕茎容易——顺荷梗往下摸到泥里，探到横长着的藕茎，挨着荷梗处掐断，再用劲将其从泥里扯出。藕茎短的短过筷子，长的长过手臂，白白嫩嫩、甜甜脆脆，生吃熟吃味道都好。

过些时日，柔柔弱弱的小荷长成了大荷，亭亭玉立于水面。骤起的雨点打在上面，瞬间化作晶莹剔透的珠子，滚来滚去，最后滚到水里。从水边走过，口渴了，掐下一片荷叶折成瓢状舀水，十分方便、实用。那水虽不甚洁净，可盛在绿茵茵的荷叶里，却平添了几分清香和凉爽。自己解了渴，还可以给在远处的伙伴带上一瓢，走上好远都不漏不洒。那份绿色、那份天然，远非如今的一次性纸杯、塑料杯可比。

“有雨四方亮，无雨顶上光。”如果天陡然暗下来，头顶像被一口大锅罩住，且风不刮、蝉不鸣，那就预示着暴风雨就要来了。这时的我们若是走在放学的路上，会赶紧摘上三片大荷叶，一片折成帽状，一片撕成披肩，一片做成围裙，再把裤脚挽得高高，将鞋提在手里，再大的雨都不怕。

老了的荷叶少了绿色、多了韧性，供销社和小卖部里用它来包红糖等副食品，既防潮又隔尘，还带着一股清香。

一入夏，荷花便开得热闹起来。有事没事，年少的我就喜欢呆望外公屋前的满塘白荷，只觉得那些或尖角刚露、或含苞欲放、或蓓蕾初绽、或吐蕊盛开的白荷好看极了，看着就格外舒服。然而，搜肠刮肚却找不来半个形容词。在我看来，白荷的那份素洁、那份淡雅，较之红荷更富有韵味。有小伙伴邀了我逃学，随放牛人去远处的莲湖。荷塘有荷塘的秀美，莲湖有莲湖的壮观。那一眼望不尽的成百上千亩莲湖，真是荷花的海洋。微风阵阵、暗香浮动，骑在牛背上，隔老远就闻得到扑鼻而来的荷香，那份纯正、那份天然，吸一口真是透心透肺的畅快。

莲湖大多是红荷，红得烂漫、红得耀眼，如若映日，更是红得别样。红荷里也常有几枝白荷点缀其间，这就更有了诗的情画的意。

那时爱花却不会惜花。儿时的我常赤条条下到水里，摘上三五朵甚至更多的荷花。上岸后或将其扯成一瓣瓣，随手抛向空中，看它随风轻扬；或依次放入溪水，任其载着一个懵懂少年的欢乐和幻想飘向远处。

一直到读完了中学，我还以为世上的荷花只有白、红两种。后来进了城长了见识，才晓得荷花还有浅绿的、白花红边的、白花紫边的、白色而洒以大块紫斑或小紫点的……我想，如今我若有幸在公园、展厅见到这些千姿百态、争奇斗艳的荷花，肯定会喜欢的。然而，这并不能冲淡我对老家荷花的喜爱之情。我以为，只有老家那自枯自荣，经得风吹雨打、耐得日晒夜露的荷花，才更显“出淤泥而不染”的高洁。

待到花瓣凋零，花托也就茁壮成了莲蓬。老家有一首山歌把莲蓬也看作荷花，很诗意。开头的几句是这样的：“六月吹南风，吹得荷花动。荷花也是花，莲蓬也是花，荷花老来结莲蓬……”

莲子，生吃沁甜，熟吃糍糯，这对于我来说是抵挡不了的诱惑。放学了，不径直归家，悄悄绕道莲湖，瞄准守湖人不在，三两下剐掉衣裤，连同书包胡乱塞进草丛，泥鳅样钻进水里。守湖人望见荷叶无风乱摆，就晓得有“敌情”，忙撑了船过来“捉活的”。我们自有一套隐身妙法，要么一“谜子”扎到一丛茂密的水草下面，只露出鼻子眼睛；要么摘一片荷叶盖在头上作伪装，有蚂蟥叮身也不乱动。守湖人东张西望不见人影，怕出人命，就向我们告饶：小祖宗呃，快点出来啰，我不抓你们了！我们就呼啦啦拱出水面，举着摘得的莲蓬兴高采烈，像得胜的将军。

小伙伴在一起，喜欢比谁吃莲蓬快，还喜欢比谁更会剥莲蓬，谁把莲蓬壳剥成筛子状后没有破损，谁就厉害。把莲子壳做成韭菜边戒指，戴满十指比阔气，也是我们乐此不疲的。瘪壳的莲子也不会扔掉，会嬉戏着往对方的额头上戳。戳上去不痛，只会在额头留一浅显的印子，我们谓之“拔火罐”。嫩莲子剥起来不费吹灰之力，老了的莲子壳硬，剥起来脑壳痛。老莲子在手，小伙伴里有牙口好的，就捂着腮帮子咬，咬得青筋暴突，咬得口水直流。我怕崩脱牙齿，大多是把莲子在硬地方放稳，用菜刀背或河卵石狠劲一敲。敲个正着就开了，敲偏一点就跑了。间常会跑得无影无踪，找得我们眼睛发绿。大人们在不远处的田间地头劳作，远远地向我们招手讨要莲蓬，那场景，像极了辛弃疾笔下的描绘：“大儿锄豆溪东，中儿正织鸡笼。最喜小儿亡赖，西头卧剥莲蓬。”

“采莲南塘秋，莲花过人头。低头弄莲子，莲子清如水。”那是文人骚客笔下的采莲，那份诗意和浪漫不属于靠采莲换钱的人。采莲是苦力活，要起早贪黑，会被毒日头晒得哈起嘴巴出气，会被陡然而来的暴雨淋得全身没有一根干纱……

采莲的主要行头是一根长长的竹篙，一只两头尖尖的小船。小船仅能容一人，不常撑船的，上去下来都会晃得厉害，能在上面站稳就算有本事。莲湖里撑船，有横七竖八的荷梗挡道，有盘根错节的水草牵绊，有的荷叶上盛着不少的雨水，擦身而过，避让不及会弄湿一身。

撑船不光是力气活，更是技术活。撑船人握住插在泥里的竹篙往船尾使劲，轻了，船行不动；重了，竹篙扯不出，船不进反退。

翻船是常有的事。船翻了，莲子就会落到水里，那就空忙活了。密密的荷叶挡住了风，置身莲湖比在岸上要热得多。天黑时，如没及时拢岸，往往会迷失方向，在莲叶间七转八转还在老地方。这样的情况，老人们有迷信的说法，说是碰上了“罩罩神”。“罩罩神”是专门布迷魂阵的，若无岸上的火把指引和亲人们的千呼万唤，采莲人迷路了后果会很严重。

初中二年级时我到了城里读书。跟有些邻居家一样，为了补贴家用，我们家也揽了莲子去壳的活。去壳的行头简单，一把小巧而沉甸甸的刀，一个三足鼎立的小树墩。树墩有菜碗口粗，朝天的一头挖得凹了进去，凹的地方用来装莲子，装得下一大捧。围着木墩能坐下三个人，三双手此起彼落，噼里啪啦。

劈莲子，下刀的力度要把握好。轻了，破不了壳；重了，或成两截，或四分五裂。劈坏了的莲子轻易不往口里送，怕归不拢数。修补“受伤”的莲子，通常我们的方法是用口水粘，不卫生却有效。一家人有空就劈，没空也要抽空。

劈一斤溜圆的“水鱼蛋”角把钱，“冬瓜莲”难劈些，一斤要贵那么三两分钱。熟手劈一粒莲子至少也要三刀，两刀重，一刀轻。重的两刀劈掉两端头，中间留着的窄窄一圈就容易了。刀破壳后就势剜进壳肉之间一撬，便大功告成。一麻袋一麻袋地弄回家里，一粒一粒地劈，一粒三刀，一麻袋该要多少刀？想想都是一个可怕的数字。耗时费力挣钱少不说，劈时还要十分小心，弄不好刀会吃肉，说“粒粒皆辛苦”也一点都不夸张。

十多年前我出差湘潭花石镇，顺道逛了赫赫有名的湘莲市场。真是开了眼界，莲子的去壳、去皮、去芯一概机械化。虽然早就耳闻机械化了，但之前没有目睹过。那些加工设备比我想象的简单多了，实用而高效，令我这个老机械工人为之叹服，当年要是有这样的机械该多好呀！

家里有时也会买点便宜的莲子吃，都是红莲，去壳没去皮的。不去皮的莲子有些涩口。父母亲这样去除莲子皮：把水烧开，放上些食用碱，把莲子倒进去，用竹刷把一顿乱戳，然后在清水里洗净。去皮了还要去芯，不然会有苦味。去芯要用竹签子一粒一粒戳，不费力，但费时。

看电视里，如今的藕农挖藕好像不用铁锹了，把手伸进泥里“摸”就能把藕摸出来，用高压水枪对着稀泥一顿冲，藕就浮出了水面。那年代不行，藕必须用铁锹挖。高手挖出的藕有头有尾、完完整整，很少弄伤，藕挖了一大堆，身上还不会沾上多少泥。我的外公就是挖藕高手，走在湖里或塘里，他只需往上提一提枯萎了的荷梗，就判断得出藕的走向、深浅、粗细。

我们小孩子挖藕也用铁锹，但那只是刚开始的几下，一瞅见藕，就大呼小叫，急不可耐地扔了铁锹用手去抠去掰。弄得一身“屎糊尿骚”不说，劳神费力到手的藕还断成了一截截，里面灌满了泥巴，难得洗干净，只好喂猪。

几十年里少有的几次回老家，大多是在新年气氛浓得化不开的正月，便见不到“凭栏十里芰荷香”的景象。现在即便是在荷香逐波的季节，那景象也是见不到的，因为很多水塘早已不复存在，小河也不如先前水草丰茂、鱼虾繁多，都浅了窄了许多。被私人承包了的水塘、小河，用来养鱼的多，种荷的少。早年热火朝天的围湖造田运动，使得广逾千亩的莲湖严重瘦身，后来虽搞过退耕还湖，可也收效甚微。生态一旦遭到破坏，要完全恢复几乎是不可能的。

每一次回到老家，都似蜻蜓点水，在外公外婆的坟上打个转、在亲戚家吃一顿饭就走。长辈们健在的没几个了，小辈们不认得，平辈们难得碰见。

老家快要把我遗忘，我却把老家的荷长久怀想。

# 钢厂“牛”景观

刘纲要

湘钢破天荒地把厂区打造成了“AAA”（以下简称“3A”）级工业旅游景区和省工业旅游示范点，完成了由“傻大黑粗”到“风光亮丽”的蝶变，让人们大开了眼界，直呼“牛”！

回想上个世纪，人们的观念里，浓烟滚滚才是工厂热火朝天生产的常态场面，是“沸腾的钢厂”的典型形象标识。进入新世纪之后，一夜之间，很多人在说着钢厂搬迁的话题。城市里的钢厂，曾经给城市财政带来巨大效益而风光的企业，一夜之间成了“罪人”，遭人嫌了。钢铁工人的“傻大黑粗”，与新的时代格格不入了。

2021年，湘钢在全面推进“城企融合，绿色钢城”建设中，启动3A景区打造，而且当年申报成功。景点设有厂史馆、艾爱国焊接实验室、水艺馆、炼铁一号高炉、五米炼钢生产线、初心广场等13处。

如今，在年轻女导游的带领下，很多游客络绎不绝汇入钢厂3A景区参观。看着行走在鸟语花香、树木成林的钢城中，笑谈绿色钢城可喜变化的游客们，我一度的愁绪变成了欣喜，再度为自己所在的大企业感到光荣。

在我的印象中，钢铁公司的绿化工作与一个人有密切关联，钢铁公司的3A景区建设，应该少不了他的功劳。于是，我去找他了。

果不其然。他在环保部门从事绿化工作20多年，在他手里建成的第一个园林景点是五米板厂的樱花林，随即“一路一景观”规划便落地生根了。他不失骄傲地说着这些个景点的故事，如同说着自家的孩子，老大怎么样，老二又如何；这些成果在同行里相比，处于怎么优越的位置。

我询问，应该获得了不少的荣誉吧。他轻描淡写地说，那太多了，全国性的、省部级的，都有；不过，这些成果已经属于历史，只能去厂史馆陈列室看了。

从我的问话中，他发现了一些外行话，譬如绿化覆盖率、绿地率什么的，给我科普了一下。不管是哪种指标，他都达到了，而且大大超标。

当我问及3A景区对绿地率、绿化覆盖率的要求具体指标为多少时，他再度为我科普起来。撒哈拉沙漠、吐鲁番火焰山是几A级景区？至少比3A要等级高吧，你见过那里树木成林、花草遍地吗？没有。因为，景区建设跟绿化建设是两个概念。我的绿化工作充其量是对3A景区的“景”上添花，就像一个姑娘要出嫁了，总该置一身花衣裳为她打扮打扮，让她更加漂亮、吸引人一些。景区是什么？景区就是一个有才艺的人，吹拉弹唱，吸引别人来欣赏，是能够满足游客参观游览、度假休闲、康乐健身等旅游需求的场所。我们这儿是工业旅游，主题是告诉游客“钢铁是怎样炼成的”，而不是让他们来这里看花花草草。

我仿佛明白了一些，选择他作为3A景区建设的采访对象，似乎是犯了方向性错误。但是，他的又一番话让我兴致再次燃起。他说，也不能说3A景区跟绿化景观没有联系，高层领导说了，游览路线最好是定在那些景观漂亮的地方；而且，随着景区级别的提升，对配套环境的要求会越来越高，绿化、环保必须要跟上。

说起来，3A景区是伴随着环境建设而来的。国家对环保的要求越来越高，进入本世纪之后，更是要求污染严重的冶金行业搬离城市。而城市型企业为了“达标排放”，与城市融合一体，除了在除尘、排污上加大投入，在环境美化上也大显身手。这才有了国家级“绿色工厂创建企业”和省级“绿色工厂创建示范单位”等荣誉的诞生。

然而，再怎么美化，外界是看不到的，眼见为实。给人以感性认识的做法，就是让人到厂区来亲眼所见，这样才能提高企业的公信力。先前，也组织了老工人进厂参观，但是规模小，影响有限。恰在那时，福建三明钢铁公司、河北德隆钢铁公司率先创建了3A景区，给了我们启发和鼓舞。所以说，3A景区跟绿化环保建设不无关联，且正是由“城企融合”“厂区变城区，城区变景区”这样的环保理念演变而来。

上个世纪八九十年代，湘钢的天空也是一道风景，当时的人们称湘钢“红”了半边天。我知道，这是钢厂除尘设备出问题了，导致了矿石粉尘的外溢。不过，在当时，企业刚刚步入市场经济时期，经济利益是企业的最大追求，环境保护说起来重要，做起来几乎不要。

很长一段时间，城市的夜空见不到闪耀的星星。后来才发现，是细颗粒物导致的，大气中颗粒物对光的散射和吸收，能显著减弱光信号，大幅降低有效视距。细颗粒物导致城市能见度下降，产生阴霾天气，造成空气质量下降，也就阻隔了人们遥望星空的视线。放眼望去，到处都是这种牺牲环境的做法。

之后进行反思，才有了可持续发展和科学发展观。经济高速发展的企业，开始放慢脚步，抬头望天、低头看水、埋头治理，对烟尘、污水、噪声和气体排放，斥巨资增设环保装置，取得市民的认同。

他大概就是那时候接管厂区绿化工作的。他做的第一批景观，有中水回用、五米板厂系列景观。在当时的湘钢人眼里，是一件划时代的大事。技改建设当中，必然有环保绿化的规划设计。政府在流程上增设了“环评”环节，可在项目规划和设计的早期阶段预见到潜在问题，并预测所有开发项目的环境后果，从而预防、降低及缓解任何不利影响。

十里钢城，企业封闭式管理，三张大门把控得很严密，外人难以进入其中。如今，厂区像花园一样，应该有开放的心态，欢迎市民到厂区看看，感受钢厂与城市融合的态度。而实现这一设想的路径，就是打造工业旅游景区，名正言顺、安全有序地让人参观游览。而景区打造的关键，是建设有特色的景观文化，而不是简单的厂房加绿化。

但是，绿化美化是很有必要的。

在“青年林”景观，远远看到的是一座小山包，以及小山包顶部雅致的亭子。从由废旧铁路水泥轨枕、路缘石、沟盖板铺成的游道登上山包，他解释这条就地取材的游道节省了多少费用，这些费用如何用在“刀刃上”，买了必需的苗木。站在八角亭的高处，俯瞰雄伟的厂房，有种想飞起来的欲望。亭子上书写着“弘毅亭”，青年人看了，会不会油然而生出一种雄心壮志来?

山包西部是一片开阔的草地。他介绍草是“混播草”，耐踩踏，空旷地可以容纳二百多人开展活动，以后举办集体婚礼就在这片开阔地。开阔地周围有玉兰树、翠竹、牡丹、杨柳等十多种树，绿意盎然，生机勃勃。

山包下的小桥流水景观，很有一些曲折故事。他说，这个“青年林”景观高层领导特别重视，最初的设计有四个方案，提出了一系列要求和目标。原本设计的一桥一亭，因费用高基本上被否决，他硬是用厂区内废弃的钢梁、木枕建起了一座小桥，给这个景观增添了亮色。继而，带领导到现场看桥，他见机行事争得了山包上建亭子的费用，让原设计的一桥一亭景观得以完整呈现。

我们到了北环线景点，看到原先最不愿意让人看到的钢渣山变成了“九寨沟”，简直不可思议。由于处理水呈碱性，在开挖的水系里沉淀出了清澈透明的粉蓝色水域，水域上架设了景观桥。桥边是树林，树林里有三只鹿在吃草的雕塑。水系里安装了七根水柱，象征着“北斗七星”，白天是景致，夜间可以照明。

在新烧结办公区，看到烧结机皮带长廊下方的亭子还保留着，感觉很是亲切，也勾起了当初老烧结办公楼的记忆。他说，为了留住这个亭子，他是费了牛劲了。

像这样带有某种情怀的景观，还有炼铁厂的大石榴，那是老炼铁人集体的记忆。那是上个世纪六十年代栽下的树，不高，但枝叶茂密、果实累累。围绕着大石榴，建起了亭台廊道的景观，与办公楼前广场、停车场构成一体化美景。

在新二烧脱硫脱硝现场，利用原烧结机和除尘设施拆下来的废旧设备，建成了厂区第一个工业设备展示景区。

一路上听着他对“一路一景观”的阐释，感动于他对钢厂每一处景观所付出的心血。怪不得他对每一处景观都像对自家孩子一样，喜欢、爱惜。

他的名字很多人不清楚，但是，说起“闻牛皮”，一般人都知道，是厂里管绿化的牛人。

# “小山小水”之桃花岭梅溪湖

彭勇辉

我算是山里人，老家城中有一座山叫东山，山不大但古树参天茂密，唐代书法家“草圣”怀素在山中用芭蕉叶练字；湘江有一条支流叫潇水，潇水抱一道小溪叫“愚溪”，水清亮喜人，是唐宋八大家之一柳宗元居此自名。东山不高大，愚溪不阔深，是“小山小水”。

听不少友人说过长沙河西的梅溪湖、桃花岭值得游。某年春末某日，携妻儿前往。穿过人气极旺的洣湾镇，沿枫林路转金星南路就踏进梅溪湖路。向南远望，眼睛上沿一排如黛青山，眼睛下沿一湖绿水，湖中的节庆岛恰似缩小版的橘子洲。我只觉眼前一亮、心情舒畅，都市喧嚣中拐个弯居然隐着如此青山碧水！这正是长沙市民热议的桃花岭与梅溪湖。桃花岭属“长沙－浏阳盆地”西缘低山丘陵一脉，北瞰梅溪湖，东接岳麓山，南观寨子岭之山寨古风，西望象鼻窝森林公园之静美。梅溪湖原名梅子滩，上世纪五十年代是一条宽约 20 米、由西往东流经龙王港汇入湘江的小溪，1958年梅子滩筑起一座堤，改称梅溪湖。十多年前是大片的葡萄园和钓鱼休闲的山庄，夏秋之际来梅溪湖摘葡萄、钓鱼成为当时长沙人的郊游之乐，经退田还湖逐渐形成约3000亩的梅溪湖水面。

沿梅溪湖南路从东往西左手是桃花岭，右手是梅溪湖，掉头由西向东右侧是一路青山，左侧是一湖好水，人行其间很是惬意。环湖约9公里，有风之语广场、节庆岛、音乐喷泉、桃花岛、柳堤、中央绿轴广场、沙滩公园、祈福大道等，确实堪称“滨水线性休憩空间”“湖边花园”。地铁2号线与梅溪湖北路平行设有四个站，梅溪湖大剧院是长沙的新地标；周边配套有优质的教育资源，中建·梅澜坊等高端商业街区和酒店等。梅溪湖一带必将是长沙的新中心，一切都让人怦然心动。见此山清水秀之地，我自然浮想起故乡的小山小水，妻与我心意相通，想在此买房居家。

购房之后心有了归依，全家周末经常开车来梅溪湖、桃花岭，在山水之间漫步，看孩子在环湖步道上雀跃……新居算不上豪宅，从主卧躺在床上目光越过别的楼盘能看到桃花岭青翠的山顶，在厨房做饭透过楼栋的间隙可看见梅溪湖的水面；连续半个月晚上睡觉比从前香沉，这是空气中负氧离子含量高的原因。上班在河东，早些出发走西二环也不堵车，不想开车就乘地铁。傍晚，我一般爬桃花岭健身。自东门上山，路约5米宽，铺沥青，有路灯，基础设施很好。进山是一段比较缓的小坡，没岳麓山那么陡，爬上来身上发点毛毛汗。在山顶上走一会儿平路就下一段坡，山里整个道路呈大的几字形。从西头门下山，全程约八千步，据说是最佳健身步数。特别是在几字形拐弯的钩处有一天然水体，叫洪寺庵水库。水库似人字形，又像奔驰车的标志形状，汇集三面山上来水，水质清澈诱人。好游泳者一见便忍不住想入水畅游。北面山林有一股流入水库的山水，源头不知是哪里，但检测了水质说是优质，每天早晚都有人拉着小拖车来此排队打水。散步的、晨泳的、取水的聚在一起，热闹得很，成了早晨桃花岭的一道风景。在梅溪湖的东头，水面宽阔，水质也好，我早上迎着朝阳去上班，湖面上仍有一群星星点点的橘红色在浮动，那是晨泳者的保护设备——被称作“跟屁虫”的橙色气囊。

妻子芳觉得爬山有点累，喜欢沿湖走，周末我常陪她在湖边漫步。清晨，南面桃花岭山顶天空的星光尚未褪去，北边城市灯火霓虹依旧在闪烁炫耀，湖面有一层薄雾。夏日荷花伫立在朦胧的白雾中，偶尔有鱼跃出水面，荷叶荷花都陪着轻轻地颤动，柔软凉风袭来，让人有种心旷神怡、宠辱皆忘的味道。湖边散步的大多是中年夫妻、老年伴侣，年轻人或许正奋斗事业，起不了早床，这人间仙境便多是上了一定岁数的人才能乐享了。

梅溪湖的定位是“长沙未来城市中心”，梅溪湖国际新城获得了“全国绿色生态示范城区”等荣誉，名片亮、人气旺。居民们一边怡然自得地享受着优良的人居环境，一边紧盯着周围生态环境的变化，何处又开工了新楼盘、冒了烟、砍了树、死了鱼、倒了垃圾、排了污水等等。桃花岭、梅溪湖居民区的三大微信群里每天议论不断，就像过去常说的“端起碗吃肉，放下筷子骂娘”。保护环境居民们很齐心，小区一家烧烤店味道熏人，大伙有意见就不去光顾生意，店子开了半年只好关门。我也曾给建设者当面提过意见。一天我爬桃花岭，突然闻到刺鼻的油漆味，施工人员正在山道边缘刷着鲜红的油漆。我捂着鼻子上前询问，他们说像街道一样，把步行道用红漆区分开来。我哑然失笑，忍不住对着他们打了一通“官腔”：“你们这些同志呀！真是官僚机械得很，不会具体问题具体分析，景区一般不准行车，进了山都是步行道，有区分的必要吗？4 公里的山路上被倒上油漆，既浪费又污染环境，刷上油漆的路面变滑，游人不会走你规定的红道，纯粹是个摆设！”几个施工员被我唬得一愣一愣的，说向领导报告，但也没有下文，可能这事太小。

春夏秋冬，冬季有些逊色，其他季节每到周末，梅溪湖路和沿湖路车都停满，城中来此散步透气的络绎不绝。桃花岭上的桃树并不多，其他开花的树也不多，只有梅树、迎春花、樱花、桂树、玉兰、紫薇、芙蓉等一些常见的开花树，有意无意地散落在绿树丛中，每到花期则非常夺目。梅溪湖与岭上水库中成群的小鱼大鱼比圈养的金鱼灵敏得多，拥簇在水边张嘴迎接孩子们撒下的吃食已成条件反射。一些叫不上名字的鸟在树丛中飞跃鸣叫。游人稀疏时，在林间漫步经常会遇到斑鸠、雉鸡等，待人走得很近时它才飞起或钻进树丛，让你产生容易捉住的错觉…… 景区的各类设施一直在完善更新，也在逐渐老化。麓景路隧道通车后我上班更方便快捷了。

沿湖建房的空地陆续开工，尤其是梅溪湖一个树草丛生的半岛开工建房，在居民三大微信群里炸了锅，连续数月争吵不休。有的说组织人不停拨打 12345

市民电话，有的说去市政府、省政府游行，有的说在梅溪湖、桃花岭拉满抗议横幅……我见各微信群吵闹得不成样子，忍不住写了几句话："各位高邻，长沙开发建设梅溪湖的初心是让老百姓享有美好的人居环境，让'居民望得见山，看得见水，记得住乡愁'。但我国人口多、资源有限，只要遵循科学的容积率，优良的生态环境能让多一些人分享是福报。"我踌躇了许久，才发至三大微信群。发完就后悔了，硬着头皮等着被"群殴"。然而很奇怪，也很庆幸，微信群连续三天无人议论"半岛建房"，也没人搭理我。我心想不被群骂就阿弥陀佛了！大约一周后，一个群的邻居 @ 我说："你肯定是体制内的公职人员！但说的确实有道理。"我是第一拨新居民，桃花岭、梅溪湖是我养老的栖息地。我没多说，回复他 10 个笑脸外加 10 朵鲜花。幸福属于知足善良的人，只有内心美好的人才能在秀美山水中感受到安然愉悦。

名山大川不多见，小山小水随处有。小山小水是老百姓生活的家园，老百姓享有优质的小山小水就拥有了幸福与快乐。2020 年六五世界环境日，生态环境部发布的中国生态环境保护吉祥物是一对名为"小山"和"小水"的可爱卡通形象。笔者对星城长沙，对桃花岭、梅溪湖有着真挚的偏爱，所以此文冠名"'小山小水'之桃花岭梅溪湖"。

# 西水寻源记

**山里人**

## 一

水有源，树有根，一切事物都有它的根源。

对于西水，我是情深意长的。小时候，泡着西水长大；长大后，枕着西水做梦。在西水岸边的一座古镇里，我生活工作了五十多年，骨髓里深深浸染着西水的气息。

西水从哪里流来？又流到何方去？我从小就心存疑问。曾问过文化不高的小学老师，他机智地告诉我，西水从西时来卯时去。后来，我终于知道了，西水是从鄂西七姊妹山一个叫椿木营的地方流来的，便心心念念地想去看看，寻找西水的源头。可由于俗事缠身，一晃三十几年就过去了。

这回，有好友相邀，闲暇之时，我们驱车五百余里去了鄂西七姊妹山。车在崎岖的山路上盘旋，我在心中揣想着西水源头的景象。

众所周知，河水的源头是河流的起点，也是河流的生命之源。我想，在那里我们可以看到清澈的水流，听到潺潺的流水声，感受到大自然的神奇和美妙。

河水源头一般位于山区或森林中，因为这些地方水源充足，水质也比较好。在这里，我们可以看到一条条小溪，它们汇聚成一条条小河，最终形成大江大河。

七姊妹山就是西水的源头。她位于鄂西宣恩县境内，在椿木营与长潭河两乡交界处，是由七座紧密相连的山峰组成，属于武陵山脉。山高峰险，脉气悠远。远观，姊妹七峰，衣襟相连，婀娜多姿；近瞧，七峰凸起，参差相依，悄然而立。其间茫茫林海，峡谷幽深，溪流湍急，群峰耸峙。

如此美景美地，自然也少不了美丽的传说：玉皇大帝的七个女儿羡慕人间自由，结伴来到人间，各自找到了自己的意中人。后来玉帝发现，强令她们返回天庭。可是，七姊妹违令不返。于是玉帝震怒，将七姊妹化作七座相依相伴的山峰。七姊妹山由此而得名。

车从山谷艰难地爬到山顶，共花了两个多小时。一路过来，虽然山路弯曲，但幸得脱贫攻坚之契机，如今村村都通了公路，平坦的柏油或水泥路，让车与人都走得稳当又舒适。

到了椿木营，我们便急切地向西水源头行进。在椿木营没见到几棵椿木，倒是一大片水杉林出现在我们面前。三条小溪从水杉林中哗哗流来，水清澈得像明镜一样，透人心扉。

我们沿着其中一条水势较大的溪流溯源，在这片水杉林中穿行。走了半个多小时，溪水没了响声，失去了踪迹，反倒是鸟鸣声声、芳草萋萋。这是一片神秘而又美丽的地方。

山是水的风骨，水是山的灵魂。于山，于水，我们只有生出无限的感叹和虔诚的敬畏！

# 二

西水，又名白河，古称酉溪、白水，是洞庭湖水系沅江流域的最大支流，全长 477 千米，流域面积近 20 000 平方公里。

楚国大夫屈原曾在《离骚》中吟唱："朝吾将济于白水兮，登阆风而緤马。"这其中的"白水"，许多学者认为是屈原杜撰的一条仙境之水。然而，与我一起进行酉水寻源的邦平兄却认为，白水就是酉水。屈原被流放沅湘一带，到了沅陵的白水与沅水交汇处，他选择循沅水继续上行，最后到了溆浦，而对未去的白水充满向往和担忧。他担忧的是秦国占领了巴蜀，从白水直下沅水，楚国将腹背受敌。更令他担忧的是，楚顷襄王继位后，不听他谏言派军去白水一线防范秦军，反倒好高骛远，派宗亲大将庄蹻率领楚军取道沅水进贵州攻云南。屈原虽被流放，但他到溆浦便是为楚将庄蹻寻找退路，以防秦军从背后进攻楚国。然而，没等楚将庄蹻归来，公元前 278 年，秦将白起先是迂回汉水破楚别都鄢，而后沿汉水南下，一举攻破楚都郢。屈原悲愤难捱，遂于这年自沉汨罗江，以身殉国。

当然，我们在酉水的源头，还看到了白水孔，找到了白水乡。当地人将白浪滚滚的河流，依然称为白水。在宣恩东南的沙坪、药铺、白水交界处还有一个深峡，河水从峡谷流过，腾起水雾银花，如一条飘动的银带，故也有"白水"之称，而两岸拔地而起的绝壁，直插云端，宛如一对恋人隔河相望，就是"鸳鸯峡"。

传说，在很久以前，这隔水相望的两座山是合在一起的。所以，当时白水一带若遇暴雨山洪，必遭涝灾，害得民不聊生。有一年，人们在当地土司的带领下，动工挖山，挖出一条深沟以排涝。但是，自古好事多磨，正当工程快完工时，遇到一块巨大的怪石堵在沟中央。说它是怪石，是因为只要钢钻大锤一碰它就火星直冒，烧得人们衣破皮伤。有个小伙子全不顾这些，抡起大锤一个劲地猛砸，一锤、两锤……一百锤……一千锤……他的全身几乎都被烧焦了。当他的妻子来送饭见到此景，也忙拿把大锤去帮丈夫。夫妻二人齐心合力一阵猛砸，只听得"轰"一声，怪石破裂。排涝深沟终于打成了，一股股白水穿山而过，但那两夫妻再也没有爬起来。

据说，夫妻二人钻山开沟有功后，化作了东西两岸的山神，保佑着这里的百姓五谷丰登、六畜兴旺。更为神秘和有趣的是，居然有人看见深谷两岸的大山，每晚酉时合拢，卯时又分开，人们说这是夫妻俩做了两岸山神之故，所以就赐予这深谷一个美名——“鸳鸯峡”。《宣恩县志》有诗为证：

高岩树杪龙飞壁，屈磴人盘蚁转磨。

自是千秋长比翼，贞心不改水流波。

溪水从七姊妹山顶上流下来，汇集在一起，很清很清，能看见卵石闪烁、鱼儿嬉戏。其实，我们都是源头之水，只不过，有人选择回忆，有人选择流离。

## 三

酉水是土家族的母亲河。土家族自称“毕兹卡”，即本地人，或土生土长的人。根据土家族古老的梯玛歌唱词可知，历史上土家族曾累累迁徙，但始终没有离开过酉水流域，这也许就是他们自称毕兹卡的原因吧。也有说毕兹卡还有“网猎之人”的意思，即说土家族是靠渔猎为生的人。

“酉水河的路通四方，酉水船工的脚万丈长。我四十八站到云南，我又四十八站到长安。撑着篙，拽着纤，一身精光一身胆。”在酉水号子中，又于酉水之上，一叶轻舟，一根竹篙，几张渔网，几个捞兜，编织着他们的捕鱼生活。熙来攘往的过客，酉水行舟，渔歌问答；息于锦官城，歇于吊脚楼。正所谓湘西土家族扯白歌所唱的：“讲扯白，就扯白，扯起白来了不得。白话脑壳在里耶，白话尾巴在湖北。早晨云南送桐油，夜里装盐飙常德。”

酉水流域是巴文化的主要沉积带，也是巴楚文化、汉文化交流融合的重要地区。酉水沿岸都是毕兹卡的聚居地，这里不仅山奇水秀、风景优美，而且颇具浓郁的民族风情。憨厚质朴的毕兹卡，在长期的生产生活中创造了独特的民族文化。他们蹚水过河、驰骋山野，酉水便是他们赖以生生不息的廊场。

公元前757年，熊眴（号蚡冒）成为楚国君王，开始经营湖湘，拓展武陵山区，《史记》中称为“蚡冒伐濮”。先秦时期，酉水流域就有了土著居住，这些土著的主体就是濮人。《逸周书·王会解》载：“成周之会……卜人以丹砂。”濮人最早称“卜人”。“濮”在西周中期又叫“卜”或“服”，周厉王时的宗周钟铭文中有“南国𠬝（同‘服’）子敢臽虐我土”句。称濮人为“𠬝子”，可能濮人曾经臣服于姬周吧。之后关于濮人的记载就更多了，《史记·楚世家》载：“叔堪亡，逃难于濮。”《国语·郑语》曰：“楚蚡冒于是乎始启濮。”清代学者王鸣盛曾说：“湖南辰州实古濮地。”近代史学家吕思勉也说：“后来所谓黔中郡，疑亦濮族之地。”如此可证，酉水流域乃是濮人居住之地。近年的考古发现也表明，永顺不二门商周文化遗址，即为濮人文化，龙山里耶刘家堡商周遗址也发现了濮人踪迹。在楚文化和汉文化的一次又一次冲击与挤压之下，他们无奈地遁入山林，便成了土家族的源头，自称“毕兹卡”，就是说他们是本地人。

1978年，里耶溪口台地发现了新石器时代遗址，距今约6000年，出土了石斧、石锥、石网坠等。里耶地处湘西龙山，是典型的山间盆地。那里溪河交错、土地肥沃，气候温和、四季分明，古人在此既可从溪河捕鱼捞虾，又可于山林猎兽摘果，是居住生活的理想场所。新石器时代当地土著文化是相当落后的。到了先秦时期，巴人、楚人进入沅澧流域，与土著濮人杂居，土著文化不断融合吸纳外来文化，展示了其强大的生命力和包容性，并逐渐成为酉水流域的中心文化。对于古人来说，崇山峻岭山高林密，用脚丈量是很困难的事，而行于水上的船，才是他们最便捷的交通工具，所以，古时酉水河道运输就相当发达。

酉水便捷了古人，也方便着今人。在酉水寻源中，我们不仅找到了酉水的源头，也寻到了土家族的根源。

# 一天，一生；一溪，一河

## 龚芯莹

浏阳的清晨，水面上覆盖着一层薄薄的雾，那是我写给星星的诗语。我是溪，也是河；我是大山的乳汁，也是万物生长的源泉。

初霞轻轻拂过，大地静静醒来。当第一缕晨光洒在我的身上，我感受到了浏阳这片土地的清新与快乐。河面上闪烁着朦胧的金光，那是我被太阳深情地吻着。一只美丽的鸟儿掠过，它的影子摇曳在我的身上，温柔地触碰着我心里跳动的音符。

每天清晨，都有人来到我这里，与我共同创造那些美好的瞬间。孩子们跳进我怀里，带来嬉戏的喜悦。静坐在船上的渔夫，沉稳地守候着，当渔网上扬时，他们的眼里闪过希望的光芒。而岸边，妇女们浅浅地跨进我的躯干，双手搓着衣物。她们闲聊着、笑着，笑声宛如潺潺的溪流，和我的节奏如此契合。晨练的人们身影伸长，跑步者们沿着我快步前行，每一步都稳健有力。他们的呼吸节奏均匀，深浅之间，与我共呼吸。一群老人正在缓慢而有力地打着太极，他们的每一个动作都与我流动的水波产生了和谐的共鸣。在这里，每一个动静都与我相融，每一个瞬间都被我记住。

日头爬升，刺眼的阳光掀起过去的面纱，让我想起曾经的伤痛。经济发展的过程中，过度强调经济效益，而忽视了环境保护。工厂的烟囱向天空吐出黑烟，废水无情地排放进我的身躯。曾是透明的我，看不清了自己。渔民的渔网里不再是鱼儿的嬉戏，而是死去的生命和浑浊的泥沙。我不再像小时候那样欢快，不再有无数的生灵来我身边寻找食物或栖息。我感到了伤痛，那是我的水声已不再欢快的伤痛。城市的繁忙与喧哗，离我越来越远。在这沉默的岁月里，每当有人走近，我都想喊出内心的苦痛，但是，我无法开口，只能默默地忍受。我反复思考，是我已不再是过去的我，还是这个世界已与我渐行渐远？

当太阳爬至中天，投下的是更为炙热的目光。浏阳人民在这目光下清晰地看见了我身上的创伤，骤然醒悟。我看到了人们焦虑的双眼，听到了他们心中的呼喊，他们决定采取行动。政府深知延续过去的模式只会让我的境遇每况愈下，所以他们调集了力量，拟出一套系统的治理策略。为了更有针对性地保护我，推行了“河长制”。每一条河流，无论大小，都有了自己的河长。这些河长如同我身边的守护神，时刻关心我的状况，确保我得到应有的尊重与关心。

在乡间，青年们成立了保护河溪的志愿者团队。他们定期清理我身上的垃圾，号召乡亲们不要向河里排放生活污水，提醒他们不要随意丢弃垃圾。在城市的另一角落，专业的治水团队正在对我进行细致的“手术”，除去我体内的异物。政府不仅投入资金建立了现代化的污水处理系统，还对那些日夜向我排放废水的工厂下达了严格的指令，要求它们必须安装污水处理设备。村民们也开始转变观念，更加注重环保，人人成为我的保护神，不再让我受到伤害。最令我感动的是，学校也开始宣传“与水为友”的理念，让孩子们从小就学会珍惜与保护水资源。他们明白，对待我就像对待自己的生命一样重要，每一次不经意的破坏，都可能让生态失去平衡，也意味着自己的未来可能受到威胁，“绿水青山就是金山银山”的理念已经深入人心。

随着阳光移到半空，我又迎来了一个不同的场景。一群活泼的学生在老师的引导下，走向我身边，带着精密的仪器，仿佛医生为我进行了一次深入的健康检查。学生们一边采集样本一边认真记录，他们的专注与投入让我心生温暖。老师耐心地向他们讲解，这不只是为了检测我的健康状况，更是为了确保所有人都能饮用安全卫生的水。而在我的对面，志愿者们开始为我“换洗”。每当他们清洗我的伤疤时，我都能感受到刺痛，但那是被爱护的刺痛。这些轻微的变动，都为我带来了明媚的希望。我知道，这是我的新开始，这是我从黑暗中重获光明的开始。经过这一连串的治疗，我仿佛得到了新生。清澈的水流重新滋润着我的身体，午后的阳光温暖而璀璨，照亮了我的每一处角落。我开始变得更加明亮，鱼儿欢快地在我怀里游弋，岸边的柳树为我挥舞着翠绿的裙摆。不远处，孩子们的笑声盈耳，如昔日的回音，清新又熟悉。那些曾经伴我成长的老人们，坐在我身边垂钓，期待着那突如其来的惊喜。鱼儿在我的深处嬉戏，时而跃起，泛起层层涟漪。老人们时而低语，时而沉默，又或是在与自己的过去对话。他们的目光投向我，那眼神中充满了沧桑与回忆，就像在回味过去的时光。那时的我，那时的他们，都如此年轻。此刻，我感知到每一个生命都与我紧密相连，与我共同呼吸。我不再是孤独的存在，而是这座城市中被守护与珍惜的宝藏。

生态修复的脚步逐渐加速，河畔出现一个宏大的生态园，繁多的植物摇曳生姿，五彩斑斓的鸟类和昆虫都被这生命的盛宴所吸引。每当春风化雨、夏日炎炎，河畔总回荡着鸟儿的欢歌、蝉的鸣叫，生态园成了生命的交响曲，每一个旋律都充满了活力。水资源保护日（即世界水日）已远非一个普通的纪念日，它成了这座城市的骄傲与期盼。生态园里热闹非凡，知识讲座与活动互动接连不断。小孩子们仿佛成了小小的河流治理师，而家长们学习寻找着家庭与水之间更为和谐的相处方式。舞台上，一位年长的女性河长走上前来，话语中带着一丝丝哀伤。她讲述了我曾经的荒芜，及如何看着我从清澈到被污染，她也分享了自己为我所付出的努力，不论是与工厂协商还是引导村民们采用环保方式种植，她都尽了自己的绵薄之力。一位年轻的河长站了上来，他分享了自己与志愿者团队一起清理河面垃圾的经历，及如何在社交媒体上发起保护河流的行动，召集更多的人关心这片水域。他的话中满是希望，让在场的每一个人都为之振奋。随着河长们分享着与河流相伴的点点滴滴，人们更加深入地了解了我的过去、现在与未来。

黄昏降临，我聆听过去的低语，我与昔日的自己庆祝现在的辉煌。我悄悄告诉过去的影子，未来的我，会更加灿烂。在浏阳，每个人都成了我的守护者，他们默默地付出与坚持，让我焕发出新的生机。

我忽然感受到了一丝微妙的触感，转眼发现一位年轻的艺术家正在用画笔描绘我的美景。他捕捉着我的流动、光影的流转，以及水面轻飘的落叶。他的笔似乎在与我对话，轻轻地抚摸着我的灵魂。

夜幕降临，星月如珍珠般洒落在我身上。我，浏阳河，成了浏阳夜空的明镜，映照着星辰光华和城市灯火交融的美景。漫步于河畔的恋人们，温情脉脉地欣赏着星星在我的水面上舞蹈，这一刻，我成了他们浪漫故事的见证者。

如一天之中，我的变化从日出至日落，从清晨的微光到夜晚的星芒，反映了浏阳的生活节奏与居民的热情；如一生之中，我经历了从年轻的清澈到中年的浑浊，再到老年的复苏——每一个阶段都记录着浏阳人民与我相伴的历程。

我不再仅是地图上的一道曲线，或是旅人口中的一段风景。我成了浏阳的心脏，那里汇集了浏阳人民的记忆、情感和生活。每一寸我流过的土地，都充满了浏阳人民的故事与传说。这些故事和传说，像那首脍炙人口的《浏阳河》，传遍中国，传遍世界。从一代传到下一代，历久弥新。我的每一滴水都承载着浏阳人民对这片土地深沉的热爱，对家乡的无尽情怀。当我看到浏阳人民那不变的爱水、护水精神，我深知，这份守护，是永恒的。我流淌的每一天，都是浏阳人与大自然的和谐之歌，都是浏阳的骄傲与希望。

# 洞庭湿地，沧海桑田

刘懿波

这里，是我工作和生活了整整二十年的第二故乡。1996年5月，我因工作调动而相遇洞庭，来到益阳南洞庭湖自然保护区的舵杆洲芦苇场（今舵杆洲管理站）工作。自此，便与这一湖碧波结下一世不解情缘，与之相依相伴，荣辱一生。此次因林长制工作重访，时光逝去已然七年有余。

这是一方风景秀丽、人文厚重的沃土。唐长庆四年（824）秋，诗豪刘禹锡赴任和州刺史，途经洞庭湖曾留下美丽诗篇《望洞庭》："湖光秋月两相和，潭面无风镜未磨。遥望洞庭山水翠，白银盘里一青螺。"诗中的"青螺"正是浮峙于湖光月色里的秀丽君山。然而，就在秀丽君山以西、那斑竹泪影之侧，约六十里外，更有一处鲜为人知的胜景，那便是舵杆洲。

相传，舵杆洲之名乃乾隆帝御笔亲赐。当年，乾隆爷率一众文武大臣考察洞庭西南水运行情，船至湖心时，狂风突起，暴雨骤临，日星隐曜，山岳潜形，继而大船失控，随波摇摆。船行至舵杆洲遂风平浪静，雨住云开。乾隆见状，以为洞庭神君柳毅显灵，于是当即下旨拨银修筑神庙和石台，一为感谢神明护佑，二为供过往舟楫避风停泊。因船所处湖洲形如舵杆，故赐名舵杆洲，而民曰"躲风洲"。其实，船行至此搁浅而停，乃因洲系荆江四口之一的藕池口泥沙淤积而成，比周边高了许多，并非神助。赐名虽是传说，但乾隆帝修筑舵杆洲之事却有史可查。乾隆十年（1745），回京任吏部右侍郎的湖南巡抚蒋溥奉旨考察后回奏说："亲见石堤绵亘，庙貌巍峨。"

今日旧地重游，急盼一睹新颜，故不在他处多作停留，径直急奔泊船码头。

立于湖堤之上，手搭凉棚远眺，大为震撼。所及之处，已然与记忆中的场景大相径庭。昔日横七竖八犬牙交错般停泊的小渔船不见了踪影，来来往往高声叫卖的商贾鱼贩亦已销声匿迹。但见上下天光，一碧万顷，波澜不惊，飞鸟翔集，浮光跃金，芦荻尽青青。博大而不失隽秀，深厚且更兼包容，处处绽放出敢为人先的潇湘气魄、湖湘精神。

询问工作人员得知，经过洞庭湖生态专项整治后，此水域只留下一条用于巡查的红漆铁舶子磨盘船，其他船只及相关人员均已按政策补偿安置上岸。

此刻，脑海中倏然闪过一丝莫名的空落，继而平复。虽没了旧时喧嚣热闹的场面，但一望无际的蓝天碧水间却也再无一扎眼之物。终究归还了这方水域的生灵们一处静谧安宁、自由生长的乐土，这抑或就是古人所谓的“天道自然”吧。

依旧从朝天口起航，顺沙港市围子、乌嘴围子、明山围子、华阁围子直到渔湖二坝。这些地名，正是当年围湖灭螺时那热火朝天般场面的缩影和延续。

船行的右边，是舵杆洲隆起的脊背，茂密的芦苇像一条无边的绸带，向着远处缓缓铺开。一丛丛、一簇簇，筛风弄月，潇洒倜傥，仿佛是印在绸缎上的美丽图案。摇曳着的身姿和水中倒影一线相连，浑然一体，宛然一幅国画大师笔下满含诗情的墨宝！

开船的师傅用力把油门往上一提，脚下的行船便如同马儿被狠抽了一鞭，头一抬，飞速往前冲去。激起的白色浪花，在船后拖出一条长长的翘嘴鱼尾巴。两侧的芦苇如被镰刀割倒，一簇簇沿着船舷向后急速掠去。

水和天挨得极近，远处腾起的微波细浪，好似直接打在了云层上。瞬时，湖水天空一起颤动起来。蓝天、白云、苇影仿佛是在湖面上跳舞，如梦似幻，童话世界一般。

途经一处柳林，还相隔二百多米时，一群野鸭惊起，扑棱棱从树下苇丛深处掠出，一只接一只，排着队向远方飞去，一会便消失于水天相接之处，不见了身影。

湖水十分清澈，近观碧绿，远看湛蓝，似经丹青高手调过色了一般。不远处，时有青白色鲢鱼从水中跃起，溅起的水花足有数尺之高。风一吹直接飘到脸上，凉丝丝的，倒也十分惬意。我道，这鱼儿怎不跃到船舱里来呢，美味啊！同行的管理人员笑着说，就算跃到船舱里也没口福，只能放生了回去。难道如今都要求这么严格了吗？唉！那就还是别跳进来吧，也免得让我腹中的馋虫为难。

见此情景，我感慨万分，不禁想起这里当年的模样。那年，我刚调到舵杆洲，堤边一处叫沙堤拐的地方有个小纸厂，当属地方国营企业。是时，造纸所产生的废水不经任何处理便通过堤底下的管道直接排放到湖水中，污染十分严重。湖水呈绛红或紫黑色，湖面上到处漂浮着一堆堆淡黄色的泡沫。船行于其间，一阵阵恶臭直冲鼻孔，令人晕头转向、胃底翻滚，欲呕又吐不出来，难受至极。

如此环境，水中生物都已基本死绝，连生存能力最强的湖草都难逃厄运，大水上洲，洲上的植物全部腐烂枯死。苇场的芦苇产量因之直线下降，损失惨重。为此，我们也曾多次找厂方协商索赔。

我调离那年，尽管已封闭了洞庭湖畔所有未达到环保标准的生产厂家，这个小纸厂自然也在其中，水质大幅改善，但是依旧还有一丈多高的迷魂阵（用来挡鱼路的网）满湖林立，天罗地网一般。暂且不说航道阻塞，船无行路，仅过往船户撞坏了网与渔民产生的纠纷就没断过。这里曾经鱼子鱼孙、水鸟林雀都难逃厄运，又哪里想象得出如今这鱼跃舷舱、鸟翔天际之怡人美景？

更令人惊喜的是，回程之时竟然撞见了一幕极为难得的场面，莫说我是生平第一次遇见，就算世居于此的人们恐怕也不曾见到过吧。船快到岸边时，遇到一只绿头母野鸭带着十二三只懵懂呆萌的褐色麻斑小野鸭在湖面悠闲游弋，离岸边仅不到十米远的距离。此景若放在以前，定然会让人疑惑是谁家的鸭子竟然跑到洞庭湖中来玩水了，不怕被人捉了去下酒吗？可眼前所见到的就是野鸭啊，千真万确。我是生物学专业毕业的，还不至于家鸭和野鸭都分不清楚。

更令人惊异的是，它们看到船只接近，竟然不惊不散，依旧队伍不乱，悠哉游哉，红掌拨动清波，不慌不忙；对我们这群靠近的不速之客居然毫不理会，对机船的声响也是置若罔闻，仿佛只有它们才是这里的主人。也是，世上哪有主人害怕客人的道理。不用任何解释，懂行的人就知道，至少得有几年时间人迹罕至，野鸭们才会有如此胆量跑到湖边来戏耍。显然，此处生态确实得到了充分保护，否则，它们哪敢用小命来冒险！

同行人员接下来的言语证明了我的推测。他们说，近几年也确实没有闲杂人员涉足这片水域，更不用说非法捕捞狩猎。辖区共装有六个高清摄像头，对这两万多亩面积进行全方位监控。若真有陌生人进到这里，管理人员足不出户，只要动动手指，就能放大室内监控屏上的图像。你脸上长有几根眉毛、胡子，他们都可以数得一清二楚。

船至码头，我依然静立于大堤上凝望，思绪万千。我所经历的这二十多年时光，相对这云梦大泽几千年来春夏秋冬的交替和风花雪月的演变，不过一瞬而已，而其间的变化用白云苍狗、沧海桑田来形容亦不为过。这湖洲上的一山一水一草一木才是最真切、最客观的经历者和见证者。

# 圭塘河岸鸟声新

曾　辉

傍晚，沿着圭塘河景观带漫步。

河流玉带一样飘荡在夕阳里，时而激越时而舒缓。水的温柔带来了心绪的宁静，那些河边的垂钓者，守候的是希望，放松的是心情，承载的是岁月静好的幸福生活。

游刁子打着浮圈到水面觅食，水面便开出了朵朵水花。水色清澈透明，水中的蓼萍草和金鱼藻随流水而舞，舞出千姿百态，鱼儿自在地穿行其间，那是它们快乐的水下森林。

几只白鹭在河滩上觅食，突然一下子又沿河岸忽高忽低地飞舞，便有“水远烟微，一点沧洲白鹭飞”的诗情从脑海里蹦出。虽然此地不是西湖，意境却是相似的。薄雾从河道上升起，如烟似梦，白鹭在蜿蜒曲折的河道上翩翩起舞，渐渐消失在云雾里。

夕阳给大地镀上了一层瑰丽的金色，是画，也是诗。

现在的大草坪，不只是有茵茵的绿草，供孩子们嬉戏、游玩和踢足球，还有一个星空露营基地，可以带家人来这里露营，看蔚蓝色的星空，看那些星星点缀在辽阔的苍穹里。

你来了就知道，在这个城市的中心地带，也有一个地方，可以让你静下心来，什么都不用去想，什么都不用去做，只要用心去感受，听池蛙鼓噪，虫声唧唧，让思绪遨游太空。看北斗七星的斗柄，随春夏秋冬的更替，而指向东南西北四个不同方向。看亮晶晶的启明星，停泊在如港湾一般浅浅的天河里。

这时，你会不由自主地想起小时候爷爷讲的那些天上的故事。那个挑着一双儿女追上天的牛郎，见到织女了吗？天河边为何只有牵牛星和织女星呢，他们的一双儿女去了哪里？过去的那些时光便会从记忆里蹦出来，点亮记忆的夜空。

女儿依偎在妈妈的怀里，用小手指着苍穹数星星，一颗两颗十颗百颗……数也数不完，数着数着就不见了声响，慢慢地睡着了。她酣睡的姿态、平静的呼吸，让你的心也跟着柔软了起来。这是真正睡在了大地的怀抱，于是你的梦里也缀满了星星。

清晨，鸟儿会早早叫醒你。

先是画眉鸟悦耳的独唱，几声清脆的高音便拉开了音乐会的序幕。接着便加进了乌鸫、白头翁、麻雀、歌鸲、夜莺、八哥等的大合唱。斑鸠和伯劳是唱低音的，歌鸲、夜莺、八哥是唱高音的，麻雀、燕子、喜鹊和白头翁的数量多，便是唱和声的。白鹭则是指挥家，它飞过圭塘河岸，用长长的翅膀打着节拍，偶尔会用长腿滑过水面，留下一串音符，指挥着每天清晨的这场音乐会。这样的一场大自然音乐会可能让你觉得很不真实，可它的的确确就在圭塘河边树林里上演，而且每天都有，这是鸟儿们幸福而自在的欢唱。

鸟叫声随晨风吹来，高高低低，此起彼伏，像波浪一般，将你的瞌睡虫淹没。你狠吸几口气，空气中的负氧离子使你精神抖擞，身体里的细胞便满血复活，充满了干劲，新的一天也因此而比平时提早了几个小时。

沿着健身步道一路小跑。晨曦中，草儿花儿带着露珠向你微笑，高大的乔木和低矮的灌木随着河道起伏，目光所及，都是舒坦的绿色。

把心放低，随着河水一起流淌。蝴蝶的翅膀把欢乐带出来，追着你跑；不时有鱼儿跃出水面，现出一道道白晃晃的光，它们也想看看这岸上的风景。

只有唱着割麦插禾的四声杜鹃鸟，像是从很远的地方急匆匆地飞来，要赶来督促这一季的农事。那是一种嘹亮而急促的声音，于是你便不由自主地跟着它的叫声加快了步伐，像是要呼应它欢快的旋律。

布谷鸟的叫声则要低沉得多，那是从大地的深处传出的声音，浑厚而幽远。“布谷布谷布谷”，像布道的老僧说出来的禅语。难道布谷鸟也是鸟类中的智者，独拥一份深沉？

最爽的莫过于在羽燕湖亲水平台的回廊上漫步。垂柳拂面，杉树遮阴。清澈见底的湖水中，可以看到水草，和在水草间嬉戏的锦鲤。

湖底有天空的倒影，云影在水草中穿梭，鱼儿在云朵里游荡。这种空间错位的重叠交融，让时光也变得迷离恍惚起来。

远处的湖面随着微风漾出细细的波纹，一层层地向你传递，心里便渐渐温润了起来。几丛睡莲点缀湖面，开着白的、黄的、紫的花。那些花就像是一首首不同的诗，伫立在水面，等着你去吟诵或者书写。人在岸边，心却在水中央。

偶尔也有翠鸟从柳枝上飞下来，看准了目标，收起翅膀，一个俯冲扎进水里，又快速冲出水面，溅起一片水花。它嘴里叼着一条小鱼，急匆匆地飞走了，只留下一线翠绿的光，让你惊得目瞪口呆。

知了在树上不知疲倦地叫着，美人蕉慵懒地开在水滨。蜻蜓和蝴蝶相互追逐着，从这一朵飞到那一朵，演绎着一个个庄周式的梦。

夜色暗下来的时候，共享图书馆的灯光便倒映在了湖面上。那些橘色的光影随着水波荡漾，一点点温柔而细腻地推进，便渐渐抵达了心的彼岸。这时，你可以要上一杯咖啡，让思绪随夜色沉入书海，把书页翻成波浪。人在书海里畅游，便可劈波斩浪、勇立潮头，精神境界也会自然而然变得高洁起来。

在长沙，共享图书馆真正体现了公益与共享两大理念，五万多册图书都是周围的居民自发捐赠出来的，图书馆的服务人员也是附近的志愿者，每个人都是奉献者，同时也是受益者。人们因为这个图书馆，有了一个共同的精神家园，知识和文化在每个人的心里传递、交融、碰撞，成为一种新的力量。涓涓细流于是便汇成了思想的河流，滋润和灌溉着每一个人的心灵。

这种润物细无声的灌溉，有一种积极向上的特质，久而久之就会成为城市的软实力，凝聚成为一座城市的精神地标，让星城长沙更有温度和热度，也更有向好发展的根基。

在古韵古香的三塘一井中重拾老长沙城的记忆，让时光浸润的包浆，绽放异彩。你可以去非遗馆做香囊、学剪纸、看皮影戏，让脚步慢下来，深入时光里面，拂去岁月尘埃，那些物件会在你手里重新温润起来。你会发现传承和创新并不矛盾，那些曾经的艺术和手工也一样能打动我们，给予生活新的启迪和感悟。

雨花古巷演绎的是一种岁月的心情，诠释的是一种传统的审美观念。曲径通幽中可以见到不同的风景，看到事物不同的面目，这就是前人的高明，于潜移默化中体现出了生活的美感和生存的智慧。

河畔也有烟火气，有溪悦荟、喜盈门范城、悠游小镇和步步高星城天地、德思勤等大型休闲购物场所，沿岸还有海洋馆、电影院、博物馆、足球场、篮球馆、儿童乐园，让大人小孩时刻都能玩得很嗨。

绿树和花草夹岸的河水，一路蜿蜒向北，流淌的不仅是雨花人民对美好生活的向往，更是雨花人民心里欢腾的快乐与幸福。

曾几何时，随着城市化进程的加快，稻田逐渐被各类批发市场和拔地而起的高楼所取代，沿岸的生活污水、工业废水直排河中，圭塘河的水便慢慢变黑发臭，成了一条人们不敢靠近的臭水沟，人人敬而远之的“龙须沟”。

转机出现在1999年，随着《1999—2010年圭塘河流域水环境污染综合整治规划》的出台，圭塘河进入了全面治理时代。

2011年雨花区政府主导推动的圭塘河生态景观改造工程正式启动，率先在全市探索海绵城市建设PPP项目，引进大型央企参与规划建设，南起湘府路，北至劳动路，以圭塘河为轴心全方位改造成生态景观区。经过二十余年的不懈努力和探索，雨花区创新出了“系统治理+精准治污”“九龙治水+一龙统筹”“政府河长+民间河长”“生态整治+产业融合”“项目融资+市场化运作”“中国智慧+德国技术”的“6+”治河管理模式，一条全新的圭塘河呈现在人们面前。

上面写到的羽燕湖，其实是一个水质净化处理工厂。羽燕湖的水体中养殖了大量的食藻虫，我们肉眼很难看到，这种食藻虫经过了驯化，专门摄食蓝藻。

有了这种食藻虫，便能防止水体中蓝藻的泛滥，就可以形成一条完整的生态链，水体的质量自然可以得到改善。湖中水草从良好的光照中获得更多的能量，茂盛生长，促使水中溶氧含量增加，给水生动物提供了一个良好的生态环境，由此形成一个动态的水环境加工场。

在圭塘河的下游，河岸上有六台微生物活化设备持续不断地向水体提供本土去污能力强的优势菌种。它们的大量繁殖，使水体的自身净化能力得到了加强，实现了整个水体生态系统的恢复。这些高科技手段和技术的应用，是圭塘河变得水清岸绿的一个重要原因。

老何是我现在的邻居，是个长沙老口子，过去在这圭塘河边有个两层楼的老屋。上个世纪八九十年代因拆迁和圭塘河水变黑发臭而逃离了这个地方，去了更繁华的五一路安家。这个曾经的家园，便随着老屋的拆去而渐行渐远了。

后来，他再也不愿意谈起这条河，以至于好多人说这条圭塘河变好了，他也不愿意相信。多少次开车从这里经过，也不愿意下车去看一眼，过去的一幕幕太扎他的心了。

直到他的发小在圭塘河畔的万境水岸买了景观房，请他去做客时，他在夕阳下再次目睹了圭塘河的芳容，看那一湾碧水从前面流过，眼里不由布满了泪水……

童年的圭塘河又活过来了！

他毫不犹豫地在这里买了房子，重新从圭塘河中找到了那份失去的快乐。像老何这样的人不是少数。他们在益友会、绿色潇湘等组织的引领下，自愿组成了一支上百人的圭塘河民间河长队伍，分批次分班组沿河巡视，守河护河，成为政府河长制外的一支重要巡查力量。历史的教训让他们更加珍惜眼前的一切。他们希望圭塘河在他们的忠实守护下，能一直这样碧水长流、鱼翔浅底、花红柳绿、众鸟高飞。

水润花开，大城绽放。

全新蜕变换新颜的圭塘河，是“人与自然和谐共生”理念淋漓尽致的体现，它融生态、人文、艺术、运动、商业五大核心要素于一体，不仅是华美的都市舞台，也是沿岸居民安逸的休闲之地。2023 年 10 月，圭塘河被生态环境部评为“全国‘两山’实践创新基地”和“全国美丽河湖优秀案例”。

城水相依，绿意融城。这绿从鸭巢冲水库一路欢歌，融进樱花湖的浪漫，流过高桥，再注入浏阳河。它没有惊涛骇浪，却在悄然中生生不息，延续着一条河流的使命，绵延千年，承接千古，流淌成了无数人“家门口的诗与远方”。

# 有庳古国之瑰宝

文　悦

因工作的缘故，我需要在南岭腹地的双牌县待上一段时间。此处坐落在一个马鞍形的山谷盆地里。盆地两旁高山对峙，重峦叠嶂，一片苍翠。高山有好水，但见山谷深溪，河道蜿蜒，河水澄碧，见之忘俗，是为潇水。更有路边硕大的标示牌——“有庳古国 美丽双牌”，引发我浓烈的兴趣。为什么是有庳古国？

原来舜帝封其弟象于有庳（今双牌县江村镇一带）。象封有庳后，励精图治，勤政为民，极大地促进了当地的生产发展和社会进步。为了纪念象的功德，当地百姓还在潇水河边建了象王庙，故如今常以“有庳古国”代称双牌。很庆幸被安排在这里，让我有幸识得这个古国里的两三瑰宝，一朝离开，便心生怀念。是山？是水？抑或是人？或许兼而有之，真真“踌躇而来，恋恋不舍而去”。

## 阳明山

阳明山位于双牌县东北隅。据《永州府志》记载，其因“群峰高耸，晨熙先顾”而得名，“朝阳甫出，而山已明着，阳明山也”。“雄、幽、秀、野、佛”为其特点。这块瑰宝我大抵只瞄了半分，个中情形似乎熟悉但其实是陌生的。实在是来去太匆匆。因工作上的一个事情，需去阳明山万寿寺。一日午饭后，我与同事没有休息，便直奔万寿寺。

从县城往东方向驱车大约一个多小时，经过一个不知名的隧道，就来到了传说中的阳明山。作为天然氧吧的阳明山风光秀丽，景点颇多，有小黄江源、北江冲、万和湖、大黄江源、万寿寺等等。这里还是中国最大的野生杜鹃花基地。每年春天，漫山遍野的杜鹃花肆意开放，花团锦簇，鲜艳夺目，绵延数十里，蔚为壮观，被誉为“天下第一红”。不凑巧的是我们来的季节是秋天，不过虽不见花海，却领略了阳明山自成一段“我言秋日胜春朝”的风流。

入得山口，只见山体庞大，峰壑错落，林海茫茫，连绵千里，真是雄壮与秀美浑然天成。树木郁郁葱葱，树叶有的绿得发蓝，有的近似鹅黄，褐绿、青绿、淡绿、祖母绿、芥末绿等一拨拨深深浅浅的绿色中夹杂着明艳的红，在秋日阳光的照耀下很是绚烂瑰丽，动人心弦。盘山的路有些陡，且弯弯绕绕。透过车窗往下看，成片成片的树林、大丛大丛的秀竹匍匐脚下。向前看，大团大团的绿色扑面而来，遮天蔽日，随即向身后倏地闪去，让人平添几分莫测新奇。有鸟鸣越过树梢，和着松涛阵阵，衬得神秘的大山愈发深邃幽静……

一路风尘仆仆，终于来到万寿寺。

当地人告诉我该寺始建于东汉末年，原名阳明山寺。明朝秀峰禅师在此修炼，坐化成佛，其身不朽。明藩南渭王敬其生前高风亮节，尊其为“七祖佛”，改寺名为“万寿寺”，并赐“名山千古仰，活佛万家朝”楹联。周边百姓很是信奉，数百年来香火不衰。今日一见，这万寿寺果然不同凡响。整座院落建于花岗岩坡地上，前坪十分开阔，山谷间有云雾缭绕，仿若仙境。进入寺庙，须踏上十米来高的台阶，抬头望，以天空为背景的万寿寺尤显高大雄伟。拾级而上，朱门、红墙、黄瓦被参天古木环抱着，光洁的青色石板、肃穆的黑色大钟、斑驳的灰色殿脊，无不诉说着年代的久远，飞檐几重顶几叠，重重叠叠，既古朴典雅又巍峨庄严。

寺院住持慧闻法师，引我们至右侧知客寮。房间不大，四周挂满字画，具体写的什么字画的什么景物倒是忘了，印象深刻的是桌上居然有本骆玉明先生的《古诗词课》。拿起来打开一看，竟然还有作者骆玉明先生的亲笔签名！心中好生羡慕。前段时间我也正好买了这本书在读。骆先生是复旦大学中文系博士生导师，他对中国古诗词有独到的见解，致力于对中华民族文化的传承与宣扬。远在湘南深居佛门的慧闻法师怎么有其亲笔签名的书呢？细问得知骆先生的夫人乃永州人，他们每次回家乡都会到宁静幽远的万寿寺走走看看。中华文化博大精深，离不开儒、释、道三家，崇尚国学的骆先生与慧闻法师相互交流、友好往来，赠书什么的也就不足为奇了。

工作上核实完有关情况后，我们便坐车回转。看着古韵清幽的万寿寺、美丽神秘的阳明山渐渐远去，心中竟莫名有点惆怅。

## 双牌水库

一个多云的星期天，我们欣然目睹了有庳古国的另一块瑰宝，镶嵌在潇水河畔的璀璨明珠——双牌水库。双牌水库位于县城东南方向，离县城不远，十来分钟左右的车程。

放眼望去，一座长三百多米、宽五六十米、高程一百八十米左右的大坝巍然矗立于潇水之上，镶嵌于两座青山之间。大坝以上为日湖，大坝以下为月湖。湖面如镜，波澜不惊，有白鹭点缀。时值秋冬枯水期，虽然没有见到春日里百丈飞瀑奔泻、水雾升腾弥漫的景象，但“高峡出平湖”，群山峻岭环抱中的双牌水库依然气势恢弘、伟岸壮阔。月湖潇水河边有一广场，广场中修有一凉亭，站在凉亭观景绝佳。只见河水绿得像一块碧玉，又恰似孔雀蓝宝石，让人爱不释手又无从可掬。河边的水草、树木倒映在水中，仿佛美玉上的暗纹。微风掠过，美玉无比灵动，好一幅草树丛邃、山空水流的美妙画卷！向上眺望，陶铸同志题写的“双牌水库”四个大字在阳光下熠熠生辉。说起这四字的来历，不得不提起那段峥嵘岁月。

双牌水库始建于20世纪50年代，在那个一穷二白、物资匮乏的年代，修水库基本靠人工土法。在修建过程中，因中苏交恶，苏联专家中途撤离并带走了全部技术资料。勤劳勇敢的永州人们，拿出“敢教日月换新天”的干劲，顶着日晒雨淋，冒着严寒酷暑，肩扛手提，披荆斩棘，自主攻坚解决技术难题。经过四年的艰苦奋战，终于在这两岸高山峡谷中垒出了中国水利工程的奇迹。建设过程艰难困苦，时任中共中央中南局第一书记兼广东省委第一书记的陶铸同志多次关心和过问。1963年底，水库竣工后他来这里视察，并应家乡父老请求为水库题名。时光荏苒，双牌水库宛如一条巨龙横卧在潇水间。它不仅是生态宜人的美丽风景区，更像是有庳古国的守护神，守护着这里的山山水水和千亩良田、万家灯火。

为了纪念陶铸同志，河边广场上还建造了陶铸汉白玉雕像，与凉亭南北呼应。我站在雕像下，看着潇水脉脉，一路向北，心中感慨万千。“东风吹暖碧潇湘，闻道浯溪水亦香。最忆故园秋色里，满山枫叶艳惊霜。”斯人已逝，风骨长存。每年都有很多人来这里缅怀陶铸同志，怀念像陶铸一样为人民作出巨大贡献的人。我想我们今天凝心聚力谋发展、砥砺奋进谋新篇就是对革命前辈最大的敬仰！

## 桐子坳

桐子坳位于双牌县茶林镇桐子坳村，这里也是中国银杏第一村，是双牌县的又一处瑰宝。工作结束返回的时候有幸在这里作短暂停留。天气有点转凉，小雨淅淅沥沥，时不时洒落一阵。临行前九月菊塞给了我几颗她家乡的银杏果留作纪念，我从九月菊红了的眼眶里看到了她的不舍，其实我亦如斯。很感谢这段经历，结识了让我仰慕的人以及兴趣相投的文友九月菊。世事纷繁终将过去，而一些人会永远留在心里。趁着雨停的间歇，我们出发了。

山路曲折，雨雾朦胧。一点点靠近，一点点掀开桐子坳的面纱。

秋天是五彩斑斓的，桐子坳是斑斓五彩的！上天太眷顾这里了，把最美的颜料洒向了这里，哪怕雨打雾漫颜色也不曾减淡半分。远山层林竞相叠翠，近处玉竹摇曳多姿，脚旁簇簇格桑花也争相斗艳，粉的白的紫的红的俏丽可爱。当然，最令人印象深刻的还是山谷里美如油画的银杏林。雨后洗过的叶子，干净得让你心疼，明晃晃的让你挪不开眼，有的黄中还透着些许青绿，别有一番风情。偶尔飘下的银杏叶像只黄色的蝴蝶，不经意飞落在地，与其他落叶汇聚在一起，为大地铺就一张绝美的金色地毯。桐子坳为什么不叫银杏坳呢？我不知道，但我知道这里的秋天是最浪漫最唯美的童话。

雾姑娘似乎在和我们捉迷藏，眼见古老的银杏树被她萦绕着，凑近一看，雾又散开了，苍劲挺拔的枝干、柔软细腻的金叶便呈现眼前，让这成片的银杏林多了分“犹抱琵琶半遮面”的韵味。每当我们发现一棵树叶更黄的银杏时，便孩童般地惊呼，静谧的树林便多了几分热闹。树下围着白色的木栅栏，有的树前摆放了不规则的杏色石头，标注着树的年龄：600年、700年、1020年……人生代代无穷已，杏林年年望相似。据说这里共有银杏树3000多棵，百年以上的就有200多棵。有一棵1600年树龄的，称“夫妻树”，粗粗的身躯长到一米多高的时候，便分成两枝，好像并蒂莲一样，你中有我、我中有你，缠缠绵绵。树上挂满了同心锁、同心结。银杏静立无言，但人们赋予了其最美好的情感，任时光流逝，它依然还在。

“一个特色镇、十里小河江、百岁探花村、千年银杏谷、万亩茶药园。”车子在暮色中驶离，我在夜色里回头。

离开已有一段时日，每每想起这些瑰宝，这里善良热情的人儿，心中仍是向往。尽管当时行色匆忙，走马观花，没能仔细端详，有些事情也模糊了，但有关这些瑰宝的美丽画卷抑或片段已然清晰定格在我的脑海，挥之不去，倾尽笔墨也不能详其全貌。还有花千谷、青龙洞、岁圆楼等瑰宝都无暇去欣赏、去感受，有机会我还会踏上这片热土的。

“有庫古国 美丽双牌”，期待诸君来探看。

# 风中的剑客

林　涛

小时候，我对头顶那片天空满怀敬畏。不为别的，只为那空中挥之不去的幽灵——岩鹰。

在乡下老家，人们把所有的猛禽统称为岩鹰。记忆中，那时的岩鹰约有三种。一种是体型短小的鹞子，村里人又叫“打影棒棒”，它以捕食家禽的幼崽为主，是空中的轻骑兵。一种是苍鹰，天高云淡时，它喜欢用蓝天当背景，像一架滑翔机，在高天上翱翔。又喜欢在高空鸣叫，音质纯净清亮，回荡天宇，有凤鸣九天的神韵。苍鹰是艺术家，又是刽子手。它攻击性强，攻击面宽，从家禽到小的野味都在它的捕猎范围之内，是空中的狙击手。最后一种是雕。它体格硕大，一对翅膀打开，足足有两三米长，是空中的巨无霸。雕生性凶猛强悍，所向披靡，是空中的剑客，是独步青天的王者。

雕很沉默，很冷峻，也很凶险。它飞临村庄时，没有一丝征兆，没有半点动静。它有超常的视力，有惊人的判断力，在几百米的高空可以发现并锁定目标。它捕杀的技巧几乎完美，攻势凌厉、打击精准、干净利落，一旦亮剑，几乎零失误，是超一流的空中杀手。雕的一生，有许多惊世骇俗之举，写满神话，写满传奇。

一个晴朗的冬日，生产队的牧场里，一窝快满月的猪仔在禾场里玩耍。突然，空中闪过一道黑影。伴随着啸音，一股凌厉肃杀的冷风掠过，雕从半空俯冲而下，一双钢钩般的利爪把一头二十多斤重的小猪拦腰锁紧，一阵旋风般飞走了，把正准备喂猪的三嫂子，吓得目瞪口呆、魂飞魄散。闻声赶来的人，把她密密匝匝围了好几圈，三嫂子呆若木鸡，两眼发直，说不出半个字。队长挤进来看了看，说：“吓蒙了，吓哑了，你们看，她裤子都湿了呢！”

村里有个李奶奶，个子瘦小，远看像个大小孩。过去，村里的妇女流行出门时戴丝帕。一块丝帕三四米长，青黑色。一圈一圈把丝帕缠熨帖，需要半个时辰。一个早春的上午，天气有点阴冷。李奶奶挎着竹篓，猫着腰，在一丘荒田里扯猪草。她穿着一身青色的衣服，戴着丝帕，远看像一团缓缓移动的黑影。

李奶奶埋头扯着猪草，没留意天上的动静。突然，呼呼作响的一阵冷风扑面而来，李奶奶感到有什么东西在用力扯头上的丝帕，还没回过神就一下被拉离地面，往前带了一两米。李奶奶一惊，本能地用双手去护头，却摸到了一双铁棍一样冰冷的脚杆。老人家知道出了什么事，顿时脑子里一片空白，人立即吓瘫了。雕一看钩住了一个人，同样大吃一惊，想赶紧松开爪子逃离。可是，爪子被丝帕缠住了，一时脱不开身。仓皇间，它的一对钢爪一顿乱蹬，最终把李奶奶的丝帕连同几绺头发一起钩走了。老人家活了一大把年纪，从未遭遇过这等阵仗，活生生吓晕过去。儿子把她背回家里，脚手还一直抖个不停。傍晚，李奶奶的媳妇拿着篾撮箕，到出事的地方，帮老人家捞魂。

自从出了这两桩事，村里人带孩子出门都格外警惕，不敢让刚学会走路的孩子单独待在一处空地里。

我和雕有过两次近距离接触。一次，我站在屋檐下，忽然感觉从天上旋下来一股冷风，一道黑影像一把利剑猛刺过来，我家一只三岁的老母鸡瞬间被掠走。丢下一大堆毛茸茸的鸡仔，它们惊慌失措，在草丛中叽叽地叫。另一次，我扛着鸭梢，站在稻田边看鸭。禾苗长有一尺多高，稻叶基本遮住了水面，鸭子隐身其中觅食，想来不会出什么乱子。我在田埂上巡逻几圈，发现没事，索性蹲在水沟边玩水。玩着玩着，水面上划过一道黑影，我猛一抬头，看见雕伸展着宽大的翅膀，箭一般向稻田的一处俯冲而去。在一阵嘎嘎嘎的惊叫声里，雕猛一蹬腿，钩走了一只大白鸭。尽管隔了好长一段田埂，我仍感受到了那阵冷风里隐藏的杀气。回过神来，我边哭边喊，可还有什么用呢？雕满载而归，而我只好等着挨揍。

说来也怪，我见过雕多次，却一直没看清它的模样。它风驰电掣，来如光，去如电，我连它的羽毛都没捡到过一根，甚至连它什么颜色都没搞清楚。雕随风生，来来去去，起起落落，都裹挟着一股冷冷的风，嗖嗖的风，怪怪的风。它像一个风中的剑客，行踪诡异，让人避之不及、谈之色变。

日子久了，我有了一个惊人的发现：那是一只独雕！原先我以为，雕群也懂得劳逸结合，轮流执勤。后来，我才发现是同一只雕，它每次捕获猎物后，都在不远的山岭上独自享用，就算吃不完也从不带走。我想，它难道没有老伴吗？难道没有孩子吗？据此，我断定它是一个独行侠，是村庄上空唯一的雕，也是最后的雕，是风中孤独而忧郁的剑客。它前有古雕，却后无来者。对此，我不免为之庆幸，更为之叹息。

后来，我离开了村庄，不再见到雕，却无法忘掉它，还不时想起它。偶尔有老家来客，我也会特意提起它。

听说，这个风中的剑客，最后还是没逃过被捕捉的命运。一个冬天的傍晚，雕扑进一个岩穴里去抓鸡，不料空间太小，把翅膀卡住了。正在挣扎，不巧女主人赶来了，她拿起背篓把它死死罩住。众人闻声赶来，七手八脚把它解决了。

雕，这个风中的剑客，风风雨雨一辈子，也风风光光了一辈子，最终，还是栽在人类手里。这种结局，抑或是它的宿命?

# 坚守者

## 胡文祥

被湖风奶过的人，身上总有一股厚重的鱼腥味。闻到这味儿，我便不由自主地又想起了白泥湖的余嗲（diā）。

春节前，贞通过微信发来消息，说要来洞庭湖看鸟。我说，不用去洞庭湖，我们云溪就有一个鸟园子——白泥湖国家湿地公园。贞有些急切，春节刚过就循着梦里的鸟鸣声翩然而来。

白泥湖国家湿地公园，从卫星地图上看，就像一颗绿宝石，镶嵌在长江南岸。它面积约15.09平方千米，西北距离长江不足两千米，其中湿地面积占86%，虽比不上洞庭湖的浩瀚，但在化工之城的云溪能完好保留这片原生态湿地，就已显弥足珍贵。全年平均温度16.5℃，适宜的气候孕育出丰富的水生植物及鱼类资源。每年冬季候鸟蜂拥而至，在此栖息过冬的候鸟有几百种、上万只，最常见的有天鹅、白鹳、苦恶鸡（苦恶鸟）、白鹤、豆雁等。

候鸟活动季节，车辆是不允许进入湖区的，我们找了一块空地停好车，步行向前。小路霜冻的泥土有些僵硬，踩上去咯吱咯吱响。风像是从湖水里钻出来似的，冷飕飕的，刮在脸上像刀子一样锋利。

经常来白泥湖看鸟的人，都认识余嗲，人们都称他余鸟倌。这名称可有来头。早年，他靠打鱼为生，一条小木船、一张渔网，靠水吃水，日子虽不富裕，但也勉强过得去。白泥湖的白鹭嘴冬季是鸟的集聚地，也是捕鱼的最佳地。这里芦苇丛生，湖水不深，清澈透光，湖底长满天鹅最爱吃的水草，鱼虾也喜欢在水草里觅食，最适合渔民下网。余嗲每天在这里下网总有不错的收获。按理说，人与鸟资源共享，各取所需，并无瓜葛，但听陆城镇的一位文友说，余嗲与鸟还真有一段故事。

那是十年前的一个冬日的早晨，余嗲像往常一样带着十岁的孙伢子去白鹭嘴，收头一天放的丝网。那天天气有些异常，天空堆满了黑色的云，铅一般沉，倒是西边天空有道空隙，透着诡异的白光。空气有些沉闷，没有风，让人感觉有些压抑。到了湖边，他将孙伢子留在湖边看守摩托车，自己驾着小船直接下了湖。那天渔获还真多，五十米长的丝网黏满了各种鱼，鲢鱼、草鱼、大白刁，密密麻麻，整张网提起来沉沉的。他手忙脚乱，划着小木船，只顾收拾渔获，没注意留在岸边的小孙子。殊不知这时小伢子手里的玩具掉进了水里，他试着用一根树枝去捞，湖边泥土酥软湿滑，当他的眼睛随着树枝在玩具上滑动之时，脚底泥土松落，他一个仰马翻便滚落湖里。幸好厚实的棉衣充当了救生衣，让他浮在了水面，随即小孩子的尖叫和哭声便在湖面漫散开来。正在湖里觅食的几只野鸭和天鹅吓得不轻，惊叫着飞起来，围着余嗲的小船转了几圈又朝小伢子落水的方向来回飞行，最后转身扎进芦苇丛里。余鸟倌感觉到了异常，隐隐约约又听到细伢子的哭叫声，忙划着小船往回赶。还没到岸边，就看见孙伢子在水里挣扎，一股冷汗不由自主地从额头冒了出来。他拼尽全力快速划过去将浑身湿透的孙子捞了上来，立即点燃了路边一堆芦苇。经过紧急施救，小孙子吐了几口水，慢慢醒来。醒来第一句话惊呆了余嗲，他说："嗲嗲，刚才好像有一只大白鸟在水里托住我，鸟呢？"余嗲心里一惊，回头向远处的芦苇丛望去，见有两只白天鹅围着芦苇转圈，不时伸着脖子嘎嘎鸣叫，似乎是受到了惊吓，声音有些嘶哑，又好像是看到小伢子有惊无险后的惊喜。从此，余嗲心里对鸟充满了感激，他打鱼再也不去白鹭嘴，怕惊了在那里越冬的鸟儿。

有一次，他打鱼回家，路过湖滩，看见一只灰色的鸟被丝网缠住挣脱不得，发出痛苦的悲鸣。在江湖边混了一辈子的他一眼就认出那是国家一级保护鸟类斑头雁。鸟具灵性，见有人来，便停止挣扎，溜圆的眼睛盯着余哆，露出渴求帮助的神情。余哆没有犹豫，下水解开丝网，将它抱上岸来。由于它受伤严重，此时放生肯定难以存活，于是将它带回家。经过精心治疗和喂养，一个多月后这只斑头雁恢复了健康。鸟和人一样懂得感恩，刚开始，它不肯离去，总是飞几圈又回来了，站在院墙上欢叫。后来连续两年初冬回归，总要先来余哆的院门口看看，叫唤几声。第三年没见到那只斑头雁，余哆天天划着小船在湖里到处找，伤心了好一阵子。他说："这鸟通人性，我养它就像养个闺女，现在不回来了，就当远嫁吧。"

珍禽走兽，天上大雁地上兔。早期，国家并没有完全禁止捕杀水鸟。鸟肉的美味让个别人失去了理智，用枪打、放毒药，候鸟的噩梦每年冬季在湖区上演。看到湖滩上成片被毒死的鸟，余哆很心痛，常常自言自语："作孽啊！"2010年秋，第一张禁止捕杀珍稀鸟类的告示和禁止私持猎枪的通告贴上村委会的墙，余哆紧皱的眉头舒展开来，高兴得放了一挂鞭炮，弄得村里人都笑，还有人说，"关你鸟事"。余哆也不生气，吧嗒着烟说，"你晓得个卵"。冬季的湖区终于消停了，鸟儿们再也不用过心惊胆战的日子了。

2019年的一个早晨，余哆还是像往常一样背着打鱼的家伙什，准备上船，村里的大喇叭传来消息，长江流域实行休养生息，十年禁捕。

这消息像针儿般扎在余哆心上，他一时不知所措，心想，我打了一辈子鱼，不打鱼做什么，还夺了人饭碗不成，管他呢。接着他继续往湖边走。

"哥，你就别去了，等会儿镇里有人找你。"当村支书的堂弟拦住了他。

"找我？"余哆一脸迷惑。

"是咯，昨天我在镇里开会，就是讲渔民上岸的事，你以后就不要去打鱼了。"

"不打鱼，我搞么里（干什么），老三还背着房贷呢，谁帮他？"

"莫急，镇里会有安排，一条渔船补三万，村里会安排你做点别的事。"

"今早吃了油坨里吧，嘴巴油腔滑调尽糊弄人。"

"不骗你呢，等会儿镇里来人了我到哪里找你？"

余哆一脸无奈，只得背着家伙什往回走。

2015年，国家批准成立白泥湖国家湿地公园。公园建成后，镇里环保站给他安排了个守湖的差事，守护湖里的候鸟就成了余嗲的工作。没事的时候，他总叼着一根烟在湖边数鸟，拿着小本子记录，有时还给鸟投喂食物。时间久了，鸟与余嗲的关系就亲密起来，村里人见了都亲切地称他余鸟倌，他也笑眯眯地答应。

余嗲的“鸟窝”在湖东边的山脚下。

我们轻轻推开院门，一条狗吠着迎面扑来，惊得我们退了几步。场院不大，一条木船倒扣在中间，被两条木板凳支撑着。这时候从木船的另一头冒出一个白花花的脑袋来。我一眼就认出是余嗲，显然他好久没有回过村了。花白的头发快盖过耳朵，凌乱的胡须像院墙外结了霜的野草，布满皱纹的脸像放久了的橘子皮，黑瘦的脸颊均匀地分布着几点黑斑，那双手就像他的旧渔船，黝黑还布满粗糙的裂纹。

“嗲嗲，在忙么里？”我忙打招呼。

余嗲呆呆地打量了我们半天才认出我来。

“小胡怎么这么早就过来了，稀客稀客，这不是又要巡湖了么，这船半年没下水了，我正将它的裂缝补点腻子，刷刷桐油。”

我回头指着身后的贞说：“这是从省城来的摄影家，也是鸟类保护志愿者，想来这里看鸟，拍点鸟的照片。”

他指着斜对面的湖面说：“观鸟呀，你们来得正是时候，今年比往年多，你们看那边湖面滩头到处都是，热闹着哩！”

贞从背包里拿出一条烟递给余嗲说：“嗲嗲，这是给你的。”

鸟嗲嗲也不客气，说：“我缺的就是这个，现在守湖的任务紧，想出去买也没时间。”他接过烟就随手丢到船肚上，招了招手说，后边山坡上有他前几天搭建的观鸟台，镇上的环保站还为他配了望远镜。说完，放下手里的工具，带着我们朝后山走去。

观鸟台离他的小屋只有四五十米。其实就是几根木头架起一个草棚子，铺上几块木板，再用竹竿围了一圈护栏，上下是一架木梯子。

贞就像一个汉子，三五下就爬上去，鼓捣她的摄影装备了。我和余嗲点了根烟，就着湖与鸟的话题攀谈起来。

原来，很久以前白泥湖属于东洞庭湖区，后来修筑长江大堤，将这片水域与长江分离开来。以前来这里越冬的鸟很多。由于20世纪90年代大力发展养殖业，白泥湖周边建了大批养猪场，猪粪未经处理直接排放到湖里，导致水质迅速变差。而候鸟大多对栖息地水质要求高，特别是天鹅，它就像鸟类中的公主，金贵得很。它食素，主要觅食湖里的水草，民间叫它“斋公”。湖水污染后，水草大片死亡，天鹅找不到食物，也就不来了。2016年云溪区委区政府响应中央生态优先的战略，为了恢复白泥湖水系生态，实行生态退养，全区所有湖区的养殖业包括精养水产养殖全部清退。刚开始有些老百姓不理解，后来区、镇、村各级领导分头走村串乡，蹲在田间地头，与群众拉家常、讲道理，湖区的群众逐渐理解支持起来。仅半年时间，湖区所有的养殖场全部退养，紧接着在区农业局的引导下，开始发展生态种养殖业，山上种植油茶树，湖区种植湘莲。为了优化水质，养鱼养蟹禁止投放精饲料。几年下来，湖区生态很快得到了修复。同时生态养殖的发展也初见成效，群众的腰包也慢慢鼓了起来。如今这里建成了国家级湿地公园，与历史文化古镇陆城、长江流域国家一级文物保护地大矶头遗址，还有铜鼓山遗址连成一片，成了远近闻名的生态旅游打卡地。

雾慢慢散去，阳光暖暖地照在湖面，鸟鸣声此起彼伏。要去巡湖了，余嗲站起身来，拍了拍身上的尘土说：“我去湖对岸看看，怕有人下网、放地笼，你们离开时帮我把院门关好。”说完，他从屋里拿了一把勾刀，沿着山边的小路走去。我望着他远去的背影，一股敬意油然而生。作为一位老人，到了这把年纪，本该在家里与儿孙同乐，安享晚年，可他却坚守着这片水、这群鸟和这份孤独，是感恩还是对生态文明的信仰？

我想，那湖里的鸟儿们应该知道。

贞回省城约一个月后，我收到了她寄来的一个快递。打开后惊喜地发现是两本画册，都是在白泥湖拍摄的水鸟照片。她的摄影水平还真不一般，各种鸟的飞行、觅食、休息、嬉闹姿势和神态跃然纸上，镜头角度、远近、光感恰到好处，连鸟的眼神都被她的镜头表现得淋漓尽致。画册里还夹着一封短信，委托我送一本给余嗲，并向他老人家问好。

当余嗲打开画册，黝黑满是皱纹的脸像花儿一样舒展开来。他握着我的手说：“哈哈，这可是个好东西！”

# 风过林梢

旷立德

徒步爬紫金山，登上清凉寺塔楼远眺麋城、湘江，是她执掌紫金山林场帅印以来，一有空闲就做的事。没有固定的时间段，或在大清早或在傍晚。有时候来去匆匆，有时候会待上小半天，甚至会在包里拿出老子的《道德经》来读上一阵。她崇尚老子“自然而然”的处世之道。

而徒步，则是她早年在福田石东那个偏远的贫困小村担任扶贫工作队长时，就已经养成的习惯。一直以来，她都觉得徒步出行、徒步爬山，很能让她找到思路开阔的感觉。无论是在工作开展上遇到了难题，又或是生活中有琐事困扰，甚至读书写作的思路，她都能从徒步这项运动中获取能量，边爬山边思考，继而灵感大发地找到处理方法。尤其是在徒步爬紫金山林场这段盘山道时，她更能从心底里找到母狮巡视领地的感觉，这让她有一丝小小的得意，也坚强了她的内心世界。

2017 年 1 月，萱洲国家森林公园成立。她所在的成立于 1958 年的国有林场，被整体划归这个公园的紫金片区，与包含九观湖、雷钵峰的萱洲片区，以及海拔 1028 米的紫盖峰归属的白云片区，从东、南、北三面环绕大衡山，对南岳衡山作了充分的自然补充，构成了这个国家大森林公园，总面积超过 2995 公顷。

初到林场，舞台是大了，可是演员还是不多。全场总共 30 多名员工，其中还有 10 多名临退工人，能干活的也就 20 来号人。要做的事却多得很：要宣传相关的法律法规，依法对公园实施统一管理；要负责公园的建设和森林风景资源的保护利用；要打击盗砍盗伐、乱占林地的违法现象；要制定出一整套森林防火扑救的措施方案；还要进行森林资源培育、野生动植物保护，发挥生态效益，维护生态安全；等等。特别是那个“森林防火扑救”，是林场日常工作的重中之重，妥善详细地制定方案是前提，关键是如何把方案落到实处。偌大的园区，即使是驾驶一辆性能良好的四驱车跑一圈，也得花上两天时间，别说干活了。况且，天知道哪把野火会在何时何地就莫名其妙地燃起来。所以，每年山火易发的季节，就是林场全体员工最紧张、最辛苦的时候。每个人的神经都紧绷着，一天当班十几个小时，一坚持就是十几天，且成了常态。

上任后，她紧紧扭住“绿色引领、生态优质”这个林场工作的“牛鼻子”，狠抓植树造林工作，营造多彩森林廊道。同时，她也深刻地领会到公园各片区林场的发展，必须坚持“以林为本”的原则。营林生产工作，才是各片区林场工作的主业。近年来，她在公园范围内组织完成了大量工作，实施储备林建设项目4000余亩，实施森林精准提质项目2000余亩，完成林区抚育任务3000余亩……“林场林场，有林才会长”这个道理，早已深深地植入她的心间。

她始终认为，林场最美的季节不是春天、夏天或者冬天，而应是秋天。秋天的林场，走过上一季的喧嚣与浮华，早已褪去了全部的青涩而归于成熟。尤其是在深秋的午后，当她走进林场那片莽莽苍苍的森林时，映入眼帘的，首先是植物的叶片已从春夏的淡绿、青绿变成了墨绿、浅黄或者深红。这种用时间熬煮、沉淀而成的颜色，才是最令她赏心悦目的风景，努力走近它们，才会让她感到无比的心安与恬然。

转过前面盘山道的那个“之”字，只见长在拐角处的那株杜鹃，在这个暖和的秋日里，早已盛开成了一簇热烈的火焰。它在微风里冲她轻轻摇曳的样子，与周围纷纷摇落的松针和渐渐枯黄的野蕨形成了明显对比。这让她在秋的深处，居然品尝到了春的味道。当年刚来林场时，就是在这个拐角处，她一眼就从浓密的蕨草中，发现了这株只开了一朵花、枝杆瘦弱得如同野草茎一样的杜鹃。她瞬间便被它生在恶劣的生存环境却不屈生长的精神所感动，随即下山找来工具，锄去它周围的杂草，耕松它底下的土壤……年复一年地守护着它的成长，也终于等来了它如今枝繁叶茂、花开浓烈的灿烂。

有“咕咕”的叫声从头顶传来，那是松鼠的叫声。早已对林场里动植物都颇有研究的她非常清楚，通常松鼠发出这种叫声时，往往是对外来的入侵者极其不满、极其生气的表现。所以，她闻声抬头，冲它歉意地笑了笑，准备悄声退出。

近年来，因为林场生态的持续向好，加上对野生动物的严格保护，松鼠在紫金山园区内已从稀有物种发展到族群生长的状态。园区的森林里，到处都有它们的身影。

和大多数啮齿动物一样，在初冬来临前，它已更换了皮毛。它那极有个性的尾部那团细长、蓬松的绒毛，平衡着它在树枝、林梢跳跃闪转的身体，也把它整个的形象衬托得憨萌可爱。林子里的丰厚植被，在经过夏、秋两个生长旺季后，到处都结满了成熟的浆果，也让它们整个家族都吃得膘肥体壮，足以从容应对下一个寒冷少食的季节。

夕阳的余晖透过枝叶的缝隙，像一条条耀眼的光柱，猛然斜插入林子里，给有些幽暗的林子增添了几分迷幻的光彩。一只锦雉拖着肥硕的身子，正在林间的空地上，一边悠闲地觅食，一边“哦哦”地放歌，却被她意外惊起，“扑棱棱”飞过一丛矮灌，倏忽就消失不见了。

橄榄色的画眉，白色的眼圈沿着眼睛上缘向后生长，形成一条白色的眉纹，一直延伸至枕侧。它的这条眉纹极其醒目，仿如眉笔画就，这也是人们叫它“画眉”的来由。此刻，它们正欢快地在矮灌木上跳跃嬉戏。和其他鸟类不同，画眉不喜欢在高大的树木上飞行觅食，因为，那上面没有它们喜爱的昆虫，反而容易招来猛禽的猎杀，所以，它们生活的地方，基本上是低矮灌木丛。

她择一块较平整的岩石，安然地倚一棵大松树坐下，贪婪地享受着大自然无私赠予她的这一切。她觉得，这是她来林场以后最为惬意的生活。她经常如同一尊雕像一样，保持同一姿势，良久地观察着这些飞禽走兽、花草树木，乃至林子上空的蓝天白云，信马由缰地放飞思绪，遐想联翩……

她一直相信，树木除了有生命，更像动物一样是怀有感情的。她亲手栽在紫盖峰岩石旁的那株福建山樱，2023 年春天就是在她来了以后，才昂首怒放的。2022 年也是如此。甚至在 2021 年春天，因为疫情和天气的原因，她迟去了一个多星期，本以为那株山樱早已花落成泥了，谁知道，当她终于匆匆赶到时，竟发现，在午后的阳光下，那株山樱正繁花满枝。这喜出望外的发现让她坚信，树木一定也拥有像动物一样丰富的感情。又或许，在那株山樱花的生命里，早已摒弃了季节，只有当她去了以后，才是真正的春天到了。

每次在爬上清凉寺的塔楼前，她都会绕道去一侧的烈士陵园里走一走。这里安放着一个多世纪以来，为了中华民族的革命事业而英勇牺牲的烈士。她始终觉得，这个烈士陵园是紫金山林场，乃至整个萱洲国家森林公园最为神圣的地方。英雄不死，忠魂永远与绿水青山同在。她始终认为，生死乃人生头等大事，而埋骨于此的烈士在生死面前所表现出来的大义凛然，总会让她无所畏惧、勇气倍增地面对所有的艰难险阻。

踏进陵园的那一刹那，她又会带着职业的敏感，执着地仔细察看陵园里的每一株花草树木。目光所至，极尽温柔。她也会认真观察每一位入园的游客。凭着特有的职业敏感，她曾多次成功地辨识出游客身上携带的火源，预防了园区内可能发生的火灾。

傍晚，站在清凉寺的塔楼顶层，极目远眺温婉如玉、飘然远去的湘江。山下，那万家灯火亮处，便是麋城。在宁静的夜晚，每一盏燃起的灯火，都是那样温馨暖目。

林场的入口处，两旁的红枫上缠绕着喜庆的殷红灯带，融入麋城的万千灯火里，显得分外妖娆。女人家，都逃不过爱美的天性。记得虎年的春节前夕，她指挥有度，仅用八天时间就绕起了这一千多米的灯带。又从入口到烈士陵园挂上了600多盏路灯，一路蜿蜒，一路光辉，为林场，也为麋城，添上了一道亮丽的风景。

有风吹过林梢，也吹起她额前的刘海。眉眼深处，尽是流淌的山河岁月。不用侧耳，就能听见松涛阵阵——那是树木苍生的私语，也是生命迸发出的呐喊。

# 漫步在资江风光带上的遐思

袁杰伟

在资江风光带上漫步，思绪不觉回到年少的时候。

我出生于20世纪60年代，与资水相关联的“景物”，印象最深的是河沙坪。河沙坪也就是资江上梅段塔山湾的上游河岸处的一块泥沙堆积处。因资江河道在这里拐弯，在资水的冲积下，这个湾湾里河沙堆积，形成了一个小小的河沙冲击坪，人称河沙坪。

70年代，人们建房多用土墙，一直到80年代中期，也少有建红砖房的。这天然上好的河沙无人使用，便越堆越厚，越积越宽。

资水的两边，春夏时水淹得很宽，人们在资水两边种菜种田，完全是向河水抢饭吃。一旦水涨过来，就会颗粒无收，而且连秧苗都会淹死。河沙坪处，自然无法种植，日积月累，便成为荒无人烟的地方，虫蛇出没，无人敢近。

1977年资江一大桥建成通车。那时车过一大桥就是江东，江东地域就不是“街上”了，是郊区，人烟稀少。河的东岸涨水时一片汪洋，大水漫过荒地，一直淹到新化一中的围墙底下，大有漫进校园之势。退水后一片泥泞，杂草丛生，蛇鼠出没。

如果说资江还留给我什么深刻的印象，那就是发大水。资江每隔几年就会发大水，一到发大水，江两边的人们就要遭殃。不但两岸的菜地、农田被淹，房屋也会被淹。新化城里涨过多少次大水，我没有做过研究。我印象最深的是1996年的夏天，那天我刚从长沙回来，一到县城就来到我二兄开的一个店子里，遇到正好到城里来的母亲。母亲办完事在此歇足，正准备回去。这时水已经进了街道的地面，我和母亲往回家的路上赶，水就跟在我们后面淹过来。稍微慢一点，水就会扑到我们脚上。

后来我从农村老家的电视里看到，水已经淹过了新化资江一大桥，整个县城都被淹了。连续几天，电视里都在报道抗洪抢险和抗洪英雄。

在老家待了四天，洪水已退，我返回县城。因道路不通，我想从县城的高地跑马岭那里迂回到新化宾馆入住。结果看到跑马岭下工农河街道依然一片泽国，根本过不去。好在有临时营运的黑船，说花五十元可以渡我过去，我才得以入住新化宾馆。

据水文数据，1996年7月14日下午2点，洪峰水位达184.53米，超警戒线7.53米。而史载此前最高水位是1949年的155米。也就是说，1996年的最高水位超过了1949年最高水位约30米。

水位高30米是个什么概念？假如一层楼房层高3米，那就可以淹掉整个10层的房子。那水位184.53米是个什么样，没见过的人就要发挥想象了。

据史料记载，资江流域山丘区局部性和插花性洪灾，历史上几乎年年均有。较大的洪灾3～5年一次。据《湖南自然灾害年表》，1482年至1949年流域性水灾129年次，大洪水年18年。1617年为特大洪水年，武冈、益阳等县均有记载。如《邵阳县志》载：“丁巳大水漂去青龙桥舟从墙垛入城，毁灭民居无算”；《新化县志》载：“五月，大水入城，没东西北三门”。邵阳、新化洪峰流量分别为 13 600 立方米每秒、14 600 立方米每秒。1924 年“甲子大水”为资水上游次大洪水。1950 年至 2000 年流域性大洪水有 7 年，以 1996 年为最，资水上游洪水仅次于 1617 年和 1924 年，冷水江站实测洪峰流量达 11 000 立方米每秒，桃江站实测洪峰流量达 11 600 立方米每秒。邵阳市城区受淹面积达二分之一，主要街道进水两米多深，桃江县城水淹八昼夜。

涨洪水的原因当然是很多的，但无疑乱砍滥伐是一个重要原因。我清楚地记得，小时候我老家周边的山上，林深荫浓。有时候一到天黑，就有村民敲着锅盖、铜锣、扮稻谷的戽桶等，驱赶进村的野猪（有的说是老虎），小孩子更是被大人早早拉进屋里，抱在身边，不停地哄着“别怕，别怕”。当时的林木生态是个什么状况？当时的山不只是青山，而是被老一辈人说成是“深山老林”。“深山老林”也是我对家乡最深刻的印象。

而 20 世纪 80 年代初期，随着承包到户政策的推行，许多地方在实施时误解了这个政策，将山上的树也分到户，几天就把山上的树砍光了。原来的深山变成了光秃秃的山头。更为糟糕的是，九十年代搞市场经济后，许多地方在“有水快流”、快速致富想法的驱使下，误读了“白猫黑猫，抓到老鼠就是好猫”，误读了“发展是硬道理”，到处乱挖煤矿、乱挖有色金属矿，在江边开办造纸厂、化工厂，把大量的污水、工业废水直接排到资江。曾经的一江碧水，变成了一条浑浊的河流；曾经的母亲河，变成了一条有毒的河流。山上的水由于没有了树木蓄不了，一下雨，连同泥沙全部往资江水里流，资江水位就猛地高涨。最为严重的是，很多人为了“搞活市场经济”，直接把机器下到资江里面，一天二十四小时开挖河沙，不停地开动“淘金机”。河床被开采得千疮百孔，资水在无声地呜咽！可是没有人能听懂它的声音，还是一如既往地伤害它，从它的身上索取。

黄金淘光了，人们有钱了，开始建房了。基建热兴了起来，资江再一次遭受磨难。采砂机一天二十四小时不停地在河里轰鸣，开采河砂建房，资江遭受再一轮只顾谋利的房地产商的蹂躏！

山也在人们贪欲的膨胀下再一次遭罪。河沙采光之后，贪婪的人们又转战山上，在各个山头放炮开石，再打碎成沙子。山体也被炸得百孔千疮。

挖煤矿的更是不顾一切，不但把子孙水挖断，还把村庄房屋下面的地采空，造成房屋歪斜，人们住在家里也没有安全感。

人类毫无敬畏地伤害大自然，大自然也是要“回报”人类的。滔天的洪水就是大自然对人类的“回报”之一。

资水在哭泣，资水在愤怒，资水在警告！

如果人类对大自然的破坏随着科技的进步和人类欲望的进步而升级，那将是多么可怕的事啊！

“绿水青山就是金山银山。”

资江实行了河长制。造纸厂、化工厂被关闭了，撒开大网任意捕鱼、用电棒打鱼被禁止了，钓鱼也划定了河段，就连下河游泳也规定了河段。

山上重新披上了绿装，原来干枯的井里，冬天再一次涌出冒热气的水，夏天涌出清凉的泉。山上的水土保持好了，小河的水清澈了。清澈的水汇入资江，资江的水也成了一江碧水。

资江，就像一个娇媚的女神，再次展现出神奇的魅力。

而梅堤，就像她的男神，在她曾经最狂野、最闹腾的地方紧紧守护着她。或者说，一江碧水有多长，梅堤就有多长，只是县城的梅堤更加宽广、更加高大，更加伟岸、更加英武。

漫步梅堤，观杨柳依依、杂花生树，沐一缕阳光，任江风微拂，携娇妻之手，哼流行之曲，实乃人生之一乐事乎！

自从防洪堤修好后，原先洪水泛滥的河沙坪，便一部分成了堤，一部分成了江岸的农田，后来成为开发之地。现在其上已屹立几个高档住宅小区，数以万计的人在这里安居乐业，晚上更是万家灯火，繁华热闹。

而那成为堤的一部分的河沙坪，现已绿草茵茵，花树、果树，杂树、名贵树，在风中摇曳生姿。人们在堤上漫步、骑车、练拳、追闹，更有一些情侣躺在草地上沐浴阳光。

在梅堤南边不远处的一个开阔地带，有眼光的开发商在这里建起了一个游乐场，每天晚上五光十色。特别是夏秋季节，到这里来坐太空飞船、坐火车、坐过山车、坐太空游轮、荡太空秋千的，与梅堤上漫步看热闹的人们相映成趣。

沿梅堤开发的居民小区，已有十数个之多。我做了个估计，一个小区可以容纳两万来人，这样算来，梅堤西岸就可以容纳二十多万人。梅堤沿线将是人口最稠密的地区，而且稠密得令人吃惊。其实这也很正常，人类自古以来就是沿着河流发展的。

资水，是梅山人的母亲河，也是梅山人的生命线。生活在资江两岸的人们，一直就在向资江讨生活。

资江，从来没有像今天这么安静。人们不再去破坏她，不再去骚扰她。她静静地滋养着两岸的人们，人们也深深地爱护着她、呵护着她。

除了作为母亲河的形象，有时，资江更像是一位女神。人们默默地在岸边看着她、陪着她，就觉得是一种最大的幸福。

资江从来没有这么美丽过。

梅堤的最南端是狮子山。这里有新化县最大的自来水厂，资江水从这里被抽出来，供应整个县城居民的生活用水。资水用她甘美的乳汁滋润着一代代梅山人。

梅堤的最北端是一座名叫塔山的小山。塔山里的湾湾，曾经是毛板船蓄势待发的港湾。它的对岸，便是凝聚新化数百年历史的人文北塔，它是整个上梅山的人文锁钥。

而今，在塔山与北塔不远处，建起了资江四桥。这是一座带有旅游功能的桥梁，人们从北塔步行过四桥，到塔山，漫步资江风光带，资水东西两岸的人文风光就连成了一个整体。

滔滔资江，从遥远的广西而来，从同属梅山的邵阳而来，从曾经属于新化的冷水江而来，经过新化县城，受到八公里梅堤的呵护与装扮，迤逦北去，经过益阳，注入洞庭，汇入长江，最终融入东海。

资江，也许你只是东海中并不起眼的一片小浪花，但在风光无限、晚霞灿烂的梅堤之上漫步的我，怎能不把你思量？

# 死在山上的树



刘诚龙

山是活的。别以为不动的就是死的，树立千年不动，树不是死的，树是活的；山立万年不动，山不是死的，山是活的。不只火山是活的，青山都是活的。我走在田谷坳上，我看到山生机勃勃。山扯开喉咙说话，我不懂，你不懂，仍是语言。鸟说话，你我都不懂，鸟自有鸟语；过了山界，听到山那边人在说话，我也不懂，我知道那是人类语言。

山嘴长在树梢，树叶是音簧，山风是音带。山说话比人说话，语言更丰富，高亢、沉雄、浑厚、欢快、清脆、婉转、轻柔，高音、中音、低音，这些天籁之音，都是山言山语。我到田谷坳山中走，风习习吹，山语圆润、磁性，轻声细语，似水如歌。也可以说，鸟是山的另一张嘴。她们的嗓子，仿佛经过了专业训练，随便一甩，甩出哆来咪发唆，甩出宫商角徵羽。

山风是一服中药。我大病初愈，伤了元气，病恹恹的，打不起精神。走在田谷坳山上，山风配百花香，合成气，一服一服地，漱口、灌喉、入肺、囤胃，再丝丝缕缕，行肝、抚脾、沁肾、醒脑、通经络、扪筋骨，令人身心舒泰、神清气爽。人，活在山中，活在树林里，活在鸟语花香间，是最好的活着。人从海里出来，再回海里，海是苦海；人到山上，活在山麓山腰与山顶，山是乐山。山不是屋，屋须有山，人建楼堂馆所于山外，最后归宿是在山里。

入田谷坳深处，树不沾衣，原始森林不在了，山没那么深。我走田谷坳，正是日头暴躁，追着人来烧。进得此山，吹面不寒，吹面更不烫，自然不是杨柳风，而是枞树风、株树风、翠竹风。枞树高耸，发枝散叶，还拦不住追杀的日头，阳光泄山，斑斑点点，条条线线；株树高举大篷，一星半星阳光，也不让杀过来；还有毛竹，毛竹撑起来的手指形叶啊，如楚辞汉赋，隆重铺陈。热吧？来，来田谷坳山上，人生若只如山初见，管他何事秋风悲画扇。

若有一样不好，那就是灌木蓬蓬的了。金樱花木，三月萢树，成块成丘，它们都是带刺的。入得田谷坳，父亲与爷爷所居之地，山路弯弯，到底有路。行于挂青路上，时不时会有梽木扯你衣，时不时会有葛藤绊你脚。山深处，已是无路了。牧牛的路，下面铺满了蔓草，上面织满了灌木。走是不能走了，蹲在地头，还能依稀辨认我那头青牛牯踩的脚印。牛的脚印，是牛的字迹，被山风这只橡皮擦，擦得只留下淡淡的字痕。那条牛路，牛过不得了，或许，野兔可以过，山鸡可以唱着山歌，从从容容、悠悠然然地过。

寻访故迹，故迹已无处可寻。牛路，牛过不得，当年牧牛的人，更过不得。枞树底下，那块扑克地呢？跺脚跺出的猪槽深的坑，被抹平，全平了。牧牛是耍活。把牛赶到山上，牛吃叶也罢，吃草也罢，吃土也罢，随牛去，我们或蹲或跪在枞树林，咋咋呼呼打牌。赢了，蹦起来跺脚；输了，蹦起来跺脚。紧实的山地，跺出小坑来。枞树林，可比公园园林，地面寸草不生，寸物没有。野鸡茅、青苔藓、车前草、茇茇草，早被姐妹和老娘割得根都不留——这些物什，都是要去垫猪栏牛栏的。枞树落叶，松针形的落叶，也全都被扫到簸箕里，自簸箕底塞到簸箕顶，一担一担，担回去给猪牛做被窝。枞树底，干净，坦平。

枞树林里，我看到一棵枞树，死了。那里。哪里？那里啊，又一棵枞树，横挂在枞树之间。一棵枞树上，还挂着黑黄黑黄的针叶子；另一棵枞树，全是光身，光杆杆，一点绿色也没有，死了。转身看，死了的，还有竹子，一根，一根，那里还有一根，一根。竹子好大，根底碗口粗。竹子活着，砍回去，可以织一个打猪草的背篮，加一个筛米的筛盘。竹子用处大矣哉。枞树更是乡亲的抢手货，造屋做椽皮，做楼板，都靠枞树。

枞树与竹子，死了。死在山上，春来秋去，风吹雨淋，有好些年头了吧。死在山上，死后还在山上。我扒荆棘，我穿灌木，我走到枞树尸首旁，手拍树干，无人会，抚树意。树干了，死了不少时日了，青苔如烂布条，乱缠其上。我手拍树干，连连叹：好柴好柴。转去三代，都是农民；我这一代，只要回转一次身，都是樵夫。春夏季，寒暑假，腰缠砍刀，簸箕盛斧，直往山上奔。枞树最是目标。枞树不砍，砍的是枞树枝。嗦嗦嗦嗦，身子可比猴子，三五下爬到枞树中央。先坐在枝丫处，打几声“哦嗬”，唱一首山歌，然后坎坎伐枝兮。棵棵枞树，都被爬过，枝干所剩无几，也得砍。老娘派了任务，跟吃饭挂钩，放学了，不打一担柴，回来莫吃饭。

这棵，还有那棵枞树，不是悬梁，怎么说也是干柴哪。当樵夫那会儿，若是见了这么大一蔸柴，心情估计比你讨婆娘没得差，只有强。樵夫十年，从来不曾见这大这长的枞树柴，顶多见的是枞树蔸根。寒假，北风那个吹，雪花那个飘，我担着斧头，到处寻枞树蔸，月半撞满月，好久才见一个。竹蔸常见些，整根竹子，可做一担柴。樵夫十年，都不曾见。暑假，我姐我妹，蛮多发小，成一个纵队，去几里外的石道冲打柴。那里竹蔸多，大清早去，大正午归，担得一担干柴回。

这一棵又一棵死在山上的树，死在山上的竹，就这么死着，没谁来捡。山上的树，活的，是有主物，见之，眼里急出血来，也不是你的；死的，是无主物，谁先见，归属谁。枞树，我是掮不起了，形容老矣，不复当年掮雪压树了。其时也，雪落高山岭，冰结枞树枝，枞树撑不起严寒，倒了。树们冻得死，乡亲喜得死。冰天雪地里，胶鞋里一脚的冰水，跑到山上，砍雪压树。好好活着的树，是不准砍的。雪压树，半死、还没死，只看哪个跑得快、掮得动，那树就是你哥的屋梁，那树就是你姐的嫁妆。要买文具盒，要交学杂费，堂兄曾带我到铁炉冲各个山头砍树。小腿粗的、碗口粗的，半夜砍回来，卖煤矿做矿木。

站在田谷坳山峰之巅，望铁炉冲，望石头谢家，望邵阳高铁北站，但见得一栋栋房屋，或聚或散，矗立山边田岸。三层五层，外墙都贴了白的、灰的、淡黄的、浅绿的瓷板，屋顶不见青瓦，或是玻璃阳光房，或是平顶种瓜秧。红砖房有，不多；木板房，没绝迹，却是墙壁阶前长满青苔，无人住。无瓦，不用枞树做椽皮了；有柱，都是钢筋水泥做台柱；门是铁门，漆的朝霞红；窗是铝合金窗，财主家也不安雕花的木格子窗；方凳、板凳，还是木的，不是做的，都是买的。都懒了，老爹不给崽，伢子不给准婆娘，去山头砍株树、砍杉树、砍樟树做家具。家具，都是买来，一车装回，简单、轻松，精致、美观。

建房，不用树，家具，不用树。没谁到山上偷砍树了，树放肆长，乔木、灌木都放肆长，长得山青青、树苍苍，草绿绿、水灵灵。树，生在山上，没人砍；树，死在山上，没人要。树木与翠竹，活得自在，居然是水泥钢筋赋予的。农村建筑材料的改换，不只是改换了村庄形象，也拯救了各样树种的命运。

树的命运，或有四种。一者自生自灭。生于山上，死于山上，肉身化于山上。二者他生自灭。山头无树，寸草不生，干部群众，掮着锄头，挖坑种树。树勃勃生长，死了，死在山上，肉身化于山上。三者他生他灭。树种是人栽的，树命是人裁的，树曾自然长，不曾自然死，就吃人刀斧。四者自生他灭。由你植、由你伐，好吧，本来生命是你的，要杀要剐，树做不得主。而树是天生的，是天养的，如何让你砍头、锯尾、断筋、削身？树之四种生死，以好恶排序是，自生自灭、他生自灭、他生他灭、自生他灭。

朋友晒美食，这回晒鲜蘑菇。睹物不思人，睹物思旧岁月。采蘑菇，太爽了。春夏，或夏秋，空山新雨后，蘑菇生丛树。挎一只竹篮子，蹦蹦跳跳上山。就在枞树底下、株树底下，或是梽木棚下，蘑菇簇拥着，一堆堆生长，一蓬蓬生长，爱得死。喜饱了，采撷归，母亲洗之至净，把毒蘑菇清出来，柴火煮，鲜得不得了。每人一碗，吸溜、吸溜，喝得好带劲。

人间美味莫过蘑菇。梅雨时节，想来正是蘑菇生长进行时。雨停，散步，迎面见发小，问，山上还有蘑菇不。发小答，不晓得，好多年没进过山了。那蘑菇，也是自生自灭了，那八月瓜，那牛奶子，那糯米条，那野葡萄，那算珠仔仔，都没人去摘了吧。没人去山上了。乔树蓬蓬长，灌木丛丛生，把人路都遮了，都盖了，都拦了，都灭了。人不打扰树，树便很自在。人不打扰树，是最深的爱树。树没有人，树过得自在；人没有树，人过得憋闷。山可以无人，人不可无山。

山没有人，山能活得绿意盎然。对门山，多年前，有人烧山灰，山灰没烧多少，一座山都成了灰；屋背山，清明节有人放炮烧纸，把山给烧了，原来满山苍翠，好几年是一片光秃。我见两山，心疼。没几年，再回家，屋背山，翠竹万竿，对门山，万木葱茏。树，他灭了，树能自生；自生了，不曾他灭，树能再生。

树生了，山醒了，水灵了，山水都活了。

（原载《草原》，2024 年第 3 期。）

# 报告文学

# 西水悠悠“河小青”

张雪云

“河小青”是谁？

在海量新词层出不穷的今天，它的诞生，绝对让人眼前一亮。

原来，“河小青”是参与保护母亲河行动、助力河长制的广大青少年的总称，是河流生态保护的参与者、支持者。

“河小青”在哪？

“河小青”遍布，每一个人的家乡，都有自己的“河小青”。“河小青”正成为全民治水志愿行动中的生动形象。

我的目光，就这样被酉水河畔的“河小青”所深深吸引。

从一个人，到一群人。他们用常年的风雨无阻，用爱家乡的满腔热情，守护着一片山、一片水、一条河，使这一方山水，天更蓝，水更碧，草更绿，地更美。

## 一

酉水，是一条奇谲诡幻、令人神往的河。

历史上，酉水又称更始河，也有人称白河。蜿蜒曲折的酉水，历经崇山峻岭，最终在沅陵溪子口汇入沅江。酉水作为沅水重要的支流，滋养着大湘西这一方百姓，见证着她千百年来的变迁和浮沉。

酉水的终点，就是我脚下的这片土地，也是一脉沅江流过的两河交汇口，酉沅二水在此地完成生命的融合与蜕变。两河交汇口所在的千年古郡沅陵，自古以来文脉厚重。水文化是沅陵重要的文化之一。这流淌的水、上善的水，是大地的血脉，是生命的源泉。水岸人家，用一双双灵巧的手，把贫瘠的山坡，变成大地的诗行。那些水边富于音韵的盘木号子、车水号子，依然会不时地响起，热火朝天的日子，依然还留存于老人们的记忆里。

眼前这一河似乎藏着很多秘密的酉水，连同那包括三垴九洞十八滩的沅水，默默无闻地见证着岁月变迁，不息流淌了千年万年。流着流着，它们便流出了静水流深的智慧，流出了阡陌纵横的田畴，也流出了人间温暖的烟火。

“西水清，酉水亮，好水养鱼养人家……”乡人们的歌声都是这么唱的。

在乡村教师张显兵的记忆里，过去的酉水，有着唐诗宋画一样的山水，碧波荡漾，水质纯净，鱼虾成群。每到黄昏，轻晃慢漾的一河碧水，越发柔媚，粼粼波光如同散落的碎银。漫天绮霞中，几只闲散的白鸟，翅膀划过照见影子的水面，飞向两岸丛林。三五木船泊在河岸码头，似乎在等待着归来的主人。

张显兵就出生在酉水河畔的一个小山村里。乡居于此的老百姓是幸福的，打鱼、狩猎、放排、拉纤，朝夕之间，都是融于山水的烟火日子。在那时，水上人家的日子，虽伴着苦难，但也惬意。忙完了田头地边，牵一只船儿荡漾水中，撒一把网，收获一船喜悦，伴着欢笑声，水上人在河里起起伏伏、来来往往，把一江河水搅得热火朝天。

特别是端午时节，包粽子、熏艾草、扒龙船，扒出一村人的期盼，扒出一条河的沸腾，锣鼓震天、鞭炮噼啪，拿出把山门吼破的气势来，歌声应答，好不热闹。水上人一年中最肆意的日子，莫不过扒龙船，扒出他们对生活的希冀，划出他们积攒一年的热情，和对苦难日子的摒弃。

也许正因为有这一江绕山绕岭的水，苗民先祖才翻越延绵千年万年的大山，带着自己的族群，栖居在山水边，在这条赖以生存的水上讨生活。世世代代、年年岁岁，繁衍生息。他们渔猎而归，他们山歌互答，他们耕读传家。

时光的车轮，总是没有停息的时刻。长大了的乡村孩子，突然有一天，远离了自己的母亲和河流。乡村变得不认识他们，他们也渐渐忘记了自己的河流。他们更想不到的是，这条清澈了多少年的母亲河，突然有一天，会莫名其妙地被白色垃圾、生活污水、农药化肥等玷污。生活在河畔的孩子，再也找不回属于他们的童年。

渔船，上岸的上岸，搁浅的搁浅。困顿的乡人，远走的远走，搬迁的搬迁。还有更年轻一些的人，选择了暂时的逃离，或是永久的离开。他们多选择在他乡拼搏出一个锦绣的前程。家乡渐渐成了乡愁，成了回不去的家乡。

年轻的张显兵也想着要离开家乡，在外边干出一番事业。不过，他在外面的世界走过一程后，还是选择回乡了。

回乡的他，总得做些什么。机缘总是留给有心的人。张显兵在酉水河畔的棋坪学校做了一名乡村语文教师。

黑黑皮肤的他，结实魁梧，沉默憨厚。这些年的岁月风霜，花白了他的头发，却始终未能磨灭他那颗依然青春、积极向上的心。

乡村老师的日子，简单而充实，领着一群乡村的孩子，守望一朵朵花开的日子。似乎这还不够，张显兵一边教学，一边行走在家乡的酉溪水岸。他看到了挂在河岸树枝上的一束束杂物，散落在河滩草丛里的一片片泡沫，漂浮在水面上的一个个小瓶，堆积在河边的一摊摊淤泥，一个个砂石水坑……

于是，课余时间，他伸出了那双还沾着粉笔粉末的手……

就此，他成了一名守护母亲河的志愿者。

就此，酉水河畔有了第一个“河小青”，尽管那时的他已经不小。

## 二

第一次听说“河小青”，还以为是一个人的名字。

“河小青”是谁？原来，这是参与保护母亲河行动、助力河长制的广大青少年的总称，他们是河流生态保护的参与者、支持者。

据说，是由浙江、福建等地率先发起，他们在河流保护中，设立了“青少年护水岗”，护水岗的成员，就称为“河小青”。

很快，“河小青”遍布各地，每一个人的家乡，都有自己的“河小青”。“河小青”已成为全民治水志愿行动的生动形象。

张显兵就是最早响应志愿行动的人员之一，而且，他在自己巡河、护河、守河的同时，也将“全民治水志愿者行动”向他的学生们推广。应者云集。

就此，酉水河畔有了一群“河小青”。他带着这一群可爱的“河小青”，无论风雨，守护一江碧水。这一做就是六年，而且还乐此不疲。

如今，当你漫步河边，一定会看见身穿红马甲或是浅绿背心的他和他的学生，手持夹钳，在酉水河边巡河拾荒。这样一群年轻的志愿者们，将河滩上的包装袋、塑料瓶、废弃生活用品等垃圾都一一“收入囊中”。

孩子们不怕苦、不怕脏、不怕累，深入草丛、河滩、河道沿岸，认认真真、仔仔细细地把每个角落里的丢弃物、生活垃圾等都清理干净。课余时，大约一两节课的时间，江河滩头，焕然一新。

水岸有村庄，有田园，有学校，还有老师和一群孩子欢快的笑声，伴着河水泠泠作响。当河道涨水过后，春水漫过，淤堵、搁浅的垃圾，被一一清理；当水位下降时，也会有一些裸露的河滩，白色垃圾散落在上面，同样，被一一清理。

留守儿童唐斌，就是棋坪学校的一名学生。一个假期，晒得黑不溜秋的他，除了在家里帮着爷爷奶奶做农活，一有闲暇就和小伙伴来到河边打发时间。这条河，是养育了他和他一家的母亲河，也是他童年和少年时代的乐园。为了保护母亲河的清洁和生态，唐斌在张显兵老师的带领下，用课余时间做环保志愿者，参加“争当河小青、保护母亲河”活动，参与巡河、净滩等活动：这是他的业余作业。

这不，唐斌的读书积极性提高了，学习成绩有进步了，有了自己的理想信念，还更加热爱大自然、热爱自己的家乡，并懂得了感恩。

宋秋菊也是留守儿童，从小乖巧懂事。她的理想是将来当一名老师，像她的老师张显兵一样关爱更多的乡村孩子，做更多的公益事业。秋菊通过参与“河小青”活动，懂得了人与自然和谐相处的道理，学会了感恩身边人，并乐于帮助别人。

功夫不负有心人。女孩秋菊考到县城一中读书，继而圆了大学梦，考上了怀化学院。金凤凰飞了出去，离梦想不再遥远。

显然，还有很多的酉水“河小青”。他们无一不是在张显兵老师的影响下，走出酉水河畔，走向志愿服务，从而走向美丽人生。

听张显兵讲述“河小青”的故事时，我突然想到一句话：据说喜欢河流的人，内心都很温柔，因为，那些曾经的苦难和欢乐，都败给了岁月静好。时间是往前走的，唯有河流，亘古不变。它流淌千年，流过时光，流过每一个人的生命。而每一个热爱自己家乡、善待自己家乡的人，内心一定都有着最美的心思。

“我知道你会来，所以我等。”如此“美得让人心痛”的一河大水，是从文先生的河流，也是我们的河流；是历史的河流，也是当下的河流。家乡的河流，需要每一个家乡的儿女共同、永久地守护。

张显兵和他的“河小青”，显然就是这样做的。

# 三

“同饮一江水，同享一片蓝天白云。一座城，一条河。它是生命流动的血液，它是乡人的母亲河！我们有职责去守护、去关爱，还人民一江碧水。”为什么要护河巡河，这是乡村教师张显兵的心声。

显然，张显兵的理想不仅仅是为祖国培养未来的花朵，他还想影响更多的年轻人，爱护生态环境，人类才有未来。

一分耕耘，一分收获，付出是看得见的。这些年，乡村教师张显兵收获了众多荣誉，被评为“最美扶贫人物”“优秀教育工作者”“优秀班主任”等，而且，一不小心还把自己弄成了一个带“长”的官，当上了县生态环保志愿者协会会长，似乎还有一些别的“头衔”，比如“民间河长”等等。

因为有了这些“头衔”，张显兵更忙了起来。他既是河长制的宣传者，也是河长制的践行者。自从推行河长制以来，他始终战斗在第一线，这个“官”，当得辛苦，倒也乐在其中。

那么，什么是河长制？顾名思义，河长是辖区内河道的管理人员，这种管理体制称河长制。有水的地方，就有人的生息；有人的地方，就有“江湖”。自然，这个“河长”是重要的。

“清理、净河活动虽然累，但是我觉得这个活动很有意义，也希望能够通过这样的行动，带动更多群众积极参与进来，共同努力，让沅江、酉水的河流更加清澈、净美。”对于家乡河流的保护和宣传，他总是充满热情。

“生命就是一种回声。你送出什么，就回馈什么；你播种什么，就收获什么；你给予什么，就得到什么。”这就是张显兵的人生格言。

什么是奉献？这是爱心铸造的一道彩虹，五颜六色，清新飘逸，带给人温馨和欢乐；是连接你我他的纽带，是心与心的桥梁，更是帮助困难人群的一双温暖的大手。

在“奉献、友爱、互助、进步”的旗帜下，像他这样一名普通的乡村老师，在一河水边，向水述说、傍水而居，书写着精神的充实、高尚与富足。

“我所有的努力、艰辛、汗水，都是为了还河滩一片净土，还河流清洁的容颜。”

只争朝夕，不负韶华。执念很深的张显兵，如家乡山水一样朴实的他，一直会前行在路上。

如果你关注了张显兵的微信，就会发现，只要他一发朋友圈，一定又是志愿者们巡河净滩的图片。

“河”我一起，保护母亲河。你看，闲不住的他带着一群“河小青”又出发了。

青青西溪，碧水依依。河畔因为有了这样一群可爱的“河小青”，就有了一河青绿的希望，一河梦想的抵达。

（原载《黄河 黄土 黄种人》，2023年第11期。）

# 那山，那水，那片天

## ——衡阳水口山矿区生态环境变迁记

凡德元

本文以第一人称，记录了水口山矿区生态环境变迁中一位亲历者的故事。

——题记

落日黄昏之际，我漫步在湘江之滨。俯首凝视湘江，滔滔江水奔涌向北，风吹江水，波光粼粼，犹如黄金白银铅锌熔化汇聚成的波澜。这里水水含金，山山有情！远眺形成水口山地貌的“老盟山—新盟山—龙王山”，山势跌宕起伏。这山底下，埋藏着铅锌金银铜铍镉等宝藏！余晖下不远处的水口山矿务局冶炼三厂、四厂、六厂，已没有了昔日的轰轰烈烈的生产场景。三厂那高耸入云的“亚洲级”烟囱静静地伫立着，仿佛在回忆昔日的辉煌。昔日这里，工业哨声震撼人心，铅波荡漾、银水翻滚，谱写着水口山千年冶炼业的浩歌，演绎出了一部千年冶炼史的鸿篇巨制。

那是20世纪80年代，衡阳师范学院毕业的我，心怀凌云之志，想为家乡的教育事业发光发热，于是我回到常宁水口山松柏中学工作，成了一名语文老师。记得上班的第一天，清晨阳光洒满大地，我西装革履，骑上半新的凤凰牌自行车，满面春风地向学校方向驶去。从驻地到松柏中学要骑行20多分钟，要从冶炼三厂、四厂门前经过。没有想到这几百米的路，虽然说是水泥路，但路面上尘埃满地、坑坑洼洼、泥水四溅，很快就把一个西装革履的"绅士"变成了灰头土脸的"泥水匠"！三、四两厂门口黑烟乱窜，挡住了我的视线，刺激的味道扑面而来，叫人难以忍受。一些步行的上班族都是捂住鼻子小跑，脚尖着地蹦跳着急避此地。我以衣掩面，单手骑行，迅速骑进了学校，学校也一样充满着刺鼻的气味。

我敲响了校长办公室的房门，房内传出"请进"的声音。一位40多岁的中年男子坐在办公室，办公桌上摆放着鲜艳的党旗和国旗。墙角有盆君子兰隐隐散发幽香，透过窗户依然可以看到水口山上空弥漫着浓浓的黑烟，天空灰蒙蒙的。

"校长好，我是洪涛，特向您来报到的。"

"欢迎，请坐，先喝口水吧！"

校长给我倒了一杯水，走过来坐在我身边的椅子上说："小洪，松柏中学是一所城乡接合部学校，既有工人子弟，又有农民孩子，生源广，语文教师又紧缺，你来得正好。像你这样经验丰富的能教好初三语文的老师不多，以前也分了几个，都是因为这里的环境差，人往高处走了。"

校长沉默了一下，看着我又继续说："小洪老师，你看你一身泥一身水，这是水口山给你的第一印象，也是这里环境生活的写照。这里生活不艰苦，可以说是物质丰富。娱乐条件虽比不上大城市，但比乡下中学强多了，电影院、歌舞厅等样样齐全。遗憾的就是环境污染严重，因为这里是国家重要的冶炼基地，号称'世界铅都'，盛产金银铜铅锌。因为目前的生产工艺粗放、技术较落后，所以，这里环境可比不上大城市，你刚来肯定不适应。但这里还是大有可为的。"校长说完，我才感觉到自己的狼狈，马上脱掉了那令人尴尬的西装，说："校长，不好意思，我不知道背上有污泥。"

校长接着说："小洪老师，希望你能在学校长期安心地工作，上好每一堂课、带好每一个班。当个班主任如何？"我说："一切听校长安排吧，来了就是想干点事的。"

校长带我走进124班，将我介绍给了同学们，同学们用热烈的掌声欢迎着我。向同学们介绍了自己，我就开始点名，想尽快认识一下学生们。点完名，发现有六名学生未来上学。吴刚等三名同学因父亲病了住院请假，听说是硅肺病。彭翠香、陈清、吴常等三名同学是铅中毒，血铅超标，在医院排铅。我心里一沉，看了看教室，窗外浓烟滚滚，教室里一股酸涩难闻的气味，直呛人。我陷入沉思，只感觉心里一阵憋屈，怎么偏偏就把学校选到这个鬼地方?

下班后，依然是穿着那身让人尴尬的西装，骑行在坑坑洼洼满是灰尘泥泞的回家路上。在躲避泥水和颠簸的紧张中，我看到一路都是沉默无语、想尽快走出这段路的人。我还能为孩子们做点什么吗？这个问号一直陪我到家。天黑下来了，远处工厂依旧是灯火通明，夜色中还能看到浓浓的烟雾从高高的烟囱中冒出来，宛如一条长龙，飘向天空，向四周散去。这时一股怪味传入我的窗口，酸酸的、苦苦的。我忙关上窗户，心里想，目前的水口山教书育人固然重要，但改变环境消除污染更为重要。作为一名语文老师，能做点什么呢？写一篇报告文学反映反映这里的情况？也许有用。于是我开始留意水口山冶炼历史沿革，决定采访报道世界铅都的历史变迁，为水口山环境改善鼓与呼。

当晚的日记：

> 水能穿石而过，并非水强，只要有恒心、有耐心就能穿石。我虽然是一个文弱书生，但我可以呼唤千万个无名小辈，人多力量就大了，人多就会有动力。有一首歌的歌词是：“一支竹篙耶难渡汪洋海，众人划桨哟开动大帆船。……一根筷子轻轻被折断，十双筷子牢牢抱成团……”所以，我要做呼唤者。

## 水口山在变

随着查阅资料和走访的深入，我逐步认识到，水口山的环境要改变是一条任重道远的路。造成水口山区域各方面污染严重的情况，有历史的原因，也有多年形成的规划布局不合理、污染物叠加、冶炼工艺落后、人居与工矿区混杂等因素。在外人看来水口山是一块资源丰富的宝地，但我看同时也是环境污染严重，影响社会发展和人们生活质量提高的隐患地。

去吴刚同学家走访时，看到他的父亲，一个 40 多岁的男人睡在床上，正急促地喘着粗气。我问吴刚:“你父亲得的是什么病?”吴刚说:“父亲这是硅肺病。”吴刚父亲说:“这是冶炼矿区职工特有的职业病，得病率几乎达95%，我们一线工人几乎都有点硅肺病。”

我说:“您这职业病，是怎么得的?能和我说一下吗?我正在写一篇有关水口山环境的资料。”

“嗨!说起来话长了。”

吴刚父亲开始讲起他的工作经历。

“我18岁进水口山矿务局，分配在炼锌厂。当时是火法冶炼，全要人工操作，非常辛苦。上工时，工人们要披着麻袋，扎着长长厚厚的脚套，头戴拖帽，再套上层层叠叠的口罩，从头到脚不能露一点地方，然后在麻袋上涂上厚厚的湿泥巴，全身工作服有十多斤重。只有这样才能在刺鼻浓烟中工作，面对着温度达1300度的高炉，浇铸高纯锌锭。我们是特班，每班只能干两小时，可以说汗如雨下，其间要喝6公斤多水，才能维持我们不倒在工作岗位上。”他苦笑了一下，继续说，“我们那时被人们戏称为天天‘披麻戴孝’，这一干就是几十年，所以落下了这病根。”

他停了停又咳嗽起来，吴刚马上拿水给父亲喝了几口。他又说:“现在好了，横罐和竖罐技术代替了平罐技术，但有时还是出现跑气。我们真希望科技更先进一点，我们那代人的苦，以后不会再出现了。”

从吴刚家家访后，我每天都去学生家走访，把矿务局子弟学生家几乎走访了个遍。生活在水口山镇附近的居民几乎都会得两种病，一是硅肺病，一是血铅超标。我的那几名学生，血铅超标都是因为住在与工厂区混合的地方。长年在烟尘弥漫、尘土飞扬、污水横流、废弃矿渣堆积的环境中生活，怎么能不生病?我整理思绪，奋笔疾书，终于写出了《水口山环境调查报告》。报告可浓缩成一句话:水口山冶炼对国家贡献再大，也不能以牺牲环境和当地居民的身心健康为代价，必须改善环境，建设美丽的水口山!

随后，我把调查报告送到水口山矿务局，投到报社，希望引起有关部门的重视，并向校长请示成立环境保护志愿者宣传队。

在当天的日记中写道:

我能做到的我尽力做了。我是老师，一个教育工作者，我只能用我的一点知识、一点敏锐的观察力和一点行动来呼唤一个美好的事物出现。

## 用行动呼唤改变

一个星期后，矿务局环保部门给了我回复，首先对我客观反映水口山实际的调查报告给予了肯定，并对我在报告中提出的建议表达了重视。特别是我提出的组建志愿者宣传队，他们积极支持。他们认识到保护环境要先从宣传开始，从树立公众环境意识入手。

志愿者队伍在大家的支持下，很快就组建完成。首先我们请了矿务局环境保护部门的老专家到学校开了两堂环境保护知识的讲座，而后向同学们发放了环境保护宣传小手册，接着组织学生们在矿区内张贴了环境保护宣传海报，将各种环境保护活动开展得如火如荼。

这支由100多名师生组成的环境保护志愿者队伍，利用课余时间和六五世界环境日、地球日、植树节等节假日走进社区、农村、矿山、工厂进行宣传和表演，用自编自导的保护环境小节目，用身边的人和身边的事感动人、激励人。水口山镇的市场、街道、矿区、工厂内有关环境保护的横幅、标语多了起来，人民群众保护环境的自觉性也提高了起来。街上有了洒水车，拉矿料的卡车也有了防尘网。随着环境保护的宣传力度加大和国家对生态环境的重视和投入，建设生态环境文明的理念如春风般吹进了水口山。

我在那段时间的日记中写道：

我没有能力改变这现状，也没有能力在冶炼上搞出先进的冶炼技术，更不可能打造一片蓝天碧水。但我可以用我的微薄之力，当一名生态环境改善的小传播者。

1998年，我离开了水口山，调到一个乡镇工作。离开时，水口山街道还是那样人流如织，天空照样烟尘蔽日，地上到处是废弃的渣料，沟渠里依旧流着乌黑的工业废水，三厂的烟囱更高了！当晚我站在松柏镇湘江边的码头上，身后是繁华又嘈杂的小镇，烟气和车驶过扬起的尘土使空气更加污浊。眼前的湘江看不到北去的污水，但能闻到水体的怪味。我当时想，这样的水口山我还会再回来吗？它还能给我亲近感吗？

时光飞逝，我在常宁市江河乡工作的几年中，无时不想念水口山，想念同我一起为水口山环境改善奔走呐喊的小志愿者们。他们是我挥之不去的梦。水口山像我一个别离了多年又心生牵挂的情人。

你们相信缘分吗？我信。2008年我又被调回水口山经济开发区，竟然是分管环境治理工作。我在兴奋之余也知道这是任重道远的任务。环境保护从业余志愿变成专职工作，我愈发珍重。

当晚我在日记中写道：

> 我信缘分，更相信党对人民群众的关心。有水口山的生态环境综合整治，才有了我这与水口山的缘分。生态环境工作我要做好，要让人民群众满意。

党的十九大后，党中央把生态文明建设提上重要议程。随着环境保护整治力度的不断加大，一批又一批重污染企业，高能耗、低产值的企业被相继关停，水口山冶炼三厂、四厂也被淘汰，号称“亚洲第一高”的三厂烟囱，最终走入了工业历史遗留纪念名册。随着水口山有色公司的升级改造，中国五矿集团、株洲冶炼厂等一批新工艺、新技术，无污染、零排放的企业落户水口山，水口山的企业焕发了生机，人居环境也得到了根本性改变。原在老矿区、老水口山工业基地区域内的居民区被纳入湘江流域治理项目，1300户居民喜迁新居，水口山新金铜项目一千米卫生防护距离内的1600户居民也喜迁新居，政府用于搬迁的费用就达20亿元。他们迁入了环境幽雅、绿树成荫、街道整齐，公共活动场所宽大舒适、房屋整洁明亮的水口山新城。

看着窗前面貌一新的水口山新城，我问自己：这还是那个水口山吗？我总结自己在这旧貌换新颜中的角色：老师—环保志愿者—分管环保的领导。从宣传到放手发动群众，从心中担忧到积极呼吁和行动，从专职工作到参与制定改变水口山的宏图，从幕后到前台，从追梦者到实干人。岁月如梭，从青年骄阳到夕阳无限好，我见证了水口山今昔变迁，尤为能在水口山工作和生活而感到开心自豪。

而今，从常青路到大桥路、到文兴路，宽阔的沥青路上，整齐洁净如洗，两边绿树成荫、花香四溢！欧家洲小区、渡东小区、湘洲小区、湘江花苑，规划布局科学合理、设施齐全，商铺、诊所、幼儿园、学校，应有尽有！居民走在洁净的小区沥青道路上，悠闲舒适。环境如诗如画，水口山居民正享受着尽善尽美的家居乐园！



# 她用试管装着青山绿水

古　雪

## 一

邱帅是湖南省张家界生态环境监测中心分析技术科的监测员，她的家在宁乡市，离张家界两三百公里。她压根儿没想到，有一天她会在张家界这片神奇美妙的土地上开启生活新篇章，用手中的试管闯出一片天地来。

1989年春，邱帅出生在宁乡夏铎铺镇秀山冲一农家，父母为她单取一个“帅”字为名。宁乡话“帅”读“赛”，寓意女儿长大后赛过男孩，寄托着父母望女成凤，希望女儿将来成长为能当大任的栋梁之意。

邱帅的成长轨迹真的顺着父母希望的方向发展着。6岁发蒙读书，在乡野山道上独来独往，比男孩还胆大。很小就学会做饭、洗衣等家务，骨子里有一种自强不息、坚韧不拔、拼搏奋进的不服输禀性。

2011年7月，她从长沙学院毕业，刚好赶上娄底市环境监测站招考监测员。她报了名，并且笔试面试轻松过关，一举成为一名环境监测的“绿色天使”。

两年后，张家界市环境监测站向社会公开招聘监测员。得到消息，她的心情比十级鼓手的鼓点还激昂，立马向主任说出了自己的想法。主任听后一阵黯然神伤，因为没编制，为自己留不住人才而难过。

2014年春，邱帅来到灵山秀水的张家界，来到环境监测站分析室，与试管、仪器为友，与科学监测同梦。每天，她在认真细致的水样处理、污水检测，和土壤分析、解释和记录等琐碎的忙碌中度过，每天在千篇一律的工作流程中消耗着青春，很多人干几年就生倦怠感，想方设法跳槽走了。邱帅可不是这样，她格外珍惜手中的这份工作，每天都以饱满的热情和无限的激情投入到工作中去，严格细致分析测试的每个环节。很快，她不仅深深爱上这份工作，更爱上了这里的人。2015 年底，她和同一科室的检测员王剑波，在家人的祝福声中走进了婚姻殿堂，结成天作之合、终身之盟。

说起做实验的事，这对邱帅而言并不是一帆风顺，她也曾焦虑，甚至不堪回首。第一次做 2CP-MS 单标配混标实验，她一个人在实验室整整做了半个月，反复做、不停做，浓度总是不达标。她仔细琢磨，细心观察，认真分析，寻找原因，坚信自己一定能把实验做成功，不做成功誓不休。最后突然茅塞顿开，原来，里面有两种元素不能用“单标”配“混标”。

2015 年 5 月，做地表水总氮实验时，药品换了好几种，做了几天都没有结果。大家都垂头丧气时，邱帅坚持不懈，查资料、与同事交流、向总工请教，又经过数天上百次的实验，找到重结晶的方法，最终做出了达标样品。

2016 年，她怀着身孕，忍受着强烈的妊娠反应，每天呕吐不止，依然早出晚归坚持做实验。

2018 年独立完成铜铅锌镉等十几种元素的扩方法及计量认证评审工作，拓展了用 i-MS 分析多种重金属的监测分析能力，节省了大量人力、物力，为整个中心树立了典范。

## 二

2016—2018 这三年，让邱帅真正懂得了什么叫生离死别，什么叫肝肠寸断！她这些年无私奉献、呕心沥血，为拿好手中的试管而不懈奋斗，可以说人生无悔，却总觉得愧对父母、亏欠孩子。2016 年 9 月，她的第一个孩子出生，本是皆大欢喜。谁知，命运捉弄人，就在这年，她父亲查出肺癌。这一变故把邱帅家的天捅了个窟窿。随着父亲的病情加重，母亲为了照顾父亲，将邱帅九个月大的孩子带回宁乡，独自扛起了苦和痛。说到这里，邱帅心里像被刀扎了一下。她说，选择环境监测，就意味着选择绝情与失去，有些责任，很难兼顾。

身上若无千斤担，谁不愿见父亲最后一面？2017年底，生态环境部安排部署的湘西州花垣县污染土壤调查样品分析任务，经历四个月苦战，已接近尾声。而这时，挑大梁的黄斌因参加一个重要会议而出差在外，能胜任这项工作的另一位技术骨干就是邱帅。不料，邱帅父亲被肺癌折磨而病危。作为独生女儿，她多想回家在父亲床前尽孝，陪父亲走完最后的日子。一旦人过了，就是永远的别离。她心如刀割，可忠孝难两全，面对迫在眉睫的紧急任务，她只能舍亲忘我，选择留下来和小组一起并肩苦战。

这次任务非常繁重，共有122个土壤样品。为了提高工作效率，她加大了质控力度，多做平行和质控样品；对于同批次质控不合格或消解过程中有问题的，一律重新消解；需要分析铜、铅、锌、镉、铬、镍六种元素，每个样品需做两次。第一次采取烘干法，用最快的速度出结果；第二次采取自然风干法。由于站里其他分析人员都去参加大比武了，站里从区县借调了两人帮忙，但他们都没有接触过土壤消解，也不会操作原子吸收，张家界站里只有一个电热板，所以分七八个批次进行消解。第一天，邱帅边带他们消解边指导，让他们就地消化。接着她边将消解好的样品上机，边继续指导他们消解样品。需要分析的元素太多，加之样品浓度差异大，每个元素稀释倍数都不一样，而且那时站里移液枪塑料管还没普及，是用移液管取样品后用比色管稀释，所以分析速度缓慢。从早上8点到晚上12点，除了中午和下班的时候让仪器休息一下，自己顺带吃个饭外，她就没离开过实验室。足足用一个月时间，才终于完成那批样品的分析和数据上报工作。

那些日子她每天忙得昏天黑地，节假日也没休息，只有在梦里她才做回女儿、做回母亲。多少回在梦中为父亲端水喂药，为母亲泡茶夹菜，为孩子喂奶换尿布……醒来却只能泪洗枕头。

没等邱帅的任务完成，她父亲就带着对女儿的无限眷恋离开了这个世界。邱帅母亲怕影响她工作，没有将这一不幸告诉她，只告知她的领导胡家忠。得知这个消息，一向关爱下属的胡家忠心情非常沉重。他组织班子成员和员工代表直奔宁乡，替邱帅为父行孝，送亡人最后一程。

父亲逝世一周后，邱帅才从任务中解脱出来，赶回宁乡秀山冲家中。那是2018年元月16日，一个让她伤心欲断魂的日子。“子欲孝而亲不待”，在母亲的阵阵哭声与叹息声中，她痛不欲生，在亲人的搀扶下跪在父亲坟前，几次哭倒在地。万爱千恩袭上心头，父亲音容宛在，却永远离开了。她艰难地爬至碑前，双手不停地摸索着墓碑，像小时父亲抚摸她的脸蛋那样。“爸，女儿不孝啊！”一阵撕心裂肺、锥心刺骨的痛，让她再次哭倒在坟前……

邱帅带着难以言说的失亲之痛回到单位，再次出现在实验室。她说虽然错过了和父亲最后的相处时光，但有一点令她的灵魂得到安慰，那就是在土壤调查样品分析任务中，她出具的数据最终被采纳。

## 三

邱帅秀外慧中，做事有主见，身上透着一股子敢拼敢闯的湘女精神，颇有巾帼不让须眉之气概。她之前有过五次参赛经历，但都与奖项失之交臂。

虽然比赛成绩不理想，但参赛经历锻炼了她的意志。面对挫折，她不放弃、不退缩、不言败，坚信“长风破浪会有时，直挂云帆济沧海”，最终会走向成功的殿堂。

2019 年，她已经是两个孩子的妈妈了。当年 3 月份刚剖宫产下第二个孩子。老大也是剖宫产，老二由于脐带绕颈打结，不得已而剖宫。2019 年 5 月底的一天，邱帅还在休产假。她在工作群看到参加第十三届省赛人员名单中没有自己，觉得不能错过提升业务能力的机会，便立刻报了名。邱帅和家人说明情况，提前结束产假去上班。她家离单位较远，领导胡家忠全力支持，安排邱帅的丈夫王剑波，为邱帅和孩子搞好服务。

两个孩子小的才两个多月，大的只有两岁半。夫妻俩将老大留给家里老人照顾；王剑波带小的上班，双休日也不休息，带着两个孩子一起进行实操训练，做邱帅和孩子最坚强的后盾。

2019 年 7 月 26 日，邱帅的丈夫把她和襁褓里的儿子，还有大包小包的日用品，一车儿装了，驾着车神采飞扬地驶向长沙环境保护职业技术学院，赴一场盛大的赛会。

7 月 27 日是个激情燃烧的日子。邱帅给孩子喂过奶，然后把孩子交给丈夫，沉着冷静地走向赛场。

一场比赛下来，来不及休息，邱帅就又忙着给小孩喂奶。因那天早上小区停电，从十五楼抱着孩子下楼时，她一脚踏空把右脚崴了，痛得直抹泪，比赛也是忍痛坚持着。第二天右脚肿得更高了，她扶着栏杆一瘸一拐走进考场，继续以超人的毅力完成了比赛。

经过两天的群英角逐，她用奋斗的汗水浇灌出了最绚丽的花朵，以总分第一，个人单项水环境监测第一、团体第二的优秀成绩，登上了冠军宝座，并获得了五年一次的国赛资格，让张家界生态环境监测中心再次闪耀荣光。

## 四

省赛结束后，省站立即组建了一支由 49 名优秀选手组成的湖南省“监测湘军”集训队，采取军事化管理、封闭式训练、分批考核淘汰的方式组织开展备战。

2019 年 8 月，邱帅带着母亲和孩子像搬家一样来到长沙集训。集训队员被统一安排住在长沙开元弘盛仪器公司，管理很严，学习时间没收手机，早上要出操，吃的自助餐。高强度训练，竞争激烈，三个月集训期间她从来没在零点前睡过觉。

邱帅生孩子是剖宫产，由于恢复时间太短，出现很多后遗症，加上实操训练都是站着，每次训练后都全身酸疼，晚上无法入睡。集训期间，过于透支的身体不是这里痛就是那里痛。她每天在实验室一站就是几个小时。超时超量地工作，加上晚上带孩子，背负身心双重压力的她，好几次都差点坚持不下去了，但她想起自己的选择，最终还是没有放弃。她说：“人生难得几回拼，为了完成生态环境监测领域赋予的使命，我只有拼了。”

为了不耽误给孩子喂奶，她和母亲带着孩子在集训住地附近租了间房。白天母亲把孩子抱到室外等她喂奶；下晚课后把孩子哄睡已经是十二点多了，她还得多次醒来给孩子喂奶；第二天凌晨六点又要起床晨跑。那段时间邱帅每天都处于昏昏沉沉的疲惫状态，这种状态直接影响到她白天的学习状况。幸亏省生态环境监测中心的瑞瑞姐看到后向童教官反映情况，特准她不用参加晨跑，但邱帅仍然坚持六点半起床，看一个小时书后再去吃早餐。就这样，她每天在试管、仪器的陪伴下刻苦训练，耐心、专注、坚持、严谨，一丝不苟、精益求精，追求着职业技能的极致化。

国庆期间进行最后一次选拔，确定正式参赛队员。连续四天考核，长时间站立，邱帅崴伤的右脚又肿了起来，鞋子都穿不进去，但她噙泪忍痛坚持完成了最后一次考核。

半个月后，培训进入更深层的科学实验，要用便携气相色谱－质谱法测定空气中的挥发性有机物。此项目有毒，邱帅不得不给孩子断奶，叫母亲带着孩子回家。孩子走的那天，她虽有万般无奈和不舍，也只能狠心送别。

经过三个月的艰难集训，最终邱帅通过 7 次理论考核和 3 次操作考核，从 49 名精英中顽强胜出，成为湖南省 4 名代表之一，站在了更高更大的赛场上。

2019 年 10 月 21 日，第二届全国生态环境监测专业技术人员大比武在江苏南京博览中心拉开了帷幕。

金秋十月，天高云淡，邱帅神清气爽、春风满面地走进赛场，仿佛走进一个崭新的世界。偌大一个现代化方形台面，摆在赛场正中央。这里没有一盯一的考官，也没有随时请示的困扰，只有默默无声的摄像头护卫着每一位参赛者，只有各省高手在此争奇斗艳、竞相开放。

邱帅一点都不紧张，她气定神闲、自然从容，她的激情、她的技能在那一刻得到了释放，一切如行云流水般一气呵成。她成功了！她用小小的试管成就了自己、实现了理想，在比赛中夺得了个人一等奖的非凡成绩！

# 小说

# 石山流翠（节选）

龙会吟

邓世河回到了家乡，在乡林业站担任一名林业技术员，开始了他在石山岭上植树造林的使命。

石山窝以石灰岩丘陵岗地为主，一眼望去，石山连着石山，石岭连着石岭，一望无际全是岩石，目光所及没有星点绿色。小时候，邓世河还是非常喜欢这些岩石的，经常和小伙伴们在裸露的岩石上攀来爬去，不爬得精疲力竭不会停下。长大后，去过的地方多了，看到别人的家乡满山青翠、树木葱茏，他就忍不住问大人，别处的山头都长树，我们这里的山头为什么只长石头？大人也说不出个所以然来，只好敷衍地回答，别处的山有土，我们这里的山没有土，当然长不出树。邓世河不甘心，问，山上长不出树，人们为什么不栽树？大人就笑了，说，石山上要是能栽出树，还能叫石山吗？邓世河仍然一本正经地问道，石山上为什么不能栽出树呢？

他考上了省林业学院后，带着这个疑问，查过许多资料，问过一些导师，石漠化山岗能不能栽树。得到的答案是，石漠化山岗不能栽树已成了千年定律。他很失望，莫非，生他养他的家乡，只能永远让岩石裸露着？这里的人们，只能永远在岩石的狭缝中讨生活？刚上大学时，他还想着大学毕业后能把学到的知识带回家乡，让家乡的石山石岭披上绿装。慢慢地，他这点理想也破灭了，只想借女朋友许秋雁的光，安排在县林业局机关工作，过朝九晚五的上班族生活，靠许秋雁父亲和舅舅的关系，得到一官半职的升迁。

然而，理想很丰满，现实太骨感，许秋雁的父亲许副县长对他不感兴趣，许秋雁的舅舅刘局长又不愿提携他，许秋雁对他也变心了，都希望他下到基层去，在石山岭上度过他的青春岁月。这个打击对他来说太残酷了。不过，虽然残酷，却又激发起他要干一番事业的雄心。你们越看不起我，我越要让你们看看，我邓世河不是孬种，一定要教石山石岭披上绿装。

邓世河天天在石山石岭上转来转去，转过一座座山，又转过一道道岭。他细心观察石山石岭的外表结构，反复研究石头缝里的土壤成分。研究观察得差不多了，就选择了一处石岭，栽下各种各样的树苗。开始几天，那些树苗还活得好好的，十天半月以后，树苗便慢慢枯萎，最后变成了一根根干柴。望着那一根根“干柴”，焦虑和悲观如烈火一样烤炙着他。石灰岩山上不能种树，难道真的是千年定律，永远也不能打破？

父亲对他说，你去跑跑关系，还是回县林业局上班吧，在林业局上班比在石山岭上栽树，要强千百倍。

邓世河说，好马不吃回头草。

父亲气得咬着牙说，那你就做你的好马吧，看前面有多少好草给你吃。他太失望了，也太伤心了。他和妻子节衣缩食，辛辛苦苦供儿子读书，盼的是儿子能有个好前程，盼的是儿子能够光宗耀祖。没想到儿子大学毕业后，又回到石山窝，天天和石山石岭打交道，他花在儿子身上的钱全都打了水漂，他寄托在儿子身上的希望，全都化为泡影。

邓世河虽然怅惘，但是没有悲观，路已经选定了，再坎坷也要走下去。他还真不信石山岭上栽不出树。他和自己较起了劲，也和石山石岭较起了劲。

白发老头说，你选柏树，柏树耐贫瘠，有缝就能扎根，最适合在石灰岩山上生长。

白发老头是邓世河在石山岭上邂逅的一位老头。那天邓世河正在石山岭上徘徊，望着那些耷头耷脑枯萎了的树苗，苦苦思索着问题到底出在哪里。这时，他看见了那位老头。老头白发苍苍，看不出到底有多大年纪。七十？八十？还是九十？很难说准。老头虽满头白发，但满面红光，精神矍铄，走起路来两脚生风。邓世河不知道老头是什么时候来到山上的，也不知道他来山上干什么。只见他走到枯萎得像一枝枝干柴的树苗前，先站着打量一阵，后又蹲下来，小心翼翼地抚摸着小树苗的枝叶，然后又看着树苗下浅薄的土壤，就给邓世河提出了这个建议。邓世河疑惑地问，你是说柏树最适合在石灰岩山上生长？白发老头说是。邓世河又问你有什么依据？白发老头说因为柏树的根最适合在石缝里生长，你先试试看，有效，就栽，没有效，你就不要理睬，权当我没说过。

邓世河真的搞来了几十株柏树苗子，一棵一棵地栽在石山岭上。像早就约好似的，邓世河在山上栽种这些柏树苗时，白发老头又出现了。白发老头说，栽树的时候，板页岩地貌树坑要深一点、小一点，树栽好以后还要将树坑填成堆状，这样树苗才会成活率高，长得快；而在花岗岩地方栽树，树坑就要挖浅一点，效果会更好。

你怎么知道这些？邓世河吃惊地看着白发老头。白发老头呵呵大笑，说，你只管依我的话做，看我这满头白发，年纪一大把了，莫非还能骗你？邓世河不好意思再问，就照着白发老头的话儿去做。白发老头看着邓世河栽完那些树苗，满意地笑笑，飘然而去。邓世河说，老爷爷，我还不知道您的名字，您能不能把您的名字告诉我？白发老头说，我的名字不重要，重要的是只要你找到了科学的方法，遇到的问题就会迎刃而解，再大的难关也能攻克。

白发老头很快消失在山脚下，消逝在缥缈虚无的雾岚里。邓世河突然想入非非。莫非，这老头是天上下凡的神仙，特意来点拨他如何在石山岭上栽树？也许，有了这位神仙的点拨，石山石岭真能披上层层绿色？邓世河浮想联翩，却又不敢让这联翩浮想耽误他太多的工夫。他天天守在山上，观察着栽在石头缝里的那些柏树苗。柏树苗活了，一天天往上蹿，蹿得枝繁叶茂，在石山岭上蹿出了团团绿色。

邓世河好兴奋哦，兴奋得流出了热泪，兴奋得抱着那些蹿高了的柏树一个劲地狂吻。成功了，石山岭上栽树成功了！他大声嚷着，赶忙给县林业局领导打电话报喜。接电话的是许秋雁，她已经升任副局长。

撇开许秋雁的关系不说，她还真是个领导人才。读大学时她是学生会主席，有能力，更有魄力。大学毕业后能进入县林业局工作，有人说是沾了她那副县长父亲的光，也有人说是她舅舅刘局长帮的忙。其实这些都是传言，她靠的是她自己的实力，和她的父亲、她的舅舅基本没有关系。邓世河也知道自己配不上她，她和他分手也是情理之中，没有什么奇怪的。现在两人不是恋人，而是纯粹的上下级关系，邓世河反而更加坦然，向许秋雁报喜时，满心喜悦像潮水一样溢向话筒。

许秋雁也掩饰不住心中的兴奋，在电话里向邓世河表示热烈的祝贺，并代表局里向邓世河表示衷心的感谢。邓世河说，许局你不用感谢我，你应该向那位白发老头表示感谢；没有白发老头的启发，我也不会成功，可惜我连他的名字都不知道，更不知道他在何方。

许秋雁说，老人家已经作古。

邓世河说，你怎么知道？

许秋雁说，老人家是我的姨爷爷，栽了一辈子树，有着丰富的植树造林经验。

是你把他请来的？

是老人自己要来的。

许秋雁就说开了，说她姨爷爷八十岁那年，她去祝寿。姨爷爷问起她为什么还没结婚。她如实告诉姨爷爷，本来准备结婚了，谁知又分了手。姨爷爷问她为什么要分手，现在那小子去哪里了？听说邓世河去了乡林业站，要让那里的石山长出树来，姨爷爷说这个小伙子值得钦佩，不管你和他分没分手，我都必须帮他一把。我栽了几十年树木，多多少少有些经验，我要把我的经验传授给他，我这一辈子的理想，就是能在石灰岩山上造出绿林。这样，许秋雁的姨爷爷就来到了邓世河身边，却又不让许秋雁把他的情况透露给邓世河。

邓世河感动得好一阵说不出话。许秋雁连喂几声，问他为什么不说话了。好久好久，他才哽咽着说，你姨爷爷的坟墓在哪里，过些日子我要去祭拜他。

许秋雁说，我姨爷爷说过，不要去坟前祭拜他，祭拜他的最好方法，就是尽快让石山披上绿装。姨爷爷盼着你能把石灰岩山造林的经验总结出来，填补国内石灰岩山造林领域的空白。努力吧，老同学，你干的是一项伟大的事业。

好的，我决不辱使命！邓世河大声地向许秋雁表态。他的内心坦坦荡荡，已经没有丝毫的怨气。

# 比黄金珍贵的鸟

谭　新

倪局长从区政府回到办公室，刚坐下来，负责来仪湖湿地公园建设工作的林管股长曾凡就火烧屁股似的闯了进来，慌里慌张地说：“倪局长，得马上去一趟来仪湖。”

倪培知道曾凡是个急性子，但平时在他面前还是尽量保持不紧不慢的样子，见他这么急，知道有大事，便说：“莫急莫急，怎么回事？”

曾凡尽量让自己松弛下来，依然有点急：“小张发现有人在泉河镇集市上交易一只鸟，怀疑是一只白枕鹤，对卖方说这是国家保护动物，不允许买卖。双方吵了起来，那人动了刀子，小张受伤进了医院。”

“小张伤得不重吧？那只白枕鹤呢？”倪培一边问，一边关电脑。

“亏得有镇林管站的易站长在一起，及时将小张送了医院，具体伤势不清楚。派出所的同志出了面，把伤人者抓起来了。白枕鹤在林管站。”曾凡情绪缓和了，跟在倪培身后一字一句地说。

上了车，倪培立即给易站长打电话询问小张的伤情。易站长在电话那头说道：“局长放心，小张刚从手术室出来，没有生命危险。刀刺在肚子上，伤口不深，不是要害部位，但流了不少血。医生说要住一段院。”

倪培听了，稍稍放了心，但总觉得自己工作环节哪个地方出了问题。

小张叫张向东，是在来仪湖治理工程中有突出表现的张辉云与珍珠夫妇的满崽。中南林业科技大学动物学系毕业，专攻鸟类学。对鸟类的形态、分类、习性和生理、解剖等都有很深的了解。虽然参加工作不到一年，但小伙子工作勤奋，为人热情，精通业务又任劳任怨。倪培正准备提拔他当产业股股长。

车子直接开到了镇医院。

病房里，派出所的人正在向张向东了解情况。林管站的易站长把当时发生的情况复述了一遍：

“小张这几天一直是我在陪同，晚上也是睡在我家里。今天一早，我们在集市旁边摊点上吃早餐。吃完早餐，我们听到了一只鸟的叫声。这鸟叫起来声音洪亮，犹如号角。小张说这不是一只寻常鸟，拉着我，循着鸟声寻过去，就看见有人在交易。卖鸟的是个老汉，六十来岁，长方脸上皱褶嶙峋，络腮胡子邋里邋遢，肌肉萎缩，骨瘦如柴；买鸟的是个中年女子，穿一身名牌衣服，手里提着个刚买的鸟笼子。卖鸟老汉要价两百块，女子只肯出一百五十块，两人正在讨价还价。我们一看那鸟，我是从来没见过。暗黑色的眼球，黄绿色的嘴巴，红色的脚爪，白色的颈根和翅膀；脑壳的前面、侧面以及眼睛周围的皮肤都是鲜红色。这些颜色光滑细腻，很好看。小张就对卖鸟人说，大哥，你这鸟从哪来的？那人不予理睬。小张又说，这是国家保护动物，不能买卖的。那买鸟的女人一听，不还价了，掏出两百元就准备递给卖鸟人。小张上前阻止说，不能买卖，你们这是违法行为。在拉扯中，那卖鸟人突然抽出一把刀子，捅到小张肚子上。”

病床上的张向东见倪培这么快就来了，眼角湿润，想坐起来。倪培双手按住他的肩膀：“躺着莫要动，安心养伤。你现在什么都不要想，把身体养好是最重要的，后面还有很多事要做呢。”接着交代曾凡：“曾股长这几天你就留在医院，照顾好小张，有什么需要，随时跟局里说。还有，你先不要通知小张的父母，免得他们担心。”

张向东感激地点头，担心地说：“在白枕鹤的世界里，有一个生存法则，一生只求一偶，生便双飞，死不独活。这只白枕鹤是只公的，那只母的还在。要是这只公的不回去，那只母的会有生命危险。要抓紧问清那个卖鸟的，这只白枕鹤在哪里捕到的，要赶快放回那里去。”

倪培和易站长随派出所的人到了讯问室，就见一个干瘦老头坐在墙旮旯，两眼朝天看着天花板，一副死猪不怕开水烫的样子。

所长认识倪培，附在他耳边说：“这老头一句话都不说，目前为止还不知道他是哪里人。”

倪培说：“我来问几句可以不？”

所长知道倪培干过派出所所长、刑警大队副队长、乡政法书记，审讯肯定比自己有经验，连忙说行。

倪培搬了一把椅子放到那老汉身边要他坐，老汉不动。倪培像抱小孩一样把他抱到椅子上：“被你用刀捅的那个人现在没事了。幸亏你力气不大，刀子捅得不深，住几天院就没事了。”

老汉紧绷着的神经一下放松，像死人突然活过来，开口说：“那冇事了，放我走啊，我崽还要等我回去搞饭呷。”

“放不放你是派出所说了算。我是林业局的局长，我叫倪培。被你捅伤的小伙子是我们单位的。你若是能如实回答我的问题，我给你说点情还是可以的。”

老汉眼里没了警惕，鸡啄米似的点头。

原来，这老汉名叫万喜贵，高岭湖村人，三十年前从江西“掮伞上门（男到女家入赘）”来的。堂客是个残疾人，生了两个儿子，大的七岁夭折，小儿子是个偏瘫。第二年岳父母先后去世，残疾人堂客去年也死了，家中就剩下他和残疾人儿子，日子过得很苦。不知道从哪年开始，高岭湖来了很多叫不出名字的鸟，有人开始捕猎，街上饭店喜欢买，还有人来收了集中卖到城里，价钱也越卖越高。后来这些鸟渐渐少了，政府也下令禁止捕猎，明着捕变成了暗地里捕。他一开始没想到要捕鸟，是无意中尝到甜头才干的。他种了几分菜土。为防隔壁邻舍的鸡，他捡了一些破旧渔网围菜土，不承想常有鸟类撞上，于是他想到了用网捕鸟。围菜土的渔网经过改进，撞上网兜的鸟一个也跑不掉，拿到市场一卖就能赚到一些钱。这只鸟也是它自己撞上网兜的。至于为什么用刀子捅人，他说不是故意的。随身带的小刀平时藏在裤袋里，做些小用，拉拉扯扯中不知怎么就刺向了对方。

倪培看这万喜贵不像撒谎，问道：“你知道捕鸟是犯法的吗？”

万喜贵迷惑地摇头。

倪培严肃地说：“国家法律有规定，捕杀任何鸟类都是非法的。如果捕杀国家列入了保护范围内的鸟类，那就是犯罪！要坐牢的！告诉你吧，你捉的这只鸟叫白枕鹤，是国家一级保护动物，比黄金还贵重。”

万喜贵一听，脸都吓白了，扑通一声跪在地上，号啕大哭。哭了几声又止住：“我的天啊，我真的不晓得这鸟这么贵重，不晓得么子鸟是国家要保护的啊！我那瘫子崽何得了啊！”

倪培说：“现在给你一个机会，你先回去把这只白枕鹤放了。我和林管站的易站长还有派出所的同志陪你一块去。要记得在么子地方捉的，就在么子地方放飞。”

万喜贵带着众人到了捕捉白枕鹤的地方。看着白枕鹤冲天而上，随着几声欢愉、洪亮，像号角一样的叫声，另一只白枕鹤从一片树林中展翅而来。这对重逢的爱侣，落在一棵红叶石楠上，亲昵地摩挲一会，然后飞上了更高的天空。

倪培等人进了万喜贵的屋子。屋子里的光线非常暗，闻到的是一股垃圾腐烂的味道。进门的正屋有点光线，看得见中间一张破旧、低矮的小桌子上面落满了灰尘，估计很久没人来了。后墙有一条用泥巴砌的长凳，上面放着一些杂七杂八的东西，挂满了蜘蛛网，给人一种尘封的感觉。东屋里面几乎是黑的，支着一张床，床上躺着一个人，正是万喜贵瘫痪的崽。见有人来了，两只手在空中抓着，口里叫着肚子饿，一股发霉的酸臭味从床上飘过来，让人心惊。

曾凡把盒饭递到床上，捂着鼻子很快退出了屋。

回城的路上，倪培对曾凡说："作为林业主管部门，我们忽视了一个很重要的问题——宣传教育问题。1989 年开始实行的《中华人民共和国野生动物保护法》，如今过去三十多年了，老百姓并不完全了解，更不知道么子是国家保护动物，就是知道了名字，也不认识是么子样子。这次湿地建设内容中，就要设立鸟禽保护区、觅食区和栖息区，给鸟禽创造一个良好的觅食环境。如果老百姓对鸟禽的长相、习性都一无所知，谈保护就更是一句空话了，也不利于我们的开发建设。我想，应该在宣传上用点功夫。"

曾凡说："局长所言极是。宣传工作就交给我吧。您给个指导意见，我做一个方案，您再修改。"

"还有一个问题。"倪培接着说，"湿地建设所辖范围内，还有不少贫困户，政府有一些帮扶，每年都给他们发钱放粮。我觉得这还是头痛医头的办法，没法从根本上解决问题。我有一个想法，在当地组织一支园林建设施工队。过几天，把位于湿地位置的几个村的村支书和村主任召集起来开个会，把组织施工队的事与动物保护宣传结合在一起来开。"

曾凡说："局长您考虑问题真是周到。这是一举两得、一箭三雕，特别是解决了那些贫困户的生活难题。如果会议有李书记和谭区长参加，那就是锦上添花了。"曾凡顿了顿，问倪培："局长对那个万喜贵准备怎么处理？派出所说尊重您的意见。"

倪培叹了一口气："都是贫困与无知害的。好在小张伤不重，白枕鹤又放了。

这万喜贵是个贫困户，又有个偏瘫的崽要人管，关他判他有点不现实。我对所长说了，还是以批评教育为主吧。我们的宣传资料上，也可以把这个案例写进去，警示还是要有的。”

“局长是菩萨心肠，这么处理是最好的。”曾凡有点感慨，“这些年，国家对乡村的发展越来越重视，一直在寻找一条适合乡村发展的道路。可是，奇怪的是，农民却始终处在一种被动消极的状态，譬如扶贫，譬如搞乡村振兴，许多农民觉得与自己无关，认为这是政府的事……”

说话间，倪培手机响了起来。是区长谭名良打来的，他询问了事情经过后，在电话里说道：“老倪，这件事对我们是个很好的警醒！你明天来我办公室，我也约了李书记，我们再聊聊与湿地建设有关的问题。”

第二天下午，倪培对曾凡说：“李书记和谭区长同意了我的意见，下周星期一开会。你赶快整理一下，把来仪湖现有的，属于国家重点保护的动物，重点是鸟类，印500张宣传页，彩色、对开，在会上发给各村支书，让他们回去张贴、宣传。”

（本文节选自长篇小说《来仪湖》。）

# 江　猪

## 孟晨浩

深夜，老长一个人走出门，一边关门，一边懒懒地套上制服。尽管制服被汗水浸透了无数次，尽是褶皱与怪味儿，但他毫不在乎，仿佛这件衣服给了他无限的光荣与力量。他箭直往长江边上走去。

他沿着江边一直往上游走，轻悄悄地，生怕惊动了他在寻找的目标。突然前面一点荧光晃进了老长的视野，他赶紧加快脚步，冲上前去。走近了才发现是误会一场。是老李，也和他一样在巡湖呢！

老长骂骂咧咧，说道："你这般大动静，电鱼贼早就跑咯，还等着你去抓现行吗？"老李倒是笑呵呵地："抓不到吓吓他们也行嘞，反正是混日子，管他球的。"老长很不赞同："咱大字不识一个，政府给了我们这身衣服，是对咱们的认可和关照，抓就认真抓，'吓唬吓唬'，治标不治本！"

原来他们都是岳阳市某地护渔队里新加入的队员，原本都是长江上的渔民，以船为家、靠水吃水，后来长江禁渔令下来，就都上了岸。

老长家世世代代都是渔民，祖籍湖北，自幼在渔船上长大，只在岸上读了一年书就跟着父母来到洞庭湖打鱼。由湖北入长江，经调关穿华容河入洞庭，从此与洞庭湖结下不解之缘。老长单身了半辈子，40岁那年身体抱恙，突然想找个依靠，于是去福利院领养了个儿子，取名江娃，疼得像宝似的。江娃继承了老长的手艺，渔网撒得准，鱼打得比谁都多。但渔船居无定所，有时太晚了随便靠在岸边就安顿下了，江娃每天都要跋山涉水走很远才能到学校。同学们想上他家玩他总是回避，不敢说自己是渔船上长大的。因此，江娃也和老长差不多，上完初中就再也不肯踏进学校半步，天天泡在江水里，像条鱼儿似的，一个猛子扎进水里，半天都找不到他的影子。

这几年，长江的鱼越捕越少，渔民们都说长江病了，越来越感觉到难以维持生计。苦苦挣扎之中，最终等来的却是长江流域十年禁捕。不过政府颁布了各类利好政策，除了对上岸渔民派发社保补贴、住房补贴，提供就业指导培训和推荐工作以外，还为他们量身定做护渔员等岗位。国家执行政策雷厉风行，渔民们也很快转变了角色，但唯独老长，怎么劝也劝不下船。陆上派出所里的民警民哥和老长差不多年纪，总与他称兄道弟，天天往老长渔船上跑，讲政策、讲法规。老长心生感激，但就是不愿上岸，说这是他的家，陆上的高楼再怎么舒服，也终归是个束缚，没有在船上这般自由。

其实老长这是在和民哥讲气话。禁捕令刚刚下来的时候，大家都令行禁止，没再出去捕鱼，唯独江娃放不下捕鱼的营生，又年轻气盛，网子还是大把大把地往江里撒，很快就被警察带走了。在那一群年轻的民警当中，民哥的头发花白，特别显眼。当时民哥沉默着走到老长身边，给老长递烟。老长把民哥手上的烟打掉在船板上，冲民哥吼："我风里来浪里去一辈子，吃的就是长江饭，捕的就是长江鱼，老天爷赏饭，凭本事吃饭！”民哥捡起烟，吹了下，夹在耳朵后面，说明天我再和你聊聊吧。一群警察带走了儿子，渔船吃水上来一段，老长的心却沉下去一截。

第二天民哥又来，又被老长气走，第三天、第四天……，无论刮风下雨，无论是否放假，民哥总是能在黄昏后找到老长停船的港湾，有时候还给他带点粮食带点肉菜。一来二去，老长似乎没那么怨恨民哥了，理解了他的不容易。

这天老长正在喝酒，突然外面刮起风来。船一晃，酒在肚子里有点不安稳，咕咚咕咚敲打着胃。“大风起兮船摇晃咯……”老长唱了起来，声音老鸦般，苍老、嘶哑。一个人喝酒很没意思，以前靠港的时候，哪家有酒顺着风就闻到了，脚就不受控制地顺着味道跳到了人家船上。菜多菜少没有关系，哥几个咂一口小酒，在狭小的船舱里眯着眼就是享受了。现在酒也只有一个人喝了。一个人喝的就是闷酒，就是寂寞，就是没意思。上个月还有儿子陪着弄一口，现在儿子被警察抓走了。想到儿子，老长顺手摸起摇晃的酒瓶，一口把酒都送进了肚里。恍惚间船板上又传来一溜儿脚步声，步调急促有力。老长知道，是民哥又来了，仿佛警察永远都是这么焦急忙碌。“老长，我给你找了个好活儿，最近明眼上捞鱼的是没有了，但在江边偷摸电鱼的又多了起来，长江护渔队正在招工，我给你和老李他们几个都报了名。”民哥兴奋极了地向老长讲着自己是如何辛辛苦苦替他们求情争取工作的，但老长似乎没有半点兴趣，在自己的躺椅上翻了个身，背对着民哥，呼呼大睡起来。民哥像是死了心似的，再一次默默离开了。

后面几天，民哥再也没来过。这人吧，确实是贱，他不来，老长却又盼了起来。一天清晨，船板上的脚步声再次传来。老长期待极了，赶紧丢下刚刚没吸溜几口的清水面条，去船板上迎接。他一边叨唠着“民哥民哥”，一边开了门，但发现来的不是民哥，是老李。原来民哥看自己久劝不动，放弃了，这次派老李来给老长做工作。他俩以前在江上就是铁哥们儿，兴许老长这头犟驴会听劝。

看见老长仍然住着破破烂烂的船屋，桌上的面条一点油星子都没有，惨白惨白，老李心酸极了，放肆地和老长说起了陆上的好。他现在是护渔队的一员，以前干“捕鱼”，现在干“护鱼”，人也没有离开洞庭湖，生活质量却提升了不少：“上面还发了一套制服，穿在身上别提多风光哩！”一阵嘘寒问暖后，两个人走上了船板，望着宽阔的江面，再也见不到成群结队的渔船。

打了一辈子鱼的人，肚子里的事摸不清，对江里那点鱼还是有数的。小时候老长跟着父亲下江，舢板船，手抛网，船自横在江中，撒出去的网在水面勾勒出一道美妙的弧线，直直沉入江底，等拉上来，满满的渔获，日子慢慢悠悠。到后来，船越来越大，捕鱼越来越快，网眼越来越小，日子却越来越难……两人正感叹着，突然，有几只精灵划过水面，跃在空中，刚好被东边的朝阳映出几道亮影，轮廓格外清晰。“江猪！江猪！真的是江猪！”老长回头喊老李看，兴奋得像个孩子似的。印象里，这群可爱的家伙好多年不见了。老李探头望了望江面，悠悠地说：“上游还有好多哩！以前整天待在船上，不知外面的世界，现在在单位，开会、学习，知道了好多东西。国家搞长江治理搞了很久啦，环境好啦，江猪又开始多起来啦！”没一会，水里的江猪扑通扑通拍打着江面，甩着尾鳍不见了，老长还在意犹未尽。

“上岸吧，护渔队里还有个空缺，民哥一直托人给你留着呢，你这破船回收了还能补贴不少。咱们世世代代在江里攫取了这么多，长江都病啦！是该回馈长江、保护长江啦！”“队里可清闲啦，管三餐，吃的可比你这面条香，每天只要晚上出去巡逻走一趟便是，工资到点就发，好不快活哩！”

老李的话，老长半句都没听进去，仍然沉浸在江猪带给他的喜悦当中。江猪，也称江猪子，学名江豚，国家二级保护动物，今天居然看到它们成群结队出现，老长感动极了。江猪很有灵性，老长小时候在水里游泳时，总能与小家伙们遇见。要么顶他脚板，要么与他擦身而过，只要往水里丢鱼，就会有好多江猪围着船转悠。老长往水面伸手，它们还直往老长手上靠，别提有多亲近。想到这些，老长开始想江娃了，不知道他现在怎样。顷刻之间，老长顿悟了，仿佛一下子就彻悟了政府的良苦用心，一下子就明白了长江流域十年禁捕的重大意义。

那一天，老长茶饭不思，彻夜未眠。第二天，他收拾了一下，下了船，兴冲冲地往派出所走去。看到主动上门的老长，民哥仿佛是松了一口气，又仿佛是意料之中。两人也没多说话，民哥领着老长去了护渔队，上午就办好了手续。把老长安置好后，民哥正要走，被老长拉住了。他深深地向民哥鞠了个躬，眼里的泪花藏也藏不住。“你别急，你儿子的案子检察院说情节轻微，不起诉，马上就要回来啦！”说完，民哥头也没回急匆匆地走了。

# 麻小牛退票

何 石

麻小牛怎么也想不到，家乡“锰三角”的乱象在多级领导的关注下，几经痛定思痛，终于迎来了全面整治。原有的近百家矿山企业合而为四，并对千疮百孔的废矿区和锰矿废矿残渣掩埋库区进行全面复绿，一家由生态环境系统监管、四家矿山企业出资组建的“华洋生态绿化公司”正式运行，全面打响了矿区复绿、生态治理攻坚战。更让他惊诧的是，华洋公司的总经理钱华，会亲自打电话来盛赞自己对华洋园林绿化的规划建议，并请他继续完善设计蓝图，以便早日分步实施。

事情还得从2022年正月十四那天说起。

因为新冠疫情，年前回到村里的麻小牛，直到正月十四，也没有接到他就职的长沙市万方园林规划设计公司的上班通知。父母亲一大早就去华洋公司做事了。他们虽然年事已高，但对送到家门前的挖坑栽树这些轻松活唯恐落下，加上每天还能拿到不菲的工钱，自然是乐此不疲。

大山远处，依稀传来鞭炮声，明天就是元宵节了。

华洋生态公司做了庞大的发展规划，他们要把所有被锰矿侵蚀的荒山裸地全部复绿，还要把整治后的生态区建成花园式会议中心。已经征了不少地，建了一栋培训楼，准备把矿山的安全、质量等多项培训和旅游观光结合起来，借“绿三角”为“锰三角”正名。华洋公司的职工初十就上班了，尽管会议接待、酒店、餐饮业务还没有搞起来，但麻小牛的妻子翠华这些天正在做一个培训课件，她负责对员工的培训。公司的员工大多是附近村镇的农民工。通过培训，他们将脱胎换骨成为合格的工人，还能通过园林管理、科学种养等手段掌握脱贫致富的技能，最后这些“星星之火”就能成为村里产业致富的带头人。

麻小牛在家也开始在线上工作了。他接到公司的指令，要尽快完成一个小区的绿化设计图纸。埋头忙到吃饭时间，儿子小波一个劲地吵着要去妈妈工作的食堂吃“大餐”。哎，也罢，他正好想去改造的山区看看，就当体验生活吧。

父子俩戴了口罩，进了园区，右边公路上方是供水的“天池”。只见千余亩曾经光秃秃的荒山披上了绿装，常绿的乔木、灌木，尤其是山上那些耐寒而名贵的油松，在春寒料峭的季节，舒展着银白色的针叶，挺直了腰杆，仿佛一个个傲霜斗雪的戍边勇士。山下的长条形半岛和蓄水坝水利工程建成后形成的蓄水湖堰，青山映水、碧波荡漾……回想多年来滥开滥采留下的荒山裸土，以及浑浊不堪、伤痕累累的河床，经过壮士断臂后的整治，尽管代价惨重，但总算是迟到的觉醒，麻小牛顿时心生敬意，由衷慨叹。

他带着小波沿环山公路走着，总觉得环山路上的植被景观有点凌乱，不同坡度和日照所对应的林木布局也似乎不尽合理；此外，长岛作为观赏长廊的价值作用没有完全发挥出来。他想，既然要打造当地独一无二的会议中心，就要把长岛作为园区的一幕“广告墙”，将四季花海和独特的常绿植被展示在这个天幕上，赋予它山水的灵动、诗词的韵律、人文的色彩……

心里这样想着，麻小牛有点不吐不快的冲动。他把小波送到翠华那里，快步赶回家，急着把他的设想描摹到蓝图上。几个白加黑的努力，他的蓝图，终于反馈到华洋生态公司的钱总那里，才出现了开头的一幕。

正月二十五这天，麻小牛终于接到了设计公司定于正月二十八上班的通知。他是刚毕业就被招聘到万方公司的，从设计员干起，五个年头过去了，他已经成为万方老板十分倚重的干将。接到通知，他喜形于色。新的一年，尽管受疫情影响，各行各业都受冲击，但他们是大公司，老总年前曾找他谈过话，准备提拔他当部门经理，年薪将达到20万元。他一高兴，立即在网上订了从吉首去长沙的高铁。意外的事情却在麻小牛准备返程的前一天发生了。那天，翠华下班坐钱总的小车回来，带来了钱总和人事部经理老李。

“麻小牛，你可得给我留下来，我们用最高的工资、最好的待遇，一月五千元……”老李郑重其事地说，“我和钱总是外乡人，你可是地地道道的本地人，可得把智慧和才华留在这方青山热土啊！”

“我们真的急需你这样的人才。你的想法很好，蓝图很完美，我们缺的就是你这样能把梦想照进现实的人。”钱总温和地握住麻小牛的手说，“说是最高工资，其实并不高，我们刚起步……你要能吃得起这个亏，就留下来。”

钱总的车走了，却留给夫妻俩无尽的纠结。

正月二十八这天，翠华也像往常一样去公司上班了。她不想说服丈夫，她把最后的决定权留给麻小牛。

“老婆，我决定了——”麻小牛在电话里说。

“那我请假送送你——”翠华很温和，很平静。

“决定退票，在村里干。”麻小牛果断地说。

“嗯，退吧。”翠华也坚定地附和着。

# 诗歌

# 山乡巨变看花垣（外一首）

易庆安

《边城》展罢已经年，笔下纷纭几变迁。
青拱石桥连古驿，白分烟雨下梯田。
锦鳞游泳春溪涨，柳线参差草色妍。
一曲渔歌惊鹭起，半溪爽气任风传。
讵为经济轻生态，误把青蚨换自然。
山被疮痍惊百鸟，水添污淖绝三鲜。
久兼铅毒烟心伴，复翳晴川瘴疠煎。
云岭渐秃花失艳，苗乡经劫史空前。
清风碧宇原无价，善政良谟岂有偏。
幸得中枢伸铁腕，尤凭利剑肃贪顽。
培元固本甘霖济，沥胆披肝忧乐先。
两断三清除积弊，三和四美算周全。
烟波漾日堪描画，荇藻生香绝可怜。
打桨拔开鱼踊跃，垂竿时见鸟盘旋。
山花争簇崖边火，星月交辉水底天。
把盏临风吟雅韵，凭栏纵目动清弦。
唤君试作逍遥客，移此风光助浅眠。

注：“两断三清”指断电、断水，清除原料、清除设备、清除产品。“三和四美”指世界和平、社会和谐、家庭和睦，自然美丽、山河美好、生态美观、环境美化。

## 题花垣巴傩山茶业

万顷晴光几簇红，逶迤曲径接瑶空。
望中云引梅风袅，足下春添淑气融。

鹰嘴半开歌欲起，茶旗一展韵无穷。
苗乡采得相思味，漾出傩山满岭葱。

注：鹰嘴，新茶形如鹰嘴，故名。

# 行吟绿水青山

严柏洪

## 一

峰峦数里冷泉吟，岳色湖光杖履临。
岭上寒亭闻暮鼓，云中远壑绕尘音。
霜林翳翳通幽径，卧石苍苍晓素心。
踏遍丘山搜画意，丹青象外妙难寻。

## 二

山深坐久闻泉响，谷鸟幽鸣暮色茫。
霁月薄霜凝碎影，松风残雪映寒光。
巉崖寂寂苍苔暗，远壑愔愔日气凉。
秃笔丹毫参造化，形疏意远契玄黄。

## 三

静谷空林云色暗，风摇落叶入书楼。

深山野径藤缠密，古壁长松夕照幽。
策杖攀行闻瀑响，扶亭独坐望江流。
挥毫咫尺潇湘韵，皓月澄波遍地秋。

## 四

水墨染烟峦，秋林次第丹。
鸣禽栖树屋，暮雨涨溪滩。
草舍温村酒，书窗写蕙兰。
尘心含万象，悟境一时宽。

## 五

远岭樵歌起，闲云往返低。
炊烟停木屋，澍雨落山溪。
九叠峰峦杳，千层雾霭迷。
村南沽老酒，旧画又重题。

## 六

峰云壑霭意苍凉，老木枯藤石上霜。
雨冷梅横清气出，溪寒径曲紫烟藏。
扁舟独啸江天暮，逆旅孤吟荻岸茫。
远隔尘嚣三万丈，濡毫捧砚兴无疆。

# 绿满沅江（组诗）

胡金华

## 绿满沅江

沅江，藏书也藏宝玉
满目山河宝石蓝
连雨也带着绿色的染料
天使到了这里
会擦着绿色的唇膏
翠鸟会唱绿色的山歌
两岸随便舀出绿色的果汁

望这一脉青山
想起挑柴烧炭的往事
摸这一湖碧水
想起摇橹捕鱼的生活
山里有山里的路
山里人有山里人的性格
心中的酸甜苦辣
只有大山知道

## 山涧流水

阳光躺在原始森林的缝隙
一条小溪躺在枯水期的岩石间
流淌着青苔里漫出的玉液
夏天的热如几尾小鱼丝丝游动
余下的世界全给清风清凉和清静

在大湘西绿海明珠借母溪
莫问风从何来
莫问鱼往何处
莫问水之源头
风是远古冰山贮存的释放
鱼是四海云游的僧尼与诗人
水是他们听完当地传说的眼泪

出山，会听见汽笛和蝉鸣
还有夜晚欢快的山歌

## 游五溪湖

一湖的烟波
一湖的故事
不时有苍鹭盘旋
还有鱼随船飞
偶有三三两两的船只来往
航行在这绿色的大海
笑了游客
愁了乡居
大坝截成的大湖尽头
发电厂灯光闪耀

## 漂　泊

开门见山
推窗见水
山水穿一身青衣日夜远行

远行的自古有船和离人

沅江下行越远越辽阔
河流库汊穿起我们青春期的喇叭裤
低矮的群山泡在水中
如土法泡制在罐中的药酒
只有三三两两的行船
七夕，我们几个微醉的老男人
水上看风景吟诗作画
漂泊久了，如忘了新婚期的居家汉
船上泊着尽是绿的倦鸟和寂寞

倦了寂寞的不止我们
有孤单的白鹭和孤单的垂钓人
还有江边关押少帅的凤凰山

## 在辰龙关

青山小溪间
茶园果园稻田亲密相邻
绿叶丛中古老的木屋和现代的洋楼同时开花
几只白鹭引领游人如织

在乾隆御赐的天下第一关
龙已随沅江入洞庭长江归于大海
笔架山已弃甲从文多年
十里茶园真如十里画廊
最奇的是渔夫上岸当了送茶人
采茶姑娘闲时当起了导游女

清溪作墨
蓝天当纸
文心阁上挤满故事和诗画
放眼远眺，神州大地尽是风景

# 洞庭湖的诗报告

蔡静修

## 一

湘、资、沅、澧、长江水，以美学的名义
在南洞庭湖汇聚于一点，拓印出
1680 平方公里纤尘不染的修辞
在这个丰沛的水系上，一些名词、动词、形容词
被宛若丝弦的草，翻来覆去
甚至翻出了万顷芦荡、百里柳林、万洲迷宫
湖上草原、芦花飞雪，一帧帧灵动的画面
我不知道，是谁在它们内部安置了定时器
时间的口令一响，便依次亮了起来
那时我还没想好，该以一种什么方式
游走在这个水草丰美的宝地
从暗处开出的谚语，自带甜净
波光粼粼，如转动的传送带
将洞庭湖的开场白编排得古典又时髦
野生芹菜、藜蒿、芦笋、蓼米，这一支支
原生态的部落，在湿地的秘境里

约定俗成，如千变万化的词组从册页上长出
摇动着听觉灵敏的耳朵，偶尔会碰到
游动的音符一样，从远方归来的候鸟



## 二

在这个丰腴的鱼米之乡
大小不一的洲渚，是无法搬动的词汇
柳条摇曳，如发光的明喻
苇草起伏，托举出低沉的暗喻
春风拂过，万物统一了口径
连绵的洲滩以回环、复迭、顶真的手法
将洞庭湖的美，用原生态的笔墨又抄录了一遍
两岸繁茂的杨林，如一束束阳光的词牌
颜色被风吹绿，主旨被风吹软
林荫下的脚印，仿佛一个词叠着一个词
一排排、一层层地，传递着繁茂的旨意
我深信，流水填词，绿荫谱曲
可将焦躁的情感中和。此刻的我
把写诗的手，放在洞庭湖里濯洗了三遍
每一遍，都沾上了时光的浓墨
草长莺飞，在明亮如镜的湖面上
与水色重叠的芬芳，泛起了微波
仿佛某种内在的思想，只要从洲滩长出
都被赋予安静、娴雅、优雅的状态

## 三

卯时，天际渐渐露出微白
万物庆生，芦花飘絮，迎风吐蕊
穿着白袍的云，乍现乍隐
置身于秋意纷纷扬扬的花海中
我们伴着一触即化的花香拍照留念
河汊纵横，经纬交织，所有的静物
如大地上的篆刻，可抠出婉约的水声
洲岛密布，以重章叠句的手法泼墨写意
那一刻，湖、山、树、风、草、大雾
这些造物主的杰作，也以递进，排比，逻辑句
用赋比兴的修辞，编撰出一页页
暗香盈袖的动态图。我看见
勾勒其间的道路，如一条条如丝如缕的项链
佩戴在洞庭湖的胸口，散发着迷眼润骨的斑斓
串联的光与影，叠加的色彩
用天工的妙法，微雕着奇险灵秀美的画卷

## 四

必须承认，洞庭湖是时光这位大师
以平川为画布，以草木为染料
用不同的角度切入，运用各式笔法
在沅湘渲染出的一幅巨大的水墨画
游船无声通过
在芦苇制造的宣纸上拖出一道墨痕
是啊，此刻在湖中练习倒立的

中华鲟、长江鲟，如散落的墨滴和逗点
风一吹，在洞庭湖大美的旋律里
驾驭着波澜，以淬炼的速度
在山水的缩影中，冲出一个个小小的豁口
欢呼的声浪，是流水点亮的辞章
在洞庭湖中跌宕、起伏、激荡、涌动
击起波纹般回旋的美，以并提，以映衬，以借代
谱写出一部生态文明的典章

## 五

绝句里的洞庭湖，在草甸土的扉页处
早已构思好了情节，当雾气尽散
列着队伍，携儿带女的
白鹤、东方白鹳、黑鹳、中华秋沙鸭、白头鹤
如翻飞的字词逐水而去，在芦苇荡中
续接着自然界中意趣盎然的故事
是的，长在苇荻之中的意境、音频、律动
浓得化不开了，唯有借着夏风发力
展现出另一种生机。我还看见了
凌云塔在湖中纯美的倩影，镇江塔释放出的天光
由浅到浓、由浓到醉美的升华过程
晨渡之人、垂钓老者，是镶嵌在湖边的字粒
在押着韵的水波诗行里，行稳致远
一个个自然渔村，将自己提炼成一个个主角
坐在美丽乡村的剧本中，用云霞染出绯红的乡音

## 六

在洞庭湖湿地，万物都是大地的主人
外修碧波、内修涵养的水草，如一个个恩赐的神谕
守护着自己的方寸家园
从它们身上析出的庞大绿意，是取之不尽
用之不竭的颜料，点染孕育着一圈圈悠扬又细腻的韵律
这是屈原、刘禹锡、孟浩然、李白、杜甫
第几次把洞庭湖嵌进诗词，湖水并没有点破
泛舟湖间，我必须启用美的捕捉器
把水天一色、水乳交融、组合有序的桥影与涛声
捕捉进我的口袋，或像对待一枚枚
记载古地质变迁的感叹词一样，夹进书页中
身边的芦苇，被风撩拨得更为辗转与缠绵
双手掬水，如捡起蔚蓝的曲调
我坚信，这是美的另一种颜色
随着蔓延的水路，我的心胸一路开阔起来
行至洞庭湖的中央，乡愁是一条外溢开来的支流

## 七

我深信，洞庭湖是安装在人间的一面镜子
澄澈、安宁，可容万物
它静静地反射着一个清晰、明朗、辽阔的人间
宁静是它的内心，清澈是它的灵魂
水面上斜飞的白鹤、东方白鹳、黑鹳、中华秋沙鸭、白头鹤
画着一道道柔软的弧线，而后隐身于

披上新绿的芦苇丛，被轻轻安放在
它们所向往的栖息地和繁殖场所
这里岸绿，水清，堤美，可赏野花
与江豚麋鹿为伴，在云山雾海中找寻心灵的慰藉
此刻，桨音与水声分别附在一对平行线上
直抵宽阔的水域。细波微漾，我一时无法分辨
沼泽、草甸、水域和天空的真实界线

## 八

在洞庭湖，再加一点水
整个湖的美，就要溢出来了
野生芹菜、藜蒿、芦笋、蓼米，在湿地的册页处
定居了下来，以湖水洗脸，闭目养神
享受清风，翻阅云海，细嚼繁茂而璀璨的过往
流水编排着它们的姓氏与生活
泊在空中的霞光，是用剩的时光碎片
在湖边堆成了另一座大湖
大小不一的洲渚，如一排排绿宝石
收拢着起伏的水草，越来越绿
与洞庭湖对视，我多想用百里杨林
来固定情感的泥沙，锁住爱的水分
让体内河汊纵横的字词，不再水土流失
是的，水浸皆湖，水落为洲
密布的洲岛是捆绑着时光的一簇簇颂词
它们在湖边复制粘贴着自己
用从容与淡泊，映照万物，完成水命的聚积

## 九

洞庭君山是放大的盆景，更是一部神秘的哲学笔记
走进深山的册页，一步遇花香，两步碰奇草
每一个脚印，都能踩中虫鸣与水音
总能碰上入口即化的奇，与触指消融的绝
这一切，不用来写诗显得浪费
山风洗着丛林，湘君、湘夫人的传说
从草纸长出。其实风吹过的地方，都产生了思想
比如光滑的石面，铺着一层稍纵即逝的光芒
比如遒劲有力的树干，蘸着湖水
以轻松的笔调和淡赭色，搭色塑形
画出了杨幺寨、湘妃祠、柳毅井
又将虚实结合的红日和暮色
安插在谁的梦境里，用一片鸟鸣时刻刷新着

## 十

在洞庭湖湿地，弥漫的水雾是一层纱
仿佛我与《岳阳楼记》仅一水之隔
渔帆点点，仿佛是范仲淹不小心滴下的翰墨
浩瀚迂回的湖水，用天工的妙法
画出了“洞庭秋月”“远浦归帆”“渔村夕照”“江天暮雪”
滚动的景色，用十二个时辰的切换，形成一场视觉盛宴
与洞庭湖对视，我顿时产生了美学反应
想象自己驾驶着一片云彩，在湖面自由滑行
每拐一道弯，惊喜之前被提速
是的，洞庭湖这巨大的心境
一个人是用不了的，哪怕你是一个极富想象力的诗人

我喜欢把以清立身的湖面，比作一张透明干净的纸
澄碧的水珠，是一粒粒隐现沉浮的文字
用行云流水般的表达，慢慢展开一部训水之经

## 十一

迎着光的方向，我再次进入岳阳楼的内部
成了一片灰瓦，往楼顶运输着
潮水般的翠云与苍烟。身处院中，我成了一个点
守着透明的光亮，慢慢成形，成为一撇美好的点缀
于此终日厮守。用屋檐上，透析出的
瘦如薄纸的缄默，勾兑一场盛大的月光
一勺一勺地喂养星空。廊腰缦回，琴键般的台阶
隐居着来自经书的天然音质：纯粹、完美
靠虔诚与风范发光的岳阳楼，在我的笔下
再次凝固、升华，嵌入时光的纸张
用百年蓄养的精神，长出一部广博的江山志

## 十二

坐在湖边，犹如坐进了一幅天然的山水画
我想找一朵水花聊聊，聊一些水一样蓝的话题
聊一些被时光动过手脚的水，如何慢慢往回走
与湖对话，我们必须腰系唐风宋水
在字词里自由翻身的候鸟、麋鹿、江豚、鱼儿
张力十足，在点、撇、捺、横之间制造着水花
被风剪碎的波纹，是散装的咏叹、情节
用水的线条，编织、订制、点染
层次分明、深入浅出的工笔画

而将自己挂在湖边的落日，是它一方小小的印章
你看到泊在岸边的巡护船了吗
不管如何荡漾，都被一条叫作乡愁的绳索拴着

# 与一条河流的对白

洪佑良

## 一

第四纪冰川雄性的鲁莽和原始的苍凉
以亿万年积蓄的洪荒之力
塑造出大围山一片沧海桑田
鱼化石、虫化石，不知名的兽化石
它们保持着飞翔或者走动的姿势
气味和骨肉已经成为原始森林的养分
只有水收拢水，切削低处
发源成一条河的雏形
继而按照宿命的走向一路奔腾
先人跟着水找到生活的方向
他们刀耕火种、茹毛饮血
与原始森林中每一株古木
与草尖上啜露的蝴蝶
在生命的诱惑下纷纷还俗
进化中的先人小心地从树上下来
将石器反复打磨，露出锋刃
他们围猎开垦，驯束牛羊
粗糙的日子渐渐利索圆润

## 二

“浏”有清澈之意，澄明透亮，内心纯洁
山南水北的水就有了自己的名字——浏阳河
她224千米的身高不算太矮
正是闭塞山旮旯至繁华省城的距离
4244平方公里的流域面积也不算太瘦
刚好是浏阳人骄傲的尺度
山水的秉性总是以性格的方式
潜移默化于这方水土上的人
浏阳河刚健雄浑、不折不挠的品质
毫不吝啬地植入了浏阳人的血脉
沉淀出了负重奋进、敢为人先的基因
逐水而居的浏阳人历经一次次劫难
在河水环绕休憩的地方聚族筑镇
围绕农桑围绕庄稼围绕日子的丰满
他们绛丝结网，攒锱积铢
枕着河水一波一波的古韵
野性的炊烟一株株分蘖
浏阳河是一根缀满钥匙的银线
白沙，官渡，古港，淮川，镇头……
每一枚都是打开浏阳文明的密码

## 三

朝代更替的秋千荡过来又荡过去
还未看清这边的风景
历史已翻过了新的一页
元军铁蹄狂风般扫过

唐宋诗词的秋叶纷纷落下
失重的秋千上浏阳人命悬一线
明朝加赋的圣旨又勒住他们的喉咙
也勒住了这片土地的命脉
百年一遇的大旱，土地龟裂的缝隙
宽过先人冒血的嘴唇
饿殍遍地，十室九空
河流两岸万户萧疏魅影绰绰
野草和荆棘编织的大氅
笼罩着浏阳百年荒凉

## 四

粤语，赣音，川腔，鄂调
四省填湘的迁徙大潮在浏阳汹涌
插草为标，划地为记
劳动的号子弥漫着人间烟火的味道
缺席人间已久的浏阳河又鲜活起来
荒凉开始远遁，沉寂缓慢苏醒
异域文化以柔性之刀温顺侵蚀
交融混杂，消化吸纳
民歌和用具在风俗里拖泥带水
不肯放弃抵抗而轻易就范
先人粗砺咀嚼，带血吞咽
而方言顽固，即使被修正被撕裂
总是驻守心的一隅
在滔滔语言的洪流中
哪怕只是泛起小小的一片
也会奏出巨大的共鸣

## 五

曾经，大山是深不见底的偈语
很少有人走出它的魔咒
炊烟伸长腰身努力向外窥探
远方一再被浏阳人收藏
曾经，有智者沿着河流往下行走
坚信低处的世界更接近繁华和精彩
他们把思想的颗粒在水中濯洗
不愿让尘埃玷污上游的谦卑和坚韧
曾经，有人用水一般的女人手
把一日三餐烹成乡愁的模样
在游子的胃里鼓瑟吹笙
曾经，有人采摘山间的嫩茶
古法搓揉，传统发酵
用一丝醇香拴住不安的灵魂

## 六

一群袒露上身的汉子躬身于竹排
在湍急的河中左冲右突
手中的竹篙顺着河流的脾性
寻找着可以容纳生活的空隙
有水运的地方就有一根勒进肩膀的绳索
纤夫如鸭蹼的脚趾扣进河滩
粗犷的号子充满血性的力度
逆向的生活每一步都是与生命的抗争
一部旧时的浏阳河航运史
哪怕只是轻轻一翻

都会掉落满地的汗水和泪珠
筒车日夜不停地啜饮乡间往事
咿咿呀呀的声音就是儿时母亲哄睡的歌谣
提到高处的水从梦里浇灌下来
把游子的思念淋得湿漉漉的
水库是一枚掐住河流秘密的戒指
她偷藏蓝天白云的倩影
截留春天最繁华的部分
让积蓄的水踩着电机的飞轮
沿着一根银线翻山越岭
与黑夜的黑分庭抗礼

## 七

流泉的梵音催生朴实憨厚的底蕴
浏阳河将风土人情装订成文化的册页
在历史的深处闪耀如诗
山水，只有山水才能涵养多样的文化
时间的纹理和追求美好的维度
见证了浏阳河的韧性与张力
在东乡，丰茂的森林与生俱来就是山里人的财富
树木伐倒的声音就是幸福落地的声音
只要挤出山路的肠梗阻
日子就会饱满充盈
安分守己的文化有了生存土壤
他们在自然的馈赠下小憩，喝酒，做梦
在南乡，李畋的后人传承了先人的衣钵
火焰上跳舞的功夫奠定了热烈率直的个性
他们将智慧和奇思妙想压缩组合

“卷纸作筒，实以硝磺，名曰爆竹”
由鞭炮到灿烂大型礼花
在异国天空的大放异彩
千年烟火问鼎世界的辉煌荣耀
重商尚武的精神融进血脉
在西乡，河水收起跌宕起伏的往事
她束装整容，如同待嫁豪门的小家碧玉
西乡人也收敛了内心的波澜
他们生活的轨迹与物候保持一致
在农谚里享受着春华秋实
乡村戏台上因陋就简
演绎着他们的喜怒哀乐
崇农尚艺的思想根须
比田垄上庄稼的根扎得更深
在北乡，稠密的人口对少量的土地敬重有加
他们在小心翼翼地侍弄庄稼的同时
从来没有停止过走出去的脚步
勤耕苦读是家训传承也是北乡人的信仰
金榜题名光宗耀祖的宏愿
是他们不断追问生命平庸的动力

## 八

孙思邈结庐的小山
所有的草木都见过药王的真容
药王的灵感在这里与火药有短暂的碰撞
迸出的火花在《千金要方》里闪烁生辉
孙隐山、洗药桥、洗药井这些标签
将一条河的文化曲调拨到高处

欧阳予倩一声话剧的高腔击穿靡靡之音
他曼妙的舞步牵引一个新的戏剧时代
入戏太深的他走不出自己创设的情景
只能在一部《关不住的春光》里返老还童
杜甫的诗歌在浏阳河畔忧郁地一现
他泊舟于青枫浦边的枫树下
在如血的夕阳下看到了自己凄美的晚景
他孤独的身影难掩一个朝代的落寞
一首《青枫浦》的绝唱
激活了浏阳河的文脉
杨时来过，他雕制一枚孔庙的印章
给浏阳的繁华摁上底蕴的落款
宗智走了，他在道吾山燃起那炷供香
被庆诸分了一脉在石霜寺续燃
升腾的玄妙是对人性的规劝和对未知的暗示
只有那匹偷跑出来的天马
贪恋浏阳河水的甘甜
不再回到缥缈的天空
守着乌篷渔火和小城的风花雪月
豆豉，夏布，蒸菜，菊花石
每一样都是传世的颂词
带着古韵新声和历史的进化
它们不拒绝新潮和创意，青睐互联网
在一些网站和现代橱窗里登录亮相

## 九

酒是诗歌溢出的部分
浏阳河水与古老的配方和粮食的精华

在非常性思考下酝酿嬗变
水就不再是当初的水了
装入瓶中，贴上标签有了身份和品位
时间越久，洞房之夜越深，乡情越浓
浏阳河小曲的意境就越幽远
一枚部级的奖章挂在如孕妇凸起的瓶肚上
诞下小酌，微醺，开怀大醉

## 十

对视是两岸放飞的十万只信鸽
终于在某个春天凌空而聚
浏阳河放弃了隔绝的咒符
愿望有多殷切河水就有多温顺
石拱桥，跳石桥，步行桥，风光桥，立交桥……
对岸不再只是虚无写意的风景
而是天道、神道和人间正道的完美组合

## 十一

绿水青山被点化为金山银山
夹岸千亩桃花万顷油菜已按照主人的编排
与庄稼达成高度默契
在田野和山坡上分别抒写属于自己的荣光
高速公路上车辆风驰电掣
时空的距离被一再压缩
外面的繁华为两岸风光一次次加冕

## 十二

浏阳河被一首歌谱成经典
九道湾是旋律中最优美的段落
伟人的名字与水花一起荡漾
只要谁开口哼出一个前奏
整条河就会奔涌而来
那是一个时代最高亢的音符

## 十三

我是一个蹩脚的诗人
在河边，我被挨挨挤挤的辞藻所围困
她们刚刚从浏阳河沐浴出来
都与美好和颂扬有关
我听见，水珠掉下来的清音
她们有山泉的纯净
有小溪的矜持
有汇流后的欢呼
有沉入湖底的沉吟
有奔涌的气势
我看见，色彩斑斓的绚丽
有草尖嫩芽的浅绿
有少女脸颊的绯红
有千年古树的深褐
有皮肤一样的浅黄
面对这些锥心之美
我眼花缭乱，千挑万选
只有感恩才是最恰切的词语

## 十四

从岸缝中渗出到大海的距离
就是一滴水的一生
也是浏阳河完整的一生
你的内心装着大海
装着梦想、目标和归宿
浏阳河便有了不竭的动力
义无反顾，笃定坚韧
我静静地站在河边
望着她欢快温厚的样子
忽然想起慈祥的母亲
我所有的低吟浅唱
都是与母亲深情地对白
我不过是浏阳河里的
一
滴
水

# 不敢在山水间放纵（组诗）

汤红辉

## 天门山

请允许我把腰再高挺一尺
请允许我把头再低垂三分

天门洞是天眼
上苍有好生之德
对世间事睁一只眼闭一只眼
任由天门山这般绝美遗世独立
任我们在这奇峰秀水间长出双翼
只是仍心存敬畏
不敢在这山水间过于放纵
怕轻于肉身的灵魂找不到回家的路

## 干瘪橘子是屈原标准的瘦削长脸

陡岭路两边栽满了橘树
黄色橘子在初冬枝头独醒
无人采摘
早几日去拜屈子祠
一群身着古装的孩子在朗诵屈原的代表作
而整个屈子书院找不到一棵橘树
其实屈原只在五月的水域安睡
龙舟的木桨和粽子击水的声音
是楚国宫廷奏乐
大多数时间他在结满橘子的云端
陡岭路的橘子一个个干瘪而满是皱纹
那是屈原标准的瘦削长脸

## 归　来

满身是灰尘
满心是疲惫

从武陵源穿越桃花源
母亲种植的红薯与小米接纳了我

此刻我头枕湘江
只想在琴声中打开一滴水
细读
听听流水中那些关于母亲
佝偻身子前行的声音

## 城市里飞来一只催我回家过年的斑鸠

风雪都停了
我站在浴室水龙头下
新年的阳光从玻璃上缓缓穿透过来
一只斑鸠站在十七楼的屋顶咕咕叫着
这让我想起乡下房前屋后的斑鸠
它们曾经消失了好久
任凭屋场上的秕谷腐烂成泥
如今它们又随着日渐恢复的生态飞回
继续唱响“和尚打豆腐”的传说
乡下的斑鸠都已飞回了
城市突然飞来的斑鸠
是不是母亲派来的信使
催我们回家过年

（原载《当代诗人》，2022 年第 3 期，题为“诗四首”。）

# 一块铁的色彩温暖了我的冬天

杨　震

## 序

沉默，再沉默。更深入大地的心脏
这个时候，需要沉淀
与泥土、石头为伍，守护一个最初的执念
那么，看不见的色彩，和光
正在身体之外，游离
远方的天空，多么虚无
隐秘的世界里，维持着你的酣睡
而酣睡是为了
又一次地苏醒

## 褐　色

出来时，更改变了自己的命运
也打破了寂寞
这种最初、最原始的色彩，需要
打磨。或者用工业语言来抒怀
冶炼是为了一次更好地提升
在泥沙俱下中，脱颖而出的石头
承接了黑暗这种坚强与痛苦
这个时候，就需要一次新的灵魂附体
不是靠风光来洗涤
而是火。那么热烈的火
之后，磨难会变成炫耀

痛苦后会有更多的欣喜

这种禅变，会使自己高兴得泪流满面
却又呈现着一块铁的本色

## 黑　色

一

一旦攀附上这最美的色彩
所有的文字在你的面前更软而无力
其实，在表述中，有一种声音最洪亮
就是铁与铁的碰撞，黑色与黑色的较量
会让万物颤抖。江湖中的光
最先来源黑暗，来源传说
也来源于，无数次的追杀
自然风能化解的东西，肯定是肌肤上的一阵凉
冷峻的寒光，和深沉的黑
让时间都会不由地颤抖一下
在黑暗中坠落的那一种声音
永不会想起这种黑色表面的冷
它在反复地呻吟，呻吟中
让人不断地打磨，使这种坚硬的物质
更加乌黑，雪亮

二

一块铁可以比喻成真理
一块铁也可以有传奇的故事
一块铁也可以像一个堡垒

收集意志，收集坚强，收集捶打的声音

一种表面的色彩，也可以掩盖内心的色彩
一种黑也可代表一个永恒的美
或者复杂的恨。总之
最后耗费心力去追逐的事物
都会有灿烂的光

沉默的，也许是光明的东西
切入内心深处的痛，不完全是利器
像某种无形的语言
在无法辨认真伪的时候
就需要再次沉淀。尤其是在黑夜里
或者黑色的世界表面
我们从不会有意识地去证明
只要掀开一层外衣
你会惊讶，透过黑色的表面
正孕育着一个美丽的世界

三

铁的颜色在渐变。褐色的矿石
渐变成黑色的铁
时间在诉说禅变的历程
那些敲落掉的石头，懂得脱离

而一些赞美的词语，正经过风化的作用
呈现在事物的表面
一种恒久的黑，让一块铁
在一个铁匠的眼里

更有了闪烁的光芒

经过一段时间的浸泡
铁也会流泪
黑色的眼泪
比阳光更能灼痛人的思维

如果说铁的黑是一种缺陷
或者是一种痛苦的痕迹
我们必须要重新认识自我
要不断地清理模糊的意识
这种渐变的色彩，让白更加
空旷，高洁

## 白　色

一

带出白色的词语，是更深层次的表白
铁的内心是纯洁的
这种纯洁的色彩里，有向往，
还有生活的激情
比如把黑色的表面磨掉
就磨掉了生活中的坎坷与不平
也就磨掉了铁外在的迟钝
那种白色的光洁面，像刀的闪光

一个真正呈现自我的机会
与一个铁杵磨成针的典故

有雷同之处
每一次自我调整
或者寻找一个新的替身
都是需要锤打的

白色的火光，是一种舞蹈
正如剧场里那些翩翩起舞的白衣仙女
她们掀起的惊讶，是对生活的另一种诠释
那是一种柔软的赞美

二

一块铁像一张白色的纸一样善良
它遭受过冷落，遗忘，抛弃
甚至掩埋
它也经常会苍白无力地躲居在
无人知晓的角落

善良是伟大的。物质的东西
也一样地蕴藏着它的凶猛，或怒吼
敲敲打打的生活，更能彰显灿烂的节奏

铁的白，在黑色的世界里
摸索着，透出新的生命
在不断地等待接纳
审视，赞美，提升了铁的表白
普通的物质，在某种空间里
也会有灿烂白色的光

三

耀眼的光
在铁的内部发出，一直闪灼着人的眼睛
在精神最高层上的颤抖
会有欲望的升华
叮叮当当。铁与铁相互撞击
活着
一定有谁在寻找铁内心的痛楚

把空虚与殷实相结合
把光与苍白相结合
他们之间光溜的修辞，返璞归真
于孤独的存在

铁在黑夜里铺陈过去
在平行轨道的远方
一小撮，一小撮，白色的光
正在调和着人间温柔的境界

## 红 色

一

从镰刀开始
从铁锤开始
它们内心的红，是与血液有深厚渊源的
现在，所有的红，驻守在一块布上
染红一片江山
这伟大的印痕，撰写着人类的苏醒

和吼叫

二

欣赏和喜悦，我们重新对一块铁来定位
在这冰寒的冬天，铁的表面是无情的
带着冷峻，沉默。不可一世

火和光的不断出现
铁锤与刀的不断出现
改变了一块铁的活法

不安的内心，躁动的思想
呈现出一颗红红的心脏
不断地跳跃着，跳跃着
大地上震撼的声音，竟然发自一柄刀
对寒夜黑色的挥舞

光的尽头依然是光
由白色的渐变成红红的
耸立在伤痛之中，灼灼逼人

三

一点红红的火花，散落在我的周围
从铁身上溢出的红，流动着，呐喊
这个时候，他们需要冷静，沉思
需要固执，需要理性的禁欲
需要一种永恒的文字来抒写
他们曾经奔涌的速度

关于一块铁的担当
在新时代建设的辞海里，掷地有声
曾经麻木，或者正在麻木的旁观者
也会掀起自己尘封的躯体
去碰撞：隐痛

在一个红红的熔炉里
拒绝一切外物的干扰
彻底地否定自我
来一次洗礼，一次对自己的禅变
把虚伪、轻浮的东西过滤掉
用红红的色彩，让自己再一次寂静下来
然后再掸掉身上的灰尘

## 尾　声

所有的铁，到最后都会说话
都会变成坚强或者光的代名词
一块铁也懂得轮回的人生
像色彩的变化
体形的变化，坚强与柔软的结合
都在潜移默化之中

如果记叙一块铁的故事
你必须爱上一个铁匠
还有一柄铁锤
那些有灵魂的声音
会在黑暗中不断地张扬

# 天平山植物志（组诗）

陈　颉

## 榧　树

我走近的时候，喧嚣没有停歇
我凝视着，一棵树沉重的孤寂
富有节奏地，把我带进一个谎言

一年开花，一年结果，第三年
果实才能成熟，囚禁了许多挣扎
慢下来，再慢下来，我无须表达

三代果实的同枝景象
榧树的从容淡定，让时间
停留在一抹甜淡的味道中

一个声音反复在耳边萦绕
相同颜值的榧树，让红豆杉
感到惭愧，当然不属于我

一粒米宽的弯刀细叶，一串串
整齐划一地闪着亮光
一辆火车，驶入密林深处

## 黄杨木

气定神闲的样子，不在意

我的存在，不易觉察的心思
一把古老的树琴
奏响天平山的晨曲

纵棱的身躯，还是有些怕光
一袭白衣摇晃侧影
细碎小花在风中浅笑
若隐若现，熟悉的面孔
丰富我的书写

岿然不动的
除了你的毅力，还有我
坐在你身边保持的想象
以及一枚刀刻印章
对世间的承诺

## 篦子三尖杉

深度休眠是一棵树的潜规则
悄无声息的持续
是瞬间送给人间的烟火

侧枝交互对生，绿色的罩衫
平展成两列，叶子流出奶汁
正在开口说话

指头般大小的果实
浓烈香醇，清肺的翅膀
一丝丝丰满起来，被举起的

灰褐色外衣，优美弧线
藏住云雨的窸窣声响

我陡然彷徨，而后慢慢
与一棵树对视，深不可测的垂暮
有倦鸟归林的呼吸

## 水青树

一把伞，撑开了毛茸茸的春天
葱茏的树冠不动声色，一缕阳光
托起一束火焰的幽蓝

隐忍的树木，不看好乡间的暮鼓
聆听一棵树，需要借助风雨的脚步
鸟鸣的寂静，还有月光的矜持

取出多余的防备，往事的天空
如此空旷，一片月色是春天的侧影

水青树，手执一串串念珠
与整座森林对话
凡俗退去，执念妙不可言

## 水青冈

我可以在树下停留
也可以用一粒种子

找到树叶的尖锐
峰回路转，漫长的枯荣
遍布山野的水青冈
你将怎样躲过
隐匿在高海拔的背影
七拧八扭的手臂
又蕴含了谁的沉默

裸露在外的根，年轮的细线
顺风掩出一道道谜题
是否有些慌乱

其实这些都是表象
水分涵养丰厚的树木
为了生存空间
早已预留了某个片段

一个静寂的空巢，是一艘船
在晨昏稠密的间隙
等待邮差把时光装满纷繁

月光潜伏在叶尖
嫩绿的枝条，掌声经久不息
飘逸的鸟鸣，花朵启程的风声
已经不胫而走

小路蜿蜒，青冈肃立
一只小鹿谨慎的无所顾忌

清新的晚风
一直彼此依靠

## 珙 桐

遗世独立，暗嫩的绽放
弥漫整个山岗，一群白鸽
蹁跹是无须掩饰的烂漫

第四世纪冰川遗留的天空
惦记一个沉甸甸的远方
那一瓣健康的呼吸
风中信物，依然生龙活虎

白鸽展翅，妙音缥缈
群山的剪影，一只酒杯盛满了
天平山尘埃落定的空茫
此时，我只想听听花儿
摇动山峰的沧桑

山的舞台，未必与我无关
身旁一匹匹白马疾驰而过
踏过鸟鸣、露水和原野
被时间打磨，羽化气度
而后装订成册，梦的风铃
慢慢指向虚弥
落成一幅画的样子

站在树下，风依旧在吹

喜欢沉默的人，更喜欢
卑微和细小，一些感怀微微掠过
喧哗与静默在持续延续



注：天平山位于张家界市桑植县境内，是湖南省八大公山国家级自然保护区的核心区域。地处武陵山脉北隅，距桑植县城70公里，被誉为“世界罕见的物种基因库”。

# 八大公山的森林（组诗）

小 北

## 深 陷

找到一块山中空地
巴掌大的平原
我身处她的小物候中
山中大雪。林中有野兽
可以什么也不谈
就坐在溪水边发呆
一个下午
一个人
一事无成
树木群居，毫无疑问
她们又将在此
度过漫长的冬天
直到目前为止
我也没有写出一句

可以救赎她们的诗
她们深陷
成为森林，并且深信：
我会越过昆虫藏匿的土层
在她们的荫幽下
走出丛林

## 长果安息香

我的小仙女
生长的大山中
花开如雪
果如秤锤
和珙桐、红豆杉
都来自遥远的第四纪冰川
她是最古老的爱情孑遗
想到我们的祖先
穿着树皮衣服
那时他们还不会刀耕火种
最多是把石头磨成尖锐之物
以果实为生
我的小仙女
就已经在丛林里
穿着喇叭裤
生活了。那个妖精盛行的年代
我的小仙女
在溪水边亲吻了我

（原载《民族文学》，2023 年第 2 期。）

# 群山祈祷（组诗）

梁书正



## 群山祈祷

不是看到遍地盛开的花朵
才理解你所说的春天

不是等到河流汇聚成大海
才打捞到你心中的明月

而今，寒霜将至
群山的睫毛串满泪水

有片枯叶，借助我的手掌
朝着苍天，静静地合什

## 摆手舞

牛皮鼓浑厚的声音响起来了
一只手摆动，秧苗轻轻摇晃
一排手摆动，成片稻田随之起伏

左摆，武陵山往左倾斜
右摆，酉水河朝右拐弯
一起往中间摆，一座村庄轻轻托起

祠堂里，乡亲们都有一双跳舞的手
这些种下苞谷红苕的手
从阿哥胸膛取出火焰的手
把月亮当酒盏的手，为婴儿接生的手

一面托举苍天，一面摆动大地

## 我的亲人们

低下身去，扶正一棵长歪的玉米
脱下破棉衣，给寒风中瑟瑟发抖的牛犊穿

田野里剩一些稻谷不收了，留给过冬的鸟雀
来乞讨的人，都不会让空碗离去

乡村之上，蓝天如洗，朵朵白云擦拭着
匍匐在田间地头的身影

那已成小土堆的阿婆，戴着五彩的花环
享用阳光和雨露的供品

## 人如晨露

有的露水，被阳光带到了天上，成为夜晚的星盏
而有的，由古苗河带往远方，像我打工的乡亲
在洲上坪，人如晨露
生来晶莹剔透，往后各奔东西，最终了无踪迹

只有土地庙前阿婆挂着的祈福的红布
偶尔能显现出他们消逝的身影

## 洲上坪

这是我的村庄，阿婆用稻草铺成母亲的产床
用草木灰把我接到这个世界。这里
存储着我的第一声啼哭，有我迈出的，歪歪斜斜的第一步

和阿婆鞠躬，敬天地和祖先
与父亲耕耘，种下苞谷、稻米和红薯
同母亲弯腰，额头触及泉水和白云

我要写下的事物很多
担水的姑娘，春风陪她走过一程又一程
播种的老人，荒草一点点把她拉近泥土
远方打工的乡亲们，亲人的死讯才能把他们接回

我要赞美的事物很多
阳光把露水串成念珠，戴在村庄的手腕
春风徐徐吹来，给田野和新坟都换上新衣裳
落花把月光一瓣一瓣地捧上你的窗棂

我要铭记的事物很多
下秧的小菊，胸前隆起两粒鼓鼓的稻粒
手持野花的妹妹，奔跑在阳光跳跃的田埂
背篓里的婴儿是春天晃动的音符

这是我的村庄

春风握着一把弯曲的犁，秋阳抱紧果实累累的土地

## 乡村老人的言语记录

在我们乡里，能像菩萨一样打坐的，是青蛙
能驱走凶恶鬼怪的，是狗血

你看，蛙声密集的田野，谷物长势都好
狗吠起伏的村庄，往往吉祥如意

## 清水江边

从水边捣衣的妇女到岸上生长的红薯
隔着一个婴儿的背篓。连接红薯地和古老村庄的
是一个老艄公缓慢而悠长的船歌

坐在河堤的我们，一会儿成为绿叶，一会儿化身清风
几只贴着河面飞翔的白鹭，越过青山和白云，引领着我们

## 泥土颂

农人的脚掌沾满泥土，拔出来的萝卜沾满泥土
干净的种子洒在泥土里，白云铺满水田

没有比泥土更干净的事物了。洲上坪的人们
把房屋建在泥土之上，神龛安在房屋之上
粮食挂在屋檐，群星铺在屋顶

## 布道者

折断的枝条是会疼的，摘掉的花朵是会哭的
还有这些小泥巴，小石头，小叶子
它们都要吃饭。蚂蚁和蝴蝶，天黑了都要回家

女儿小心翼翼护着她的小王国，一本正经地对我说

## 这里是神居住的地方

祖父在土地菩萨前磕头，阿婆在
古树下磕头。巨大的石崖下面
堆放碗筷和香烛。那些岔路口旁的小斜坡
立着一块块矮矮的挡箭碑

挂满红布的枝条，沉甸甸向下弯曲
躺在稻草堆休息的母亲，厚实如大地

# 春之语感（组诗）

铭于昕

## 黄昏去樱花园

落日像皇冠一样
闪在枝头
云朵微醺，在天空涂抹了一些

繁花似锦的篇章

你送给我的郁金香
让我身边的事物都变得明朗
心里的欢喜，像春风里的水草
鲜嫩饱满

樱花开放，春天在我眼前荡漾
举起杯，我斟满夕阳
你斟满樱花的狂放
我们一饮而尽岁月的情意绵长

在樱花园，花朵缀满枝头
葡萄酒一样的烟紫色
从眼前晕染天边
太阳就此，一点一点沉醉在
大地的怀里

## 惊蛰觉醒

为了抵达或者蜕变
我想问天，为什么要在你的心里
安放那么多慈悲、善良和爱意
我在满世界找答案，那些
自由自在的风
吹在湖水里，吹在森林里
吹在一片草地，甚至
吹进了刚刚松软的土壤里
还吹皱了幡旗的色彩
却始终没有

吹进神佛坚硬的心里
有的人睁着眼沉睡
有的人从未从梦中醒来
有的人光鲜地只剩下阴影
有的人在灰暗中依然明媚
有些花朵有毒
有些慈悲与爱意也有毒

## 你就是春天的样子

我无法像握一支笔一样
把时间握在手里

我无法像翻一本书一样
把岁月随意停留在某个章节

我无法使唤春风
我更无法阻止一江春水的流逝

我在饱含水分的春风里
在开满花的大地
匆匆来去

来不及问候
去年的旧枝已长出的新芽

来不及用手中的笔
画出春天的样子

来不及细数野地里的小草
又增加了几分绿

我唯一能做的就是从朋友圈
感受一下春天的意蕴

而你就是春天最亮丽的风景
给我带来欢喜

## 献给晨光

一

我像爱一棵树一样爱着蓝天
像爱自己一样爱着一棵树
像爱花一样爱自己

我像爱晨光一样爱着花朵上的露珠
它像汗水一样洗去昨日的风尘
那是一场带着电闪雷鸣的狂风暴雨
安放在人世间的灵魂

我像爱着远方一样爱着现在
像爱着花一样爱着清澈静谧的湖水
像爱着高山一样爱着平原
像爱着江河一样爱着逝去的青春

我像爱着白天一样爱着黑夜
像爱着微笑一样

爱着每一个不曾起舞的梦境

二

如果没有白云，蓝天还是蓝天
如果没有树，山脉就少了风华
如果没有风，树就少了欢喜

如果没有电闪雷鸣的狂风暴雨
灵魂就得不到洗礼
如果没有“我”，花就失去了开放的意义

如果没有高山，平原就失去了信仰
如果没有江河，时间就没有了走向
如果没有汗水，太阳的光环就无法靠近大地

如果没有远方，湖水依然会有诗意的波澜
晨光依然会照见黎明前的黑暗
栀子花依然会散发洁白的芬芳

如果没有远方
请相信，在哪里都有晨光

# 站在山水间（组诗）

易彪林

## 一生必须穿过的一条小溪

田埂细细碎碎
在一条小溪旁戛然而止
前行，泡在水里的岩石就有了鹰嘴
有了刀光，有了剑影

我放轻脚步，不惊扰一片落叶
整条小溪就落了下去
阳光从水面浮上来

鱼比水更冷静
隔水的目光，似对待一个老友
我手中的竹杖
困在半空，停止了试探

黄叶从枝头跌落
小溪却始终不肯退让
我跳进它的身体，站起来
就有了小溪的模样

## 在天马山

春立在最高处
等一场雨水到来
天马山的尽头
是木姜子花铺开的记忆

山顶的风擎着遥远的祭词
走向光年的那头
从雨水里打捞出的宋词

消瘦而清冷

灰色的天空下，雨水
抚摸每一处空缺
群山绿了下来
也许，我该更加宽容
扔掉一些不合适的词，以及
忽略一些不合适的景

## 山野梨花

对于渡头村的梨花
我明显偏爱
无论多忙，都不会错过第一朵
谁能拒绝，清水河边白衣仙子的召唤呢

有些猝不及防
还没听到梨花的歌声
一大片橘子的金黄就闯入我的版图
这些被丢弃的橘子
仍用剩余的光泽，诉说一场不可能的逃亡

有些遗憾，没有蓝天相助
而灰色的云，按下了梨花的每一次跳跃
当然，它也阻止不了每一株晶莹剔透的释放

我爬上树顶
欲让中年变得更辽阔
却意外收到了孩童的天真与狂热

梨花的主人，用极平淡又憧憬的语气
给我勾画一幅不可知的风景
这里将会有农家乐，有新旧更替
我望一眼那片被遗弃的橘林
和正开得懵懂纯粹的梨花
只能默默地，祭奠一场不可挽留的丢失

## 阳光太暖

不能再多了
阳光暖得让人内疚

不能再往下看了
云朵浸满了水

不能再想了
那些从废墟里挖出来的颤抖

我羡慕钓者，一桶水
就装下了蓝天白云

## 太子塔

——走近会同第一山

如果可以为你虚构一场雨
一定要是粉色的

才配得上你凝练的青色
如果可以追究你无人时的叹息
一定是三百年前有什么被错过

你总是空着一颗心，望着远方
把所有目光奉献给了同一个事物
从你身上剥落的一堆时光
足以照亮两个黑暗中的身影

或许，你该在枯萎之前
把目光收回来
你该和山下的油菜花谈一场恋爱
如果还是太远了
就看看身边的芒种
它们一点也不吝啬雪一般的情怀

其实，被你的冰冷击伤的，不止野花野草
木屋看起来是多么沉重
它早已被时间吞吃了肉身
还在用一副骨架陪伴
不远不近

谁能从一个身体穿过另一个身体
谁来认领这一处柔软
总会有一些不完整
轻易就绕到了自然的背后

## 白色九洞

天空掉落一片长廊
是一台灌满热烈的背景
溪水咬着轻笛
于岩石中翻找今天或明天

关于风景
如果你不懂一片叶的单纯
就不要说森林太奔放
如果你不懂泥土的体温
就不要说炉火太炙热

一颗文字长久的蛰伏
在魔女的白发种进潭水的那一刻
开出小花

## 青朗码头

一个年轻的码头
背负不了人间烟火
一个失语的老人
伤的痕迹
卡在晨钟暮鼓的缝隙里

一只善解人意的老船
总是把一车别离摇得很轻
一些人被掏走了身体的火焰
也不觉得冷

这个码头
有多少需要忘记的故事
就有多少需要记起的故事
当沉默变成沉重
码头和船
是黑夜里最痛的眼睛

## 站在来处和去处

与采石场那个唯一的石匠作别
我们踩着乱石前进
小溪左冲右突，发出污浊的尖叫
却被深谷的静谧与空荡稀释
叫声凄厉之处
野草被撕裂，洞脚瀑布跳出来

两个嬉笑的农人，在源头捉鱼
轻描淡写的游戏，让瀑布失去了飘逸
退无可退中，一股浑黄的怒吼
用最为笨拙的线条，一遍一遍地扑向前方

站在瀑布的来处与去处
用并不轻盈的姿势飞跃
让喉咙埋伏已久的声音，倾巢而出
渐行渐远中，我看见
瀑布推着怪石走

# 观仰天湖（组诗）

何麦华

## 高 原

为了见证山与水的恋爱
南国的天空有了更高更绿的视野
五岭的风云有了更清更亮的眼睛

寂静的山峰一座连着一座
每一座都是一幅雄浑的图画
每一座都有着古老而神奇的传说

无以计数的高山，将高原绵延成浑然不可分割的整体
远处的风车，高高耸立，成就了一道美丽的风景
走进高原，以诗意般的心情

## 观仰天湖

仰天之湖，就在这片连绵的高原之中
点缀着高原的群山之绿
没有背景的衬托，没有想象的辽阔
只有些许稀疏的茅草
还有牵着老马的瘦弱的妇孺
旁边紧挨着小马驹

贴近普普通通的泥土
我的手指在微微颤抖
眼前是一幅幅雄浑的画面

那一匹匹健壮的骏马
仿佛就在我的血液里奔腾
扬起满天尘土湮没了我

还有那些嗒嗒而过的蹄声
仿佛古时的音乐
一直留在了这片土的高原里
就这样站在五月热辣辣的阳光下面
就这样站在四面群山环绕
波光粼粼的湖边
面对着朴素的古铜色皮肤的牧马人
领略诗句的真谛
领悟诗意的境界

## 辽阔绿野

流水。木桥。绿林
流水滋润着高原
宛如祖辈炎黄肌肤包裹之内的动脉
而那丛生的绿草
则是祖辈身体上的毛发
丛丛簇生，昭示生命的健壮

马粪化作肥，绿草茵茵
踩在脚下，不忍践踏
牧马的人们，站在高原上
以一种特定的姿势
迎来了朝阳，送走了晚霞

湖边的木桥，

挑战着人的胆量和毅力
我就在湖边的木桥上
被岁月遗弃在路旁
清风正吹痛我和我的诗歌

## 高原之灵

甩掉闲适的心迹和沉重的靴子
和一匹叫“白龙马”的老马一起驰骋
一起嘶啸，一起仰冲

阵阵之疾，猎猎如风
于广漠的草原之上
境是无边，思是奔放，心更澎湃

摇晃着开心，回荡着吟唱
疲累的老马，蹒跚地，留给痉挛的小路
旁边的小马驹紧紧跟随，一起寻找生活的艰辛

## 牧童短笛

夕阳中，白云自山腰而下
伴着牧童的归笛——
马羊入栏，想象就会触及落叶和归鸟
思维在高原晚景中放飞
长风拉回了儿时的记忆

穿越时空的隧道
我分明看见母亲一如既往地等待着儿女回归
当年的牧笛声是否还滞留在岁月的深处

伴着树叶的凋零荒凉
伴着征鸿远走而缥缈？
期冀可否迫近现实？

落霞的黄昏
我常常一次又一次陷入沉思
我常常伴着高原入梦
黄昏中
母亲因思念远方的儿女而憔悴

# 旅　途（组诗）

瘦　马

## 旅　途

我是不是和一棵树有相同的旅途
一生都在一个祈使句里行走

树的使命很多
要紧紧团结泥土
要为这世界贡献绿叶和花果
它用一圈圈年轮为天地著书立说
一生也许从不挪窝
可它凭坚守写出了崇高

我每天都在旅途上奔波

除了酸甜苦辣
不敢说为世界贡献了什么

## 迁 徙

蓝天白云，远处的雪山
用一种圣洁的光，注视着
一场浩浩荡荡的迁徙

甩一鞭，哈萨克姑娘的歌声
千万只牛羊的奔头和方向
再甩一鞭，翠绿的希望
在心头荡漾

雪山的光芒，是神的庇佑
溪流潺潺，另一种迁徙一直在路上
我想打着马儿追赶上牛羊
这盛大的迁徙，在我的心里
是如此奔放

## 春日大东沟

是什么翠绿了我的心情
风吹开了追赶的方向
春水初生，春林初盛
春风十里，大东沟暗香浮动

大东沟，在丝绸之路
远处的驼铃，点燃了多少
热切的梦想，你瘦瘦的山峰

怀抱嗷嗷叫唤的牛羊，谁的呼唤
能平复鲜嫩的初音

大东沟，以山为容，以水为神
在尘世枯荣中，坚守一颗初心
你的情思以一种可见的形态
连接一起，满眼蓬勃的春色
是大东沟活跃的魂灵

## 鹅卵石

洗去了棱角，洗不去石头的初心
在山溪中抱着山的影子
仿佛凝固的鸟鸣，又像是
无语凝噎的情结

鹅卵石上，站不住光阴
多少往事眨着清澈的眼睛
和我们告别
而它，像迟笨的企鹅
始终抱元守一

一些唐诗、宋词
吟咏着离去
留下叹息的元曲，长一声短一声
应和着渐渐远去的跫音
这向晚的山人
披满了一身苔痕

## 丘陵，是一张分行的纸

丘陵，是一张分行的纸
它用雪花窖藏的春天展示芬芳
层递的梯田在蛙鸣声中不断抬头
许多莲花的箭镞从泥水中冒出
饱满的日子需要打点
诗人蘸着雨水和阳光，让汗珠不断滴落
分行的纸张
心中结着苦苦的莲房

季节不停地翻动扉页
多少鹅黄嫩绿的诗句
转眼结成苦尽甘来的果橙
而丘陵，起伏的山岭
是诗风中的形容词
它们，在太阳最累的时候
用炊烟的温柔把她抱回家
它们的心中，明天就会放飞
一轮崭新的朝阳

## 约　定

梦想与世界交换一卷星辰
让它照亮柴门犬吠、笔底炊烟
我从晨曦里拎出一缕绯红
让每一天都有一个火红的开端

春天里我和树叶击掌
相约把丰收的灯笼挂满秋天

我和大地私下约定
让沙漠复制江河的纹身
塞北和江南
都一样草长莺飞，美丽动人

携着爱人的手
我们游遍大江南北
幸福的微笑
像花儿一样开遍祖国的山川

# 剧本

# 蝶　变（2019）

史雅欣

【主要人物】

郭全——男，35岁，清水塘搬迁改造指挥部负责人。

刘刚——男，29岁，项目组成员，新婚不久。

周清——女，27岁，项目组成员，土生土长的清水塘人。

周建军——55岁，周清父亲，清水塘老工人。

## 第一幕

【背景】烟囱林立的厂区。

【音乐】《大海航行靠舵手》（做出高音喇叭播放效果）。

【灯光】暖色调、怀旧感。

（工人们穿着二十世纪六七十年代的工人装，有的拿图纸，有的拿饭盒，有的提热水瓶，有的捧报纸，在厂区各种碰面场景）

年轻女声：刘工，明天机器检修，别忘了啊！（定格）

年轻男声：李哥，7点半有电影放，记得喊哒我一起去啦！（定格）

中年女声：喏，这就是阿姨给你介绍的对象，清水塘的小张，铁饭碗。他那个单位啊，多少人削尖脑袋都想挤进去呢！你要认真考虑啦！（定格）

中年男声（方言喊）：清妹子，回来吃饭了嘞。（定格）

【背景】旗滨玻璃厂被夷为平地。

【灯光】郭全定点光。

【音效】爆破声、拆除声。

（郭全上场）

郭　全：湘江北去，清水成塘。随着这些剧烈的声响，这个曾经创造过年产值300多亿、累计缴纳税收近500亿的清水塘，这个闻名遐迩的重化工业集聚区，正在悄然发生着改变——2014年6月，“旗滨玻璃厂”成为退出清水塘的首家企业。我们在这里，打响了株洲清水塘老工业改造的“第一炮”。

【音效】音乐收。

（除郭全外，其他演员退场，周清、刘刚上场）

【灯光】世界光起。

【音效】办公音效。打印机声音、电话铃声等融合在一起，营造出项目组忙碌工作的氛围。

刘　刚：（抱着一堆资料）郭哥，一共261家企业。要是我们真能把这些硬骨头啃下来，就能彻底摘掉污染的黑帽子了。

郭　全：必须啃！省、市领导已经决议了，无论付出多大的代价，也要坚决推动搬迁改造。大家加油干吧！

周　清：郭哥，我有个疑问，你说这么多企业，还连带着这么多工人、家属、居民、厂房、设备，牵一发动全身呐！难道除了搬迁改造，就没有别的办法了吗？发展循环经济不行吗？

（郭全和刘刚对视，笑）

刘　刚：政府早几年想过，排放确实有所减少。可是你要知道，减少不等于零排放。

郭　全：这么说吧，就好比人担担子，极限是100斤，目前已经99斤，早就不堪重负了。所以，必须给全面治理、产业转型腾出时间和空间来！

周　清：可是有人说我们是“败家子”，发展了这么多年的企业，就一关了之了。

刘　刚：谁说的？帮着他们异地安置、产业升级，我们要干的事还多着呢！有什么委屈，打碎了牙齿也得往肚里吞。这是绿色发展的必然使命，任重道远！但，大有可为！

周清、刘刚：嗯！

（郭全、周清作聊工作状退场，黑灯转场）

# 第二幕

【**屏幕**】清水塘片区棚户区改造签约点。

【**音效**】叽叽喳喳的讨论声。

**刘　刚**：2016 年 3 月 29 日，清水塘片区棚户区改造正式启动。

（居民三三两两地上台议论着）

**居民甲**：搬！哪个不想搬？这未必还住得人啊？那衣服晒到院子里，不要好久，就是一层灰。

**居民乙**：搬新房子当然好，只是你们的政策能让我们满意吗？

**居民丙**：那怎么说拆就拆呢？！我十七岁就在这里上班，就在这间房子里头结婚生崽，住了几十年了。再说了，我老头子去年走了，要是我搬了，我怕他回来会找不到我……

（众人七嘴八舌地围住周清，议论纷纷）

**刘　刚**：各位叔叔阿姨，我也是在清水塘长大的，清水塘就是我们的家，突然说要搬走，可能一下子接受不了。但是大家想想看，现在清水塘不清了，水、空气、土都被污染了。下个雨，衣服上就是黑点子。风一吹，气味、灰尘就飘到自己家里。这些你们是最清楚的。

**居民乙**：现在但凡条件好一点的人，都把崽送到河对岸读书去了。

**刘　刚**：是啊，要为下一代考虑！

**居民丙**：等一下，我问你，工厂要搬，我们也要搬，哪个先搬？我们这水啊、电啊、煤气啊，都是厂子里接出来的，别到时候搞得我们日子都过不下去哦！

（居民们七嘴八舌讨论起来）

**刘　刚**：这个你们放心！政府拿了 100 亿来做关停收储。第一件事，就是保证大家的生活需求！

**居民丙**：那要得，那我第一个签！政府下这么大决心搞，我也下得决心！我相信政府！

**其他人七嘴八舌**：对对对！相信政府！那我也签！我也签！

【**调度**】周清、郭全拿着政策文件上场，分头给居民们讲解。刘刚走到前区。

【灯光】定点光，刘刚在光下。后面区域剪影即可。

【音乐】激昂音乐起。

刘　刚：（娓娓道来）清水塘棚改是全省规模最大的棚改项目，涉征户近7000户，约占地46.3万平方米，在全国21个老工业区搬迁改造试点中，情况最复杂，任务最艰巨。总量之大前所未有，绝不是简单几句话就能说得明白。我们的工作千头万绪：遇到家里有经济困难的，我们还要想办法在允许的范围内帮他们要政策，甚至组织募捐，动员社会各界来帮忙。遇到年纪大或者人在外地的户主，再麻烦再远我们也不怕。跑断腿、磨破嘴，把心捂热、把理说透。正是凭着这份坚持，我们最终赢得了他们的信任，圆满完成任务，没有一例上访投诉！

## 第三幕

【灯光】暗场。

【音效】（画外音）众人宣誓："以落实为己任，以成效论英雄！"

【屏幕】清水塘老工业区搬迁改造攻坚大会。

【灯光】定点光起，郭全走到前区。

【音乐】激昂。

郭　全：2017年2月18日，是个激动人心的日子——来自全市各条战线的200多名工作人员常驻清水塘办公。我们铆足了干劲，不分昼夜。因为我们的队伍更壮大了，我们更加信心百倍！

【灯光】世界光。

刘　刚：郭哥，你看看这个。

（两人在舞台一旁研究、定格）

（刘刚和郭全下）

周建军：清清！清清！

周　清：爸，你怎么来了？

周建军：你都多久没回家了，你妈病了都不让我告诉你，你至于那么忙吗？

周　清：爸，对不起。可是您看，现在是攻坚阶段，大家都是五加二、白加黑

地干。（抒情音乐进，每说到一个人，那个人做相应的表演）

周　清：就说郭大哥吧，你别看他一天到晚乐呵呵的，看着挺轻松的，那都是故意做给我们看，给我们起带头作用、鼓励我们呢！他儿子马上就要参加中考了，好几天都没回去了。他在电话里跟儿子说……

【灯光】郭全定点光。

郭　全：儿子，你要加油啊！老爸跟你一起加油，你给爸考个好成绩，爸也给株洲人民交份满意的答卷！

【灯光】郭全定点光灭。

周　清：再说小刘吧，昨天他结婚，多重要的事儿啊，可婚礼筹备的时候，他就一再跟老婆强调……

【灯光】刘刚定点光。

刘　刚：老婆，一切从简，一切从简啊！

周　清：结婚当天呢，他跟人家谈判谈了一上午，10点多才火急火燎跑了过去。下午西服没换，妆也没卸，就又回去谈了。人家还笑他说，你穿这么正式干什么，我今天又不得跟你签约。有些企业其实并不理解我们，老板不接电话、不在公司，压根不给你找到他的机会。一天给他打了几十个电话，好不容易接了，结果就是一句：你打什么打！你再怎么打，我也不会跟你见面！

【灯光】刘刚定点光灭。

周　清：爸，时间紧、任务重，我可不能掉队啊。你就放心吧，我不累。（开心骄傲）就算累，也值得！

周建军：你是值得了，你爸就要什么都没得了。你们把这些企业都搬了，我们这些老职工怎么办？提前退休、混吃等死啊？

【灯光】起世界光。

周　清：瞧您说的。您看这是什么？（递给他文件）

周建军：清水塘老工业区人员安置方案？

（周清点头）

周建军：（念）搬迁企业带走一批、专场招聘安排一批、免费培训转型一批、引导自主择业一批……

周　清：这下放心了吧？

周建军：（笑）放心了放心了。（突然想到）那，我就不耽误你工作了，我回去告诉你妈去，让她也高兴高兴。

## 第四幕

【视频】本台消息，2018 年 12 月 30 日，株洲冶炼集团股份有限公司对该厂最后一座运行中的基夫赛特炉进行拉闸断电。这意味着株洲清水塘老工业区 261 家企业实现全面关停退出……（渐弱）

（视频播放结束，工人、居民都走到台上来，观看屏幕上的新闻报道，渐渐开始有哭声）

周建军：是我，是我拉的闸，是我呀！（痛哭）

周　清：爸……

周建军：爸不是怪你，爸是舍不得啊……从咱们家到厂里的路，我闭着眼睛都不会走错，结果……

工人甲：那时候我们从天南海北聚在一起，就是想把厂子弄好，没想到今天，厂子在我们手里关了。

工人乙：是啊，最后一座炉子停了，最后一根烟囱断了。这里也就断了……

郭　全：老周，别伤心了，醴陵的新厂你肯定第一个去开机！当初大家来清水塘，是想把清水塘建设好，今天我们搬离清水塘，是为了把这里建设得更好！

刘　刚：没错，断的不只是烟囱、炉子，也是断了千疮百孔的污染！

周　清：但不断的是我们的清水塘精神，是奋进、是发展，是对美好生活的追求！爸！你看，咱们的清水塘正在蝶变呢！

【屏幕】3D 水幕投影配合，蝴蝶飞出清水塘老工业区，勾勒出全新的清水塘。

【歌舞起】（童声）

我生在株洲，住在湘江边头
河里的水，就在屋门口流

一下课就把书包一丢
跑到清水塘里抓泥鳅

啦啦啦啦，啦啦啦，啦啦啦，啦啦
啦啦啦啦，啦啦啦，啦啦啦，啦啦

《蝶变》剧照

# 大湖之子（2020）

刘立虎

【主要人物】

老梅——西洞庭湖湿地保护站站长，近60岁，男。

老余——欧美黑杨栽植大户，50多岁，男。

张二木——黑杨栽植户，约30岁，男。

【情景舞蹈】男女约15名。

【电视画面】观众朋友，现在插播一条刚刚收到的重要新闻：今天中央环保督察组对洞庭湖种植欧美黑杨问题作出反馈，西洞庭湖自然保护区核心区、缓冲区、试验区的12.2万亩欧美黑杨，严重威胁洞庭湖生态安全，要求限期整改！湖南省委、省政府接到交办问题后，以壮士断腕的决心和勇气，下达了清除洞庭湖自然保护区黑杨的指令，要求限期将300多万棵黑杨全部清理到位……

（张二木抱着一个“炸药包”出）

张二木：杨县长，你出来！我张二木今天要跟你同归于尽！

老　梅：（急忙出，拦住张二木）二木，把炸药包放下！

张二木：老梅，你让开！谁今天要黑杨的命，我就要他的命！

（张二木继续往前冲，老梅从后面一把抱住二木的腰）

老　梅：这是中央环保督察组交办的问题，谁都不能违抗！

张二木：（突然号啕大哭）黑杨是我的命根子，都砍了这日子怎么过啊？呜呜……当年种黑杨投了十几万，十几万哪！呜呜……

老　梅：你再难，难得过老余吗？核心区要砍的9万亩黑杨林有6万亩是他的，少说也得损失千把万。

张二木：（张二木止住哭声又开始吼道）你别拿老余来糊弄我！谁不知他是当年响应政府政策带头种黑杨的人，又是县里的人大代表，还是你们捧起来的劳动模范，他的财富和地位都是黑杨给的，我就不信他会再带头把自己的黑杨砍了！

老　梅：他要真是带了这个头呢？

张二木：那我张二木无话可说，这树我跟着他老余砍！

老　梅：你这话当真？可别像洞庭湖的野鸭子一样——光嘴硬！

张二木：不过我有个条件，明天早上太阳从湖上爬起来的时候，我就要看见他带头砍树。要是晚了一分钟一秒钟，我还是会把这包炸药扔到县政府大楼里去！我张二木说得到做得到！

老　梅：你这是强人所难嘛。

张二木：不要说我没给你台阶下啊，你这个洞庭湖湿地保护站的站长可要好好掂量掂量。要是你做不到，干脆我现在就去扔炸药……

（老梅赶快又去阻拦）

老　梅：我答应，答应你还不行吗？（张二木止住）算你小子狠！

（老梅转身往下走）

张二木：（望着老梅的背影）别忘了，明天早上的太阳会照常升起！

（老梅下）

张二木：（从“炸药包”里抽出一团卫生纸擦了擦汗，冷笑着）呵呵，那老余可是洞庭湖的老麻雀——在风浪里打过滚的人，脑子比计算机还精。只要他不带头，梅站长啊梅站长，你就是有天王老子的命令，我也不怕。

（张二木下。老余喝醉了酒，提着一瓶酒上）

老　余：八百里洞庭，独不容我行；湖水连天日，黑杨去无情。

（老梅端着凳子出）

老　梅：（讨好地把老余拉过来坐在凳子上）李白斗酒诗百篇，老余赛过大诗仙！

老　余：你……谁啊？

老　梅：我是老梅！你又不喝酒的，你看，喝多了连我这个亲家也认不出了？

老　余：哦，是……你呀！哎，虽说我两家的孩子已经订了婚，可还没领结婚证，现在就称亲家有点为时过早，我还是叫你梅站长的好。梅站长，有何贵干啊？

老　梅：（要过酒瓶给老余添了一杯酒递上）我来请您老带个头，把洞庭湖核心区那6万亩黑杨林砍了。只要您砍了，全县的种植户都会跟着砍。

老　余：你！好吧，明天一大早我就去。

老　梅：（突然惊喜）真的？你这么快就答应了？

老　余：我答不答应不都得砍吗？中央环保督察组交办了，还有什么话说！再说了，你这个说客的工作没做好，怎么到杨县长那儿交差啊？所以我呢，就只能是，洞庭湖上吹喇叭——想（响）开一些吧！

老　梅：谢谢，谢谢，太谢谢你了，老余，那我马上去给县长汇报。

（老梅转身欲走）

老　余：等等！梅站长，有个事啊我得、我得通知你。我看，我们两家的这桩婚事就算了吧！

老　梅：（突然转过身）你这是什么意思？

老　余：我老余家祖祖辈辈都是农民，您这官宦之家我高攀不起！

老　梅：哦，原来你答应带头砍黑杨是在耍我。

老　余：耍你？梅站长，如果你非要用"耍"这个字，我倒觉得是你们在耍我！

老　梅：我就知道你心里憋屈，政府当年引进黑杨经济林项目，是当时的发展大势所逼，先要把肚子喂饱嘛！

老　余：说栽就栽，说砍就砍，你们就没个说法？

老　梅：政府正在制定补偿方案。

老　余：补偿？（惨笑）怎么补？补得了吗？ 40 岁我就带一家老小在洞庭湖种黑杨，十七年了，我从一头黑发种到了满头花白呀！……我常对儿子说，将来我死了，一定要把我的骨灰撒在这片黑杨林里，因为这 6 万亩黑杨是用我全家老小的命换来的。活着，黑杨是我的命，死了，黑杨就是我的魂！请问梅站长，这笔账它情深似海，你怎么算？怎么补？——补得了吗？

老　梅：我代表政府向你赔个不是，对不起，老余。要是你还不解气，就抽我两耳光，我保证不怪你。

老　余：行啦行啦……我不怪你，谁让我们是儿女亲家，又是从小一起在洞庭湖里光着屁股游泳长大的呢！

老　梅：是啊老伙计，我记得，你总是一边游泳一边大声地念着诗。嗯嗯，你从小起就是远近闻名的小诗人。有一首诗叫《大湖之子》吧，"湖是碧绿的 / 鸟是自由的 / 鱼儿是欢快的 / 洞庭湖啊，你美得就像一首抒情

诗 / 若问我这诗有多长 / 我骄傲地告诉他 / 你有八百里 / 洞庭湖啊，你美得就像是母亲的歌 / 若问我这歌声在哪里”——

（老梅有意停下笑看老余）

老　余：“我骄傲地告诉他 / 你在大湖之子的心里！”

老　梅：可是，老伙计，你知不知道今天再读这首诗我有多么羞愧吗？

老　余：羞愧？老梅，这我就不懂了。

老　梅：你看，昔日的八百里洞庭如今连三百里都不到，母亲湖啊，被蹂躏得奄奄一息！水浑了，鸟没了，鱼少了，黑杨林却多了……

老　余：哎！这……这这……这跟……黑杨有什么关系？

老　梅：黑杨又叫“湿地抽水机”，“树下不长草，树上不落鸟，洪水来了跑不了”，说的就是它的危害。老伙计，我多么希望，我们都来替洞庭湖算笔生态账，我们个人的那点利益、牺牲和地位，与生我们养我们的洞庭湖的命运相比，是多么微不足道啊！

老　余：（犹豫不定）……我……我想想……

老　梅：岩汪湖的老刘你知道吧，他前几天主动把自己几千亩的网围子拆了，养了一半的螃蟹也不养了，还带头成立了洞庭湖湿地保护协会。我问他图个什么？他说，图的就是不想被后人戳脊梁骨！在他的发动下，隔壁村的老孙、老王、老李都已经成为志愿者了……

老　余：哦……这……

老　梅：老余！现在我们的母亲、号称“长江之肺”的洞庭湖，得了可怕的“肺痨”，已经到了生死存亡的关键时刻，我们再糊涂下去，就是历史的罪人！

老　余：嗐！……

老　梅：真到了那一天，我们会像杭州岳飞墓前的秦桧像一样，被罚跪在洞庭湖的岸边永生永世地忏悔，我们的子孙万代将永远以我们为耻！

老　余：老梅……

老　梅：老余！

老　余：老梅……

老　梅：老余！

老　余：老梅！……我……

老　梅：（更急了）哎呀，我的老亲家老伙计呃！你说你四十年没给谁跪过，我快60岁的人了，也没给谁跪过，今天我给你跪下了。

老　余：使不得！·使不得呀！……（急忙拦住想要跪下的老梅）起来起来……

老　梅：你答应了我才起来！

老　余：好，好……你先起来……

老　梅：你先答应啦，我再起来！

老　余：老伙计！洞庭湖是你的母亲，也是我的母亲！我答应你，明天，太阳升起的时候，我会第一个赶到黑杨林……

老　梅：（站起）好！一言为定！

老　余：嘿……（给老梅一拳）你呀！……

（二人大笑）

老　余：老伙计，你赶紧去向杨县长汇报吧，我呢……想去跟黑杨道个别。

老　梅：老伙计，我代表政府向你表示感谢！谢谢你，老余！

（老梅走了几步又回身向老余鞠躬）

老　余：（无奈地挥挥手）走……吧！

（二人笑了）

【画外音】当天空变了颜色，鸟儿不再飞翔

当湖水日渐萎缩，鱼儿无处可藏

当河道日益拥挤，村庄被洪水淹没

黑杨林，我不得不与你告别

你带给我的财富、名望、激情和梦想

在我心里，永远抵不过洞庭湖发出的叹息

为了大湖之子免遭大自然的回击

为了子孙后代永恒的福祿和生命根基

我将与你无怨地诀别

在明日电锯的轰鸣声里

伴随你倒下的，还有我的短视和利己

然而我不会流泪

因为这是对母亲迟来的忏悔

更是大湖之子永续的救赎！

【电视画面】我是湖南都市频道的记者 ××，从汉寿县岩汪湖镇坐船 20 多分钟，就来到了西洞庭湖保护区的核心区。那边就是沅江，以前都是欧美黑杨，根本看不到边，现在举目四望，湖面宽阔，芦苇郁郁葱葱，青草野花争先恐后地生长，白鹭、天鹅等候鸟越来越多。洞庭湖生态的逐步改善离不开各级政府的努力，更离不开千万个黑杨种植户的自我牺牲，如今他们中很多人已经转化为洞庭湖生态保护志愿者，正以自己的行动表达着大湖之子的情怀和使命。

让我们再次向洞庭湖卫士致敬！

《大湖之子》剧照（一）

《大湖之子》剧照（二）

《大湖之子》剧照（三）

# 假如还有七天时间（2021）

刘立虎

【讲述人】

女 1——卢莎莎，女，湖南广播电视台播音指导，教授，国家一级播音员。

女 2——刘明艳，女，湖南人民广播电台播音指导，国家一级播音员。

【表演者】

男 1——蒋磊，男，湖南省话剧院青年演员。

男 2——钟刚，男，湖南省话剧院演员。

【屏幕场景】破晓时分，小雨淅淅沥沥。

【舞台环境】光暗淡，两束定点光分别投射在女 1、女 2 身上。

女 1：2021 年 4 月 28 日早晨六点多，耒阳市的城区还透着几分破晓时的寒气，在环保局上班的老彭像往常一样，急匆匆地往单位赶。8 点之前，他必须把中央环保督察组交办的案件全部整理下发完毕，然后下乡去一家养猪场处理污水不达标的问题，接着再赶到另一个乡镇督办群众投诉的采矿场粉尘污染事件，最后还要去检查耒阳河河道垃圾清理工作。

女 2：今年 59 岁的老彭，还有半年就要退休了。他患有严重的高血压，亲属和领导都希望他做点清闲的后勤工作，可他主动请缨要求去一线，大家怎么说都拗不过他，只好同意了他的请求。

女 1：老彭一门心思扑在工作上，似乎忘了胸口还在发闷，头也有点晕。到了办公室后，他往嘴里塞了一把药后就忙着工作。突然，他双手不停地颤抖，脑袋剧烈地疼痛，眼前发黑，四肢酸软，“扑通”一声，重重地昏倒在地上。

女 2：呼啸而来的救护车，没能唤醒老彭，两天后他的生命终止了，倒在了即将安度晚年的时刻。

（悲伤的音乐起，屏幕出现彭冬兰遗像）

（舞台后区侧逆光亮，男 1 出）

男 1：各位好，我是老彭，那天走得实在太急了，有很多话没来得及说。假如还有七天时间，我要用五天去继续处理养猪厂和采矿场的污染问题；剩下的两天，拿一天好好逗逗我的小孙子，他都四岁多了，我还没好好陪过他，唉！原本打算退休后把他接过来的，可现在（哽咽）……最后剩下的一天时间，我想陪老伴去趟北京，给她买件衣服，顺便吃顿好的。这辈子我没攒几个钱，她平日里总舍不得吃舍不得穿，我都没带她去旅游过一次。唉……这一走，她的养老都成了问题（哽咽）……不说了，如果有下辈子，我一定做个好丈夫……再见，亲人们……哦，最后我还有件事得交办，中央环保督察组转办的案子，还有一个没顾上落实。同事们，我拜托大家了！

（鞠躬，光灭，男 1 退，主屏画面转为：深夜时分的办公桌上，台灯亮着，照出一堆尚未完成的报告）

女 1：随着污染防治攻坚战的全面打响，在繁重的任务中，基层环保人常年加班加点冲锋在第一线，巨大的压力让很多人的身体健康，亮起了红灯。

女 2：2019 年 2 月，在岳阳生态环境监测中心工作的黄博确认自己得了早期癌症，年仅 38 岁的他偷偷擦干眼泪后，毅然走回办公室继续工作。妻子极力劝他请假治疗，可黄博说自己负责的专项工作到了关键时刻，不能丢下不管，缓缓再说吧。

女 1：这一缓就到了 2020 年新冠疫情暴发的时候。岳阳全市污染源的普查工作关系着千家万户的生命安全，身为副总工程师的黄博被委以负责人的重任，他经常通宵达旦地工作，完全忘了医生的嘱咐。几个月后，疫情稳定了，可他身上的癌细胞却扩散了。

女 2：2021 年 5 月 19 日，劳累了一天的黄博，呼吸变得异常困难，紧接着他全身抽搐、瞳孔放大，心脏很快就停止了跳动。

女 1：在清理黄博遗物的时候，妻子发现了一封信，写于他去世前七天的一个半夜时分。

（悲壮音乐起，主屏出现黄博遗像，舞台侧逆光亮，男 2 出）

男 2：亲爱的爸爸妈妈、老婆，以及两个非常可爱的儿子，你们好！也许看到这封信的时候，我已经永远不在你们身边了。作为你们的儿子、老公和父亲，我深深地对你们说一声“对不起”。我曾答应每个月回长沙看望一次父母、每个星期陪儿子们玩一天、每三个月就陪妻子看场电影，你们的这些要求我以前没做到，今后也再没机会做到了。请原谅在一家人的生命长跑中，我没有冲到终点就退出了。

我的生命已进入倒计时，我将放弃住院治疗，回到我热爱的工作中，把最后的班交接好。尽管我已经是生命的逃兵，但绝不做事业的逃兵，我将用屈指可数的时间，去实现人生价值的最大化。这是我汲取能量对抗病魔的动力，也是我作为环保人的职责所在，更是我为之奋斗的人生理想，恳请你们理解和成全。

也许某一天，我的离去会很匆忙，这封信就当是与你们的告别。谢谢我的亲人们，来生我们还是一家人。

一个不够称职的儿子、丈夫和父亲——黄博

2021 年 5 月 12 日凌晨 3 点

（光灭，男 2 退，主侧屏画面转为：宇宙中的美丽地球）

女 1：老彭走了，黄博也走了，环保人在沉痛中送别了他们，然后擦干眼泪，继续投入尚未结束的战斗。

女 2：在这场史上最大、最硬、最苦的环保攻坚战中，生命是如此平凡，却又如此让人惊叹！无数个像老彭、黄博一样的环保人，秉承着“假如还有七天时间”的精神，把绿水青山的梦想，写进三湘四水的大地。每一个为环保事业燃烧的灵魂，都在装点人类美好的家园。

女 1：许多年后，我们都将离开这个世界。回首往事，当蓝天白云、鱼翔浅底成为生活的常态，人民不会忘记奉献者的汗水与牺牲，历史也会留下环保人的艰辛与荣光！

女 2：那一刻，当双眼回望这宇宙苍穹中的美丽星球，每一位环保人都将在平凡的灵魂中，感觉到伟大的意义，哪怕付出生命，也终将——

合 声：此——生——无——憾！

《假如还有七天时间》剧照（一）

《假如还有七天时间》剧照（二）

# 风起东江湖（2022）

刘立虎



【剧中人物】

朱局长——男，约35岁，东江湖整治行动联合执法队队员。

谢叔——男，60多岁，网箱养鱼户。

刘婶——女，60多岁，养猪户。

王二——男，约40岁，农家乐店主。

群演——由18名舞蹈演员组成。

【道具】桌子1张，椅子2把，双肩包、木盒、斧头、水杯、柑橘、李子、篮子等。

【屏幕场景】郴州资兴某民居院内，1张桌子，2把椅子。

（谢叔、朱局长相向而出，在舞台中间碰面）

朱局长：谢叔，呵呵……

谢　叔：朱局长，你怎么又来了？

（谢叔怒火中烧，朱局长笑脸相待，两人同时就座）

朱局长：谢叔，您还是叫我柱子吧。这是我娘让我带给您的，（掏出一包草药）专治您的老寒腿。

谢　叔：谢谢她了！但桥归桥，路归路，你们搞的这个“春雷行动”，就是断老百姓的活路！

朱局长：这怎么是断老百姓的活路呢？谢叔，“春雷行动”是经市委开会研究了的，是专门为了保护东江湖的，而且有文件，您这个村小组的组长……呵呵……要带头啊！

谢　叔：（噌地站起来）朱局长！你死了这条心吧，我是绝对不会带头退养！

朱局长：呵呵，坐下说，别那么激动嘛。

谢　叔：哼！

朱局长：（嬉皮笑脸）呵呵……咱两家好几代的交情了！记得那时候您掉到湖里，还是……

谢　叔：是你爸救的！柱子啊，我就是看在咱两家情分上，才要阻止你。我实话告诉你，村里人对你们搞的这个“春雷行动”意见很大，要集体去上访。今天，我们这些养鱼的、养猪的、开农家乐的，全都在一起了，就等着跟你算账呢！你小子赶紧走吧，不然动起手来，我也拦不住。

朱局长：我今天来就是了解情况的，您这么说那我就更不能走了。

谢　叔：你！……

（一阵嘈杂声……）

（刘婶气呼呼地出，边跺脚边指着朱局长破口大骂，王二撸起袖子提着木棍走出）

刘　婶：谁不让我养猪，我就跟他拼了！（气急败坏，委屈）

王　二：谁说我的农家乐污染湖水了？出来，我今天非弄他个鱼死网破不可！

谢　叔：（急忙拦住）站住！干什么，干什么？

朱局长：（走上前去）谢叔，您别拦着。刘婶儿，您老好！王二兄弟，你我也是从小打着架长大的，论情分我得叫你一声哥。

王　二：哼！你现在是东江湖整治执法队的，要关我的农家乐，我没你这个兄弟！（揪住朱局长衣领，作势要打人）

朱局长：（笑了）王二哥！从小打架，你就不是我的对手。别看你现在人高马大，要真动起手来，还不知道怎么样呢！

（王二愣在那里）

谢　叔：（解围地）行啦！撒手！别在这儿丢人啦，回家！

王　二：（顺坡下驴）我才不怕这小子呢。谢叔，你村小组组长，是乡亲们的谈判代表，我农家乐还有客人，我先走了。

（谢叔也准备下去）

朱局长：谢叔……

刘　婶：哎……还有我的养猪场呢？（一屁股坐在地上）哎哟……几十头猪啊，那是我全家的命根子！要是搞不成了，那我就去跳东江湖……呜呜呜……

朱局长：刘婶，我不是来逼大家的，是特意来和大家谈的，你们打我骂我都行，只要说得在理，我一定向上面汇报。

刘　婶：你说的是真的？

朱局长：我也是东江湖库区移民的后代，是从咱们这个村子里出去的，我保证说话肯定算数。

刘　婶：行，那你说吧。

朱局长：谢叔，来，坐。那……我就从三十六年前谈起吧……

【屏幕场景】被东江湖水淹没前的一个村庄影像。“哗哗哗……”湖水奔涌的声音持续不断地响起。

（悲壮的音乐起）

（朱局长从双肩包里捧出一个盛着土的木盒，打开后捏了一点土放进茶杯）

朱局长：这包土，是我爹留给我的。东江湖三十六年前关闸蓄水的那天，房子没了，土地没了，甚至连祖坟也没了。大家都慌了！我爹流着泪从自家的稻田里挖了一把土，又到祖坟上捧了一把，然后装在这个盒子里，珍藏了三十六年。

谢　叔：每年清明，我找不到上坟的地方，就去你们家，你爹都是从里面捏一点放进茶杯里，老哥俩就一口一口地品着……

（谢叔喝了一口，朱局长接过也喝了一口，王二喝，刘婶也接过去喝）

朱局长：是啊……农民没有了土地，怎么活？

谢　叔：是你爹，见我一家经常饿肚子，就带着我去捕鱼。

刘　婶：可你天生怕水，东江湖上风大的时候，渔船经常被掀翻，你不知掉到了水里多少次！

谢　叔：还是你爹，一次又一次地把我救了上来。常年捕鱼，你爹得了严重的伤寒病，他临死的时候痛苦挣扎的样子，我这辈子都忘不掉……

刘　婶：那时候你也落下了个老寒腿的毛病，从那以后也不能捕鱼了，唉！

朱局长：移民们做出的牺牲，政府是记在心里的。东江水库关闸蓄水后，六万多移民，六万张嘴，总要先吃饱穿暖吧。为了让大家早点安顿下来，政府鼓励大家“唱山歌走水路”，种水果、搞养殖，号召大家“万口网箱下东江”！

谢　叔：是啊，我在银行贷了几十万，什么都不懂，冒着天大的风险开始学着网箱养鱼。

刘　婶：我们家呢，我没文化，一辈子只会养猪。

朱局长：所以，您也响应号召，办起了养猪场！还有王二哥开了个农家乐，日子也渐渐好过了起来。

谢　叔：那现在，为什么又不让我们搞了？不让我们过好日子啦？

朱局长：现在日子好点了，就该为长远打算了。

谢　叔：长远？什么是长远？哦，退捕禁捕就是长远？

朱局长：退捕禁捕就是为了让我们移民走上可持续发展的长远之路。

谢　叔：可这条路我们走过来，多难哪！……第一年，网箱坏了，鱼跑光了，赔了十几万。

刘　婶：第二年，你被骗了，买了假饲料，鱼死了一大片。

谢　叔：又赔了。

刘　婶：第三年，终于成功了……

谢　叔：可谁知，因为气温太高水里缺氧，已经订了货的十几万斤鱼啊……一夜之间全死光了。柱子，我为什么就这么难呢？

刘　婶：柱子，我们家也不容易啊！辛辛苦苦地养了几十头猪，眼看快出栏了，谁能想到猪瘟发生了。一天之内，全部被处理了！

谢　叔：我网箱养鱼到现在投进去几百万哪！突然不让养了，这……这是不让我全家活啊！

刘　婶：不让我养猪，那我一大家子也只能喝西北风啊！

谢　叔：朱局长……我们移民够苦了，不能再折腾了。

刘　婶：老天爷，东江湖库区移民的出路在哪里？

（气氛停顿）

朱局长：你们当我好受吗？我也是移民的后代，我爹我爷爷……我的祖先都埋在这里。前些年我把娘接到了县城，可每到清明节她都要捧着这盒故乡的土流泪呀。但是，今天我们不“断腕”，以后我们自己和后代迟早就要“断命”！

（气氛凝固）

朱局长：（从包里拿出一沓信丢在桌上）你们看看这是什么！

谢　叔：（拿过来看）什么？举报信？举报谁？

朱局长：全都是反映东江湖水质问题的，尤其是对养殖户和开农家乐的意见最大。

谢　叔：不可能啊？我养鱼还为村里人免费提供技术，还帮他们打开销路呢。

朱局长：谢叔，您带着乡亲们一起脱贫，大家都很敬重您。可您知道吗？东江湖上有 13000 多口网箱，每天残留的饲料、排泄的粪便、撒进的鱼药，少说也有上百吨，这些都会滋生有毒的细菌。还有库区几百个农家乐，有几个主动并入了政府建的污水管网？有些人还想着跟执法队员打游击战，把大量的生活污水绕着弯偷排进了东江湖里。信里都写得很清楚了。

刘　婶：你说的养鱼、开农家乐，跟我养猪有什么关系？

朱局长：您只看到猪瘟造成的个人损失，可您想过吗？猪屎猪尿被雨水冲进湖里，造成的危害跟投毒有什么区别？

刘　婶：啊，没那么严重吧？

谢　叔：这又不是什么人命关天的大事。

朱局长：当年我爹，还有十几个乡亲都得了伤寒病，备受折磨。你们知道这病是怎么得的吗？

谢　叔：那还不是常年捕鱼受了寒气。

朱局长：这只是一方面，更重要的是他们常年接触被鱼粪污染了的湖水，导致了多种疾病。

谢　叔：这……这是真的？

朱局长：你们只看到自己眼前的经济损失，可你们想过吗？几百万的郴州人每分每秒都在喝着你们污染的水，你们赚的每一分钱都是牺牲他们的健康和安全换来的，这钱赚得能安心吗？

谢　叔：你……你让我好好想想……

朱局长：还想什么啊？谢叔！现在被污染的可能只是几百万的郴州人民，可将来呢？十年、二十年、一百年，世世代代哪有个完哪！！！

谢　叔：哎呀，柱子，你别说了！

朱局长：您从小就教育我们，做人要知恩图报。滴水之恩，要涌泉相报。谢叔！我爹，还有那些为东江湖做出牺牲的移民们，正在天上看着呢！六万多资兴移民的付出，不能白白断送了！我不想让你们成为生态环保史上的罪人！

刘　婶：柱子，我想通啦，大不了我们移民再创一次业。婶再穷，也干不出那种让人戳脊梁骨的事！

谢　叔：别说了，拿斧头来！

谢　叔：柱子，这条小船是当年你爹带着我捕鱼用的，它陪了我们老哥俩半辈子。今天，它的使命完成了……老朱大哥……你安心了吗？（执斧冲下场去）

（朱局长、刘婶二人同时）

朱局长：谢叔……

刘　婶：老谢哥！

（暗场，定点红光。音效震人心魄："咔嚓！咔嚓！咔嚓！"）

【屏幕场景】无数条捕鱼船堆在一起被解体。

（抒情音乐起）

【字幕】在这场由郴州市委、市政府领导，资兴市全面执行的东江湖大整治行动中，42 万余平米养殖网箱、549 个规模养猪场、270 多个农家乐，以及危害环境的所有非法项目都得到彻底治理。当地政府积极主动作为，多方施策，帮扶移民群众度过了人生第二次转型的阵痛。东江湖迎来了更加清洁美丽的新世界。

（音乐起，屏幕出现东江湖的美丽风光，字幕中，演员谢幕）

（一群游客出，陶醉在东江湖边）

刘　婶：（端着一盘李子）我不养猪了，改种水果了。瞧，经过专家上门指导，种出来的李子个头大、味道甜，带几斤回去吧。

王　二：参加了市里组织的几次厨师培训后，游客都说我的菜做得好！农家乐的污水也接进了环湖污水管网。看，这房前屋后多漂亮！来东江湖玩，一定要来我这里住哦！

朱局长：谢叔，别忙了，有人要订你的鱼，赶紧出来招呼。

谢　叔：来了，来了。儿子学了免费特种车辆驾驶技术，拿了证，今年去了园区企业开铲车。政府给我落实了社保政策，还扶持我在岸上搞起了流水养鱼，哈哈哈。

众　人：哈哈哈……

《风起东江湖》剧照（一）

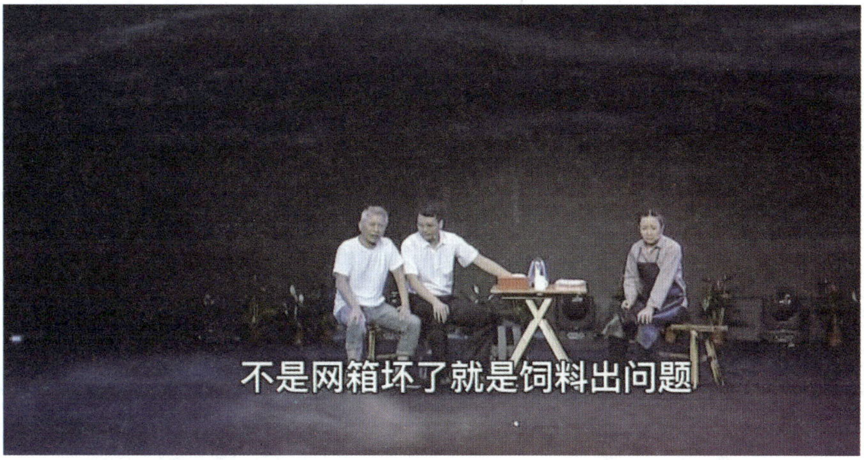


《风起东江湖》剧照（二）

# 为了一江碧水（2023）

刘立虎

【本剧人物】

胡总——男，约 55 岁，某化工厂老板。

老朱——男，约 55 岁，岳阳市基层环保干部，与胡总是同学关系。

妻子——女，50 多岁，胡总的妻子。

小赖——男，30 多岁，某化工厂工人。

【道具】三人沙发、茶几、铺盖、假菜刀、酒壶、酒杯等。

（光暗，一个宽敞的客厅内，摆着一张三人沙发、茶几）

【画外音】2018 年 4 月 25 日，习近平总书记亲临岳阳考察长江经济带发展，殷殷嘱托“守护好一江碧水”。岳阳全市上下牢记深情嘱托，以“刮骨疗伤”的决心，力争早日破解临湘市“化工围江”难题。一场力度空前的环境治理行动迅速展开，22 家化工企业陷入了前途未卜的暴风雨中……

（紧张气氛音乐起）

（小赖、胡总、妻子对峙状态出）

小 赖：补偿金！你给不给？

妻 子：又不是我家老胡让工厂停工的，你去找政府要！

小 赖：我不管，他是我老板，我只找他。

胡 总：小王八蛋，你不帮我就算了，还要趁火打劫，我非教训你不可！

小 赖：吓唬谁呢？来啊，来啊！

妻 子：老胡，冷静！

小 赖：就算你砍了我，门外还有三百多个工人呢！

胡 总：我不敢砍你们，但是我敢砍自己，你信不信？

妻 子：老胡，住手！

小 赖：（夺刀）你不能死，千万不能死啊！

妻 子：老胡，你不能干傻事啊！呜呜呜……

胡 总：松手！

小 赖：（抓住刀）你不能死！

妻 子：哎呀，我也不活了！呜呜呜……

（三人乱作一团）

（老朱急出）

老 朱：干什么？这是干什么？

（三人怔住）

老 朱：老同学，把刀放下！

小 赖：（把刀夺了下来）他疯了！

老 朱：小赖你先回去，这么闹解决不了问题。

小 赖：领导啊，我代表三百多个工人啊！

老 朱：你放心，工厂的问题一定给工友们一个满意的答复。

小 赖：好，我最后相信你一次。（走，转头对老胡）你不能死啊！

老 胡：我已经按照政府要求把工厂关停了，可以回去交差了，送客！

妻 子：老朱啊，你好好劝劝他，你们聊。（下场）

老 朱：你这个驴脾气啊，到现在还改不了！（从怀里掏出一壶酒）看看，这是什么？哈哈，有钱都买不到的好东西。

老 朱：这是老太太临走前酿的，先喝一个。老同学，还记得我们第一次喝这酒是什么时候吗？

胡 总：……

老 朱：小时候你带着我在江边捉鱼、捉虾、捉螃蟹，那个好玩儿啊！那一次把老太太酿的酒偷出来喝，没想到一下就醉了。

胡 总：呵呵，你裤子找不到了，光着屁股，家都不敢回，哈哈哈！

老 朱：你也好不到哪里去，乱蹦乱跳，被家里人追着打，哈哈哈！

胡 总：说真的，老太太酿的酒真香啊！

老 朱：老太太把你当亲儿子，你说咱们俩比亲兄弟还亲啊。

胡 总：亲兄弟那也没你这么干的！前几年你在临湘负责招商工作，三番五次地游说我把工厂搬到临湘来，说什么优惠很多、扶持力度很大。我信了你，

可谁知道没几年形势就变了，你又带头抓环保。工作积极性高得很，一天三趟往我家里跑，让我喘口气的机会都没有。（递刀）

老 朱：哎呀，说这些干吗？喝酒。（递回刀）

胡 总：我现在没心情跟你开玩笑，（又递刀回去，给老朱一封信）你看看这是什么。

老 朱：（打开信看）恐吓信！

胡 总：今天刚收到的，有人花十万买我的人头！

老 朱：这是谁干的？（掏出手机）我马上报警。

胡 总：（阻止了老朱）报什么警啊？肯定是工人们干的。厂里有三百多个工人，那可是三百多个家庭啊。工厂要是关了，他们的生计就成了大问题。所以他们在办公室堵我，在路上拦我的车，甚至到家里来闹，我都能体谅。

老 朱：老同学，你受委屈了！我知道你是为工人的生计，不然你早就不搞了。

胡 总：所以我这半年一直在外奔波，从甘肃到宁夏再到内蒙古，我差不多跑了十几个省。有的合同签了，后来反悔了，有的本来说好面谈的，可我去了却吃个闭门羹，还有的干脆就直接拒绝。你说，这天底下，怎么就容不下我这个化工厂？

老 朱：老同学，我知道你想了很多办法，但是你路子走错了！

胡 总：什么意思？

老 朱：现在全国都在抓环保，化工企业是重点监控对象，哪还有地方敢要你？

胡 总：照这么说，我只有死路一条了？

老 朱：驴脾气，你是思想有问题，自己往死路上跑，拉都拉不回来啊。现在政府对化工围江问题，已经给出了解决方案。只要你转型升级了，把化工厂提升为绿色工厂，还愁没地方要你吗？

胡 总：转型升级谈何容易？那是要付出代价的，至少要再投几千万，可自从工厂关停我账面上几个亿的应收款项根本收不回来！

老 朱：转型是有风险，可是也有机遇。老同学，以你的能力，肯定能挺过来。

胡 总：我如今老了，心劲散了。

老 朱：你就是有侥幸心理。

胡 总：侥幸什么？

老 朱：在环保面前，你还想走捷径。我跟你实话实说吧，自从 2018 年 4 月 25 日那天起，为了守护好一江碧水，政府是铁了心要治理污染，不仅没有任何捷径，而且一点空子也没有。

胡 总：我们可是利税大户，临湘市的财政收入离不开我们。

老 朱：化工围江的问题处理不好，市领导是要登报作检讨的！老同学，你千万不要低估政府守护一江碧水的决心。

胡 总：那你说我怎么办。

老 朱：只要你转型升级，政府会在土地、资金、税收等方面给予优惠和扶持，要确保你们退得出、搬得了，而且搬得好。

胡 总：你说的这些，都是真的？

老 朱：福尔程公司的老板李总，你是认识的。他思想就比你转变得快，第一个主动转型升级。上午刚拿到地，下午就开始了项目设计。人家现在不仅正常运转了，而且年产能由原来的 4 万吨一下子扩大到 17 万吨。这是什么概念？全球第一啦！可是，你呢，还待在原地观望……

胡 总：……

老 朱：你倒是表个态啊。

胡 总：你急什么急嘛，让我想想还不行吗？

（妻子围着围裙出）

老 朱：还想什么啊？如果不转型升级，工厂只有死路一条！只有尽快让企业重新运转，工人们的心才会定下来，你账面上几个亿的应收款项才能收回来，这一切的困局就都能迎刃而解了。

胡 总：老同学，看来这些天你没少操心我的事。

老 朱：你心里的那些小九九，我能不知道吗？（揭示菜刀是塑料的真相）

胡 总：呵呵……走走走，跟我去厂里，关于企业转型升级，我要好好听听你的建议。

老 朱：哎呀，这酒可真香啊。

胡 总：你倒是快点啊。

老 朱：你不是说要好好想想吗。

胡 总：你赶紧的吧你。

（胡总抓起酒壶酒瓶就走）

老 朱：哎哎哎……

（老朱跟下）

（胡总搂着老朱的肩膀走下，妻子跟后下，光灭）

（光再亮，音乐起）

【屏幕场景】主屏副屏出现长江沿岸美丽风光视频，主屏出字幕“五年后，长江沿岸”。

（小赖举着手机一边直播一边走出）

小 赖：“一江碧水映照着蓝蓝的天，好像要把所有的美丽都揽进怀里。曾经苦恼的鱼儿在欢跳，连消失很久的江豚都回来了，长江两岸，出现了令人迷醉的景象……”

（妻子、胡总、老朱同出）

妻 子：哟，小赖还会作诗啊。

小 赖：阿姨，你们也来了。

老 朱：小赖可不是以前的小赖了，现在是临湘市长江保护协会的负责人，早就让人刮目相看了。

胡 总：是吗？难怪一下班就跑到江边来直播了，呵呵。

小 赖：胡总，今年是习近平总书记发表“守护好一江碧水”重要讲话五周年的时间，您是破解“化工围江”难题的当事人，能不能为我们环保铁粉讲几句话？

胡 总：好啊，没问题。

小 赖：（用手机对着胡总）3、2、1，开始！

（音乐起）

胡 总：大家好，说起“化工围江”，就不得不讲讲五年前的事。那天，我的化工厂被迫停工了，三百多个工人堵在我家门口要补偿款，银行几个亿的贷款还不上，我到了走投无路的地步。当天晚上，我就坐在这里的江边上，一晚上都在想一个问题，我到底要不要去死？天快亮的时候，我一步一步往江心走。走着走着，就闻到了越来越重的化学药水味。眼前的长江已经不再是儿时清澈美丽的长江，它已经变得又臭又脏。天哪，这还是我小时候摸螃蟹、抓鱼、嬉闹的长江吗？这些年，我和我的化工厂对长江都做了些什么呀？以致自己现在想自杀都找不到一块干净的地方。我对自己说，老胡啊老胡，你不能再干这种招人唾骂的蠢事了；你应该救赎自己，救赎长江。于是，我开始自学环保知识，带领企业主动转型，更新了环保设施，目的就是让长江再次美起来。五年过去了，现在大家往这里看——

**【主屏压混视频出字幕】**先后投入资金 280 多亿，关停非法砂石码头 155 处，拆除和提质改造沿江码头泊位 82 个，退还长江岸线 7.24 公里，整治长江岸线 66.3 公里，完成长江岸线复绿 2.45 万亩。这是岳阳 500 多万人这五年的成绩单，真不容易啊！望着波光粼粼的江面，看着鱼逐豚跃鸟飞的场景，我现在特别激动，也特别欣慰！我不仅救赎了自己的灵魂，而且还收获了一个幸福的美梦。这个梦它就叫——“一江碧水”！

（众人热烈地鼓掌）

《为了一江碧水》剧照（一）

《为了一江碧水》剧照（二）

《为了一江碧水》剧照（三）

# “锰三角”的春天（2024）

刘立虎

【剧中人物】

老马——男，50 多岁。

妻子——女，老马妻子，50 多岁。

儿子——男，老马儿子，20 多岁。

杨局长——男，50 多岁。

恶鬼（甲、乙、丙）——两男一女，舞蹈演员扮演。

崔小姐——女，30 岁。

李律师——男，30 岁。

【主屏出字幕】“锰三角”在湖南、重庆、贵州三地交界处，因盛产锰矿而得名。

（深夜，漆黑不见五指，伴随着刺目的闪电，不时有震耳的雷声传来……阴森恐怖的音乐响起，老马在三个恶鬼的逼迫下连滚带爬出来）

**恶鬼甲：**你这个刽子手！

**恶鬼乙：**你还我丈夫！

**恶鬼丙：**我要扒了你的皮！

**老　马：**饶了我吧！饶了我吧！……

**甲、乙、丙：**拿命来！

（恶鬼们架起老马欲往外走，妻子披着外衣跑出，儿子紧随其后）

**妻　子：**老马！老马！儿子，快开灯！

（儿子急忙打开灯，舞台全亮）

【屏幕场景】出客厅画面；副屏：出客厅一角的画面。

（恶鬼消失，老马呼哧呼哧喘着粗气）

**儿　子：**妈，我爸这是怎么了？

**妻　子：**又做噩梦了。

（老马醒了过来，浑身吓得湿透，妻子和儿子把他扶到沙发上）

**儿　子：**爸，好好的怎么做起噩梦来了？

老　马：问你妈去。

妻　子：还记得前年夏天，咱家矿上发生的那起透水事故吗？因为一连下了十几天的雨，矿洞出现了透水的情况……一下子死了三个人……

儿　子：这事的主要原因是工人违反了安全规定，再说咱家该负的责任也负了，该赔偿的也赔偿了。

妻　子：可是死者家属仍然不肯放过你爸，逮着机会就寻死觅活地跟他闹，每次都要你爸拿钱来平息。这些年反反复复就没个头，终于把你爸逼成了这个样子……

儿　子：妈，别难过了。我听说政府早就开始整治锰矿开采了，咱们也该做退出的打算了。

妻　子：是啊，动不动就发生死人的事故，成天提心吊胆的，这么多年都没睡个囫囵觉。

儿　子：还不止这个，锰矿开采对环境的破坏很大。记得小时候，我们这里的山都是绿油油的，水清得都可以直接拿来喝，可你看看现在，山上这里秃一块，那里秃一块，还到处都是矿洞，不知道什么时候山就塌了。你再看看河水，又脏又臭，还有矿渣，都把庄稼埋了。村里的老人，只要看见了矿老板，都在背后戳着脊梁骨骂。

妻　子：我知道，骂得可难听了，说我们赚的是断子绝孙的钱。

儿　子：爸，我现在是学校里的环保志愿者，你可不能拖我的后腿，让我在同学面前抬不起头来。

老　马：你杨叔叔一个就够我喝一壶的了，现在又加上个你，还让不让我喘口气啊？！

儿　子：杨叔叔怎么了？

妻　子：你杨叔叔现在是县生态环境分局的局长，他要拿你爸第一个开刀。这几年，为了环保的事，他三天两头地找你爸，咱家的门槛都要被他踩坏了。一开始你杨叔叔还是苦口婆心好说歹说，可你爸死活不同意，后来人家就变脸了，说话口气越来越硬。你爸害怕了，干脆就躲起来不见他。

老　马：喂，这丑事就别跟儿子讲了。

儿　子：妈，我要听。

妻　子：有一次你爸躲进了厕所里，你杨叔叔也追了进去。你爸就把门从里面反锁了，你杨叔叔就站在门前足足等了二十几分钟。你爸被臭味熏得实在受不了了才出来。

儿　子：真是难为我杨叔叔了。

老　马：你这孩子，胳膊肘怎么总往外面拐，不知道先心疼你老子啊？

儿　子：爸，我现在最想知道的是，杨叔叔的话，你听进去了没有？

老　马：碰见你杨叔叔那种环保干部，算我倒霉呗。

妻　子：你爸松口了，给你杨叔叔写了保证书，干完下个月就彻底停工。可是谁知偏偏这个时候，市场上锰的价格一下子涨到了4万多一吨。咱们家开锰矿开了二十多年，还是头一次遇到这么好的价格。

儿　子：所以我爸又心动了是吧？

老　马：只要是个人他能不心动吗？

妻　子：你爸就赶紧投了800万买了新设备，准备大干一场。可是，偏偏这个时候又出了岔子，你杨叔叔拿着红头文件找到了你爸。

儿　子：红头文件？

妻　子：据说中央最高领导对“锰三角”矿污染问题作出严厉批示，省里也专门下发了红头文件，咱们家的必须马上关停转型，一天也不能耽误。

儿　子：既然红头文件都来了，那还犹豫什么。

老　马：我现在还欠银行2000万的贷款，只要再给我20天的时间，就能把这笔钱赚回来。可是，你杨叔叔死活不同意。

妻　子：你杨叔叔要求，今天上午8点，咱家的锰矿必须关闸停工。

儿　子：8点？那不是只有一个多小时了。

妻　子：你爸现在就是能拖一天是一天。

（“叮铃铃、叮铃铃”，一阵急促的电话铃声响起，老马听到电话响了，急忙拿起手机看，发现是杨局长打来的）

老　马：杨局长的电话，老婆，你来接，就说我不在。

妻　子：你又让我扯谎。（不情愿地接通电话）

杨局长：马总，在家吗？

**妻　子：**噢，是他杨叔叔啊，他……他不在家。

**杨局长：**哦，我们约好了7点出发去矿上的。

**妻　子：**是吗？你看改天行吗？

**杨局长：**嫂子，我已经在你家门口守了一夜了，你让马总快点出来，今天8点前一定要关闸停产，千万别让他有侥幸心理。

**妻　子：**（捂住电话对老马说）被他堵在门口了，咋办呢？

**老　马：**让他先走。

**妻　子：**他杨叔，老马说让你先走，他后面就到。

**杨局长：**那不行啊，说好了一起去就必须一起去！

**儿　子：**妈，把电话给我。（拿过电话）杨叔叔，是我。

**杨局长：**哦，是小马侄子，你回家了啊。

**儿　子：**嗯，杨叔叔，麻烦您稍等几分钟，我代替我爸和您一起去。

**杨局长：**哦，也行，那我等你。

（儿子挂断了电话，欲往门外走）

**老　马：**站住！这个家现在还是我做主。

**儿　子：**这次我说了算。

**妻　子：**儿子，跟你爸好好说话。

**儿　子：**这个家要想过好，今天就得听我的。

（儿子坚持往外走，老马冲到门口拦住儿子）

**老　马：**你不能去！

**儿　子：**爸，请您让开。

**老　马：**回去！你长大了是吗？有本事了是吧？那你就从你老子身上踩过去！

**儿　子：**（跪在老马面前）爸，今天这个闸我非关不可！

**老　马：**你！我作了什么孽啊，呜呜呜……

（妻子上前抱住老马的腰，老马使劲地想挣脱）

**妻　子：**儿子，你快走。

**老　马：**放开我！放开！

**儿　子：**妈……

**妻　子：**走啊，你快走！

儿　子：我……

妻　子：走!

（儿子走出了门外）

（老马被气得晕了过去，妻子把老马拖到沙发边靠着……灯光渐渐黯淡，阴森恐怖的音乐响起）

【屏幕场景】主副屏：出阴森诡异的虚拟画面。

（崔小姐、李律师出）

崔小姐：马总，我是银行信贷部的经理崔小姐，你欠我们银行的2000万贷款，下个月就到期了，请你做好还款准备。

李律师：马总，我是李律师，前段时间您聘请我担任您的遗嘱委托人。由于您身体健康原因，我现在应该善意地提醒您，您的财产现在是负数，您不会打算把债务都留给儿子来还吧?

（崔小姐、李律师退去）

老　马：20天，我只要20天，老天爷啊，他们为什么都不给我?！呜呜呜……

（雷声滚滚而来，伴随着闪电，暴雨滂沱，屋内一片漆黑。阴森的音乐起，三个恶鬼出，围住老马张牙舞爪地逼命）

恶　鬼：拿命来！拿命来！拿命来！……

（儿子走了进来，恶鬼退）

儿　子：爸，妈，我回来了，怎么不开灯?

【屏幕场景】主副屏：出客厅画面。

老　马：儿啊，事情到了这一步，我只能跟你实话实说了，希望将来你不会后悔你今天的决定。

儿　子：爸，您说，我听着。

老　马：爸的身体一天不如一天，可银行里还欠着2000万，就是把矿上所有的资产都变卖了，也补不上这个窟窿。你还没结婚，我不能临走了还留一大堆债给你。眼下锰矿的价格高涨，只要给我20天的时间，我就能把所有的债还上，而且还能给你赚一笔遗产，那我就是走了，心里也没什么遗憾了。

儿　子：爸，从小到大你在我心里都是大英雄，今天晚上之前，我从没看见你在我面前落过泪。看着你为了20天时间，活得那么痛苦和卑微，连一点尊严都没了，作为儿子，我心很痛很痛……爸爸，我不愿意让别人骂您赚的是断子绝孙的钱，我宁愿一辈子过苦日子，也不愿意要带着血的遗产，更何况这遗产还是拿我父亲的尊严换来的……

老　马：儿子，可你想过今后的日子怎么过吗？

儿　子：杨叔叔对我说了，政府对咱们不会一关了之，除了会给一定的补偿，还会帮助咱们转型。

妻　子：怎么转？

儿　子：咱们这里气候条件非常适宜种茶，趁现在政府对锰矿转型企业还有优惠政策，咱们把村里的几千亩大山全部承包下来。用不了几年，欠银行的钱就能还完。

老　马：爸老了，也折腾不动了，再说我不会种茶。

妻　子：你老糊涂了，忘了儿子大学学的是农业种植。

儿　子：爸，今后您安心治病，家里的接力棒交给我，我保证不会让您和妈失望。

老　马：儿子，你要回家种茶，爸其实心里也高兴。我开矿开了半辈子，对环境造成了很多破坏，没少被人指指点点。那天我在医院拿到体检报告单，就知道那是老天对我的惩罚。我只有你这一个儿子，不能让你再走我的路。你要把被锰矿毁坏的山头变成绿油油的茶园，我就是把剩下的半条命搭上也要支持你，因为你这是在替我赎罪啊……

（滚滚雷声传来）

妻　子：老马，听，春雷声！

老　马：从今往后，雷声再大，我也能睡个安稳觉了。

儿　子：爸，咱们要赶在“锰三角”春天来临之前，尽快把茶树种上。

老　马：嗯，我马上去找你杨叔叔，请他再支持咱们一次。

儿　子：走，一起去。（三人退）

【屏幕场景】主副屏播放“锰三角”的春天景象视频，压混出字幕。

【字幕】2023年底，“锰三角”矿业污染基本完成重点整治任务，昔日“锰三角”正在转变为“绿三角”。

主持人：从2005年至今，在将近二十年时间里，湘、渝、黔三地政府对“锰三角”

进行了多轮整治，采取了各种措施，也经历了反复，投入了大量人力、财力、物力。今年4月11日，湖南省、重庆市、贵州省人民政府在湘西花垣县召开“锰三角”污染整治工作交流会。生态环境部相关负责人在会上表示：当前“取得重要阶段性成效，‘锰三角’污染治理进入攻坚期”。下面有请湖南省花垣县委书记廖良辉上台为大家介绍整治情况和下一步的计划。

《“锰三角”的春天》剧照（一）

《“锰三角”的春天》剧照（二）

《“锰三角”的春天》故事原型人物演出现场落泪